TRACHSELWALD

Peter Beutler, geboren 1942, ist in Zwieselberg, einem kleinen Dorf am Fuße der Berner Alpen, aufgewachsen. Als promovierter Chemiker war er Lehrer an einem Gymnasium in Luzern. Heute lebt er mit seiner Frau auf dem Beatenberg, hoch über dem Thunersee.

Dieses Buch ist ein Roman. Dennoch sind manche Personen nicht frei erfunden, sondern existierten wirklich. Ihre Handlungen basieren auf einem realen Hintergrund. Darüber hinausgehende Ähnlichkeiten mit lebenden oder toten Personen sind nicht gewollt und rein zufällig. Im Anhang befinden sich ein Personenverzeichnis, ein Glossar und eine Übersicht über die Schauplätze des Romans.

PETER BEUTLER

TRACHSELWALD

Kriminalroman

emons:

Bibliografische Information der Deutschen Nationalbibliothek
Die Deutsche Nationalbibliothek verzeichnet diese Publikation
in der Deutschen Nationalbibliografie; detaillierte bibliografische
Daten sind im Internet über http://dnb.d-nb.de abrufbar.

© Emons Verlag GmbH
© 2024 Peter Beutler
Alle Rechte vorbehalten
Umschlagmotiv: Djamila Jaenike
Umschlaggestaltung: Nina Schäfer, nach einem Konzept
von Leonardo Magrelli und Nina Schäfer
Umsetzung: Tobias Doetsch
Gestaltung Innenteil: DÜDE Satz und Grafik, Odenthal
Druck und Bindung: CPI – Clausen & Bosse, Leck
Printed in Germany 2024
ISBN 978-3-7408-2316-0
Originalausgabe

Unser Newsletter informiert Sie
regelmäßig über Neues von emons:
Kostenlos bestellen unter
www.emons-verlag.de

Die automatisierte Analyse des Werkes, um daraus Informationen
insbesondere über Muster, Trends und Korrelationen gemäß
§ 44b UrhG (»Text und Data Mining«) zu gewinnen, ist untersagt.

Sie wurden einfach weggegeben und verdingt. Hunderttausende Kinder, oft unehelich geboren, verwaist oder aus ärmlichen Verhältnissen stammend, wurden in der Schweiz in Anstalten gesteckt oder in Pflegefamilien platziert. Für viele mit traumatischen Folgen.

»Kaum war der Vormund weg, ging der Terror erneut los.« Dieses Zitat von Edith Lüthi-Hess fasst auf einer Zeile das ganze Drama der Verdingkinder in der Schweiz zusammen.

Renate Käser-Burri, 71: »Hinter der Fassade gab es Gewalt und Schläge der Bäuerin.« Murmeln sind das Einzige, was Renate Käser-Burri aus ihrer Kindheit aufbewahrt hat. Sie waren ihr einziges Spielzeug.

Aus: https://www.swissinfo.ch/ger/multimedia/gestohlene-kindheit_ehemalige-verdingkinder-zeigen-ihr-gesicht/42934164

1

Am frühen Morgen des Dienstags, dem 14. September 1965, lag Balthasar Haller, Burger der Stadt Bern und Einwohner von Wasen bei Sumiswald, mit aufgeschnittener Kehle auf dem Schlosshof Trachselwald. Landjäger Konrad Krummenacher vom Polizeiposten Wasen wurde gerufen. Er war für Sicherheit und Ordnung zuständig. Im Schloss Trachselwald, dem Sitz der Verwaltung des gleichnamigen Amts, gab es zwar ein Gefängnis, aber keinen Ordnungshüter.

Das Schloss Trachselwald ist die letzte erhaltene Burg im oberen Emmental. Das historische Baudenkmal wurde erstmals 1131 erwähnt. Das Schloss war im Spätmittelalter Eigentum der Freiherren von Trachselwald, dann derjenigen von Rüti bei Lyssach und zuletzt derjenigen von Sumiswald. 1408 verkaufte Burkhard von Sumiswald das Schloss unfreiwillig an die Stadt und Republik Bern, die damit im Emmental erstmals oberhalb von Burgdorf eine Bastion in ihr Herrschaftsgebiet einverleibte.

Im Schloss Trachselwald wurde der am 19. Juni 1653 verhaftete Bauernführer Niklaus Leuenberger gefangen gehalten. Wochen später brachte man ihn in die Stadt Bern, wo der Scharfrichter ihn am 27. August 1653 mit dem Schwert enthauptete und vierteilte. Leuenbergers Kopf wurde neben dem Dokument, das den Schweizer Bauernkrieg besiegelte, an den Galgen vor Huttwil genagelt, und seine Körperteile wurden an den vier Landstraßen ausgestellt, die vor dem Städtchen nach Bern führten.

Die Emmentaler verziehen den Bernburgern, den Aristokraten, die die Stadtrepublik mehr als sechshundert Jahre beherrschten, bis zu ihrer Entmachtung durch die französische Revolutionsarmee, nie. 1798 suchten Einheimische das Schloss Trachselwald heim, plünderten und verwüsteten es.

Balthasar Haller war im oberen Emmental kein Unbekannter. Er besaß ein Landgut und mehrere Fabriken für Metallbearbeitung, eine davon in Wasen.

Der Zeitpunkt seines Mordes und der Tatort wurden von den Einheimischen mit Erstaunen zur Kenntnis genommen. Dass er einem Verbrechen zum Opfer fiel, verwunderte allerdings weniger, Haller war unbeliebt. Auch der von Luzern eingewanderte Krummenacher fand kaum Anklang in den Dörfern Wasen, Trachselwald und Sumiswald. Er war Katholik, was im evangelikalen oberen Emmental nicht gut ankam.

Dennoch war Krummenacher Vertreter des Gesetzes, und man hatte seinen Anordnungen Folge zu leisten. Noch vor Arbeitsbeginn war er mit seinem Untergebenen, dem Polizeisoldaten Markus Renfer, bei dem ermordeten Haller.

Neben der Leiche wurde die Tatwaffe gefunden, ein Taschenmesser der Schweizer Armee. Der Landjäger, der den Ruf eines Säufers und Stammtischproleten hatte, rief laut aus: »Dieses Messer kenne ich!« Er nahm es in die Hand.

Der gerade eingetroffene Statthalter Werner Moser trat neben ihn. »Krummenacher, haben Sie schon einmal etwas von Spurensicherung gehört?«

Kleinlaut bemerkte Krummenacher, dass dies kein Problem sei, ein zusätzlicher Fingerabdruck auf dem Messer würde die Ermittlungen nicht behindern.

Moser musterte Krummenacher mit zusammengekniffenen Augen. »Was glauben Sie, wem gehört dieses Messer?«

Krummenacher erwiderte, dass er es nicht nur glaube, sondern ganz sicher wisse. Das Messer gehöre Christian Hachen, einem in Wasen ansässigen Tunichtgut.

Moser belehrte Krummenacher, dass es nur am Rande seine Aufgabe als Statthalter sei, in die Ermittlungen einzugreifen. Als vom Volk gewählter oberster Verwaltungsbeamter trage er jedoch die Verantwortung dafür, dass die Untersuchungen korrekt ablaufen würden. Diesbezüglich hege er seine Zweifel. »Tun Sie nun, was Sie nicht lassen können. Ich werde Ihr Handeln genau beobachten.«

Nachdem Moser den Tatort verlassen hatte, murmelte Krummenacher vor sich hin: »Hochnäsiges Arschloch ... Ich werde mich jetzt zum Empfangsschalter des Schlosses begeben und die Überstellung der Leiche ins Gerichtsmedizinische Institut von Bern anordnen. Dann, Renfer, fahren wir zum Wohnort von Hachen und sehen uns dort genauer um.«

Hachen lebte in einer Mansarde, die sich nur einen Katzensprung vom Bahnhof entfernt in Andreas Ramseyers Schuhmacherwerkstatt befand.

Die Ramseyers hatten Christian Hachen nach seiner Entlassung anfangs April aus der Erziehungsanstalt Tessenberg in der Gemeinde Prêles aufgenommen. Er war am 2. September 1965 vierundzwanzig Jahre alt geworden.

Krummenacher und Renfer fuhren mit ihren Motorrädern um acht Uhr bei der Schuhmacherei in Wasen vor. Sie polterten an die Tür und traten, ohne eine Antwort abzuwarten, in das Haus ein.

»Morgen, Hausdurchsuchung und Verhaftung von Hachen«, brüllte Krummenacher.

»Nicht doch, bitte. Was hat denn Christian verbrochen?«, fragte Ramseyer mit lauter Stimme.

»Er hat heute Morgen dem Fabrikbesitzer Balthasar Haller mit einem Militärmesser die Kehle durchgeschnitten.«

»Heute Morgen? Das ist unmöglich. Ich habe Christian um sechs Uhr geweckt. Seitdem haben meine Frau Erna und ich ihn keinen Moment aus den Augen verloren.«

Krummenacher unterbrach ihn scharf: »Ramseyer, sprechen Sie bitte nur, wenn ich es Ihnen erlaube.« Dann zog er ein Taschenmesser mit einer geöffneten blutigen Klinge aus der Hosentasche und wollte es dem Schuhmacher reichen.

Dieser weigerte sich und wies darauf hin, dass man Tatwaffen nicht ohne Schutzhandschuhe anfassen sollte.

Krummenacher erwiderte verärgert: »Blödsinn, holen Sie sich einfach Handschuhe ...«

Nach einer kurzen Suche brachte Erna ihrem Mann ein Paar Handschuhe. Er zog sie an und betrachtete das Messer. »Das ist nicht Christians Messer. Ich habe es ihm geschenkt, und auf dem Griff fehlen die Initialen, die ich selbst angebracht habe.«

»Ramseyer, sprechen Sie nicht so einen Unsinn. Ich stelle fest, dass es sich um das Messer von Christian Hachen handelt. Bringen Sie mich jetzt zu diesem Kerl.«

Ramseyer begleitete die beiden Polizisten in die Werkstatt, wo Christian arbeitete.

»Hachen Christian, ich verhafte Sie wegen des Mordes an Balthasar Haller, begangen heute Morgen circa um sieben Uhr.«

Christian entgegnete: »Um diese Zeit saß ich beim Frühstück –«

»Halten Sie Ihr dreckiges Maul. Sie haben nichts mehr zu sagen«, unterbrach Krummenacher ihn grob.

»Ich möchte den Haftbefehl sehen«, sagte Christian.

Statt dem Festzunehmenden das verlangte Dokument auszuhändigen, verabreichte der Landjäger ihm eine Ohrfeige.

»Das geht zu weit«, sagte Ramseyer empört.

»Geht dich nichts an«, gab Krummenacher zurück.

Dann zog er das Messer mit der blutigen Klinge aus seiner Hosentasche und wollte es Christian reichen.

»Stopp, berühre das Ding nicht«, schrie Ramseyer.

»Mache ich auch nicht, auf diese dumme Masche falle ich nicht herein«, sagte Christian selbstbewusst.

»Lege ihm Fußfesseln und Handschellen an«, wies Krummenacher Renfer an.

Dieser führte die Anweisung auf unsanfte Weise aus.

»Wir lassen den Mörder jetzt in der Werkstatt und durchsuchen das Haus. Zuerst besuchen wir Hachens Mansarde«, sagte Krummenacher und an Ramseyer gewandt: »Sie begleiten uns.«

Das Zimmer war peinlich ordentlich. An der Wand befand sich ein selbst gebautes Regal, in dem mehrere Ordner standen.

Krummenacher nahm einen heraus und blätterte darin. Ungläubig schüttelte er den Kopf. »AKAD? Was soll dieser Quatsch?«

»AKAD ist ein Fernkurs zur Vorbereitung auf die Eidgenössische Maturitätsprüfung«, antwortete Ramseyer.

Krummenacher schwieg vorerst, um nach einigen Augenblicken auszurufen: »Wie bitte? Das kann doch nicht sein, dass sich ein Dummkopf und Armenhäusler einbildet, studieren zu können.« An Renfer gerichtet, fuhr er fort: »Öffne das Fenster.« Dann warf Krummenacher den Ordner hinaus.

»Krummenacher, Sie haben eindeutig eine Grenze überschritten. Ich werde Sie anzeigen.«

»Wenn Sie nicht endlich schweigen, werden wir Sie ebenfalls auf das Schloss mitnehmen.«

Erna, die von der Türspalte aus das Geschehen in der Mansarde beobachtet hatte, rannte die Treppe hinunter ins Freie hinter das Haus und hob den arg lädierten Ordner auf, um ihn ins Wohnzimmer zu bringen. Das war notwendig, denn es regnete in Strömen.

Im Dachzimmer wüteten die beiden Ordnungshüter wie Berserker. Sie rissen die Ordner, Papierstapel und Bücher vom Gestell und verstreuten alles auf dem Boden. Mit ihren nassen und schmutzigen Schuhen trampelten sie darauf herum.

Renfer entdeckte Christian Hachens Sackmesser.

»Gib mir das«, sagte Krummenacher und ließ es in seiner Hosentasche verschwinden.

Ramseyer protestierte lautstark: »Ich habe alles genau gesehen. Sie sollten sich schämen, Landjäger. Sind Sie sich nicht zu schade, Beweise zu vernichten?«

»Jetzt reicht es mir, Ramseyer. Verschwinden Sie!«

»Nein!«

»Das ist ein Befehl.«

Stimmen waren im Treppenhaus zu hören. Gut zehn Personen stürmten herauf und betraten die Mansarde. Erna hatte Leute aus der Nachbarschaft geholt.

Ein stämmiger, fast zwei Meter großer Hüne stellte sich vor den verblüfften Krummenacher. »Verschwinden Sie sofort, sonst fliegen Sie als Nächster zum Fenster hinaus.«

Krummenacher schaffte es nicht, nach seinem Halfter zu greifen. Renfer entschied sich, es erst gar nicht zu versuchen. Die beiden wurden entwaffnet. Man stieß sie die Treppe hinunter. Unten rappelten sie sich auf, rannten zu den Motorrädern und fuhren davon.

Christian wurde aus seinen Fesseln befreit und in einen geheimen Unterschlupf gebracht.

Leider wurde er verraten und zur Mittagszeit von einer Patrouille der Polizeiwache Sumiswald in eine Zelle des Schlosses Trachselwald überführt.

Die Ramseyers und ihre Nachbarn blieben jedoch nicht untätig. Sie besprachen sich mit ihnen. Christians Mansarde wurde geräumt und das Material auf mindestens zehn Häuser verteilt, wo es aufbewahrt werden sollte.

Ramseyer informierte den Pfarrer der reformierten Kirche in Wasen über die Razzia. Der Geistliche war empört über diesen Vorfall und versprach, darauf zu reagieren. Er hatte gute Verbindungen zu den kantonalen und kommunalen Behörden. Kurz vor Mittag kam es zu einem Treffen mit Statthalter Moser, gefolgt von einem Treffen am frühen Nachmittag mit den Gemeindepräsidenten von Sumiswald und Trachselwald.

Sowohl der Statthalter als auch die Ortsvorsteher waren entsetzt über das Geschehene. Doch allen war klar, dass in diesem Fall die Justiz das letzte Wort haben würde. Die vereitelte Verhaftung von Christian Hachen könnte zu einem Problem für die Ramseyers und ihren Freundeskreis werden. Auch die Entwaffnung von Polizisten sei eine strafbare Handlung. Doch die Justiz könne nicht über die schwerwiegenden Fehler des Landjägers Krummenacher hinwegsehen, und das hatte schließlich zu diesen Gesetzesverstößen geführt.

Am Nachmittag um drei Uhr klingelte Krummenacher zusammen mit dem Polizeisoldaten Renfer an der Haustür der Ramseyers. Es handle sich nicht um eine Festnahme, stellte Krummenacher etwas kleinlaut fest. Es war eine Aufforderung, sich dem Staatsanwalt von Trachselwald zu stellen zwecks Ermittlung im Mordfall Haller. Die Ramseyers kamen dieser Bitte nach und stiegen in den Streifenwagen, der sie zum Schloss brachte.

Diesem wurde von zehn Personenwagen und genauso vielen Mopeds gefolgt. Aus den geöffneten Autofenstern wurden Plakate präsentiert, auf denen stand: »WIR SOLIDARISIEREN UNS MIT DEN RAMSEYERS UND CHRISTIAN HACHEN.«

Eigenartig war, dass Krummenacher und Renfer den verfolgenden Konvoi erst bemerkten, als es schon zu spät war. Sie realisierten die Zwei- und Vierradfahrzeuge, als sie auf dem Vorhof des Schlosses ausstiegen. Wutentbrannt schrie Krummenacher: »Was will denn dieses Saupack hier?«

Krummenacher führte Andreas und Erna Ramseyer zum Büro des Staatsanwalts Ronald Weber. Eine Gruppe von etwa zwanzig ungebetenen Gästen folgte ihnen, die ebenfalls Einlass begehrten, ihn jedoch nicht gewährt bekamen.

Protokoll des Verhörs der Ramseyers durch Ronald Weber im Gerichtssaal
Beginn: 15:30 Uhr
Anwesend:
Staatsanwalt Weber (SA)
Statthalter Moser
Gerichtsschreiber
Landjäger **Krummenacher**
Polizeisoldat Renfer
Andreas und Erna Ramseyer

Nachdem der Staatsanwalt Ramseyer aufgefordert hatte, zu erzählen, was sich heute Morgen nach acht Uhr in seinem Hause abgespielt hatte, schilderte es Ramseyer detailliert, mit klarer Stimme und in verständlichen Sätzen. Krummenacher wollte ihn mehrmals unterbrechen, was der Staatsanwalt vorerst ablehnte.

SA: Nun, Landjäger Krummenacher, stimmen Sie den Aussagen von Andreas Ramseyer zu?
Krummenacher: *Vieles davon ist nicht korrekt. Ich möchte jedoch nicht näher darauf eingehen.*
SA: Aber das sollten Sie tun.
Krummenacher: *Ich werde nicht auf Ramseyers Lügen eingehen.*
SA: Ich muss jedoch auf die Aussagen von Ramseyer eingehen. Stimmt es, dass Sie das Messer von Christian Hachen aus seiner Mansarde mitgenommen haben?
Krummenacher: *Nein, das trifft nicht zu.*
SA: Ich tue das ungern, leider bleibt mir nichts anderes übrig.
(Weber drückt auf einen roten Knopf. Zwei Gefangenenwärter kommen zur Tür herein.)
SA: Wärter, durchsuchen Sie die Taschen von Landjäger Krummenacher.
(Krummenacher wehrt sich dagegen, kann es jedoch nicht verhindern. Wenig später hebt einer der Wärter das Messer in die Höhe.)
SA: Herr Krummenacher, Sie haben mich belogen. Warum?
Krummenacher: *Ich habe mich nicht mehr an das Messer erinnert. In der Aufregung habe ich es versehentlich in die Hosentasche gesteckt.*
SA: Herr Krummenacher, das ist nicht akzeptabel. Ich suspendiere Sie bis zum Abschluss der Ermittlungen bezüglich des Vorfalls heute Morgen in der Schuhmacherei Ramseyer. Verlassen Sie mit Renfer den Raum.

(Krummenacher und Renfer verlassen den Raum unter Protestrufen.)
SA: Herr und Frau Ramseyer, Landjäger Krummenacher und Polizeisoldat Renfer wurden in der Mansarde von Hachen entwaffnet. Wer hat diese Entwaffnung angeordnet?
Andreas Ramseyer: *Ich weiß es nicht.*
Erna Ramseyer: *Ich weiß es nicht.*
SA: Herr und Frau Ramseyer, haben Sie beide dabei geholfen, Krummenacher und Renfer die Waffen abzunehmen?
Andreas und Erna Ramseyer: (beide) *Ja.*
SA: Im Raum waren noch zahlreiche andere Personen. Wer von ihnen hat aktiv daran mitgewirkt, die beiden Polizisten zu entwaffnen?
Andreas und Erna Ramseyer: (beide) *Das müssen Sie die Personen selbst fragen.*
SA: Wir werden das nachholen. Zu Ihnen, Herr und Frau Ramseyer, Sie haben sich gegen die Staatsgewalt vergangen. Das ist eine Straftat. Ich werde Sie beide wegen dieses Vergehens zu je zwei Tagen Gefängnis verurteilen, bedingt vollzogen mit einer Probezeit von drei Jahren. Damit ist für das Gericht Trachselwald der Vorfall vom Morgen des 14. September 1965 erledigt, es sei denn, Sie, Herr oder Frau Ramseyer, leisten sich während der Probezeit ein weiteres Vergehen. In dem Fall müssten Sie die Strafe absitzen.
Andreas Ramseyer: *Das wäre mir eine Freude.*

Andreas und Erna Ramseyer verließen den Gerichtssaal. Statthalter Moser und der Staatsanwalt Weber tauschten noch einige Worte aus. Moser fand das Vorgehen Krummenachers unentschuldbar und unwürdig für einen ermittelnden Landjäger. Dieser Mann müsse diszipliniert werden. Er schlug vor, ihn von seinem derzeitigen Posten in Wasen zur größeren Hauptwache in Sumiswald zu versetzen.

Danach fragte er: »Was geschieht nun mit Christian Hachen?«

»Ich muss ihn vernehmen, obwohl nichts darauf hindeutet, dass er den Mord begangen hat. Danach werde ich ihn aus der Untersuchungshaft entlassen. Bei einem Verdächtigen eines Kapitalverbrechens ist ein psychiatrisches Gutachten zwingend erforderlich. Der zuständige Arzt, Dr. Reist, wird Hachen heute um siebzehn Uhr in seiner Zelle besuchen und anschließend einen Bericht verfassen. Diesen wird er mir persönlich morgen übergeben«, antwortete Weber.

»Schön und gut. Wenn es dir recht ist« – Moser und Weber kannten sich persönlich aus dem Studium und waren seitdem per Du – »besuche ich die Ramseyers kurz und beruhige sie wegen des inhaftierten Hachen. Er wird übermorgen freigelassen und für die Umtriebe entschädigt.«

Moser lag eine weitere Frage auf der Zunge. »Was passiert mit den Menschen, die aktiv daran beteiligt waren, Krummenacher und Renfer zu entwaffnen?«

»Ach, vergessen wir das. Es bringt nichts, sich mit der halben Bevölkerung von Wasen anzulegen. Wir wollen doch nicht riskieren, dass die Bevölkerung wie anno 1798 unseren Laden plündert …«

Beide lachten.

Christian Hachen erzählte Dr. Reist viel von seiner schweren Jugend als Heimkind. Diese Unterhaltung dauerte rund drei Stunden. Am Ende entschuldigte sich Reist, dass er noch einen Intelligenztest machen müsse. Sein Ergebnis dürfe nur ausgewählten Personen weitergegeben werden. Da er, Christian Hachen, mit Sicherheit am Mord von Haller unbeteiligt sei, müsse er sich deswegen keine Sorgen machen.

Es war jedoch der Test, der Christian Hachen plötzlich in einem anderen Licht erscheinen ließ. Ein Wert von 145! Nun war es wissenschaftlich erwiesen: Christian Hachen war hochbegabt. Er gehörte zu dem intelligentesten ein Promille der Bevölkerung.

Am Mittwochmorgen, dem 15. September 1965, überreichte Dr. Joseph Reist dem Staatsanwalt Ronald Weber den psychiatrischen Bericht über Christian Hachen.

Weber war überrascht. »Wow, dieser bemerkenswerte Mensch wäre beinahe zerstört worden ... Ich werde ein Auge auf ihn haben. Er verdient es, beschützt zu werden.«

»Aber nicht nur aufgrund seiner Intelligenz, sondern auch wegen seines feinen Charakters«, fügte Reist hinzu.

Protokoll des Verhörs von Christian Hachen durch Ronald Weber im Gerichtssaal
Anwesend:
Staatsanwalt Weber (SA)
Statthalter Moser
Gerichtsschreiber
Landjäger Krummenacher
Polizeisoldat Renfer
Christian Hachen
Andreas und Erna Ramseyer
Beginn: Donnerstag, 16. September 1965; 14:00 Uhr

SA: Guten Tag, meine Damen und Herren. Die Anwesenheitsliste mag überraschen. Zwei von ihnen sind nicht freiwillig hier. Konrad Krummenacher und Markus Renfer wurden dazu aufgeboten.

(Die beiden Polizisten laufen rot an und starren verbissen zu Boden.)

SA: In diesem Fall geht es nicht um den Mord an Balthasar Haller. Der Untersuchungshäftling, der jetzt vorgeführt wird, hat damit nichts zu tun. Er wurde zu Unrecht festgenommen. Die Schuld daran tragen die beiden anwesenden Polizisten. Was sie getan haben, ist moralisch verwerflich und bewegt sich in der Grauzone der Kriminalität. Es handelt sich jedoch nur um eine Grauzone, sodass sie gesetzlich schwer zur Verantwortung gezogen werden könnten. Wir werden auf eine

Bestrafung verzichten. Es handelt sich vielmehr um ein berufliches Versagen, das nur disziplinarisch geahndet werden darf.

Der Staatsanwalt verlas den Bericht des Psychiaters Reist. Das dauerte eine gute halbe Stunde. In dem Bericht wurden viele Demütigungen, tiefgründige Bosheiten und offensichtliche Ungerechtigkeiten beschrieben, die Christian Hachen als ehemaliges Heimkind erleiden musste. Anschließend stellte der Staatsanwalt weitere Fragen an Christian Hachen.

SA: Herr Hachen, haben Sie Balthasar Haller gekannt?

Christian Hachen: Ich habe noch nie mit ihm gesprochen, aber sein Name ist mir bekannt, wie wohl allen, die in unserer Gegend wohnen.

SA: Herr Hachen, Sie waren Insasse der Erziehungsanstalt Tessenberg von Mai 1958 bis März 1959. Wussten Sie, dass der damalige Verwaltungsratspräsident dieser Institution Balthasar Haller hieß?

Christian Hachen: Ja, das wusste ich. Er hielt an der internen Weihnachtsfeier 1958 die Festansprache.

SA: Was ist Ihnen von seiner Rede in Erinnerung geblieben?

Christian Hachen: Seine geringe Wertschätzung uns Heiminsassen gegenüber, die in tiefste Verachtung überging. Ich möchte keine Details seiner Rede wiedergeben. Ich versuche, sie zu vergessen, aber bislang ist es mir noch nicht gelungen.

SA: Haben Sie etwas mit der Ermordung von Balthasar Haller zu tun?

Christian Hachen: Nein.

SA: Christian Hachen, bitte stehen Sie auf. – Ich habe gute Nachrichten für Sie. Ihre Untersuchungshaft ist beendet. Sie wurden in Bezug auf den Mord an Balthasar Haller für unschuldig befunden. Ihnen wird eine Entschädigung von zweihundert Franken für die Zeit in Haft gewährt. Sie dürfen den Gerichtssaal als freier Mann verlassen.

Am Tag danach berichtete der »Emmentaler Bote« ausführlich über den Prozess. Der Artikel erstreckte sich über eine ganze Seite.

Am folgenden Montag veröffentlichte die Kantonspolizei ein Communiqué, in dem die Umbesetzung des Polizeipostens in Wasen angekündigt wurde. Es wurde jedoch nichts über die Gründe geschrieben.

2

Am 21. September 1965 feierte Christine Hauser ihren zweiundzwanzigsten Geburtstag in den Strafanstalten Hindelbank.

Das Schloss Hindelbank wurde 1721 von Hieronymus von Erlach erbaut. Es erstreckte sich über mehrere Hektare und umfasste auch einen Gutshof. Bis 1866 war die gesamte Anlage im Besitz der Familie von Erlach und ging dann in den Besitz des Kantons Bern über. Über mehrere Jahrzehnte diente es als Notarmenverpflegungsanstalt für Frauen.

Von 1896 bis 1911 wurde das Schloss in eine Zwangsarbeitsanstalt für Frauen umgewandelt und anschließend in eine Arbeits- und Strafanstalt für Frauen umfunktioniert. Es wurden auch weibliche Personen zur administrativen Versorgung aufgenommen. 1959 wurde eine Erweiterung um eine Abteilung für Ersttäterinnen und Rückfällige vorgenommen. Die Anlage erhielt den Namen »Anstalten Hindelbank«.

Es war eine besondere Ehre für Christine, dass sie das Frühstück mit dem Direktor einnehmen durfte. Sie wurde darauf vorbereitet. Zwei Wochen zuvor kam eine Schneiderin, um ihre Maße für ein neues Kleid zu nehmen, das dann zwei Tage vor dem Geburtstag geliefert wurde. Ein Coiffeur aus dem Dorf kam extra in die Anstalt und kümmerte sich am Vortag um ihre hellen Haare. Am frühen Morgen des 21. Septembers wurde eine Schminkerin engagiert, die Christines Gesicht noch schöner machte, als es ohnehin schon war.

Das Frühstück begann pünktlich um neun Uhr. Es war auch ein Fotograf anwesend, der den Direktor zusammen mit Christine am festlich gedeckten Tisch im Salon des Schlosses ablichtete.

Der eher kleinwüchsige Direktor Magnus Tscharner hielt eine kurze Ansprache, die er von einem Blatt ablas. »Liebe

Christine, heute ist ein freudiger Tag für Sie. Ihre Strafe endet um zehn Uhr am heutigen Tag.«

Tscharner konnte seinen Ohren kaum trauen, als er von Christine unterbrochen wurde. »Herr Direktor, Sie sagen, die Strafe sei vorbei. Was habe ich denn verbrochen?«

Tscharner, einst evangelischer Pfarrer, sammelte sich wieder. »Liebe Christine, Sie haben sich schwängern lassen.«

»Ich wurde vergewaltigt.«

Tscharner lachte herzlich. »Ach was, das behaupten alle diese jungen Damen.«

Christine wurde sich langsam bewusst, dass sie vielleicht ein wenig zu weit gegangen war. »Es tut mir leid, Herr Direktor, alles ist jetzt in Ordnung. Ich freue mich wirklich darauf, endlich frei zu sein.«

Mit einem aufgesetzten Lächeln, das nicht besonders authentisch wirkte, da sein Gebiss etwas verrutscht war, antwortete Tscharner: »Es freut mich auch, dass Sie so einsichtig sind.«

Dann fuhr er fort, von seinem Blatt zu lesen. Dabei kamen oft die Worte Gott und Jesus sowie Sünde und Vergebung vor. Christine hatte nichts anderes erwartet.

Als Tscharner sein Referat beendet hatte, klopfte es an der Tür. Die Tür wurde geöffnet, und davor stand ein sechsjähriges Mädchen mit gelockten hellblonden Haaren, strahlend blauen Augen und kunstvoll geflochtenen Zöpfen – ein lebendiges Abbild seiner Mutter.

»Mami, Mami.« Das Mädchen rannte auf Christine zu. »Ich möchte wieder bei dir sein.«

Christine brach in Freudentränen aus und umarmte ihre Sarah.

»Das ist nicht möglich, mein liebes Kind. Du bist adoptiert und hast eine neue Mutter«, mischte sich Tscharner ein.

Sarah konnte die Worte des Direktors nicht verstehen, aber Christine verstand sie nur zu gut. Sie warf ihm einen missbilligenden Blick zu.

»Bringen Sie das Mädchen kurz weg, ich möchte noch ein paar Worte mit Christine wechseln«, bat Tscharner.

Das Kind wurde von der Mutter weggenommen und weinte bitterlich.

»Typisch Mutter, das Kind trotzt«, stellte Tscharner fest.

Christine reagierte verstört, gab jedoch keinen Kommentar ab.

»Wir haben den Auftritt des Kindes geübt und ihm eingetrichtert, dass es ›Mami, Mami‹ rufen soll.«

»›Eingeimpft‹ wäre das passende Wort«, bemerkte Christine, die genau wusste, dass Tscharner den Sinn ihres Kommentars nicht verstand. Doch ihr war klar, dass sie es sich mit ihm nicht verderben durfte. Das wurde ihr bei seinen nächsten Worten noch klarer.

»Sie haben einfach Glück, Christine. Glück, dass Wasen weit weg von Hindelbank liegt. Eigentlich hätten wir Sie gerne bei uns behalten. Für Kost, Logis und Betreuung würden wir aufkommen. Es bliebe noch die Arbeitskraft. Sie haben die besten Voraussetzungen, um in einer Fabrik zu arbeiten. Die Fabriken benötigen seit Jahren Leute wie Sie …«

Tscharner hatte den Faden verloren. Nervös suchte er mit dem Finger die Stelle auf dem Blatt, an der er stecken geblieben war.

»Ah, da habe ich es wieder. Unsere Fabrik in Hindelbank platzt aus allen Nähten, anders als in Wasen. Dort könnten Sie arbeiten, bräuchten jedoch eine Wohnung. Die Wohnung stellen wir Ihnen zu einem günstigen Preis zur Verfügung. Sie ist einfach, aber ausreichend für ein angenehmes und genügsames Leben.«

Dann zog Tscharner ein weiteres mit Schreibmaschine getipptes Blatt aus seiner Jackentasche. »Es handelt sich um einen Vertrag. Eine Wohnung für hundert Franken pro Monat.«

»Wie soll ich das denn bezahlen? Ich verdiene noch nichts.«

»Das wird sich ändern. Bei uns haben Sie bereits seit Jahren außerhalb gearbeitet. Die Metallfabrik in Hindelbank, die teilweise nach Wasen bei Sumiswald verlegt werden muss, hat Verträge mit unserer Einrichtung. Unsere Insassinnen arbeiten dort und erhalten von uns Kost und Logis. Also werden Sie in diesem Ableger der Fabrik in Hindelbank, die Sie ja bereits kennen, weiterarbeiten.«

»Ich habe aber ein Dokument bekommen, in dem steht, dass ich aus der Anstalt entlassen werde und ab sofort frei bin.«

»Was nützt es Ihnen, auf freiem Fuß zu sein, wenn Sie keine Arbeitsstelle haben? Sie könnten obdachlos und zum Sozialfall werden, was dazu führen könnte, dass man Sie erneut in unsere Anstalt einweist. Dann für unbestimmte Zeit, möglicherweise sogar für den Rest Ihres Lebens.«

Christine erblasste. »Jetzt bin ich ein freier Mensch und habe das Recht, dort zu wohnen, wo ich möchte, sowie die Arbeit anzunehmen, die ich selbst auswähle.«

»Nehmen Sie doch Vernunft an. Fahren Sie jetzt mit dem Zug nach Wasen.« Tscharner reichte Christine ein Bahnbillett für Hindelbank–Wasen i. E., einfach. »Am Bahnhof Wasen wird Sie jemand abholen und zu Ihrer neuen Wohnung bringen. Morgen beginnen Sie dann Ihre Arbeit in der Metallfabrik. Sie erhalten ein Taschengeld von etwa hundert Franken pro Monat. Die Miete für die Wohnung übernehmen wir von Hindelbank aus.«

Dann hielt der Direktor den Finger über der Stelle, wo der Name »HAUSER CHRISTINE« stand.

»Unterschreiben Sie jetzt!«

»Ich möchte zunächst den Vertrag durchlesen. Das steht mir zu. Ich halte fest, dass ich keine Gefangene mehr bin.«

Tscharner seufzte. »Eine solche Halsstarrigkeit habe ich noch nie erlebt. Wenn es sein muss, lesen Sie den Vertrag halt durch.«

Christine las. »Ich brauche Bedenkzeit, bevor ich ihn unterzeichne.«

»Wie bitte? Sie haben keine andere Wahl.«

»Ich weigere mich, zum jetzigen Zeitpunkt zu unterschreiben.«

Tscharner stand auf. »Einen Moment, ich muss jetzt telefonieren.«

Christine wartete am Frühstückstisch auf den Direktor. Nach einer Viertelstunde kam er mit hochrotem Kopf zurück. »Christine, ich mache mir Sorgen um Sie. Es ist beleidigend, wenn man bedenkt, wie sehr ich mich in den letzten Wochen für Sie eingesetzt habe. Gut, wir geben Ihnen etwas Bedenkzeit. Fahren Sie trotzdem jetzt nach Wasen. Warten Sie auf weitere Anweisungen, die Ihnen mündlich überbracht werden. Gehen Sie, ich ertrage Ihre Anwesenheit nicht mehr.«

»Halt, wo ist meine Tochter?«

»Sie wurde ihrer Adoptivmutter übergeben.«

Christine schluchzte. »Wo ist diese Frau?«

»Sie wohnt in Wasen und ist auf dem Weg dorthin. Sie ist zu Hause, wenn Sie in diesem Dorf ankommen.«

»Wie lautet ihre Adresse?«

»Die brauchen Sie nicht.«

Tscharner verließ den Salon wortlos und ließ Christine einfach sitzen.

Was sollte sie jetzt tun? Sie betrachtete ihr Bahnbillett und öffnete ihr Portemonnaie. Darin befanden sich fünfundzwanzig Franken. Für einen Kaffee im Bahnhofbuffet reichte das längst.

Wann wurde sie am Bahnhof Wasen erwartet? Sie überlegte. »Ihre Strafe endet um zehn Uhr am heutigen Tag …«, hatte der Direktor gesagt. Also musste es der Zug sein, der um zehn Uhr zweiundzwanzig von Hindelbank wegfährt. Sie wartete noch einige Minuten im Salon, sah sich um und stellte fest, dass ihr Koffer an den Türrahmen angelehnt war.

Um zehn Uhr verließ sie die Anstalt, spazierte zum Bahnhof Hindelbank und wartete auf den Zug, der direkt nach Wasen fuhr. Er sollte dort kurz vor halb zwölf eintreffen.

Drei Herren erwarteten sie auf dem Perron 1, wo der Zug aus Hindelbank pünktlich hielt.

»Guten Tag, Fräulein Hauser«, sagte der älteste der drei Herren. »Mein Name ist Isaak Brechbühler, ich bin der Pfarrer von Wasen. Rechts neben mir steht Werner Moser, der Statthalter des Amts Trachselwald, links Heinrich Bolliger, Vizedirektor der Metallfabrik Wasen und Hindelbank. Ich denke, Sie kennen diesen Herrn bereits von Ihrem Aufenthalt in Hindelbank. Wir fahren jetzt gemeinsam zum Schloss Trachselwald und werden uns zusammensetzen und Ihnen erläutern, was Sie in Wasen erwartet.«

Die Fahrt dauerte zehn Minuten. Christine war noch nie dort gewesen. Als sie in den Schlosshof einfuhren, kam sie sich vor, als wäre sie in einer anderen Welt.

»Lassen Sie uns jetzt in mein Büro gehen und es uns gemütlich machen«, verkündete Statthalter Moser.

Christine fand das Büro ähnlich wie das des Direktors Tscharner. Elegant, geräumig, mit Bildern an den Wänden. Es gab einen riesigen Schreibtisch und einen noch größeren Besuchertisch.

Der Tisch war gedeckt, und es roch nach Mittagessen. Einen solch herzlichen Empfang hatte Christine nicht einmal in ihren Träumen erwartet.

»Nach Ihrer langen Reise haben Sie sicher Hunger, Fräulein. Und wir nach der harten Arbeit«, fügte er lachend hinzu.

Es wurden köstliche Speisen serviert: Kartoffelstock, Fleisch, Gemüse und Salat.

Als Nachtisch gab es eine gebrannte Crème und eine Tasse Milchkaffee.

Nachdem alle fertig gegessen hatten, ergriff Pfarrer Brechbühler das Wort.

»Fräulein Hauser, wir heißen Sie herzlich willkommen im Amt Trachselwald. Es ist bei uns nicht üblich, eine zugezogene Person so zu empfangen. Warum tun wir das? In den letzten Tagen sind in unserem Amt schreckliche Dinge geschehen, die unsere Bevölkerung aufgewühlt haben. Über viele Jahre wurde Menschen schweres Leid zugefügt. Nicht nur in unserem Amt, sondern im ganzen Kanton Bern. Unsere Gesetze lassen eine schlechte Behandlung von benachteiligten Personen nicht zu. Doch man hat einfach darüber hinweggesehen. Sie, Fräulein Hauser, gehören auch zu einer Gruppe von Menschen, die geschunden, gequält und gedemütigt wurden. Wir möchten, dass so etwas nie mehr vorkommt.«

Brechbühler gab Moser ein Zeichen, ihn beim Sprechen abzulösen.

»Heute Morgen erhielt ich einen Anruf von Magnus Tscharner, dem Direktor der Anstalten Hindelbank. Er kündigte mir Ihr Eintreffen an. Als Leiter einer Institution, die sich um administrativ Verwahrte kümmert, ist er verpflichtet, Entlassene nicht sich selbst zu überlassen, sondern sie auf das Leben in Freiheit vorzubereiten. – Er hat uns diese Aufgabe übertragen. Sie werden heute eine einfache Wohnung beziehen und morgen eine Arbeitsstelle antreten. Wohnung und Arbeitsplatz befinden sich im Dorf Wasen, das ein Ortsteil der Gemeinde Sumiswald ist. – Dazu braucht es zwei Verträge, die Sie gründlich durchlesen sollten und auch hinterfragen dürfen. Wir sind darauf vorbereitet, Ihnen Auskunft zu geben. Sie haben das Recht, die Verträge zu kündigen, wenn Sie damit nicht zufrieden sind.« Moser überreichte Christine die Verträge.

Währenddessen warf Christine einen Blick in die Runde und bemerkte etwas, das ihr sauer aufstieß. Es war die Miene von Heinrich Bolliger, dem Leiter des Betriebes, in dem sie von nun an arbeiten sollte. Offensichtlich hatte Bolliger sich die Verträge anders vorgestellt. Als Christine fertig war mit dem Lesen und keine Einwände hatte, meldete er sich zu Wort. Er mache keinen Hehl daraus, dass ihm diese Verträge Kopfzerbrechen bereiteten. Mehrere Jahrzehnte habe seine Firma mit den Anstalten Hindelbank zusammengearbeitet und viele ihrer Insassen beschäftigt, zu beider Zufriedenheit.

I.L. CALLIS
DOCH DAS MESSER SIEHT MAN NICHT

KRIMINALROMAN

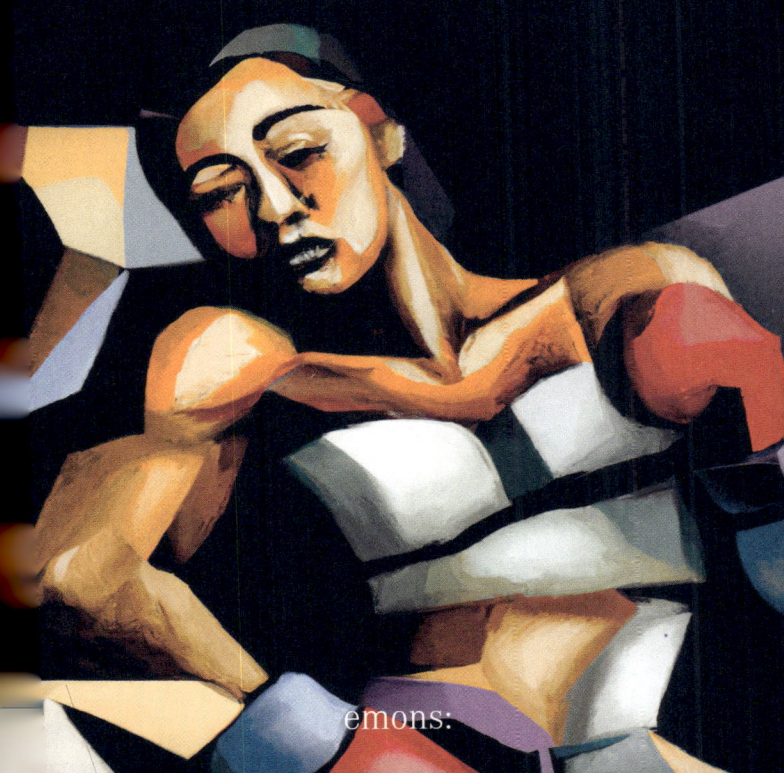

emons:

emons: **Tel. 0221-56977-0 · info@emons-verlag.de**

Bitte senden Sie mir das aktuelle Verlagsprogramm zu

Ich möchte den Newsletter von emons: per E-Mail erhalten

Ich habe Interesse an Krimis aus folgender Region:

f Besuchen Sie uns auch auf www.facebook.com/EmonsVerlag

Name

Straße

PLZ/Ort

E-Mail

emons: **verlag
Cäcilienstraße 48

50667 Köln**

Ich bin damit einverstanden, dass meine hier angeführten Daten zu dem folgenden Zweck »Versand von Kundenprospekt« erhoben, verarbeitet und genutzt sowie unter Umständen an unseren Dienstleister zum Versand des angeforderten Kundenprospektes weitergegeben bzw. übermittelt und dort ebenfalls zu dem folgenden Zweck »Versand von Kundenprospekt« verarbeitet und genutzt werden. Hier werden die Daten unmittelbar nach dem Versand gelöscht. Im Falle dass ich Zugang mit dem Zugang meiner Widerrufserklärung meine Daten gelöscht.

Alles sei gut gelaufen. Die Frauen hätten in der Anstalt Kost, Logis und ein kleines Sackgeld erhalten. Mehr würden sie nicht brauchen.

Er wisse, dass der Direktor der Anstalten ein ähnliches Modell für das Amt Trachselwald vorgeschlagen habe. Die Wohnungen würden den Verwahrten gratis oder gegen ein kleines Entgelt zur Verfügung gestellt. Sie wären immer noch unter der Obhut von Hindelbank. Die Kosten für das Essen würden übernommen. Die Verwahrten könnten sich frei bewegen, aber wären verpflichtet, über ihr Leben Rechenschaft abzulegen.

Pfarrer Brechbühler unterbrach den Redefluss des Fabrikleiters. »Diese Frauen sind nicht mehr bevormundet, sondern freie Menschen mit Pflichten und Rechten. Die Inhaber der Metallfabrik haben kein Recht mehr auf Arbeitssklaven.«

Das war für Bolliger zu viel. Er erhob sich wütend und schimpfte: »Da mache ich nicht mehr mit.« Er ging zur Tür hinaus und schmetterte sie zu.

»Was denkst du, Isaak, was sollen wir jetzt tun?«, fragte Statthalter Moser.

»Ich nehme Christine Hauser für die nächsten Tage oder Wochen im Pfarrhaus auf, mache mich auf die Suche nach einer Unterkunft für sie. Eine Beschäftigung habe ich für sie bereits gefunden. Ein Mitglied unserer Kirchgemeinde betreibt eine kleine Uhrenfabrik in Wasen. Christine kann morgen bereits dort anfangen zu arbeiten.«

»Hab vielen Dank. Ein Stein fällt mir vom Herzen«, sagte Moser.

»Dann wäre da noch das Kind von Christine«, sagte Brechbühler. »Es wurde ihr einfach weggenommen, als sie mit Stillen fertig war. Dann wurde es ohne ihre Einwilligung adoptiert.«

»Ein Unrecht, gar keine Frage«, sagte Moser. »Doch leider mit unseren Gesetzen vereinbar. Derzeit können wir nichts dagegen unternehmen.«

Brechbühler schüttelte den Kopf. »Ein Unrecht muss man

nicht einfach hinnehmen, auch wenn es durch Gesetze geschützt ist. Ich kenne die Adoptivmutter. Sie ist etwas über fünfzig, eigentlich zu alt für ein so kleines Kind. Zudem ist sie gesundheitlich angeschlagen. Ich habe mit ihr gesprochen. Sie ist bereit, das Kind Christine Schritt für Schritt zu übergeben. Sarah hat dann eben zwei Mütter.«

Moser schlug mit der flachen Hand auf den Tisch. »Isaak, du bist Gold wert. Auch wenn ich dem christlichen Glauben längst abgeschworen habe, akzeptiere ich deine Religiosität. Wir werden das Problem Christine lösen.«

Der Pfarrer hob den Finger. »Werner, rede nicht vom Problem Christine, rede vom Problem Staat und beanstande, wie er mit benachteiligten Menschen umgeht.«

»Du hast recht«, schloss Moser die Diskussion.

Christine kamen die Tränen. »Es sind Tränen der Freude. Heute ist für mich der schönste Tag im Leben. Ich danke Ihnen herzlich, Herr Pfarrer, ich danke Ihnen herzlich, Herr Statthalter.«

Isaak Brechbühler brachte Christine ins Pfarrhaus. Seine Frau war nicht überrascht. Sie umarmte Christine.

***

Werner Moser begab sich ins Büro des Staatsanwalts Ronald Weber, das seinem gegenüberlag.

»Wir haben noch einen Mord aufzuklären, den an Balthasar Haller«, begann Moser.

»Wir sind dran. Es gibt ein neues Team bei den Polizeien unseres Amtes. Dann weiß ich noch etwas von einer Kriminalabteilung der Kantonspolizei«, meinte Weber.

»Die liegt noch in den Geburtswehen. Irgendwann wird sicher etwas daraus. Doch wie es aussieht, müsst ihr die Ermittlungen für diesen Fall übernehmen.«

»Und du kannst zuschauen …«

Das Statthalteramt sei keine Ermittlungsbehörde. Aber er

habe eine Ausbildung als Jurist und könne bei den Untersuchungen mithelfen, erklärte Moser.

Moser und Weber unterhielten sich über Balthasar Haller.

»Man mochte ihn in Wasen nicht. Mentalitätsmäßig hatte er das alte Bern nie überwunden«, stellte Weber fest. »Ich hatte mit Haller zwei Jahrzehnte lang zu tun. Aber ein richtiges Gespräch zwischen ihm und mir kam nie zustande.«

Dass Haller keine Freunde hatte, sei unbestritten. »Doch wo waren seine Feinde?«, fragte Moser.

Weber wusste keine Antwort darauf. Dann überlegte er. »Wir müssen recherchieren. In Hallers Vergangenheit, in seiner Verwandtschaft, über seine Besitztümer, etwa, was gehört ihm im Amt Sumiswald. Das war bislang kein Thema, Haller scheute die Öffentlichkeit.«

»Das mit seinen Besitztümern könnten wir leicht herausfinden«, schlug Moser vor.

»Dann tun wir das mal. In den nächsten Tagen hast du die Unterlagen in deinem Postfach, ich werde gleich einen Termin mit dem Chef der Polizeiwache Sumiswald vereinbaren. Ich denke, dort erwartet man Zeichen von uns. Die sind wohl schon an der Sache dran, doch sie wissen nicht, wo ermitteln. Denn einen Mord, wie den an Haller, gab es seit Menschengedenken in unserer Gegend nicht.«

Am Mittwoch, den 29. September 1965, lag ein Stoß Papiere von der Wache Sumiswald im Postfach von Statthalter Moser. Er nahm sich Zeit, diese ausführlich durchzugehen.

<u>Liegenschaften von Balthasar Haller in Hindelbank</u>
Balthasar Haller war Miteigentümer mit einem Anteil von siebzig Prozent der Metallfabrik Hindelbank.
Er war Alleineigentümer von zwei Bauerngütern.
Er war Alleineigentümer von vier Mietshäusern mit insgesamt zwanzig Wohnungen.

Liegenschaften von Balthasar Haller in Wasen i. E.
Er war Alleineigentümer der Metallfabrik Wasen.
Er war Hauptaktionär von vier metallverarbeitenden Betrieben mit rund dreißig Angestellten.

Liegenschaften von Balthasar Haller in Sumiswald
Er war Hauptaktionär von zwei landwirtschaftlichen Zulieferbetrieben mit rund zehn Angestellten.
Er war Miteigentümer der Arme-Leute-Anstalt und des ihm angeschlossenen Kinderheims.

Liegenschaften von Balthasar Haller in Langnau
Er besitzt ein Heim für Kleinkinder in Bärau. Durchschnittlich halten sich dort etwa zwanzig Kinder auf, fünfzehn davon im Alter von drei Jahren oder darunter. (Bärau ist ein Ortsteil von Langnau.)

Verwandtschaftliche Bande
Balthasar Haller ist ein Cousin von Magnus Tscharner.

Staatsanwalt Weber rief Statthalter Moser an. »Mir kollern beinahe die Augen aus den Höhlen. Und wie ging es dir bei der Lektüre der Unterlagen über Balthasar Haller?«

Moser schlug sich laut lachend auf die Schenkel. Ihn wundere das nur zum Teil. Der Staat Bern habe ein beträchtliches Korruptionspotenzial. Dass dieser Haller seine Finger überall drin habe, sei Eingeweihten schon längst bekannt. Doch mit dem Ableben von ihm werde Bern nicht minder korrupt. Hinter den Hallers und den Tscharners stünde eine ganze Sippe. Etwas habe er allerdings nicht erwartet. Dass die berüchtigten Heime für Kleinkinder auch zu Hallers Besitztümern gehörten. Diese Heime wirkten, böse gesagt, als Eintrittsbillett in die Anstalt Hindelbank und wohl auch in andere Justizvollzugseinrichtungen. Er habe sich in dieser Sache noch weitere Informationen beschafft. Neben seinem großzügigen Lohn erhalte Tscharner eine Prämie für jeden Insassen von seiner Anstalt in Hindelbank, die er in die Metallfabrik vermittle. Und das dürfte mit Sicherheit auch bei Hallers Unternehmen in Wasen so sein.

3

Am 21. September 1943 lag Christines Mutter auf einem Bauerngut in der Gemeinde Trubschachen in den Wehen. Sie war noch nicht ganz vierzehn Jahre alt und besuchte die achte Klasse der Primarschule.

Die Geburt verlief schwierig. Nach zwei Stunden Wehen kam das Kind noch nicht zur Welt. Der Bauer, der Großvater, machte seinen Einspänner bereit und galoppierte damit zur Hebamme, die zwei Kilometer entfernt wohnte. Zum Glück war sie zu Hause. Als er mit ihr zurück auf seinem Hof war, befand sich das Kind immer noch im Mutterleib.

Es bliebe keine andere Wahl, sie müssten ins Spital nach Langnau fahren, erklärte die Hebamme. Eine halbe Stunde später kamen sie dort an.

Der Arzt in der Notfallabteilung machte ein besorgtes Gesicht. »Ich muss operieren, um die Mutter und vielleicht auch das Kind zu retten.«

Das Kind kam lebend auf die Welt. Die Mutter konnte es noch einige Augenblicke in ihren Händen halten, dann verstarb sie.

Der Kindsvater, ein zweiundzwanzigjähriger Käser, wurde vom Landjäger von Trubschachen festgenommen und ins Gefängnis von Langnau gebracht.

Das Baby kam in die Obhut seiner Großmutter in Trubschachen, die es sehr umsorgte. Nach einem halben Jahr starb sie an einer schweren Krankheit. Es sei vermutlich Bauchspeicheldrüsenkrebs gewesen, sagte der Arzt.

Der Großvater war nicht in der Lage, sich um das Kind zu kümmern. Er erhielt die behördliche Anweisung, Christine in ein Heim für Kleinkinder in Bärau, einem Ortsteil von Langnau, zu bringen. Obwohl es ihm schwerfiel, denn der Ruf dieses Heims war schlecht.

Der noch nicht fünfzigjährige Mann weinte, als er sein Enkelkind dort ablieferte. Es stank grauenhaft im Zimmer, in dem gut zehn Wickelkinder von halbwüchsigen Mädchen betreut wurden. Diese Mädchen waren ebenfalls Insassen des Kinderheims, das auch Waisenhaus oder Anstalt für Arme-Leute-Kinder war.

Kaum eine Woche später verunfallte Christines Großvater tödlich beim Holzfällen. Keines seiner Geschwister war bereit, Christine aufzunehmen.

Der führungslose Hof des Bauern Hauser wurde versteigert, jedoch nicht zu einem besonders guten Preis. Der Erlös wurde auf ein Konto überwiesen, mit dem Zweck, die Betreuung von Christine zu finanzieren. Monatlich wurde für das Kleinkind eine bestimmte Summe an das Kinderheim Bärau überwiesen. Diese Beträge waren jedoch viel zu hoch für die unzureichende Pflege von Christine.

In Langnau und Umgebung verbreiteten sich Gerüchte über die Zustände in diesem Heim. Die Aufsicht darüber lag beim Sozialamt der Gemeinde Langnau. Wenn viele Beschwerden über die Einrichtung eingingen, entsandte die Gemeinde jemanden dorthin, um sich umzusehen und einen Bericht zu verfassen.

***

Im November 1965, im Zuge der Ermittlungen zum Mord an Balthasar Haller, gelangte Staatsanwalt Ronald Weber in den Besitz eines solchen Berichts.

Bericht von Blaser Albert, Gemeinderat, Ressort Armenwesen und Heime, Montag, 3. Dezember 1946
Inspektion der Kinderanstalt Bärau
Verwaltungsrat: Balthasar Haller, Präsident
Leitung: Hermine Rieder, Primarlehrerin, und Sabine Minder, Krankenschwester

Verwaltung:
Buchhaltung, Rechnungswesen: keine Beanstandung
Verhalten der Angestellten: keine Beanstandung
Führung des Betriebes: keine Beanstandung

Insassen:
- *0 bis 3 Jahre: 8; 4 Buben, 4 Mädchen*
- *3 bis 6 Jahre: 10; 4 Buben, 6 Mädchen*
- *6 bis 9 Jahre: 11; 4 Buben, 7 Mädchen*
- *9 bis 12 Jahre: 8 Mädchen*
- *12 bis 15 Jahre: 9 Mädchen*

Todesfälle:
1 männliches Kind, 6 Monate alt, Todesursache: hohes Fieber
1 weibliches Kind, 14 Jahre alt, Todesursache: Suizid

Betreuende Personen:
3 Frauen, ausgebildet durch Kurse, die von der Gemeinde Langnau vermittelt wurden

Zustand der Zimmer:
- *Alter: 0 bis 3 Jahre. Schlaf- und Aufenthaltsraum. Personen, die dieses Zimmer betreuen: 3 Mädchen im Alter von 12 bis 15 Jahren, alle sind Insassen. Windeln sind unsachgemäß angebracht, und die Betten sind durch Kot verschmutzt. Verbesserungsvorschläge: Die Betreuerinnen sollten in ihre Arbeit eingeführt werden.*
- *Alter: 3 bis 6 Jahre. Schlaf- und Aufenthaltsraum. Personen, die dieses Zimmer betreuen: 2 Mädchen im Alter von 12 bis 15 Jahren. Der Raum ist unordentlich und schmutzig. Die Kinder prügeln sich, und mehrere haben leichte Verletzungen. Verbesserungsvorschläge: Es sollte zeitweise eine erwachsene Betreuungsperson hinzugezogen werden.*
- *Alter: 6 bis 9 Jahre. Schlaf-, Aufenthalts- und Schulraum. Der Unterricht wird abwechselnd zwei Stunden vormittags*

und nachmittags sowie am Samstagvormittag von Hermine Rieder durchgeführt. Es gibt keine Beanstandungen bezüglich des Unterrichts. In den Zwischenzeiten wird der Raum von zwei Mädchen im Alter von 12 bis 15 Jahren, die im Heim leben, überwacht. Während der unterrichtsfreien Zeiten herrscht im Raum eine hohe Unruhe.
Verbesserungsvorschläge: Es sollte zeitweise eine erwachsene Betreuungsperson hinzugezogen werden.
- Alter: 9 bis 12 Jahre. Der Raum dient als Schlaf-, Aufenthalts-, Schul- und Arbeitsraum. Der Unterricht wird von Hermine Rieder abgehalten und findet abwechselnd zwei Stunden am Vormittag und am Nachmittag statt sowie am Samstagvormittag. Während der unterrichtsfreien Zeiten ist es im Raum unruhig.
Verbesserungsvorschläge: Es wird empfohlen, zeitweise eine erwachsene Betreuungsperson hinzuzuziehen.
- Alter: 12 bis 15 Jahre. Schlaf-, Aufenthalts-, Schul- und Arbeitsraum.
- Der Unterricht wird durch eine von der Gemeinde Langnau zur Verfügung gestellte Primarlehrperson durchgeführt. Der Unterricht findet alternierend zwei Stunden vormittags und nachmittags sowie am Samstagvormittag statt. Jeden Monat unterrichtet eine andere Person.

Kommentar von Albert Blaser: Der häufige Wechsel der Lehrpersonen ist zwar nicht optimal, aber nachvollziehbar. Die Lehrtätigkeit unter den schwierigen Bedingungen in der Kinderanstalt Bärau stellt für Lehrkräfte eine extreme Belastung dar. Verbesserungsvorschläge sind nicht zwingend erforderlich. Die Gemeinde Langnau hat Verständnis dafür, wenn diese nicht umgesetzt werden können. Man ist froh, dass in Bärau überhaupt Unterricht stattfindet, der obligatorisch ist.

***

Jedem Kind, das in ein Heim eingewiesen wurde, wurde ein Amtsvormund zugeteilt. Diese übten verschiedene Berufe aus und dieses Amt neben ihrer regulären Arbeit. Sie hatten keine spezielle Ausbildung und wurden nicht in diese anspruchsvolle Aufgabe eingeführt.

Christines Amtsvormund war ein Metzger, der sich einen Namen als Stammtischredner gemacht hatte. Er berichtete seinen Kumpels ausführlich über diese Nebenbeschäftigung, auf die er sehr stolz war. Neben Christine betreute er noch zehn weitere Mündel.

Christine war noch nicht einmal drei Jahre alt, als der Amtsvormund in einer verrauchten Spelunke in Langnau seine soziale Ader hervorhob und behauptete, er hätte ihr das Leben gerettet. Als er sie das letzte Mal besucht hatte, bemerkte er, dass sie Bauchschmerzen hatte.

»Entschlossen handelte ich und befreite sie schnell von ihren verschmutzten Windeln. Diese waren vollständig verunreinigt und mit Blut befleckt. Vorsichtig hob ich Christine aus ihrem Bett und setzte sie behutsam in eine mit kaltem Wasser gefüllte Metallwanne. Warmes Wasser gibt es dort nicht. Dreimal leerte ich das Wasser und füllte frisches nach, bis sie endlich sauber war. Ihr Po war blutig, und auch ihre Intimregion war stark blutverschmiert. Ich nahm mir die Leiterin des Heims vor und wies sie an, einen Arzt zu rufen. Im Nachhinein erfuhr ich, dass man das Kind ins Spital einweisen musste. Dort blieb Christine eine ganze Woche.«

Dann beschwerte sich der Metzger über die Leitung des Heims. Die beiden Damen Rieder und Minder würden ihre Aufgaben nicht ernst nehmen. Das müsse sich ändern. Er werde sich nun mit Gemeinderat Blaser, der ebenfalls Mitglied seiner Partei sei, zusammensetzen.

Nach ihrem dritten Geburtstag wurde Christine eine leichte Aufgabe zugewiesen. In ihrem Aufenthalts- und Schlafraum gab es Basteltische, an denen die Kleinen in das »Arbeitsleben« eingeführt wurden. Viele Briefe von der Gemeinde- und

Amtsverwaltung und von Büros privater Firmen kamen zur Verpackung ins Kinderheim. Marken mussten auf die Couverts aufgeklebt und diese zugeklebt werden, nachdem die Briefe hineingelegt worden waren. Diese Tätigkeit wurde bereits Dreijährigen zugemutet.

Für jeden verpackten Brief erhielt das Heim fünf Rappen. Dadurch kam eine beträchtliche Summe zusammen, die die Finanzen des Heims entlastete, das teilweise von der Gemeinde finanziert werden musste.

Nach der Sitzung im Dezember 1946 behandelte der Gemeinderat von Langnau auch das Thema »Kinderheim Bärau« und erstellte ein Protokoll.

Leider gab es zwei Todesfälle im August und September zu bedauern. Es handelte sich um den Selbstmord eines vierzehnjährigen Mädchens, das ertrunken in der Emme gefunden wurde. Die Gemeindeverwaltung Langnau wurde vom Gerichtsmedizinischen Institut Bern über den Autopsiebericht informiert, wie der Gemeindepräsident mitteilte. »Das junge Mädchen hatte sich ohne Einwilligung schwängern lassen. Es ist tragisch, aber immerhin ein Problem weniger. Es wird keine gerichtliche Untersuchung zu diesem Todesfall geben.«

Der Heimleitung kann nicht vorgeworfen werden, dass ein sechs Monate alter Bub einen Fieberschub hatte und daran verstarb. Zu dieser Zeit herrschte eine Grippewelle, von der auch immer wieder kleine Kinder betroffen waren. Darüber hinaus stammte das Kind aus einer Familie mit Alkoholproblemen. Es ist bekannt, dass Kinder geschwächt zur Welt kommen, wenn beide Eltern Alkohol trinken. In diesem Fall hat der Amtsarzt auf eine Obduktion verzichtet.

Der Frieden war da, doch während der Folgejahre waren viele immer noch arm, vor allem in ländlichen Regionen. Die Arme-Leute-Kinderanstalt von Bärau war besonders betroffen. Im Herbst wurden die Kinder barfuß auf die Stoppelfelder geschickt, um Ähren zu sammeln. Das war für die Kleinen äußerst schmerzhaft, da ihre Fußsohlen wund wurden, bluteten und sich entzündeten. Die Infektionen führten nicht selten zu Fieberschüben. Wenn mehrere Kinder betroffen waren, wurde der Amtsarzt gerufen, der einige von ihnen ins Spital Langnau brachte.

Auch Christine war unter ihnen. Ihr Fieber stieg auf über einundvierzig Grad. Der zuständige Arzt in der Notfallstation befürchtete, dass sie es nicht überleben würde, und verlangte nach ihren Angehörigen.

»Dieses Mädchen hat keine Angehörigen. Zum Glück, denn sonst würden ihre Verwandten kommen und die Herausgabe ihres Vermögens verlangen. Christine ist eine der wenigen Insassinnen unseres Heims, die etwas abwirft. Wir erhalten monatlich zweihundert Franken von ihrem Vermögen. Wir wollen sie behalten. Sie darf nicht sterben«, erklärte die Leiterin der Anstalt dem Arzt. Christine überlebte.

Allerdings traf es nicht ganz zu, dass sich außerhalb des Heims niemand um Christine kümmern wollte. Es gab eine verwitwete Schwägerin des verstorbenen Bauern Hauser, die sich regelmäßig nach Christines Wohlbefinden erkundigte. Jedes Mal wenn Tante Heidy die Kleine besuchen wollte, wurde sie jedoch abgewiesen. Es hieß, dass es immer wieder Probleme gäbe, wenn Angehörige sich um die Insassen der Anstalt kümmerten. Das Verhalten der betroffenen Kinder gerate außer Kontrolle, was sich oft negativ auf die Gemeinschaft im Heim auswirke.

Heidy ließ sich nicht abwimmeln, bis der für Soziales verantwortliche Gemeinderat, der Armenvater, ihr drohte. Falls sie weiterhin auf Besuche bei Christine bestehen würde, würde gegen sie ein Verfahren eingeleitet werden. Schließlich werde sie von der Gemeinde als Bedürftige unterstützt. Sollte sie keine Ruhe geben, würde sie in die Armenanstalt eingewiesen werden.

4

Christian Hachen wurde am 2. September 1941 auf einem der größten Landgüter in Sumiswald, im Amt Trachselwald, geboren. Seine Mutter war eine achtzehnjährige Magd. Es wurde gemunkelt, dass der leibliche Vater des Kindes der jüngste Sohn von Edwin Rindlisbacher sei. Emma Hachen gab bei der Polizei an, dass er sie immer wieder vergewaltigt habe.

Der Chef der Hauptwache Sumiswald, ein Feldweibel der Kantonspolizei Bern, weigerte sich, eine Anklage entgegenzunehmen. Er behauptete, dass geschwängerte Mädchen dies oft behaupteten, nur um einen wohlhabenden Ehemann zu angeln.

Emma Hachen wurde zusammen mit Christian in die Armenanstalt des Amts Trachselwald überstellt, wo sie zwei Monate bleiben durfte, um das Kind zu stillen. Der Heimleiter hatte Mitleid und wies der Kindsmutter keine schwere Arbeit zu. Dies veranlasste sie zu der Bemerkung, dass sie in diesem Armenhaus zumindest ausreichend zu essen habe, was auf dem Hof des Großbauern selten der Fall sei.

Nach zwei Monaten kehrte sie zu Rindlisbacher zurück, ohne eine andere Wahl zu haben. Christian wurde in die Arme-Leute-Kinderanstalt des Amts Trachselwald gebracht. Es brach Emma Hachen fast das Herz, denn sie kannte die Umstände in dieser Anstalt nur zu gut. Das Haupthaus des Landguts, in dem sie arbeitete, lag nur wenige hundert Meter entfernt.

Sie schrieb einen Brief an die Leiterin des Heims, Hedwig Neuhaus, und bat darum, ihr Kind besuchen zu dürfen. Die Antwort war ablehnend. Daraufhin wandte sie sich an den Gemeindepräsidenten von Sumiswald. Die Reaktion war heftig. Er drohte ihr damit, sie zu bevormunden, sollte sie weiterhin solch unsinnige Forderungen stellen. Doch Emma Hachen gab nicht auf. Sie schrieb an den Statthalter im Schloss Trachselwald.

Dieser schickte einen Beamten, der persönlich mit ihr sprechen wollte. Rindlisbacher wehrte sich dagegen. Er konnte es nicht akzeptieren, dass ein Lakai des Statthalters sich in dieser Angelegenheit einmischte. Auf seinem Hof hatte er das Sagen und niemand sonst. Er bestand darauf, bei dem Gespräch dabei zu sein. Der Beauftragte kehrte unverrichteter Dinge zurück.

Der Statthalter begab sich nun selbst auf den Weg und ließ sich von zwei Landjägern begleiten. Auf dem Vorplatz des Gutshauses kam es zu einem lauten Wortwechsel zwischen dem Statthalter und Großbauer Rindlisbacher, der schließlich klein beigeben musste. Der Statthalter sprach eine gute Stunde lang mit Emma Hachen und ließ dann den Gutsbesitzer hinzukommen. Er teilte ihm mit, dass die Magd den Hof ab sofort verlassen werde und dass die ausstehende Lohnzahlung an die Frau umgehend erfolgen müsse.

Rindlisbacher war kurz davor, den Statthalter gewaltsam vom Hof zu vertreiben. Die beiden Polizisten griffen ein, und Emma Hachen konnte den Hof mit einer anständigen Geldsumme verlassen.

Die Nachricht über den missglückten Auftritt Rindlisbachers vor dem Statthalter verbreitete sich im ganzen Emmental wie ein Lauffeuer. Viele mochten den Gutsbesitzer nicht und freuten sich insgeheim. Doch sie vermieden es, öffentlich darüber zu sprechen.

Emma Hachen fand eine Stelle bei einem anderen Bauern in Sumiswald, um in der Nähe ihres Sohnes bleiben und ihn regelmäßig besuchen zu können. Die Heimleiterin konnte sich den Besuchen von Emma Hachen im Heim nicht länger widersetzen.

Im Januar 1944 starb der Statthalter, und ein neuer wurde von den wahlberechtigten Männern des Amts gewählt. Der Neue, Ottokar Küpfer, zeigte kein Verständnis für die Anliegen der

Heimkinder. Dies nutzte die Leiterin der Arme-Leute-Kinderanstalt aus und teilte Emma Hachen mit, dass die Zeit des gefühlsduseligen Umgangs mit den Heimkindern, die die öffentliche Hand hohe Geldbeträge koste, vorbei sei. Besuche von Angehörigen würden auf einmal jährlich beschränkt.

Emma Hachen war verzweifelt über diese Nachricht. Es war Mitte August 1944, und sie hatte Christian in diesem Jahr bereits zehn Mal besucht. Sie bat Hedwig Neuhaus schriftlich darum, ihr wenigstens einen Besuch zu Christians Geburtstag zu erlauben. Ende August erhielt sie eine Antwort von Neuhaus. Sie sei eigentlich dagegen, überlasse jedoch die Entscheidung Statthalter Küpfer. Emma Hachen schrieb ihm, und er zeigte sich großzügig. An Geburtstagen und Weihnachten seien Besuche im Heim generell erlaubt.

Emma Hachen brachte ein Geschenk mit: einen selbst gebackenen Kuchen. Doch das stieß bei Hedwig Neuhaus auf Unmut. Solche Präsente würden nur Unruhe stiften. Emma Hachen entschied sich daher, den Kuchen in kleine Stücke zu schneiden und sie an alle zu verteilen. Sie war darüber traurig und teilte dies bei ihrem Besuch Christian mit. Neuhaus, die keinen Meter von Emma Hachen wich, hörte alles mit.

Zwei Tage später wurde Christian mit mehreren Knochenbrüchen und einer ausgekugelten Schulter ins Spital Sumiswald eingeliefert. Der Arzt der Notfallstation erkundigte sich bei Christian, wie er sich diese Verletzungen zugezogen habe. Trotz der Schmerzen konnte der dreijährige Junge sich klar und plausibel ausdrücken. Seine sprachlichen Fähigkeiten fielen den Pflegekräften und Ärzten auf. Der Arzt hatte keinen Zweifel: Die Heimleiterin hatte das Kind misshandelt. Er besprach sich mit dem Chefarzt. Obwohl dieser der Einschätzung seines Untergebenen zustimmte, riet er vorerst davon ab, die Polizei zu informieren. Vielleicht würde Hedwig Neuhaus ihr Fehlverhalten bereuen und das Kind nicht erneut schlagen.

Der Notarzt schüttelte den Kopf. Das komme für ihn nicht

in Frage. Es gebe klare Verpflichtungen in seinem Beruf, über die man nicht hinwegsehen dürfe.

Er erstattete Anzeige gegen Hedwig Neuhaus. Der Chef der Wache Sumiswald war damit nicht einverstanden und weigerte sich, das Strafverfahren weiterzuleiten. Der Arzt zuckte nur mit den Schultern und wies den Polizisten darauf hin, dass Anzeigen an jedem Polizeiposten gemacht werden konnten. Daraufhin begab er sich nach Burgdorf, dem Hauptort des benachbarten Amts, wo die Anzeige angenommen wurde.

Ein Gerichtsmediziner, der nebenberuflich als außerordentlicher Professor an der Universität tätig war, besuchte Christian im Spital und untersuchte ihn. Er war schockiert. Was Hedwig Neuhaus sich erlaubt hatte, sei ein Verbrechen gegen Leib und Leben. Der Staatsanwalt des Amtsgerichts Burgdorf erließ einen Haftbefehl gegen sie. Sie wurde in Untersuchungshaft genommen, jedoch nicht im Schloss Trachselwald, sondern in der Haftanstalt der Stadt Burgdorf.

Statthalter Küpfer von Trachselwald protestierte gegen die Festnahme bei dem zuständigen Mitglied der Kantonsregierung. Dieser musste seinen Parteifreund jedoch daran erinnern, dass in Bern die Gewaltenteilung gelte. Die Exekutive dürfe sich nicht in die Angelegenheiten der Justiz einmischen.

Die Heimleiterin Hedwig Neuhaus wurde nach zwei Tagen wieder freigelassen, musste jedoch den Prozess abwarten, der vom Staatsanwalt aus Burgdorf gegen sie vorbereitet wurde. Aufgrund eines Beschlusses des Regierungsrates musste der Justizdirektor Hedwig Neuhaus fristlos entlassen. Sie verlor ihre gut bezahlte Arbeit, und ihre Stellvertreterin übernahm die Leitung des Kinderheims.

Für Christian begann die schönste Zeit seiner frühen Kindheit, als seine Verletzungen geheilt waren und er in der Kinderabteilung des Spitals Sumiswald bleiben durfte. Dort wurde er regelrecht verwöhnt, und seine Mutter besuchte ihn fast jeden Tag. Diese Zeit dauerte bis zur zweiten Woche des Jahres 1945.

Statthalter Küpfer des Amts Trachselwald war mit dem Ausgang der Misshandlung von Christian alles andere als zufrieden. Er beschloss, ihn »loszuwerden«, und ordnete an, dass Christian beim Bauern Rudolf Affolter verdingt werden sollte. Affolter teilte Küpfer mit, dass das derzeit schlecht möglich sei. Anfang Januar 1948 würde er aber den Verdingbub gerne aufnehmen.

So beschloss Küpfer, Christian noch weitere drei Jahre in der Arme-Leute-Kinderanstalt zu belassen. Um die Situation zu beruhigen, erlaubte er Christians Mutter ein Besuchsrecht.

Ende 1947 beauftragte er für das neue Jahr Christians Umplatzierung an den Bauern Affolter im Dürrgraben.

Obwohl sich Emma Hachen dagegen wehrte, lag diese Entscheidung in seinem Ermessen. Sie wehrte sich dagegen, weil Christian Pflegeeltern zugeteilt werden sollte, die bekannt dafür waren, ihre Zöglinge auszunutzen und schlecht zu behandeln.

Affolter war einer der drei Großräte des Amtes Trachselwald, Gemeindepräsident, Kranzschwinger, Vorsitzender der Jäger des Oberemmentals und Großgrundbesitzer.

Mitte Januar 1948 wurde Christian Verdingbub der Affolters.

Frau Affolter, die ihm alles zeigte, was er wissen musste, führte Christian als Erstes in den Stall. Dort befand sich ganz hinten ein kleiner Raum aus Holz, etwas größer als eine Besenkammer.

»Das wird dein Schlaf- und Aufenthaltsraum sein, den kannst du jetzt beziehen«, erklärte sie. »Sei dankbar, du hast immerhin ein eigenes Zimmer.«

In dem Raum stand ein alter Schrank mit einer schiefen Tür. Vorsichtig schob sie diese auf. »Pass auf, dass sie dir nicht auf den Kopf fällt.«

Anschließend öffnete sie eine große Tasche und sagte: »Schau mal hinein, das sind deine Kleider.«

Der Gestank war unerträglich, und Christian kamen die

Tränen. »Das sind ja Lumpen, das sind nicht die Kleider, die ich in der Anstalt getragen habe.«

Frau Affolter kniff die Augen zusammen und öffnete ihren Mund. Ein hässlicher Anblick. Die schwarz umrandeten, spitzen Zähne machten ihr Gesicht noch böser. »Du frecher kleiner Wicht, was sagst du da?« Sie hob ihre Hand und schlug Christian mehrmals ins Gesicht.

Er schrie auf.

»Hör auf zu weinen. Jetzt beginnt für dich ein neues Leben, das dir zusteht. Du hast eine schwierige Vergangenheit, du bist nicht besonders begabt, du kannst noch nicht viel und wirst keinen Erfolg haben. Aber sei dankbar, dass es Menschen gibt, die Mitgefühl und dich aufgenommen haben.«

Der aufgeweckte sechsjährige Christian konnte den Sinn dieser Worte sehr wohl erfassen. Er hörte sofort auf zu weinen und sah Frau Affolter mit einem Blick an, den sie verstand, aber der sie noch wütender machte.

»Schau mich nicht so an!« Sie hob die Hand und zeigte mit Daumen und Zeigefinger fast eine winzige Entfernung. »Ich werde dich klein machen, so klein, dass du aufhörst, aufzubegehren. Wir kennen deine Geschichte. Du bist ein schwieriger Bub. Wenn man dir keine Grenzen setzt, könntest du vielleicht in die falsche Richtung gehen und Kommunist werden.« Sie lachte. »Natürlich weißt du nicht, was Kommunisten sind.«

Ein trotziges Lächeln huschte über Christians Gesicht. »Russland, Moskau …«

Frau Affolter schlug Christian mitten ins Gesicht, sodass seine Nase anfing zu bluten. Die Nase, die vor drei Jahren durch die Schläge der Heimleiterin Hedwig Neuhaus gebrochen worden war. »Das kann doch nicht wahr sein, du bist schon im Kindesalter völlig verdorben.«

Am selben Tag, gegen vier Uhr nachmittags, kam auch Christians amtlicher Vormund, der Vogt, zu Frau Affolter. Er hatte einige Fragen an sie, unter anderem, wo Christian schliefe. Anstatt ihn zum Nachtlager im Stall zu führen, brachte sie ihn auf den Dachboden mit mehreren Mansarden. Sie zeigte dem Vogt die schönste davon. Dort gab es ein richtiges Bett, ein Fenster, einen Schrank und eine Kommode. Ein kleiner Tisch war ebenfalls vorhanden. Der Vormund fand das in Ordnung. Weiter fragte er nach der Verpflegung für Christian. Frau Affolter erwähnte die Mahlzeiten, die am Familientisch serviert wurden.

Er nickte zufrieden. »Gut, dann ist Christian immer satt.«

Frau Affolter hatte aber nicht damit gerechnet, dass er nun auch Christian sehen wollte. Sie bat um etwas Geduld und gab an, nach dem Kind zu suchen. Dann holte sie Christian aus dem Stall und führte ihn dem Vogt vor.

Der Vogt runzelte die Stirn. »Was ist mit deiner Nase passiert?«

Anstatt dass Christian antwortete, erklärte Frau Affolter, dass er die Treppe hinuntergefallen sei.

Christian bäumte sich vor dem Vogt auf und sagte trotzig, seine Pflegemutter habe ihn geschlagen.

Frau Affolter schrie hysterisch auf. »Der Junge lügt, er lügt immer. Ich habe ihn nicht geschlagen.«

»Wem soll ich nun glauben?«, fragte der Vogt.

»Was muss ich mir da anhören?«, fragte Frau Affolter erzürnt. »Vogt, es ist inakzeptabel, dass bei Ihnen meine Worte weniger zählen als die eines verdingten Kindes.«

»Ich halte mich an meine Vorschriften, Frau Affolter. Ich habe Erfahrung im Umgang mit misshandelten Kindern. Wenn ich mir seine Verletzung anschaue, deute ich weniger auf einen Treppensturz als auf körperliche Misshandlung.«

»Verlassen Sie sofort unser Haus, Vogt. Ich werde mich nun an den Statthalter wenden.«

»Meinetwegen, tun Sie das.« Der Vormund verabschiedete sich.

Als er außer Sichtweite war, schlug Frau Affolter Christian mit dem Teppichklopfer, der an der Tür zwischen der Küche und dem Wohnzimmer hing.

»Du frecher Junge, du weißt genau, dass du ohne meine Erlaubnis nicht mit fremden Leuten sprechen darfst. Ich werde dir jetzt eine Lektion erteilen, die du so schnell nicht vergessen wirst.« Sie riss Christian die Kleider vom Leib und schlug so lange auf ihn ein, bis er an mehreren Stellen blutete.
Christian weinte.
»Hör sofort auf, sonst folgt die nächste Lektion«, sagte sie streng, während Christian seine Tränen und sein Schluchzen unterdrückte.
»Geh jetzt in deine Unterkunft im Stall. Bis morgen gibt es nichts zu essen.«

Christian gehorchte. Er grübelte darüber nach, wie er an etwas Essbares gelangen könnte. Im Keller des Hauses waren Äpfel, Birnen, Rüben, getrocknete Lebensmittel und vieles mehr gelagert, ähnlich wie in der Anstalt. Aber wie konnte er in den Keller kommen? Irgendwo musste ein Schlüssel dafür sein.
Christian entschloss sich, sich auf die Suche zu machen, ohne dabei entdeckt zu werden. Wann wäre die beste Zeit dafür? Die Dienstboten waren noch nicht im Stall, die Knechte waren im Wald beim Holzfällen, die Mägde in der Küche, im Nähzimmer oder mit dem Putzen der Zimmer beschäftigt. Das Problem war, dass diejenigen, die in der Küche arbeiteten, zwischendurch auch in den Keller mussten. Sich jetzt heimlich in den Keller zu schleichen war also gefährlich. Würde er erwischt werden, wären ihm Prügel sicher.
Dennoch wollte er sich zumindest vergewissern, wie er in den Keller gelangen konnte.
Er entdeckte eine Treppe, die in ein Untergeschoss führte. Mit großer Anstrengung schaffte er es, die Tür am unteren Ende der Treppe aufzuschieben. Er stand in einem Raum, der zwar nicht hell, aber auch nicht völlig dunkel war. In Deckenhöhe befanden sich Fenster, die anscheinend etwas über dem Boden lagen und gedämpftes Licht hereinließen. Er suchte nach einer Nische und fand mehrere davon. Er duckte sich in

eine, die nicht in der Nähe der drei Türen war, die vermutlich in den Keller führten.

Er wartete einige Minuten, als er plötzlich Schritte auf der Treppe hörte. Es waren die Schritte einer Magd. Er beobachtete, wie sie einen Schalter betätigte, und es wurde hell. Christian schätzte die Situation ein, und es schien ihm unwahrscheinlich, dass er bemerkt wurde.

Christian beobachtete die Magd, als sie zu einer Nische ging – zum Glück nicht zu der, in der er sich versteckt hielt. Dort nahm sie eine Blechbüchse, schraubte den Deckel ab und zog an einer Schnur einen Schlüssel heraus. Sie steckte ihn ins Schloss der mittleren Tür. Offensichtlich hatte sie keine Probleme, den Schlüssel umzudrehen, denn die Tür stand plötzlich offen. Auch am Eingang dieses Raumes befand sich ein Schalter für die Deckenlampe.

Christian schlich sich wieder in seinen Schuppen zurück. Er freute sich bereits auf die Äpfel, getrockneten Zwetschgen, Brotstücke und Käsereste. Ihm war klar, dass er diese Lebensmittel nur nachts besorgen durfte, damit es niemand bemerkte. Er dachte auch darüber nach, wo er sich ein kleines Versteck für seine Vorräte einrichten könnte.

Es war an diesem Nachmittag sehr kalt und wurde immer kälter. Die Körperwärme der Tiere konnte die Temperatur im Stall kaum noch über den Gefrierpunkt bringen. Christian begann zu frieren, die beiden Wolldecken reichten nicht aus, um ihn warm zu halten. Die Nacht brach herein, und die Temperatur in seinem Schuppen sank weiter.

Christian hörte noch die Schläge der Stundenglocke vom Kirchturm. Zwölf tiefe Töne, es war gerade Mitternacht geworden. Da öffnete sich die Tür. Im Rahmen stand eine Magd. Die riesigen Augen des Jungen verrieten ihr, dass er sich fürchtete.

»Keine Sorge, Christian. Ich werde dir nichts tun. Du kannst mich Annemarie nennen«, sagte sie beruhigend.

Christian richtete sich auf der Matratze auf und setzte sich hin. »Annemarie! Annemarie, bitte hilf mir. Ich glaube, ich erfriere.«

Annemarie beugte sich über ihn und umarmte seinen Oberkörper. »Damit dir das nicht passiert, bin ich jetzt hier. Komm mit mir in die warme Mansarde, dann überlebst du diese eiskalte Nacht.« Sie nahm seine Hand.

Als sie in der Mansarde waren, flüsterte Christian, dass es ihm jetzt besser gehe.

»Darf ich dir von gestern erzählen?«, fragte er.

»Natürlich, ich höre gerne zu.«

»Warum ist diese Frau, die sich als meine Pflegemutter ausgibt, so grausam zu mir? Sie behandelt mich wie einen schlechten Menschen, schlägt mich und macht mir unerträgliche Schmerzen, obwohl ich alles getan habe, was sie von mir verlangt hat.«

Annemarie dachte nach. »Es gibt Frauen und Männer, die andere Menschen quälen. Warum tun sie das? Ich weiß es nicht, aber ich überlege, was der Grund sein könnte. Vielleicht werden sie selbst schlecht behandelt.«

»Findest du es schlimm, wenn ein Kind stiehlt?«

Annemarie lächelte. »Du wolltest mir gerade etwas erzählen, und jetzt fragst du?«

»Nachdem ich die Fragen gestellt und von dir eine Antwort erhalten habe, werde ich dir erzählen, was mich bedrückt.«

»Schon gut, Christian, frag weiter und erzähle danach. Ob ich es schlimm finde, wenn ein Kind stiehlt? Das kann ich dir erst sagen, wenn ich erfahre, warum das Kind stiehlt.«

Christian blickte zu Boden. »Ich habe beschlossen zu stehlen. Ich werde aus dem Keller Äpfel, Birnen, Zwetschgen, Käse und Brot stehlen. Ich tue das, weil ich Hunger habe. Warum bekommen die anderen das und ich nicht?«

»Es ist ungerecht, dass du hier auf dem Hof, wo es genügend Lebensmittel gibt, zu wenig zu essen hast. Hast du eine Idee, wie du etwas aus dem Keller holen könntest? Das würde mich interessieren.«

Christian beschrieb Annemarie, was er vorhatte. Annemarie

fand Christians Plan genial und sagte, dass sie an seiner Stelle genau dasselbe tun würde. Allerdings hatte sie eine bessere Lösung parat. »Solange ich noch Magd auf dem Hof der Affolters bin, werde ich dir diese Sachen besorgen.«

»Hast du keine Angst davor, dass die Affolters dich deswegen bestrafen?«

Annemarie schüttelte den Kopf. Sie habe es verlernt, Angst zu haben. Mit geballter Faust erklärte sie, dass sie gelernt habe, sich zu verteidigen. Es würde der Tag kommen, an dem die Affolters Angst vor ihr, Annemarie, haben würden.

Dann fielen beide in einen tiefen Schlaf.

Um halb sieben Uhr morgens wurden sie durch das laute Geschrei von Frau Affolter geweckt. »Wo ist dieser verfluchte Bengel? Der Stallknecht hat bemerkt, dass sein Nachtlager unberührt ist. Sucht diesen kleinen Schlingel. Er darf uns nicht entkommen.«

Christian sprang auf und erklärte, dass er sofort in seinen Stall zurückmüsse.

»Nein«, rief Annemarie entschlossen. »Wir warten jetzt, bis dieses verrückte Weib uns gefunden hat.«

Sie vernahmen schwere Schritte auf der Treppe, die zum Dachboden führte. Türen wurden aufgerissen und wieder zugeknallt. Frau Affolter stand entsetzt im Türrahmen von Annemaries Mansarde.

»Das ist ja ungeheuerlich«, schrie sie aus Leibeskräften. »Annemarie, du Luder, das wirst du mir büßen.«

Annemarie stand ruhig auf. »Bitte sehr. Das Luder bin nicht ich, sondern du selbst.«

Frau Affolter stürzte sich auf Annemarie. Doch diese wehrte sich anfangs erfolgreich, bis die Angreiferin sie mit Fußtritten ihrer schweren Schuhe traktierte.

Ein besonders harter Tritt traf Annemarie am Knie. Sie fiel hin und schrie vor Schmerzen. Frau Affolter nahm den Besen bei der Tür und schlug mit dessen Stiel auf Annemarie ein.

»Jetzt steh auf, du Miststück«, rief sie.

»Ich kann nicht aufstehen, mein rechtes Knie ist ausgerenkt.« Annemaries Unterschenkel lag seitlich senkrecht zum Oberschenkel.

Frau Affolter betrachtete dies und eilte die Treppe hinunter. Kurz darauf hörte man wieder Schritte. Als Rudolf Affolter oben ankam, ging er zögernd zur Mansarde, in der Annemarie lag. Mit ernster Miene betrachtete er die am Boden liegende Magd. »Wenn du deine Herrin nicht angegriffen hättest, wäre dir das erspart geblieben.«

Christian sagte: »Annemarie hat nicht angegriffen, sie wurde angegriffen.«

Ein Ausdruck der Wut legte sich über Affolters Gesicht. »Wie kannst du es wagen, du kleiner Flegel?«

Affolter packte Christian an den Haaren und schlug seinen Kopf mehrmals gegen die Wand.

Und Annemarie konnte nicht länger schweigen. »Was du hier tust, Gemeindepräsident und Großrat, ist niederträchtig, feige und gemein. Ein über hundert Kilogramm schwerer Mann legt sich mit einem knapp siebenjährigen Jungen an. Schäme dich zutiefst.«

Affolter drehte sich auf dem Absatz um, ging die Treppe hinunter, ohne zu antworten. Annemarie war ursprünglich ein Verdingkind, fühlte sich aber während ihrer Kinderjahre an ihrem Pflegeplatz wohl. Ihre einfühlsamen Pflegeeltern hatten alles getan, was sie konnten, um für sie zu sorgen.

Annemarie hatte eine besondere Begabung: das absolute Gehör, wie ihr sachkundiger Vormund herausgefunden hatte. Als Schülerin zeichnete sich Annemarie durch gute Leistungen aus, und ihre Lehrperson schlug vor, dass sie die Sekundarschule besuchen sollte. Die Pflegeeltern waren Bergbauern, einfache Leute, und konnten sich nicht vorstellen, dass Annemarie in einem anspruchsvollen Beruf glücklich sein würde. Aber sie hatten nichts gegen eine musikalische Weiterbildung einzuwenden. Der Vormund arrangierte Musikstunden für

Annemarie bei einem Akkordeonlehrer. Sie erlernte den Umgang mit der Handorgel sehr schnell und erreichte eine Fertigkeit weit über dem Durchschnitt.

Als sie in die siebte Klasse kam, wurde sie in den Jodlerchor Sumiswald aufgenommen. Das war ein Glücksfall für sie. Einige Jahre später wurde sie als Solojodlerin auch über die Amtsgrenzen hinaus bekannt. Es gab Fotos von ihr und Artikel über sie im »Emmentaler Boten«. Sie war zu einer bekannten Persönlichkeit geworden.

Mit sechzehn Jahren besuchte sie Kurse für angehende Bäuerinnen. Kurz danach starben ihre Pflegeeltern, die ihr das wenig einträgliche Bauerngut vermacht hatten. Aber in diesem Alter konnte sie den Hof nicht übernehmen. Der Vormund organisierte den Verkauf, der einige tausend Franken einbrachte, die für ihre zukünftige Aussteuer beiseitegelegt wurden.

Als bekannte Musikerin hatte Annemarie die besten Aussichten, einen wohlhabenden Bauern als Ehemann zu finden. Um in der Landwirtschaft zu bleiben, nahm sie eine Stelle als Magd beim Großgrundbesitzer Rudolf Affolter an. Sie fühlte sich nicht in einem Abhängigkeitsverhältnis zu ihm, was ihm auch bewusst war. Deshalb konnte und wollte er sich nicht mit ihr anlegen, da dies seinem Ruf geschadet hätte.

Stöhnend harrte Annemarie in der Mansarde aus und hoffte auf baldige Hilfe. Christian kniete vor ihr nieder, strich über ihre Haare. »Was geschieht jetzt mit dir? Die können dich da oben doch nicht liegen lassen.«

»Herr und Frau Affolter werden jetzt beraten, was mit mir geschehen soll. Ich denke, sie werden sich mit dem Staatsanwalt oder dem Statthalter in Verbindung setzen.«

»Was werden diese ihnen sagen?«

»Sie werden die Affolters bitten, den Arzt zu rufen.«

»Das wäre gut. Er würde dein kaputtes Knie wieder reparieren, und du könntest wieder gehen.«

Annemarie schüttelte den Kopf. »Ich bezweifle, dass der Arzt das kann. Man wird mich ins Spital bringen.«

Christian klatschte in die Hände. »Das wäre noch besser für dich. Im Spital behandeln sie einen gut, sie schlagen dort die Menschen nicht.«

Alles ging schneller als erwartet. Nach einer Viertelstunde war das Dreiklanghorn eines Krankenwagens zu hören. Zwei Rettungssanitäter rannten mit einer Trage zur Haustür, die umgehend geöffnet wurde.

Wenig später waren sie oben angekommen und legten Annemarie auf die Bahre. Allerdings mussten sie zuvor den Unterschenkel unter dem verletzten Knie in eine Position bringen, die einen Transport ermöglichte, was offensichtlich schmerzhaft war. Annemarie schrie dabei auf.

Christian, der in der Mansarde wartete, wurde vergessen.

Die Untersuchung im Spital Sumiswald ergab, dass bei Annemarie die Patellasehne, das Gegenstück der Achillessehne, gerissen war. Eine schwerwiegende Verletzung, die einen mehrwöchigen Spitalaufenthalt erforderlich machte.

Der Arzt in der Notfallabteilung erkundigte sich nach der Ursache der Verletzung. Auf diese Frage hatte Annemarie gewartet. Sie beschrieb das Gerangel zwischen Frau Affolter und ihr, aber auch die Vorgeschichte mit Christian, weshalb sie ihn zu sich in die Mansarde geholt hatte.

Jetzt sei sie für einige Wochen nicht mehr auf dem Hof der Affolters, erklärte sie unter Tränen. Sie schätze die Situation so ein, dass die Affolters Christian erneut zwingen würden, die Nacht im Stall zu verbringen. Das würde er jedoch nicht überleben, da es laut Vorhersagen noch kälter werden sollte.

Annemarie flehte den Arzt an, sich mit dem Statthalter auszutauschen und ihm klarzumachen, dass er die Affolters dazu bringen müsse, Christian für die kalten Nächte in eine wärmere Mansarde auf dem Dachboden umzusiedeln.

Dem Arzt leuchtete dieses Anliegen ein. Er setzte sich telefonisch mit dem Statthalter in Verbindung. Dieser bat den Arzt um ein vertrauliches Gespräch. Affolter sei eine angesehene Persönlichkeit im ganzen Amt, die man nicht brüskieren dürfe.

Annemarie hätte dem Arzt gerne noch weitere Anliegen mitgegeben. Dass Christian angemessen ernährt werden müsse. Nicht nur ausreichende, sondern auch eine ausgewogene Ernährung erhalten sollte. Doch ihr fehlte die Kraft dazu.

Der Arzt fuhr mit seinem Wagen zum Schloss Trachselwald, wo er nach einer einstündigen Verhandlung mit Statthalter Küpfer erreichte, dass dieser den Affolters klarmachen sollte, Christian dürfe die kalten Nächte nicht im Stall verbringen. Küpfer konnte die Affolters erst umstimmen, als er sich in ihrer Wohnstube mit ihnen eine gute Stunde unterhalten hatte.

Die Einigung kam nur zustande, weil Küpfer den Affolters einen Pressebeitrag mit folgendem Inhalt zeigte:

Emmentaler Bote, 17. Januar 1948
Die Polizeiwache Sumiswald meldet soeben, dass gestern Morgen das vierjährige Verdingkind L. M. auf einem Bauernhof in der Gemeinde Rüegsau erfroren aufgefunden wurde. Der Junge hatte die Nacht auf einem Strohsack in einem Ziegenstall verbracht.

Neben Annemarie gab es seit einem halben Jahr auf dem Hof der Affolters auch eine zweite Magd. Helene wurde von Frau Affolter angewiesen, sich ab sofort um Christian zu kümmern. »Diesen kleinen Störenfried ertrage ich vorläufig nicht mehr. Du darfst ihn auf keinen Fall verwöhnen, aber du musst darauf achten, dass er nicht das Zeitliche segnet. Das könnte uns Probleme bereiten. Kaderli, der Redaktor des ›Emmentaler Boten‹, wartet nur darauf, uns in seinem Blatt zu verunglimpfen.«

Helene stieg die Treppe zum Dachboden hinauf und teilte Christian mit, dass sein Aufenthaltsraum und Schlafplatz ab sofort die Mansarde von Annemarie sei. Das gelte so lange, bis Annemarie aus dem Spital zurückkehren würde. Er solle seine Sachen aus dem Stall holen und in der Kommode verstauen.

Christian wies Helene darauf hin, dass dies derzeit nicht möglich sei, da sich Annemaries Kleider noch darin befänden.

»Dann hol einen Kartoffelsack aus dem Keller und wirf Annemaries Sachen dorthinein.«

»Das möchte ich nicht«, erwiderte Christian nachdenklich und fragte mit gespielter Unschuld, wie er denn in den Keller gelangen könne.

»Das musst du Frau Affolter fragen.«

»Ich möchte nichts mehr mit Frau Affolter zu tun haben. Ich muss mir etwas anderes überlegen.«

Helene hob den Finger und sagte: »Pass auf, Bub. Ich befehle, du gehorchst. Ist das klar?«

Sie wollte gehen, aber Christian hinderte sie daran. »Ich habe Hunger. Seit gestern Mittag habe ich nichts mehr gegessen. Die Alte hat mich in den Verschlag im Stall geschickt und gesagt, dass ich kein Abendessen bekommen werde. Jetzt ist es schon der nächste Abend, und ich habe immer noch nichts zu essen bekommen.«

Helene gab Christian eine Ohrfeige. »Du bist ein frecher Kerl. Es heißt nicht ›Alte‹, sondern ›Frau Affolter‹ oder ›Pflegemutter‹.«

»Mir egal, aber ich möchte jetzt endlich etwas zu essen bekommen.«

Helene erklärte, dass er weder zum Frühstück noch zum Mittagessen oder zum Abendessen zugelassen sei.

Christian sah Helene verständnislos an. »Was heißt zugelassen? Bring mir das Essen doch einfach auf mein Zimmer.«

Helene sah Christian perplex an. »Das fehlte gerade noch. Ich werfe es lieber in den Schweinetrog.«

»Dann muss ich selber nach Essbarem suchen.«

»Ich werde das alles, was du eben gesagt hast, den Affolters erzählen.«

»Die Affolters sind böse Menschen, sie werden mich bestrafen.«

Helene verließ eilig die Mansarde und begab sich direkt zu den Affolters in die Wohnstube, um ihnen alles zu berichten, was Christian gesagt hatte.

Die beiden saßen vor einer fast leeren Flasche Wein.

»Im Nachhinein finde ich es bedauerlich, dass dieser Schurke letzte Nacht nicht gestorben ist«, sagte Frau Affolter. Rudolf Affolter klatschte beifällig mit der rechten Hand auf den Tisch.

Weinerlich fragte Helene, was sie nun tun solle.

»Du hast die Anweisung, dich um Christian Hachen zu kümmern. Ab jetzt liegt es in deiner Verantwortung«, lallte Frau Affolter.

Helene begab sich in den Keller und schnitt drei große Stücke Brot ab. Mit einem Stück Käse, zwei Äpfeln und einigen getrockneten Zwetschgen legte sie alles auf ein Tablett. Vorsichtig trug sie das Tablett zum Dachboden und stellte es auf den Tisch in der Mansarde.

Christian war überrascht und bedankte sich herzlich: »Vielen Dank, liebe Helene.«

Helene knallte die Tür zu und rannte die Treppe hinunter.

Christian sprach zufrieden zu sich selbst: »Es fehlt nur noch das Wasser. Das trinke ich direkt aus dem Hahn im Korridor draußen.«

Nachdem er alles gegessen hatte, stieg er die Treppe hinunter und begab sich in den Keller, um dort einen Kartoffelsack zu suchen. Wie man den Keller aufschließen musste, wusste er ja. Neben den Vorräten fand er einen Kartoffelsack. Er schnitt ein Stück Käse ab, wesentlich größer als das, welches Helene ihm gebracht hatte, halbierte ein ganzes Brot und warf beides in den Sack. Dann ging er zu seinem alten Schuppen im Stall, sammelte seine Sachen zusammen und verstaute auch diese im Sack.

Niemand bemerkte Christian, als er mit diesen Dingen wieder auf den Dachboden stieg.

Als er oben ankam, war er erschöpft bis zum Umfallen. Er zog sich aus und schlüpfte in das Nachthemd.

Sein einziger Wunsch war es, in diesem gemütlichen Bett zu schlafen. Er legte sich hin, doch der Schlaf wollte nicht kommen. Seine Gedanken schweiften zu Annemarie ab. Sie war brutal verprügelt worden, aber sie hatte sich tapfer gewehrt. Christian hatte das auch schon versucht. Nun wusste er, dass es für ihn keinen anderen Ausweg gab, auch wenn es schmerzhaft sein mochte. Er weinte, aber es waren Tränen des Stolzes, für Annemarie und für sich selbst.

Der Aufenthalt, während dem Annemarie in Spitalpflege war, verging. Es waren einige Wochen. Frau Affolter bestand darauf, dass Helene Christian nicht verwöhnte. Ihm sollten einfache Aufgaben zugewiesen werden, wie zum Beispiel den Vorplatz von Schnee zu befreien oder ihn zu wischen. Das galt auch für die Treppe zum Dachboden, die jedoch regelmäßig kontrolliert werden musste.

Falls Christian seine Arbeit nicht zufriedenstellend erledigte, sollte Helene den Meisterknecht benachrichtigen, der Christian dann angemessen zur Rechenschaft ziehen würde.

Die ganze Zeit über war Helene unsicher, wie sie das Essen für Christian organisieren sollte. Er weigerte sich plötzlich, mit den Bediensteten am Tisch zu essen.

»Ich bekomme nur die Reste, niemals Käse, Eier, Wurst oder Fleisch. Und selbst von den Resten viel zu wenig«, beklagte sich Christian.

Sie widersprach ihm. »Das ist eine Lüge, du siehst überhaupt nicht unterernährt aus. Aber ich zwinge dich nicht, dorthin zu gehen. Ich zwinge dich nicht zum Essen.«

Christian sah Helene mit einem Blick an, der sie nachdenklich machte. Wie kam er an seine Nahrung?, musste sie sich fragen. War es seine leibliche Mutter, die ihm heimlich Essen zusteckte? Aber warum sollte sie, Helene, dem nachgehen? Für sie war es nur wichtig, die Wochen der Abwesenheit von Annemarie zu überstehen.

Jede Woche, nachdem der Meisterknecht das Treppenhaus auf Sauberkeit kontrolliert hatte, wurde Christian mit dessen Ledergurt geschlagen. Egal, ob die Stufen und Geländer geschruppt waren oder nicht, der Gewalttäter hörte erst auf, wenn der Junge an fünf Stellen blutete. Danach hatte er immer mehr als fünf blaue Flecken.

Christian presste jedes Mal die Zähne zusammen und wusste, dass er diese Qualen nicht verhindern konnte. Doch er dachte immer daran, wie er an diesem Grobian heimlich Rache nehmen, ihm auch einmal Schmerzen zufügen könnte, ohne dabei erwischt zu werden.

Da kam ihm eine Idee. Bei seinen Erkundungsgängen auf dem Hof der Affolters hatte Christian drei Bienenhäuser entdeckt. Vorsichtig öffnete er eines davon und bemerkte, dass sich die Insekten trotz der Kälte im Winter darin bewegten, wenn auch sehr langsam. Vorsichtig nahm er einige von ihnen heraus und legte sie in eine Streichholzschachtel. Zufrieden stellte er fest, dass sie in diesem Zustand nicht stachen. Doch das änderte sich, als er sie in den wärmeren Stall brachte. Als er die Schachtel öffnete, flogen sie unsicher, aber ohne zu summen, davon. Eine von ihnen landete auf seiner Hand. Als er sie mit dem Zeigefinger der anderen Hand berührte, stach sie ihn.

Interessant – das brachte ihn auf den Gedanken, wie er dem Meisterknecht die erlittenen Qualen wenigstens ein bisschen heimzahlen konnte.

In der Tenne hatte Affolter eine Dusche mit warmem Wasser installiert, die die Dienstboten regelmäßig nach Feierabend benutzten. Der Meisterknecht war immer eine Viertelstunde vor den anderen dort. Christian versteckte sich in einem Nebenraum und hatte zuvor zehn Bienen aus dem Bienenstock entwendet. Als der Meisterknecht sich auszog und seine Kleidung vor die Tür der Dusche warf, platzierte Christian die noch fast bewegungslosen Bienen im Gesäßteil der Hose. Anschließend verließ er die Tenne und warf Schneebälle auf das Dach des Vorplatzes.

Rudolf Affolter tauchte vor der Tenne auf und wartete offenbar auf den Meisterknecht. Kurz darauf erschien der Meisterknecht pfeifend auf dem Vorplatz. Die beiden Männer unterhielten sich. Plötzlich begann der Meisterknecht wild zu tanzen und herumzuschreien, während Christian sich davonmachte. Er wollte nicht in Verdacht geraten, etwas mit dieser Situation zu tun zu haben.

Am Samstag, dem 14. Februar 1948, konnte Annemarie das Spital in Sumiswald verlassen. Affolter wusste, dass sie an diesem Wochenende irgendwann nach Dürrgraben kommen würde, aber er wusste nicht, wann.

Er staunte nicht schlecht, als am frühen Nachmittag ein VW auf der Terrasse des großen Hauses vorfuhr. Der Schreck ereilte ihn erst recht, als er sah, mit wem Annemarie ausstieg. Es war der von ihm gehasste Kaderli.

Kaderli nahm Annemaries große Tasche aus dem Kofferraum und stellte sie sorgfältig auf die Terrasse ab. Freundlich verabschiedete er sich von der jungen Frau, ohne Affolter eines Blickes zu würdigen.

Affolter ging mit gekränkter Miene auf Annemarie zu, sagte nicht gerade freundlich: »So, gut, dass du wieder da bist.«

Sie finde es auch schön, sagte die blendend aussehende Annemarie. Sie war schick gekleidet und hatte ihre hellblonden Haare kunstvoll frisiert.

Annemarie streckte Rudolf Affolter lächelnd die Hand entgegen, die er zögernd annahm. »Rudolf, es ist mir ein Anliegen, bevor ich wieder anfange, mit dir unter vier Augen zu reden.«

»Gerne«, sagte Affolter erwartungsvoll. »Ich möchte dich keinesfalls bei mir festhalten. Du darfst meinen Hof verlassen, wann immer es dir beliebt.«

»Keine Sorge, das habe ich derzeit nicht vor.«

Affolters Gesicht zeigte, dass er sich diese Antwort nicht gewünscht hatte.

Annemarie nahm ihre Tasche und stellte zufrieden fest, dass Affolter keine Anstalten machte, ihr diese abzunehmen. Sie begaben sich in die Wohnstube, wo Frau Affolter am Tisch saß und Socken flickte.

Ohne ein Wort zu sagen, stand sie auf und verließ das Zimmer. Annemarie sah Affolter herausfordernd an. »Ich weiß, dass ich deinen Hof heute noch verlassen könnte.«

»Warum tust du es denn nicht? Wie du gerade festgestellt hast, wünscht dich meine Frau zum Teufel.«

»Das ist kein Grund zu kündigen.«

»Du bist dir aber bewusst, ich kann dich von einem Tag auf den anderen rausschmeißen.«

»Das bin ich mir, aber das würde nicht ohne Konsequenzen bleiben.«

»Konsequenzen?«

»Genau. Ich bin noch nicht fertig mit euch. Was Priska, deine Frau, mir angetan hat, hätte gereicht, um sie wegen schwerer Körperverletzung anzuzeigen.«

»Lassen wir das. Ich wäre bereit, Schmerzensgeld zu zahlen. Dann müsstest du nicht mit leeren Händen gehen.«

»Ich möchte kein Schmerzensgeld.«

»Was hält dich dann noch auf unserem Hof?«

»Christian.«

»Oh weh, dieser dumme Kerl.«

»Halt. Da muss ich dir widersprechen. Christian ist ganz und gar nicht dumm. Ich denke sogar, er ist sehr intelligent für sein Alter.« Annemarie schüttelte empört den Kopf. »Christian ist ein Verdingkind. Ich war auch ein Verdingkind. Ich wurde gut behandelt, Christian wurde misshandelt. Man hat ihm sogar das Essen verweigert.«

Von Misshandlungen möge er nichts mehr hören. Kinder müssten eben zu Gehorsam und gegen Faulheit erzogen werden.

»Kinder so zu misshandeln, dass sie körperlich verletzt werden, hat nichts mit Erziehung zu tun. Genau das ist Christian zugestoßen. Wer junge, wehrlose Menschen körperlich oder geistig schädigt, handelt kriminell«, sagte Annemarie, während sie mit der flachen Hand auf den Tisch schlug.

Affolter sprang von seinem Stuhl auf. »Wie kannst du es wagen, mir vorzuwerfen, ich sei kriminell?«

»Das ist keine Mutprobe von mir, sondern die Realität. Als ich mit meinem verletzten Knie am Boden lag, habe ich beobachtet, wie du Christian an den Haaren festgehalten und seinen Kopf mehrmals gegen die Wand geschleudert hast.«

»Kein Richter würde mich im Kanton Bern deswegen verurteilen. Uneheliche Kinder oder solche mit verwahrlosten Eltern sind in unserer Gesellschaft unerwünscht. Ich sage es offen, es sollte sie gar nicht geben.«

»Deine Einstellung ekelt mich an. Nicht nur, weil ich selbst unehelich geboren wurde, sondern auch, weil ich zutiefst überzeugt bin, dass alle Kinder auf die gleiche Weise Schmerz empfinden. Und alle Kinder leiden, wenn sie mit Worten als minderwertige Wesen erniedrigt werden.«

»Mit solchen Moralpredigten kommen wir nicht weiter –«

Annemarie schnitt Affolter das Wort ab. »Du willst gar nicht weiterkommen. Das steht nun für mich fest. Ich möchte mindestens bis zum Herbst 1949 auf deinem Hof bleiben. Es sei denn, du kündigst mir vorher, was, wie ich bereits angetönt habe, Konsequenzen haben würde.«

»Welche Konsequenzen?«

»Was Christian und mir auf deinem Hof widerfahren ist, würde an die Öffentlichkeit kommen. Das dürfte zumindest das Ende deiner politischen Karriere bedeuten.«

Affolter reagierte empört und nannte es Erpressung.

Wie er das nenne, sei ihm überlassen. Es gehe ihr weniger um ihre Person als um das misshandelte Kind Christian. »Es ist mir ein Anliegen, dass Christian ein Leben ohne Angst, ohne seelische und körperliche Misshandlungen führen kann. Das scheint mir nur möglich, wenn ich in seiner Nähe bin. Derzeit sehe ich keine andere Lösung, als dass wir beide auf deinem Hof wohnen.«

»Ich verstehe dich nicht. Denk an dich selbst. Du hast es geschafft, dich aus der Armut zu befreien. Du bist jetzt im richtigen Alter und könntest heiraten. Jeder wohlhabende Bauernsohn würde dich mit offenen Armen empfangen. Diese Chance haben die wenigsten, die wie du unehelich aufgewachsen sind. Um Himmels willen, heirate doch, dann bist du für den Rest deines Lebens versorgt.«

»Ich will nicht versorgt werden. Ich möchte unabhängig bleiben und nicht nach der Pfeife eines Mannes, auch wenn er reich ist, tanzen.«

Affolter schüttelte resigniert den Kopf. »Gut, lassen wir das vorerst so laufen. Du kannst dich um Christian kümmern. Allerdings wird das Pflegegeld weiterhin an uns ausgezahlt. Wir haben das Recht, ihm Aufgaben zu geben, die er, wie jedes andere Pflegekind, erledigen muss.«

»Unter ›Aufgaben‹ verstehe ich, was Christian betrifft, einfache Arbeiten, die nicht den ganzen Tag in Anspruch nehmen.«

Affolter zuckte mit den Schultern. »Wir werden sehen.«

Annemarie dachte eine Weile nach. Sie nickte und antwortete: »Erstens: Christian wird in meiner Mansarde übernachten. Neben dem Bett werde ich eine kleine Matratze mit Leinentuch, Kopfkissen und Duvet für den Jungen herrichten. Zweitens: Ich werde die Kleidung für Christian besorgen. Die Kosten dafür übernehmt ihr, da ihr das Pflegegeld erhaltet. Drittens: Christian darf vor dem Frühstück und nach dem Abendessen keine Arbeiten verrichten. Viertens: Christian darf die Treppenstufen, den Küchenboden und den Korridor mit einer Bürste oder einem Besen wischen. Er darf Schränke, Schubladen und Tische abstauben. Außerdem darf er in der Küche beim Zubereiten der Mahlzeiten helfen. Die Arbeitszeit sollte jedoch eine Stunde pro Tag nicht überschreiten. Fünftens: Das Frühstück und das Abendessen nimmt Christian gemeinsam mit mir in der Mansarde ein. Sechstens: Das Mittagessen nimmt Christian in meiner Anwesenheit im Dienstbotenraum ein.«

»Das werde ich mit meiner Frau besprechen müssen.«

»Ich sehe keinen Grund für weitere Diskussionen. Ich werde diese Vereinbarungen für dich schriftlich festhalten.

Du kannst mir morgen mitteilen, ob du meine Vorschläge akzeptierst.«

Mit hochrotem Kopf verließ Affolter die Wohnstube und knallte die Tür hinter sich zu.

Am nächsten Tag bat Affolter Annemarie in sein Studierzimmer, wie er es nannte.

Als Annemarie den Raum betrat, unterdrückte sie den Gedanken, dass dieser Raum gar nicht wie ein Studierzimmer aussah. An den Wänden hingen Trophäen von Hirschen und Rehböcken, zahlreiche Medaillen von Schützen- und Schwingfesten sowie großformatige Fotos, die Affolter als Feldweibel der Dragoner zeigten. Außerdem sah man dort einige Bücher, darunter Werke von Gotthelf, eine Ausgabe von Karl May und die Dialektknüller von Rudolf von Tavel. Auch die Bände des einheimischen Simon Gfeller fehlten nicht, des wohl bekanntesten Schweizer Dialektschriftstellers, der es als einer der wenigen Schweizer in den Kreis der Weltliteraten geschafft hatte.

Dass Annemaries Blicke über die Wände schweiften, stimmte Affolter ein bisschen versöhnlich.

»Annemarie, obwohl ich deine Vereinbarung nicht unterschreiben werde, werde ich mich danach richten. Für mich ist das in Ordnung. Wenn Christian im Frühjahr 1949 schulpflichtig wird, müssen wir weitersehen.«

Danach klopfte er mit zwei Fingern auf den Tisch. »Übrigens rate ich dir, den Kontakt mit meiner Frau Priska auf ein Minimum zu beschränken.«

Annemarie versprach, sich daran zu halten.

Bis im Sommer 1948 wurde die Vereinbarung von Annemarie im Großen und Ganzen eingehalten, abgesehen von einigen Ausrastern des Meisterknechts und Frau Affolters.

Emma Hachen durfte ihren Sohn jede Woche ein- bis zweimal besuchen.

Plötzlich änderte sich das Verhalten der Affolters gegenüber Christian.

So richtig begann es am letzten Sonntag im Juni 1948. Vom Hof der Affolters in der Talschaft Dürrgraben war es eine gute Stunde Fußmarsch zur Kirche von Trachselwald. Der Magd Helene wurde befohlen, am frühen Morgen mit Christian aufzubrechen, um die Kirche eine halbe Stunde vor Beginn des Gottesdienstes zu erreichen. Dadurch sollte er den Weg dorthin kennenlernen.

Annemarie war nicht auf dem Hof, sie besuchte für vierzehn Tage einen Kurs für Landfrauen auf der Schwand, der großen Bauernschule des Kantons Bern in Münsingen.

Helene hatte die Aufgabe, Christian in seine sonntagmorgendliche Aufgabe einzuführen: Zigarrenstummeln der männlichen Kirchgänger einzusammeln, um daraus Pfeifentabak für die Pflegefamilie zu gewinnen. Affolter rauchte, wann immer sich eine Gelegenheit ergab, Tabakspfeife, und seine Frau kaute ihn.

Ab dem nächsten Sonntag sollte Christian allein um sieben Uhr zur Kirche aufbrechen. Er musste früher losgehen, da er nicht so schnell gehen konnte wie Erwachsene.

Die Meistersleute, die Eltern Affolter und ihre vier Kinder, fuhren jeweils mit dem Zweispänner. Sie verließen ihr Haus um halb neun. Knapp eine halbe Stunde später erreichten sie die Kirche. Die Predigt fing um halb zehn an.

Christian musste das Ende des Gottesdienstes abwarten, bevor er die Stummeln einsammeln konnte. Diese steckte er in einen Kartoffelsack, der zu einem Viertel voll wurde, bevor er den Heimweg antreten konnte.

»Wenn die Kirchenglocken zwölfmal schlagen, hast du wieder zu Hause im Dürrgraben zu sein«, wies ihn Frau Affolter an. Das konnte Christian gar nicht schaffen, dafür hatte er viel zu kurze Beine. Die Meistersleute waren aber zu dieser Zeit noch nicht zu Hause. Sie schlugen sich in der Wirtschaft Zur Tanne den Magen voll. Doch im Haus residierte bei Abwesenheit der Affolters der Meisterknecht Karl Bohnenblust, der dort alles überwachte und Anweisungen durchsetzte.

Christian kam an diesem Sonntag um Viertel nach eins auf dem Hof an. Der Meisterknecht sagte mit einem höhnischen Grinsen: »Dreckskerl, du bist zu spät. Wer nicht gehorchen will, muss fühlen.« Er versetzte ihm einen Fußtritt auf den Hintern. Christian flog mehrere Meter durch die Luft direkt ins Tor der Tenne. Lautes Gelächter erfüllte den Vorhof. Bohnenblust hatte jedoch nicht damit gerechnet, dass Annemarie am Sonntag über die Mittagszeit nach Dürrgraben gereist war, um Christian das Mittagsmahl zuzubereiten.

Wütend rannte sie auf den Meisterknecht zu. »Der Dreckskerl bist du! Schämst du dich nicht, ein Kind derart zu quälen?«

Bohnenblust wollte sich das nicht gefallen lassen. Er griff nach den langen Haaren von Annemarie, doch diese war schneller und entwischte ihm.

»Komm doch, du Fettsack, mit deinem Bierbauch hast du keine Chance, mich einzuholen.«

»Irgendwann werde ich dich schon zu fassen kriegen, dann reiße ich dir die Haare aus.«

Annemarie war verschwunden, Bohnenblusts Ankündigung hatte sie gar nicht gehört. Sie war jetzt mit Christian beschäftigt, den sie in ihrer Mansarde über die Gewalttätigkeit von Bohnenblust hinwegtröstete und sich daranmachte, ihm die Beulen und Schürfungen zu behandeln.

»Ich bin nicht nur gekommen, um mit dir das Mahl zum Sonntagmittag zu genießen, das ich eben in der Küche zubereitet habe. Ich habe es am Familientisch der Affolters serviert, die derzeit außer Haus sind.«

Sie gingen in die schöne Wohnstube, um das gute Essen zu verzehren.

Als sie damit fertig waren, verkündete Annemarie: »Jetzt muss ich dir etwas Wichtiges mitteilen. Der Bruder meiner verstorbenen Mutter ist vergangene Woche aus Amerika in die Schweiz zurückgekehrt. Er möchte, dass ich ihm ein wenig Gesellschaft leiste. Das bedeutet, dass ich bald den Hof der Affolters verlassen werde.«

»Das ist gut für dich. Aber ich muss noch eine Weile bei diesen bösen Leuten bleiben. Dann hilft mir niemand. Du bist dann weg«, schluchzte Christian.

»Ich werde in der Nähe bleiben. In den nächsten Tagen werde ich deine Mutter besuchen. Gemeinsam können wir schon etwas erreichen.«

Annemarie erzählte Emma Hachen, was Christian in den letzten Tagen bei den Affolters erlebt hatte.

Emma legte Annemarie beide Hände über die Schultern. »Du bist der einzige Mensch, der Christian jetzt helfen kann. Ich bitte dich, bleib ein wenig bei den Affolters. Christian ist noch ein Kind. Wenn er die nächsten Jahre überlebt, kann etwas Großes aus ihm werden. Gib ihm diese Chance.«

»Ich kann eine, zwei Wochen bleiben, mein Onkel wird das verstehen. Übrigens hat er Geld und wird den Affolters Paroli bieten können. Es geht nicht nur um Christian, sondern auch um die anderen Kinder, die in Zukunft von dieser Familie tyrannisiert werden könnten.«

»Danke, Annemarie, ich werde dir das nie vergessen.«

»Aber habe Geduld, das wird dauern. Ich vermag diese Verhältnisse nicht von einem Tag auf den andern zu ändern. Da gibt es noch einen Statthalter, der diese schlimmen Zustände bewahren möchte. Er hat viel Macht. Was ich tun kann: möglichst viel beobachten und aufschreiben. Was derzeit Christian angetan wird, ist nicht nur widerwärtig, er verstößt auch gegen unsere Gesetze.«

»Das Aufschreiben bringt doch nichts.«

»Das sehe ich anders. Es bringt schon etwas, wenn ich meine Beobachtungen an die richtigen Personen weiterleite. Und diese gibt es. Im Spital von Sumiswald zum Beispiel. Bei Lehrerinnen und Lehrern.«

Eine Woche verging, bis der Onkel von Annemarie stürzte und sich das Bein brach. Nach einem zweiwöchigen Spitalaufenthalt wurde er in sein neues Zuhause in der Stadt Huttwil entlassen. Doch für die nächsten Wochen benötigte er Betreuung. Dafür kam nur Annemarie in Frage. Vorübergehend – wie sie dachte – verließ sie den Hof der Affolters.

Bevor Annemarie ging, führte sie ein Gespräch mit Rudolf Affolter. Sie erinnerte ihn an die Vereinbarungen, die sie im vergangenen Februar mit ihm getroffen hatte.

Diese Vereinbarungen seien nun abgelaufen. Christian sei jetzt ein Schulkind, und ab diesem Zeitpunkt würden für Verdingkinder andere Regeln gelten. Sie könnten dann auch zu schweren Arbeiten eingesetzt werden.

»Christian hätte eingeschult werden müssen. Aber das ist noch nicht geschehen.«

»Der Bub ist leider noch nicht schulreif«, erwiderte Affolter.

»Er ist längst reif dafür«, widersprach Annemarie. »Ich werde auch von Huttwil aus ein Auge auf Christian haben. Ich beobachte die Situation auf deinem Hof aufmerksam. Eines kann ich dir versichern: Beim ersten Anzeichen von Gewalt gegen Christian werde ich eingreifen, das gilt auch für vorübergehenden Nahrungsentzug.«

Affolter hob den Drohfinger. »Ich lasse mich nicht mehr weiterhin von dir in die Enge treiben. Wir werden mit Christian gemäß den Vorschriften verfahren.«

Nachdem sie Zweifel geäußert hatte, ob er, Rudolf Affolter, diese Vorschriften kenne, verabschiedete sie sich mit den Worten »Bis später« und ging.

Auf dem Hof der Affolters gab es genug zu essen. Dennoch plagte Christian nach dem Wegzug Annemaries der Hunger. Er konnte sich nicht mehr wie bisher mit Annemarie in der Mansarde und im Dienstbotenraum an den Tisch setzen. Stattdessen musste er dem Essen hinterherjagen und versuchen, das zu erhaschen, was übrig blieb. Dabei wurde er gezwungen, schwere Arbeiten zu verrichten.

Er musste um vier Uhr in den Stall und Geißen melken. Das hatte man ihm beigebracht. Bisweilen richtete er einen

Milchstrahl in seinen Mund. Dabei achtete er darauf, nicht gesehen zu werden. Es war ihm nämlich verboten, Milch direkt vom Euter zu trinken. Bei Zuwiderhandlung drohten ihm Peitschenhiebe.

Zum Frühstück gab es hartes Brot, oft schon ein wenig angeschimmelt, und etwas Milch vom Vortag. Sie wurde im Stall aufbewahrt und schmeckte säuerlich. Durst brauche er nicht zu haben, der Brunnen laufe Tag und Nacht, daraus könne er immer trinken, belehrte ihn die Bäuerin.

Obwohl Christian wusste, wie er in den Keller gelangen konnte, verzichtete er vorerst darauf. Er hoffte sehr, dass Annemarie bald zurückkommen würde.

Helene verriet Christian einige Tricks, wie sie zu genügend Essen gekommen sei. Weil ihr Vater getrunken habe, seien sie zu Hause arm gewesen. »Manchmal ging ich – ich getraue es fast nicht zu sagen – zum Schweinetrog und habe zwei Hände voll des Breis aus Kartoffeln und Schotte herausgenommen. Da musst du aber schnell handeln, nimm die Ware dort, wo die Schweine ihre Schnauze noch nicht hineingesteckt haben. Mach dir nichts daraus, wenn der Schweineknecht dich dabei sieht. Er wird lachen und blöde Sprüche machen.«

»Schotte?«, fragte Christian.

»Das weißt du nicht? Statt Schotte sagt man auch Molke. Schotte entsteht bei der Herstellung von Käse. Sie ist der flüssige Teil, der nach der Gerinnung der Milch zu Käse abgesondert wird. Es ist so eine grünlich gelbe Flüssigkeit. Ich werde dir das alles erklären. Etwa einen halben Kilometer vom Hof entfernt befindet sich eine Käserei. Dort kannst du sehen und verstehen, wie Schotte gewonnen wird.«

Am nächsten Tag besuchte Annemarie den Hof der Affolters. Sie suchte nach Christian und fand ihn dabei, wie er geschnittenes Gras auf einer Wiese zusammenrechte. Er erzählte ihr von seinem täglichen Kampf um das Essen und wie früh er am Morgen aufstehen müsse. Deshalb habe er Angst vor der Schule, die er nach Ostern im kommenden Jahr besuchen würde. Nach dem Melken im Stall sei er immer sehr müde und befürchte, im Unterricht einzuschlafen. Der Schulweg sei kein großes Problem, er dauere nur eine Viertelstunde zu Fuß und sei etwas mehr als einen Kilometer lang.

Nachdem sie mit Christian gesprochen hatte, suchte Annemarie Affolter auf und machte ihm klar, dass Christian derzeit als Kindersklave gehalten werde. Als Pflegevater erhalte er monatlich hundert Franken von der Amtsverwaltung, die für Kost und Logis bestimmt seien. Unter Kost verstehe man ausreichende Nahrung, am besten im Kreis der Familie. Logis bedeute nicht eine Ecke im Kuh- oder Schweinestall, wie es nun wieder bei Christian der Fall sei, sondern ein Zimmer mit einem Bett.

Affolter versuchte sich herauszureden und gab an, er kenne die Details nicht. Das Problem mit dem unzureichenden Essen könnte ein Missverständnis sein, aber er versprach, dem nachzugehen. Er betonte, dass die Magd Helene noch nicht verstanden habe, dass sie jetzt die Rolle von Annemarie übernehmen müsse, solange sie abwesend sei. Allerdings stellte er klar, dass die gemeinsamen Mahlzeiten mit seiner Frau und den Kindern nicht erweitert werden könnten. Christian gehöre als Verdingbub zu den Dienstleuten und nicht zur Familie, und eine Gleichbehandlung wie bei seinen eigenen Kindern käme nicht in Frage.

»Und was ist mit Christians Unterkunft und dem Schlafplatz?«, fragte Annemarie. »Es ist absolut inakzeptabel, dass Christian erneut gezwungen wird, die Nacht im Stall zu verbringen wie im Januar. Das muss sofort aufhören.«

Affolter versuchte zu beschwichtigen und sagte, er gehe davon aus, dass dies nur vorübergehend sei. Seine Frau sei gerade dabei, die Mansarden renovieren zu lassen.

Annemarie schlug vor, dass, falls Christian keinen geeigneten Schlafplatz finden sollte, eine vorübergehende Lösung auch eine Unterbringung im Krankenhaus sein könnte. Insbesondere dann, wenn konkrete Beweise für strafbare Handlungen vorliegen würden, beispielsweise wenn der Meisterknecht Christian erneut gegen die Wand schleudern würde. Und eine schwere Verletzung könnte sogar tödlich enden.

Das möchte er auch vermeiden, gestand Affolter ein. Er habe nach dem Zwischenfall mit dem Tennentor den Meisterknecht wohlweislich ins Gebet genommen und ihm klargemacht, dass er Christian zur Verantwortung ziehen, aber nicht umbringen dürfe.

Trotz Annemaries Einsprache dauerten die Quälereien gegen Christian an, solange sie nicht vor Ort war. Als ihr Onkel wieder allein zurechtkam, kehrte sie auf den Hof der Affolters zurück. Sie bezog wieder ihr altes Mansardenzimmer. Es war nicht renoviert worden.

Mitte Juli 1948 wurde Frau Affolter von Helene informiert, der Bub sei gerade im Raum von Annemarie. Wutentbrannt stürmte die Pflegemutter in die Mansarde. »Jetzt habe ich dich, du Schlampe, auf frischer Tat erwischt. Du bist ab sofort entlassen. Mir ist auch bekannt, dass du nicht mehr unter Vormundschaft stehst und jederzeit unseren Hof verlassen darfst. Du bist nur wegen Christian bei uns geblieben. Für dich ist gesorgt, also geh.«

»Ich verstehe deinen Wutausbruch nicht. Ich habe mit deinem Ehemann abgesprochen, dass Christian in meiner Mansarde schlafen darf. Und übrigens: Für mich sei gesorgt? Von wem hast du das erfahren?«

Frau Affolter öffnete ihren Mund und entblößte die durch das Kauen von Tabak geschwärzten Zähne. Ein unangenehmer, bedrohlicher Anblick. »Das verrate ich dir sicher nicht. Ich habe so meine Quellen und weiß von deinem reichen Onkel aus Amerika. Übrigens hast du gar nicht das Recht, mich zu duzen.«

»Wer mich duzt, den duze ich auch.«

Das reichte Frau Affolter. Sie schlug auf Annemarie ein. Doch diese begann sich zu wehren. Mit dem hatte die Angreiferin nicht gerechnet. Schreiend, mit ausgeschlagenen Zähnen, rannte sie flüchtend die Treppe hinunter und rief nach dem Meisterknecht. Vergebens. Alle männlichen Dienstboten waren außer Haus, auf dem Feld.

In großer Eile packte Annemarie ihre Sachen zusammen und rannte mit Christian an der Hand vom Hof weg. Wohin? Sie überlegte.

Gab es da nicht den Lehrer von Dürrgraben? Sie hatte mit ihm schon mehrmals über Christian gesprochen. Er zeigte sich aufgebracht über die Erziehungsmethoden der Affolters. Vielleicht nahm dieser Christian kurzzeitig auf.

Bis zu seinem Haus war es eine knappe Viertelstunde Fußmarsch. Das war zu schaffen, bevor sie den Verfolgern der Affolters in die Hände fallen würde.

Der Lehrer, Sebastian Simon, ließ die Flüchtenden ins Haus eintreten. Er hatte eine kleine Familie: eine Frau und ein zweijähriges Mädchen.

Er schlug Annemarie vor, Christian vorübergehend aufzunehmen. Auch sie könne sich einige Tage in seinem Haus verstecken, bis sie Schutz von ihrem Onkel erhalte. Dass er, Sebastian, einen Telefonanschluss habe, mache alles einfacher. Er werde ihren Onkel anrufen, dazu brauche er allerdings seine Nummer. Annemarie fand sie gerade nicht.

Für den Lehrer kein Problem, nach einigen Anrufen fand er die Nummer des Onkels von Annemarie. Er übergab ihr den Hörer, und sie konnte mit ihm sprechen. Er würde sie noch am Abend mit seinem Auto abholen. Sie müsse unverzüglich das Emmental verlassen. Denn die Affolters dürften alles daransetzen, ihrer in den nächsten Stunden habhaft zu werden und mit ihr abzurechnen.

Sebastian Simon war vorerst erleichtert. Er wohnte zweihundert Meter über den Affolters, hatte ihren Hof im Blick. Es traf sich gut, dass gerade die Sommerferien begonnen hatten. Mit seinem Feldstecher konnte er beobachten, was dort unten lief.

Auf dem Vorhof versammelten sich die Dienstboten. Offenbar gab ihnen Affolter Befehle. Kurz danach jagten sie in alle Richtungen davon, Hecken, Schöpfe und Scheunen auszukundschaften. Sie klopften an die Haustüren in der Nachbarschaft.

Als zwei Knechte das Sträßchen, das zum Haus der Simons führte, heraufrannten, war der Lehrer vorbereitet. Er fand ein Versteck, das auch ungebetene Eindringlinge nicht finden konnten. Einen Raum unterhalb der Küche, dessen Eingang mit einer großen Truhe überstellt war.

Christian und Annemarie waren dort in Sicherheit.

Als es etwas später an der Haustür polterte, öffnete Sonja, die Lehrersfrau.

»Wir suchen zwei flüchtende Verbrecher, bitte lassen Sie uns eintreten«, verlangten die beiden Männer.

»Das erlauben wir euch beiden nicht.« Sonja kannte die beiden und war mit ihnen per Du. Es waren zwei grobschlächtige Knechte, mit viel Mist an den Stiefeln.

Sie schoben Sonja einfach beiseite und drangen in die Küche ein. Als Erstes rissen sie die Truhe auf. »Da hätte der Kleine sich gut verstecken können, wir durchsuchen jetzt alle Räume, alle Schränke.«

»Das dürft ihr nicht«, protestierte Simon.

»Was meint denn dieses schmalbrüstige Schulmeisterlein? Wenn er weiter so Blödsinn von sich gibt, werden wir ihn so richtig durchprügeln«, sagte der eine Knecht.

Nach einer halben Stunde war das Haus durchsucht. Kleider aus den Schränken und ausgekippte Schubladen lagen auf den Fußböden in den Zimmern. Vom Mist der Stiefel ganz zu schweigen. Fluchend verließen die Knechte unverrichteter Dinge das Haus.

Lehrer Simon begab sich auf den Polizeiposten und machte eine Anzeige gegen die beiden Eindringlinge.

»Ich nehme sie jetzt entgegen und leite sie an den Statthalter weiter. Ich möchte vermeiden, dass sich erneut der Staatsanwalt von Burgdorf einmischt«, sagte der Landjäger. »Doch ich kann Ihnen, Herr Simon, jetzt schon sagen, die ganze Anklage löst sich in nichts auf. Affolter, der Staatsanwalt und der Statthalter halten zusammen.«

Sebastian Simon reagierte nicht darauf.

Am frühen Abend fuhr das Auto des Onkels von Annemarie bei den Simons vor.

Die Lehrersleute boten ihm einen Kaffee an. Er lehnte ab. »Vielleicht später mal. Ich denke, jetzt muss ich mit Annemarie unverzüglich verschwinden. Ich möchte vermeiden, dass sie in letzter Minute noch diesen Grobianen in die Hände fällt.«

Sonja und Sebastian Simon berieten sich den ganzen Abend lang. Ihnen war bewusst, dass Sebastian auf seine Lehrerstelle im Dürrgraben angewiesen war und dass Affolter der Präsident der Gemeinde war, zu der die Talschaft gehörte. Er kontrollierte auch die Schulkommission, die den Lehrer wählte.

Man kam überein, mit dem Statthalter das Gespräch zu suchen. Am Tag darauf begab sich Sebastian Simon ins Schloss Trachselwald, um mit ihm zu reden.

Nach langem Hin und Her ließ sich Simon überzeugen, Christian den Affolters zurückzugeben, unter der Bedingung, dass er nicht mehr im Stall übernachten müsse, sondern in die Mansarde, die Annemarie bewohnt hatte, einziehen dürfe. Zudem dürfe Christian nicht derart gezüchtigt werden, dass er Verletzungen davontrage. Auch würde von nun an monatlich eine Kontrollperson Christian befragen, ob diese Vorgaben eingehalten würden. Diese Gespräche dürften nicht ohne Anwesenheit einer dritten Person stattfinden. Zudem sei darüber ein Bericht zu verfassen, der auch von Christian unterzeichnet werden müsse und an den Statthalter weitergeleitet werde.

»Wie bitte? Christian kann ja gar nicht lesen, geschweige denn schreiben«, hielt der Statthalter fest. Der Lehrer widersprach jedoch und erklärte, dass man Christian den Text vorlesen und erklären könne, damit er ihn verstehen würde.

Außerdem könne er dann auch seine Unterschrift geben, was er, Simon, Christian beibringen würde.

Sebastian Simon war vom Ergebnis dieser Unterredung dennoch enttäuscht. Seinen Vorschlag, dass Christian am Morgen nicht melken müsse, könne er nicht durchsetzen, erklärte der Statthalter. Das müssten die Pflegeeltern entscheiden. Es gebe kein Gesetz, das Kinderarbeit verbieten würde. Übrigens gebe es Hunderte von Verdingkindern, die morgens und abends den Stall bestellen müssten.

Sebastian hatte seine Zweifel darüber, ob die Kontrolle funktionierte. Alles lag in den Händen des Statthalters, eines Parteifreunds von Rudolf Affolter. Simon nahm sich vor, von seinem Wohnort aus den Hof der Affolters fortan zu beobachten.

Einige Tage nach der Flucht von Annemarie mit Christian verfolgte Simon vom Dachzimmer aus das Treiben auf dem Platz vor dem Haus der Affolters. Christian wurde von zwei Söhnen Affolters mit Mist beworfen. Danach tauchten sie den Buben in den Brunnen. Simon entschloss sich einzugreifen. Auch wenn es Kinder waren, die Christian misshandelten, war das ein Verstoß gegen die Abmachungen, die er mit dem Statthalter getroffen hatte.

Bevor der Lehrer zu seinem VW rannte, der vor dem Haus parkiert war, sah er noch etwas Weiteres, das ihn beunruhigte. Einer der Knaben hielt, nachdem sich Christian aus dem Brunnen befreit hatte, diesen fest, der andere flößte ihm aus einer Flasche etwas in den Mund. Danach erbrach sich Christian.

Simon rannte zu seinem Wagen und fuhr los. Ein paar Minuten später war er auf dem Vorplatz des Hofes der Affolters. Christian lag bewegungslos auf dem Steinboden, neben ihm die umgefallene Flasche. Es roch nach Alkohol.

Die Buben Affolters, um einige Jahre älter als Christian, hatten ihn gezwungen, Schnaps zu trinken.

Sebastian Simon bettete den Bewusstlosen auf die Hintersitze seines Wagens und raste mit ihm ins Spital von Sumiswald. Nach einer Viertelstunde kam er dort an. In der Notfallstation wurde Christians Magen ausgepumpt. Nach Auskunft des Arztes hätte er ohne Eingreifen Simons diese Vergiftung kaum überlebt.

Der Lehrer und der Arzt waren sich einig. Eine Anzeige wegen eines Angriffs auf Leib und Leben war unumgänglich. Das Leben von Christian war auf dem Hof der Affolters in Gefahr. Die Anzeige wurde diesmal nicht auf der Wache in Sumiswald, sondern auf der in der Stadt Burgdorf aufgegeben.

Aufgrund der Anordnung des Staatsanwalts von Burgdorf durfte Christian das Spital von Sumiswald vorerst nicht verlassen, obwohl das aus medizinischen Gründen zwei Tage nach dem Rausch möglich gewesen wäre.

Um die Spuren des Übergriffs zu sichern, fuhr unmittelbar nach Hinterlegung der Anzeige eine Polizeipatrouille von Burgdorf zum Hof der Affolters.

Rudolf Affolter tobte. Er rief den Statthalter von Trachselwald an. Dieser fluchte zwar auch, musste aber einsehen, dass er die polizeiliche Razzia nicht mehr verhindern könne.

Der Staatsanwalt von Burgdorf entschied, dass für Christian neue Pflegeeltern gesucht werden müssten. Diese Entscheidung wurde vom Staatsanwalt Trachselwalds zähneknirschend akzeptiert und nicht weitergezogen.

Doch die Entscheidung, wer die neuen Pflegeeltern sein sollten, blieb beim Statthalter von Trachselwald.

Christian wurde den Dummermuths zugesprochen, einer Bauernfamilie im oberen Dürrgraben. Die Dummermuths gehörten zu den größeren Bauern in der Gegend.

5

Es war Ende September 1965, und die Ermittler unter der Leitung von Staatsanwalt Ronald Weber waren immer noch nicht weitergekommen im Mordfall Haller. Der Redaktor Konstantin Kaderli vom »Emmentaler Boten« hatte in einem Artikel Weber kritisiert. Die Bevölkerung wisse so gut wie nichts über diesen Mord. Der Journalist fragte sich, wer außer Christian Hachen vernommen worden sei.

Ronald Weber kam nicht umhin, eine Pressekonferenz einzuberufen. Diese fand am 1. Oktober 1965 im großen Saal des Schlosses statt, und auch der Statthalter war anwesend.

»Sehr geehrte Medienvertreter, der Eindruck, dass das Ermittlungsteam untätig sei, ist nicht richtig. Wir recherchieren mit Hochdruck«, sagte Weber nach der Begrüßung. »Die Mordkommission besteht aus einem Dutzend Kriminalpolizisten, einem Gerichtsmediziner, einem Psychiater, zwei Anwälten, dem Statthalter und meiner Wenigkeit«, informierte er das Dutzend anwesende Vertreter der Zeitungen und des DRS, des Radiosenders der deutschen und rätoromanischen Schweiz.

»Es wurden bereits mehrere Personen im Umfeld des Opfers befragt. Aufgrund der fehlenden Spuren, abgesehen von der Tatwaffe, einem blutigen Militärmesser, ist dies derzeit immer noch der einzige Ansatz. Die Ermittler werden keine Details über ihre Untersuchungen preisgeben, da dies potenzielle Täter warnen würde.«

Viele Hände schnellten in die Höhe.

»Warum wird nur im Umfeld des Opfers ermittelt?«, fragte jemand.

Weber lächelte bitter. »Wo sollten wir sonst suchen? Wir können nicht von Tür zu Tür gehen und alle Leute befragen. Der Tatort liegt nicht in einer über Nacht bewohnten Zone.

Das Verbrechen ereignete sich in der Morgendämmerung. Wir müssen so viel wie möglich über das Opfer in Erfahrung bringen und von dort aus die Spuren verfolgen.«

»Wer hat als Erster die Tatwaffe entdeckt?«, fragte ein zweiter Medienvertreter.

Weber warf einen Blick zum Statthalter, der aufstand, zum Rednerpult ging und ihm etwas ins Ohr flüsterte.

»Es war ein Landjäger, dessen Namen ich nicht preisgeben werde.«

Lautes Gelächter im Saal. Zwischenrufe wie »Das ist leicht zu erraten«, »Jetzt ist uns alles klar«, »Sie werden den Täter nie finden ...« waren zu hören.

Weber zuckte mit den Schultern, das war die einzige Reaktion darauf. Dann fuhr er weiter: »Vielleicht hilft es Ihnen, wenn ich etwas detaillierter erkläre, wie wir bei den Ermittlungen vorgehen. Wir sammeln alle amtlichen Unterlagen über die Geschäftsbeziehungen des Opfers ...«

Erneut wurden Zwischenrufe laut. »Das geht doch nicht« oder »Dürfen Sie das überhaupt?«.

»Die Ermittlungsbehörden dürfen das«, stellte Weber richtig. »Darin liegt der Unterschied zu einer Privatdetektei. Wir haben auch Zugang zum Strafregister des Opfers. Jede amtlich registrierte Person hat ein Strafregister. In den meisten Fällen hat es dort keine Einträge. Über das Strafregister des Opfers dürfen wir erst öffentlich informieren, sollte es zu einem Prozess gegen den oder die Täter kommen.«

»Was geschieht dann mit diesen Unterlagen?«

»Diese Unterlagen sind beim Opfer umfangreich. Er war Inhaber von mehreren Firmen, besaß verschiedene Immobilien, die gekauft oder verkauft wurden. Bei diesen Handlungen kommen hin und wieder Rechtsstreitigkeiten vor. So erfahren wir zum Beispiel, ob Balthasar Haller Feinde hatte. Diese Personen können vorgeladen werden.«

Wieder streckte ein Medienvertreter die Hand hoch. »Bedeutet das auch, dass mich der Staatsanwalt vernehmen darf, wenn ich gegen das Opfer eine Strafanzeige eingereicht habe?«

»Danke für diese Frage. Sogar Strafanzeigen, die nicht weiterverfolgt werden, befinden sich in den Gerichtsarchiven. Es sind amtliche Dokumente. Strafanzeigen reichen oft in den privaten Bereich. Vermeintliche Drohungen oder Nötigungen etwa. Sie sehen also, meine Damen und Herren, die Chance ist da, dass wir auf diesem Weg einiges über das Opfer erfahren.«

Die kritischen Stimmen verstummten, im Saal wurde es still.

***

Die Medien berichteten ausführlich und wohlwollend über die Pressekonferenz.

Einer, der alle Artikel las und alle Radiobeiträge hörte, war Oskar Rämi, der Schlosswart beziehungsweise Hausmeister von Trachselwald.

Rämi war ein eigenartiger Zeitgenosse. Ein Rebell, stur, mit einem ausgeprägten Rechtsempfinden und behördenkritisch, obwohl er eine Anstellung beim Staate Bern innehatte.

Der Statthalter, der Staatsanwalt und der Gerichtspräsident, die drei Spitzenbeamten des Amts, sahen ihm das nach und wichen, soweit das möglich war, Diskussionen mit ihm aus. Er machte seine Arbeit zu ihrer vollen Zufriedenheit. Er hielt das Schloss in einem ordentlichen Zustand. Der Garten, die Wege, der Rasen, die Räume waren mustergültig sauber und gepflegt. Ihm waren sechs Bedienstete unterstellt, die ihn als etwas zu streng, aber fair empfanden. Sie gewöhnten sich an ihn.

Rämi nahm an den Entscheiden der Vorgesetzten auf seine Art teil. Nicht immer war er mit ihnen einverstanden. Und das tat er ihnen auch kund. Dabei fielen Worte, die alles andere als schmeichelhaft waren: »Ein Weichei« oder »Ein Hosenscheißer bist du …«. Er duzte alle, dabei waren sie nicht einmal jünger als er.

Die Ermittlungen in Sachen Balthasar Haller, obwohl dieser

Kerl nach ihm ein »Kotzbrocken« war, verliefen nach seiner Einschätzung stümperhaft.

Bereits am Morgen nach dem Auffinden der Leiche hatte er zum Staatsanwalt bemerkt: »Ronald, ich muss dir dazu noch etwas Wichtiges sagen ...«

»Schon gut, Oskar. Gerne werde ich mit dir ein Bier trinken und anhören, was du auf dem Herzen hast. Doch jetzt habe ich gerade keine Zeit, ich bin extrem unter Druck.«

»Wie du meinst, dann lass es halt bleiben.«

Am Montag, dem 4. Oktober 1965, schickte Oskar Rämi dem Redaktor des »Emmentaler Boten« einen Brief.

Sehr geehrter Herr Redaktor, lieber Konstantin
Mit Interesse habe ich deine Artikel über den Mordfall Balthasar Haller gelesen. Ich hätte dir eine weitere Information, die die Suche nach der Täterschaft vorantreiben könnte.

Wie dir sicher bekannt ist, bin ich der Hauswart des Schlosses Trachselwald. Ich bin die einzige Person, die sich auch nachts dort aufhält. Meine Wohnung befindet sich im Dachstock des Verwaltungsgebäudes. Von dort habe ich das ganze Areal im Blick.

Es war am frühen Morgen des Mordtags, Dienstag, den 14. September 1965, circa halb sieben, als ich Balthasar Haller noch lebend gesehen habe. Er stand zusammen mit zwei Herren im erleuchteten Vorhof. Alle drei diskutierten zusammen. Über was sie gesprochen haben, konnte ich nicht hören, da sie ziemlich leise redeten. Hallers Gesprächspartner waren der Statthalter Roland Bärtschi und der Staatsanwalt Josef Eggimann, beide aus dem benachbarten Amt Signau.

Gut eine halbe Stunde später fand ich die Leiche Hallers in der Nähe, wo sich die drei Herren miteinander unterhalten hatten.

Hochachtungsvoll
Oskar Rämi (signiert)

Konstantin Kaderli, der Redaktor, konnte sich kaum noch auf dem Stuhl halten. Er zog das Tischtelefon zu sich und wählte die Nummer, die unten auf dem Brief angegeben war.

Nach mehreren vergeblichen Versuchen nahm Rämi ab.

»Oskar, das, was du mir da geschrieben hast, ist kaum zu glauben. Stimmt es auch?«

»Natürlich stimmt es. Warum sollte ich so etwas erfinden?«

»Wenn ich deine Informationen in Druck gebe, werden morgen innerhalb zwei, drei Stunden alle unsere Zeitungen, die in den Kiosken aufliegen, weg sein. Das wird einen Volksauflauf geben, wie ihn unsere Region noch selten erlebt hat. Deshalb muss ich mich versichern, dass ich keinem Hirngespinst auf den Leim gehe ...«

»Ich erwarte auch, dass die Öffentlichkeit darauf reagiert. Das wird unserem Ronald Beine machen«, erwiderte Rämi.

»Unserem Ronald Beine machen? Hast du ein gestörtes Verhältnis zum Staatsanwalt?«

»Habe ich nicht. Eigentlich ist er ein guter Mensch. Ich wünschte ihm, dass er bald einmal erwachsen wird ...«

»Oje, Oskar, diese Bemerkung werde ich nicht veröffentlichen dürfen. Eine Frage hätte ich noch. Hast du den Staatsanwalt oder den Statthalter über deine Beobachtungen informiert?«

»Nein, aber ich habe es bei Staatsanwalt Weber versucht, leider vergeblich.«

»Vergeblich? Das musst du mir schon näher erklären.«

Rämi erzählte, wie er Weber darauf angesprochen hatte und wie dieser reagiert hatte.

»Dumm gelaufen. Du hättest nicht so früh aufgeben sollen. Weber klarmachen, dass es sich um einen wichtigen Hinweis zum Mord handeln würde.«

»Meine Hinweise sind immer wichtig, aber ich dränge sie niemandem auf.«

»In der Haut von Ronald Weber möchte ich jetzt nicht stecken, aber er wird es überleben«, sagte Kaderli seufzend.

Rämi lachte laut. »Das hoffe ich auch, ich mag ihn.«
»Oskar, der Artikel wird morgen erscheinen. Zieh dich warm an. Der Staatsanwalt und der Statthalter werden dich vorladen, es dürfte dabei laut zugehen.«
»Macht mir keinen Eindruck. Wer nicht hören will, muss fühlen.«
»Hoffentlich kommt das alles gut.«
Dann rief Kaderli Statthalter Moser an. »Ich habe eine interessante Neuigkeit in Sachen Mord an Balthasar Haller.«
»Ich bin gespannt darauf. Dann schieß los, Konstantin.«
»Diese Geschichte ist so heiß, dass ich sie dir nicht am Telefon erzählen möchte. Außer das Wesentliche vielleicht. Etwa eine halbe Stunde vor dem Mord will Oskar Rämi das Mordopfer zusammen mit dem Statthalter und dem Staatsanwalt des benachbarten Amts Signau am Tatort gesehen haben.«
»Unglaublich! Das ist wirklich atemberaubend. Wenn du meinst, können wir gerne zusammen im Landgasthof Kreuz in Sumiswald zum Mittagessen gehen. Ich lade dich ein.«
»Unter einer Bedingung: Der Staatsanwalt sollte ebenfalls anwesend sein.«
»Er ist auch dabei, ich hatte ohnehin vor, heute mit ihm zu speisen.«
»Eine zweite Bedingung. Zum Mittagessen komme ich nur, wenn ihr mir versprecht, bis zum Erscheinen meines Artikels nichts weiter zu unternehmen.«
Werner Moser konnte ein Grunzen nicht zurückhalten. »Deine Neuigkeit wird ja immer spannender. Also gut, versprochen.«
Man traf sich im »Kreuz«. Kaderli fragte die Wirtin, ob es möglich wäre, die Mahlzeit im Séparée einzunehmen.
»Selbstverständlich.«
Es wurde alles andere als eine fröhliche Runde. Der Statthalter und der Staatsanwalt waren schockiert und gar nicht gut auf Oskar Rämi zu sprechen, nachdem sie die Nachricht von Kaderli zur Kenntnis genommen hatten.

Statthalter Moser berichtete etwas Seltsames. »Am Nachmittag des 13. Septembers 1965 rief mich mein Kollege aus Langnau, der Statthalter des Amts Signau, an. Er möchte mir zusammen mit seinem Staatsanwalt Josef Eggimann und Balthasar Haller einen Besuch abstatten. Am Abend desselben Tages, circa um acht Uhr, telefonierte er mir abermals und sagte das geplante Treffen wieder ab. Gründe dafür nannte er nicht.«

Kaderli war wie elektrisiert, als er das vernahm. »Hast du die Mordkommission darüber informiert?«

»Selbstverständlich, und zuvor auch den Staatsanwalt.«

Kaderli musterte Ronald Weber. »Was hast du als Staatsanwalt dazu gesagt?«

»Ich schlug vor, meinen Kollegen und den Statthalter aus dem Amt Signau vorzuladen. Doch die Mordkommission lehnte das ab. Sie war der Meinung, dass die beiden nichts mit der Tat zu tun haben konnten. Und wir wussten nicht, dass die beiden am frühen Morgen des nächsten Tages mit Haller zusammentrafen.«

»Nun ist die Situation völlig anders. Der Statthalter und der Staatsanwalt des Amtes Signau gehören beide zu den Verdächtigen«, schloss Moser.

»Wir müssen reagieren, und das, bevor der Artikel morgen erscheint«, so Weber.

»Auch für mich ist die Lage absolut neu«, sagte Kaderli. »Ich bin auch der Meinung, dass wir unverzüglich handeln müssen.«

Weber und Moser sahen einander unschlüssig an.

»Man müsste die beiden noch heute in Untersuchungshaft nehmen. Als Staatsanwalt eines Amts habe ich nicht die Kompetenz, den Kollegen und den Statthalter des benachbarten Amts festzunehmen.«

»Wer könnte dies an deiner Stelle tun?«, erkundigte sich Kaderli.

»Der Generalstaatsanwalt des Kantons Bern«, sagte Weber.

Moser nickte. »Vereinbaren wir sofort ein Treffen mit ihm.«
Er suchte die direkte Nummer des obersten Anklägers des Staates Bern. Im Séparée hing ein Wandtelefon.

Der Anruf wurde gleich angenommen. Moser erzählte dem Generalstaatsanwalt, Gabriel Walser, um was es ging.

Walser sagte: »Das darf ja nicht wahr sein. So etwas habe ich noch nie erlebt. Ich werde mich gleich auf den Weg nach Trachselwald machen. In einer Stunde melde ich mich bei dir. Dann können wir mit eurem Staatsanwalt zusammen beraten, was zu tun ist.«

Kaderli war noch unentschlossen, was er jetzt tun sollte. Den Artikel schreiben konnte er noch nicht, er musste das Treffen zwischen Moser, Weber und Walser abwarten.

Jetzt wäre die Gelegenheit, nochmals mit Oskar Rämi zu reden. Könnte sein, dass er noch mehr von ihm erfahren würde. Dann aber würde der Artikel nicht morgen, sondern einen Tag später erscheinen.

Ronald Weber fand das eine gute Idee. Wichtig sei, dass der Statthalter und der Staatsanwalt aus Signau vor dem Erscheinen des Artikels nicht erfahren dürften, dass sie am frühen Morgen des 14. Septembers zusammen mit Balthasar Haller von einem Zeugen gesehen worden waren.

Rämi müsste über den neuesten Stand der Erkenntnisse zum Mordfall Haller orientiert werden, um sicherzustellen, dass er bis zum Erscheinen des Artikels im »Emmentaler Boten« den Mund halten würde. Dafür sei Kaderli besser geeignet als er und Moser, schlug Weber vor.

Die drei Herren verließen jetzt das »Kreuz«, fuhren zurück zum Schloss und berieten im Büro von Moser weiter.

Moser ließ Rämi, der sich irgendwo auf dem Areal des Schlosses aufhielt, ausrufen. Einige Minuten später klopfte er an die Tür des Statthalters. Als er Kaderli zusammen mit Weber und Moser sah, trat Rämi wutentbrannt auf ihn zu.

Moser hielt Rämi zurück und sagte zu ihm: »Oskar, alles kommt gut. Vor dem Erscheinen des Artikels erfährt niemand außer den hier versammelten Personen etwas von dem, was du Kaderli berichtet hast. Du gehst jetzt zusammen mit ihm in das Besprechungszimmer gegenüber, dort erfährst du, weshalb wir hier mit dem Generalstaatsanwalt zusammenkommen werden.«

»Der Generalstaatsanwalt?«, fragte Rämi verwundert.

»Ja, er wird bald bei uns eintreffen. Ohne deine Beobachtung würde das nicht geschehen.«

Rämi beruhigte sich augenblicklich. Offenbar kam bei ihm der Eindruck auf, dass er nun ernst genommen wurde.

Kaderli verschwand mit Rämi im Besprechungszimmer, wo er ihn über den neuesten Stand des Mordfalles informierte.

Generalstaatsanwalt Gabriel Walser fuhr auf dem Parkplatz unterhalb des Schlosses vor.

Ronald Weber und Werner Moser waren bereits dort, um ihn in Empfang zu nehmen. Alle drei waren Juristen und Kantonsangestellte. Sie kannten sich seit Jahren.

In seinem Büro informierte Moser Walser in Anwesenheit von Weber detailliert über den neuesten Stand des Mordfalles. Das endete mit den Fragen: »Was sollen wir jetzt tun? Was dürfen wir überhaupt tun?«

»Was ihr nicht tun dürft, ist einen Statthalter und einen Staatsanwalt verhaften, obwohl das bei anderen Personen erlaubt wäre«, sagte Walser. Er hielt sich beide Hände über den Kopf. »Aber was soll ich tun? Ich muss etwas tun. Ich könnte gegen beide Verdächtigen einen Haftbefehl ausstellen. Wäre das klug? Eher nicht. Für den Staatsanwalt und den Statthalter von Signau gilt vorläufig die Unschuldsvermutung. Trotzdem gibt es keine andere Lösung, als beide in Gewahrsam zu nehmen. Es muss verhindert werden, dass sie nach Erscheinen des Artikels noch handeln, um allenfalls Spuren zu verwischen.«

»Können wir dazu Hand bieten?«, fragte Moser.

»Auf gar keinen Fall. Während der Festnahme, die nicht als Verhaftung bezeichnet werden soll, dürfen die Justiz und Polizei des Amts Trachselwald nichts unternehmen. Gefordert ist dagegen die Kriminalabteilung der Kantonspolizei Bern. Konkret läuft die ganze Aktion so ab: Heute Abend kurz vor Arbeitsschluss trifft eine Patrouille von Kriminalpolizisten im Amtshaus von Langnau ein, nimmt beide in Gewahrsam und bringt sie in mein Büro nach Bern. Dort werden die beiden vernommen. Zunächst von zwei Polizeioffizieren, dann von mir. Ich gehe davon aus, dass die Befragungen bis in die Morgenstunden dauern werden.«

»Und das verläuft alles unter Ausschluss der Öffentlichkeit?«, erkundigte sich Weber.

»Ja, darauf legen wir Wert. Ein Szenario, auf das meine Leute und die der Kripo vorbereitet sind. Es wäre nicht das erste Mal in unserem Kanton, dass Amtspersonen, die wichtige Funktionen ausüben, zur Rechenschaft gezogen werden. Erst nach Durchsicht der beschlagnahmten Unterlagen und der Vernehmungsprotokolle kann entschieden werden, ob die beiden in Untersuchungshaft kommen oder freigelassen werden.«

»Beschlagnahmte Unterlagen?«, fragte Weber nach.

»Du legst den Finger auf eine andere Maßnahme, die wir auch ergreifen müssen. Während die beiden Verdächtigen in Bern durch die Mangel gedreht werden, durchsuchen im Amtshaus von Langnau, dem faktischen Hauptort des Amtes Signau, meine Leute zusammen mit Spurenspezialisten der Kripo die Büros des Statthalters und des Staatsanwalts.«

»Und das, ohne dass Außenstehende etwas davon mitbekommen?«, fragte Moser.

»Solche Aktionen haben wir geübt. Die Leute, die nach Dokumenten suchen, tun das diskret, und sie werden dabei von Polizisten in Zivil abgeschirmt.«

»Gehe ich richtig in der Annahme, dass morgen der Artikel im ›Emmentaler Boten‹ noch nicht erscheint?«, fragte Weber.

»Nein, das muss man Kaderli klarmachen.«

»Das werde ich übernehmen«, anerbot Moser.

Walser verabschiedete sich von Weber und Moser, nicht

ohne sie nochmals darauf hinzuweisen, dass sie Rämi bis zum Erscheinen des Artikels unter Kontrolle halten sollten.

»Wir werden das beherzigen. Kein Wort darüber wird von ihm nach draußen gelangen«, beruhigte Weber den Generalstaatsanwalt.

Als Walser abgefahren war, fragte Moser Weber: »Wie verhalten wir uns jetzt gegenüber Oskar Rämi?«

»Wir müssen mit ihm reden, am besten in Anwesenheit von Kaderli.«

»Gute Miene zum bösen Spiel machen?«, das werde er nicht über sich bringen, meinte Moser.

Weber pflichtete ihm bei. »Ich werde Rämi meine Enttäuschung kundtun. Er hat uns nicht über das Gespräch der Signauer Amtspersonen mit dem späteren Mordopfer Haller informiert.«

Weber und Moser gingen nun in den Besprechungsraum nebenan, wo sich Kaderli immer noch mit Rämi unterhielt.

Weber bat Kaderli, mit der Veröffentlichung des Artikels abzuwarten. Einen oder zwei Tage. Dann berichtete er über das Gespräch zwischen ihm, Weber und Walser.

Rämi fand auch, man sollte warten mit der Publikation des Artikels.

»Danke, Oskar«, sagte Moser. »Doch etwas möchte ich jetzt doch noch anbringen. Verstehe das richtig, es ist eine Kritik unter Freunden. Warum bist du nicht zu mir gekommen, als Ronald sich weigerte, dich anzuhören? Das hat mich verletzt. Ich habe dich bislang immer angehört.«

Kaderli verteidigte Rämi. Sie beide, Moser und Weber, würden diesen Mann mindestens so gut kennen wie er. Es sei logisch, dass Rämi so gehandelt habe. »Eigentlich müsstet ihr ihm dankbar sein, auch wenn er euch jetzt bloßstellt und der Öffentlichkeit vorführt.«

»Einverstanden«, sagte Weber leicht zerknirscht. »Aber wir sollten im Artikel auch Stellung beziehen dürfen.«

»Dem kann ich mich nicht widersetzen. Doch überlegt euch

gründlich, was ihr dazu meint. Wir müssen über die Art und Weise, wie Rämi seine Beobachtungen weitergegeben hat, diskutieren. Dazu gehört auch eine Entschuldigung.«

Der Artikel könne erst geschrieben werden, wenn die ersten Ermittlungen gegen die beiden Signauer abgeschlossen seien, gab Moser zu bedenken. Dann werde man sich auf eine Passage zu ihrer Verteidigung einigen, die dem Text angehängt würde.

Kurz vor Mittwochmittag erhielt Weber ein Telefon des Generalstaatsanwalts.

»Die beschlagnahmten Dokumente sind von meinem Team, dazu gehören mehr als ein Dutzend Leute, nun durchkämmt worden. Der Staatsanwalt und der Statthalter von Signau stehen nicht sauber da. Allerdings reichen die Belege gegen sie nicht aus, um ihnen den Mord an Haller anzuhängen. Aber sie hatten engen Kontakt mit dem Opfer, wir schließen nicht aus, dass sie in die Planung des Verbrechens eingeweiht waren. Sie kommen vorläufig auf freien Fuß. Doch sie dürfen ihre Funktion derzeit nicht ausüben. Sie wurden eben vom zuständigen Regierungsmitglied, dem Direktor des Justiz- und Polizeidepartements, bis auf Weiteres suspendiert.«

Ein entsprechendes Communiqué sei in Auftrag gegeben worden, berichtete Walser weiter. Das Teletype des Statthalteramtes werde es in den nächsten Minuten ausspucken.

Die Zustellung des Communiqués an die Medien dürfe erst am Abend kurz nach sechs Uhr dreißig erfolgen.

Weiteren Informationen müssten die Zeitungen, das Fernsehen und das Radio nachrennen. Telefone würden danach von den Verwaltungen, den Gerichten und der Polizei nur entgegengenommen, wenn es sich um Notfälle handle.

Die Verschiebung auf diese späte Tageszeit sei auch ein Entgegenkommen an den »Emmentaler Boten«, er werde morgen das einzige Medium sein, das einen ausführlichen Bericht über die Hintergründe des Mordes an Balthasar Haller bringen könne.

Der Text des Telex.

6. Oktober 1965. Mitteilung der Generalstaatsanwaltschaft des Kantons Bern

Auf Schloss Trachselwald, dem Sitz der Verwaltung und der Justiz des gleichnamigen Amts, wurde am Dienstagmorgen des 14. September Balthasar Haller mit einem Armeetaschenmesser niedergestochen. Er wurde dabei tödlich verletzt.

Obwohl die Ermittlungen in diesem Kriminalfall mit Hochdruck vorangetrieben wurden, fehlte bislang von der Täterschaft jede Spur.

Vorgestern ist bei uns eine Zeugenaussage eingegangen, die zur Aufklärung dieses Verbrechens führen könnte. Laut Zeugenaussage traf sich das Mordopfer am frühen Morgen des Mordtages mit Statthalter Bärtschi und Staatsanwalt Eggimann des Amtes Signau auf dem Schlosshof von Trachselwald.

Aufgrund der ersten Untersuchungen gibt es keine Beweise, dass Bärtschi und Eggimann mit dem Tötungsdelikt etwas zu tun haben.

Um die weiteren Ermittlungen nicht zu gefährden, wurden die beiden Verdächtigen kurzzeitig in Gewahrsam genommen. Sie kamen inzwischen unter Auflagen wieder frei, dürfen jedoch ihren Wohnort nicht verlassen. Aufgrund eines Beschlusses der Kantonsregierung sind sie ab sofort von ihren Ämtern suspendiert. Gegen beide Verdächtigen läuft ein Strafverfahren.

Die Generalstaatsanwaltschaft wird, sobald sie weitere Erkenntnisse hat, die Öffentlichkeit orientieren.

Gabriel Walser, Generalstaatsanwalt

Konstantin Kaderli war hocherfreut. Er konnte endlich den Artikel schreiben.

Wende bei den Ermittlungen des Mordfalles Balthasar Haller
Es begann mit einem Brief an den »Emmentaler Boten«. Der Briefschreiber scheint eine der letzten Personen zu sein, die Haller noch lebend gesehen haben. Die letzte war sein Mörder. Man darf davon ausgehen, dass dieser ein kräftiger Mann war. Gesehen haben das Opfer nach diesem Zeugen noch der Statthalter und der Staatsanwalt des Amts Signau. Und das in der Herrgottsfrühe des 14. Septembers 1965.

Der Zeuge ist glaubwürdig. Es handelt sich um den Hausmeister des Schlosses Trachselwald. Er will und kann nicht anonym bleiben. Man kennt ihn im ganzen Amt: Oskar Rämi. Er lebt allein in der einzigen Wohnung des Schlosses. Sie besteht aus mehreren Zimmern, er bewohnt lediglich deren zwei.

Jeweils um sechs Uhr steht er auf. Bevor er seine Morgentoilette macht, wirft er einen Blick von seinem Schlafzimmerfenster über den Hof des Schlosses. Die Aussicht ist imposant. Das Zimmer befindet sich im obersten Stock des an das Schloss angebauten Gebäudes.

Was er kurz nach sechs Uhr sah, erstaunte Rämi. Drei Herren standen zusammen vor dem Haupteingang des Schlosses. Sie diskutierten gestenreich miteinander. Rämi öffnete den Fensterflügel ein klein wenig, um zu verstehen, über was sie sich unterhielten. Er bekam davon nur einzelne, unzusammenhängende Worte mit. Natürlich machte er sich Gedanken, was das sollte. Die Büros sind erst ab sieben Uhr dreißig offen. Darin arbeiten mehr als ein Dutzend Personen.

Um wen handelte es sich bei den drei Herren? Er holte seinen Feldstecher, um sie genauer beobachten zu können. Sein Erstaunen wurde noch größer. Er kannte alle drei vom Sehen. Sie verkehrten hin und wieder mit den Beamten der Amtsverwaltung. Keine Geringere als der Statthalter und der Staatsanwalt des Nachbarbezirks Signau. Der dritte Mann war Balthasar Haller.

Für Rämi stand fest, dass er die drei nicht zur Rede stellen durfte. Sie waren, nahm er an, in wichtiger Mission vor dem Sitz der Amtsverwaltung.

Rämi rasierte und duschte sich, zog Hosen und Hemd an. Als Hausmeister nimmt er die Verpflichtung ernst, sich anständig anzuziehen. Er bereitete sich das Frühstück zu: Brot, Butter, Käse, Konfitüre und einen Milchkaffee. Immer ist ein Apfel dabei. Das sei lebensverlängernd, habe er vor Jahren einmal gelesen.

Nach dem Frühstück machte er sich Notizen über den Ablauf des Tages. Einem halben Dutzend Leuten musste er eine Arbeit zuweisen.

Um ein Viertel nach sieben kam der Schock, was für Oskar Rämi etwas heißen mochte, denn er ließ sich nicht oft aus der Ruhe bringen. Er hastete die Treppe hinunter, denn er wollte vor Arbeitsbeginn seiner Leute noch das ganze Areal inspizieren. Immer wieder kam es vor, dass während der Nacht ein Ast der zahlreichen Bäume auf einen Weg fiel oder ein Gegenstand liegen gelassen wurde. Als er die Eingangstür öffnete, sah er vor sich einen Mann liegen, um dessen Kopf und Oberkörper herum war eine Blutlache. Neben ihm lag ein Militärmesser mit einer geöffneten blutigen Klinge.

Er rannte durch den Haupteingang des Schlosses zu seinem Büro und wählte die Nummer des Polizeipostens Wasen.

Über den Mord wurde in den Medien ausführlich berichtet. Dass der Täter außer dem Messer keine Spuren hinterlassen hatte. Auch über das Opfer, eine bekannte Person im Amt.

In der vergangenen Woche stand im »Emmentaler Boten« ein Artikel, in dem darauf hingewiesen wurde, dass die Ermittlungen ins Stocken geraten seien. Der Staatsanwalt und Statthalter luden zu einer Pressekonferenz ein, die gut besucht war. Allzu viel Neues konnten die beiden Herren nicht berichten.

Dann kam der Brief von Oskar Rämi. Es war für uns wie ein Blitz aus heiterem Himmel. Das Gespräch der drei Herren am frühen Morgen hatte außer Rämi niemand beobachtet. Ihm war sofort klar, dass er nicht verheimlichen durfte, Balthasar Haller mit dem Statthalter und dem Staatsanwalt von Signau gesehen zu haben. Noch am Mordtag sprach er Ronald Weber an. Er habe ihm etwas Wichtiges mitzuteilen. Der Trachselwalder Staatsanwalt war im Stress und sagte, er habe jetzt keine Zeit, was Rämi in den falschen Hals kam.

Insgeheim hoffte Rämi, Ronald Weber, den er zu seinem engeren Freundeskreis zählte, würde nochmals auf sein Angebot zurückkommen. Er tat es nicht, vergaß es wohl.

Nach der Medienkonferenz von vergangener Woche reichte es Rämi. Das mit dem frühmorgendlichen Gespräch kurz vor dem Mord musste jetzt endlich auf den Tisch. Seine Kollegen aus dem Amt Signau konnte Weber nicht so ohne Weiteres auf die Liste der Verdächtigen setzen, nahm Rämi an. Vielleicht wäre es besser, wenn das eine andere Person machte. So kam er auf die Idee, es dem »Emmentaler Boten« zu stecken.

Ob der Signauer Statthalter und der Signauer Staatsanwalt etwas mit dem Mord zu tun haben, wissen wir noch nicht. Die Ermittlungen werden nun in Zusammenarbeit mit dem Generalstaatsanwalt weitergeführt. Das ist auf jeden Fall gut und erhöht die Chance, dieses Verbrechen aufzuklären.

Ein erstes Communiqué der Generalstaatsanwaltschaft finden die Leser unter diesem Artikel.

Konstantin Kaderli

Wie ein Lauffeuer verbreitete sich die Nachricht von Konstantin Kaderli im ganzen Emmental. Bald war der »Emmentaler Bote« in keinem Kiosk mehr zu kaufen.

Man diskutierte in der Bevölkerung heftig darüber. »Bei denen da oben ist Feuer im Dach, nun schlitzen sie einander die Kehlen auf«, hörte man landauf und landab. Das war auch der Grundtenor, der die am folgenden Tag erscheinenden Leserbriefe prägte.

Nachdem der Sturm, der die öffentliche Meinung zünftig durcheinandergebracht hatte, sich etwas legte, trafen sich

Moser, Weber und Kaderli am Montagabend im »Kreuz« zu Sumiswald.

»Konstantin, du bist der große Profiteur dieser Affäre«, gab Werner Moser zu bedenken. »Wir, Ronald und ich, sind mit einem blauen Auge davongekommen.«

Kaderli antwortete mit nachdenklichem Gesicht, die ganze Geschichte sei noch längst nicht zu Ende. »Nun bekommt ihr beide eine Verschnaufpause, die Ermittlung ist jetzt an den Generalstaatsanwalt übergegangen.«

Dem sei nicht so, widersprach Ronald Weber. »Wir ermitteln weiter, allerdings halten wir Gabriel Walser auf dem Laufenden.«

»Was steht bei euch jetzt an?«, erkundigte sich Kaderli.

Man werde die Verhörprotokolle der Generalstaatsanwaltschaft und der Kripo durchgehen und danach Bärtschi und Eggimann an ihrem Aufenthaltsort besuchen und sie vernehmen.

»Und wenn die sich weigern, Auskunft zu geben?«, fragte Kaderli weiter.

Das sei unwahrscheinlich. Sollte nur einer der beiden eine Zusammenarbeit mit den Ermittlern aus dem Amt Trachselwald verweigern, würde der Generalstaatsanwalt einen Haftbefehl sowohl gegen Bärtschi wie Eggimann erlassen.

»Dann gute Nacht«, kommentierte Kaderli.

»Jetzt noch nicht. Zuerst wollen wir unseren Ermittlungserfolg begießen«, meinte Moser.

»Dazu fehlt noch einer. Den Oskar meine ich.«

Weber ging zum Wandtelefon und rief Rämi an.

Nach einer halben Stunde war er bei ihnen.

6

Christine war im September 1947 gerade vier Jahre alt geworden. Ihre Tante Heidy, die ebenfalls in der Gemeinde Langnau lebte, durfte Christine schon seit vielen Monaten nicht mehr besuchen. Heidy arbeitete in einer Wäscherei, eine harte Beschäftigung, für die sie schlecht entlohnt wurde. Aber es reichte aus, um ohne Armengeld auszukommen. Die Sozialabgaben der Gemeinde wurden nur dann ausgezahlt, wenn die Empfänger kein oder zu wenig Einkommen hatten, um zu überleben.

Heidys Ehemann hatte beim Holzen einen Unfall gehabt, an dem er verstarb. Nicht sofort, sondern nach der tödlichen Infektion der Wunde, dem Starrkrampf. Kurz zuvor war das einzige Kind des Paares im Alter von fünf Jahren an Masern gestorben. Für die armen Leute gab es keine Krankenversicherung, sie konnten sich einen Arzt nur in Notfällen leisten. Als sie sich an einen Arzt wandten, war es bereits zu spät. Das Fieber war auf über einundvierzig Grad angestiegen. Der Arzt gab dem Kind eine Spritze, um den Fieberschub zu stoppen, doch sie wirkte nicht mehr.

Dann wurde den Eltern vorgeworfen, das Kind sei unterernährt gewesen, weshalb seine Abwehrkräfte nach der Ansteckung nicht ausgereicht hätten, um zu überleben. Heidy war verzweifelt und musste bei der Gemeinde um Unterstützung anfragen. Diese gewährte ihr Hilfe, mit der Drohung, sie zu bevormunden und in ein Armenhaus zu stecken, falls sie innerhalb von zwei Jahren nicht in der Lage sei, für sich selbst zu sorgen.

Lange suchte sie nach einer Beschäftigung. 1945, im Jahr nach dem Ende des Zweiten Weltkrigs, ging es der Schweiz wirtschaftlich langsam wieder besser, und es wurden neue Arbeitsplätze geschaffen. Heidy bekam einen davon. Sie bewohnte das baufällige Haus, das ihr der Armenvater zugewiesen hatte, doch sie war nun in der Lage, mit dem Verdienst die Miete für den miserablen Zustand ihrer Bleibe zu bezahlen. Und es blieb immer noch etwas übrig.

Sie wollte damit ihre einzige noch verbliebene Verwandte, die Nichte Christine, unterstützen. Besonders nachdem das Kind nur knapp dem Tod entkommen war, verursacht durch die schlechte Behandlung in der Anstalt Bärau. Heidy unternahm erneut einen Versuch, Christine zu besuchen. Zunächst vergeblich. Sie dachte aber nicht daran, aufzugeben.

Christine wurde erneut ins Spital eingeliefert, am 30. September 1947, einem Dienstag. Das Vermögen, das für die Unterbringung und Erziehung von Christine benötigt wurde, war noch lange nicht aufgebracht. Sonst wäre sie still und leise gestorben. In der Notfallstation fiel einer Krankenschwester auf, dass Christines Rücken mit Striemen von Peitschenhieben übersät war. Diese waren die Ursache für die Blutvergiftung, wie der Stationsarzt feststellte. Er erstattete bei der Polizei Anzeige gegen die Kinderanstalt. Nun war der Statthalter des Amts Signau gefordert. Er versuchte, die Anzeige zu verhindern, aber das musste er mit dem Stationsarzt besprechen. Der Arzt war empört über diese Absicht. Er erinnerte den Statthalter daran, dass Kindesmisshandlung ein Offizialdelikt sei.

Der Statthalter suchte nach einer anderen Möglichkeit, die Anzeige zu vereiteln. Er traf sich mit dem Spitaldirektor, der ebenfalls Arzt war und ein Parteikollege. Der Direktor schlug vor, Christine aus der Einrichtung zu nehmen und sie Pflegeeltern zu übergeben.

Der Stationsarzt zog nach Drohungen seines Vorgesetzten die Anzeige zurück. Er hatte ihm in Aussicht gestellt, ihn vom kommenden Jahr an nur weiterzubeschäftigen, wenn er auf den Kompromiss eingehe.

Nach zwei Wochen spitalärztlicher Behandlung wurde Christine umplatziert. Der Pflegevater war der evangelisch-reformierte Pfarrer der Gemeinde Dürrenroth. Seine Frau hatte ihm nur einen Sohn geboren, und weiterer Nachwuchs blieb aus. Er erhielt monatlich zweihundert Franken vom Amt Signau als Entschädigung für das Aufwachsen von Christine.

Der Statthalter akzeptierte diese übertriebene Forderung, in dem Wissen, dass, wenn Christine zwanzig Jahre alt wäre und die Volljährigkeit erreicht hätte, nichts mehr von ihrem Vermögen übrig wäre.

Heidy glaubte an einen Glücksfall. Sie machte sich auf den Weg nach Dürrenroth, eine fünfzigminütige Zugfahrt mit vielen Zwischenhalten und Umsteigen, um das neue Heim von Christine anzuschauen. Mit dem Fahrrad dauerte es knapp anderthalb Stunden. Sie wählte den Zug, da es regnete.

Heidy läutete an der Glocke des Pfarrhauses. Die Frau des Pfarrers wusste nicht, dass Christine eine Tante hatte. Als sie dies von Heidy erfuhr, war sie überrascht und besorgt. Sie bat Heidy, im Besucherzimmer Platz zu nehmen. Sie müsse ihr Anliegen, das Kind zu sehen, mit ihrem Mann besprechen.

Der Pfarrer hatte eine laute Stimme, wie es den Predigern eigen war. Da sich das Pfarrerehepaar im Nebenzimmer beriet, konnte Heidy alles verstehen, was dort gesprochen wurde.

»Auf keinen Fall«, urteilte Pfarrer Richard Gosteli. »Ich möchte nicht riskieren, dass diese Tante plötzlich Anspruch auf das Vermögen von Christine erhebt.«

»Das verstehe ich«, stimmte seine Frau ihm zu. »Wir benötigen dieses Geld, um unser Ferienhaus am Murtensee zu finanzieren.«

Weitere Worte fielen, die Heidy noch mehr erschreckten. Das Erbgut von Christine sei nicht sicher angelegt und bedürfe einer regelmäßigen Überwachung und Betreuung.

Die Frau fragte, wie der Pfarrer sich den Familienanschluss vorstelle. »Gar nicht. Ich möchte nicht, dass ein vernachlässigtes Leben einen negativen Einfluss auf meinen Sohn hat.«

Wo das Pflegekind untergebracht werden solle, wurde gefragt. »Wir haben mehrere Räume für unser Personal, die nicht genutzt werden. Dort gibt es auch eine Toilette, ein Waschbecken und einen Essraum.«

Allerdings seien diese Räume derzeit nicht beheizt. »Daran dürfte sich Christine gewöhnt haben. In der Armenanstalt Bärau soll es im Winter kaum warm werden. Immerhin gibt es in zwei Zimmern einen Holzofen. Das Mädchen kann dafür Holz sammeln. Der Wald ist nicht weit entfernt.«

Die Mahlzeiten für Christine sehe sie nicht als Problem, meinte die Pfarrersfrau. »Stopp. Sie darf die Speisen, die du für uns vorbereitest, nicht bekommen. Die sind nichts für Armenhäusler. Sie soll ihr Essen selbst zubereiten.«

»Kann sie das überhaupt?«, fragte die Pfarrersfrau.

»Sie wird es lernen. Ich gehe jedoch davon aus, dass sie dazu in der Lage ist. In Bärau müssen die Kinder ihre Mahlzeiten auch selbst zubereiten. Und vergiss nicht, Christine ist ein Verdingkind. Verdingkinder müssen ihren Lebensunterhalt durch Arbeit verdienen.«

Die Frau wollte wissen, wie er sich das vorstelle.

»Im Alter von vier Jahren ist ein Kind aus der Unterschicht in der Lage, einfache Arbeiten zu verrichten. Es gibt Tausende solcher Kinder, die das erfolgreich tun. Sie können Kartoffeln und Karotten schälen, Gemüse kochen. Das Brotbacken müssen sie später noch lernen.«

Zum Kochen benötige man einen Herd.

»Warst du denn nie oben in den Räumen des Hauspersonals? Dort gibt es einen Holzofen.«

»Soll ein vierjähriges Kind wirklich mit Streichhölzern spielen?«

»Unsere Kinder- und Haushaltshilfe wird ihr das beibringen.«

»Wie steht es mit Fleisch, Butter und Käse?«

»Bist du naiv? Geh doch mal in Bärau vorbei und überzeuge dich selbst, welche Mahlzeiten diese Jungen und Mädchen zu sich nehmen. Fleisch, Käse oder Butter gibt es, wenn überhaupt, nur am Sonntag und das auch nur in kleinen Portionen.«

»All das können wir auf uns nehmen, schließlich lohnt es sich, Christine aufzunehmen, oder?«

»Unter diesen Bedingungen auf jeden Fall. Wir müssen sie lediglich einkleiden, und eventuelle Arztkosten sind durch ihr Vermögen bis weit in die Zukunft hinaus abgedeckt.«

»Das Einkleiden sollte nicht problematisch sein, da ich als Frau Pfarrer immer wieder Kinderkleider erhalte, um sie an bedürftige Menschen weiterzugeben. Und ein Verdingkind ist zweifellos bedürftig.« Sie lachte laut. »Jetzt gehe ich ins Gästezimmer und bitte Christines Tante, unser Haus zu verlassen und nie wieder bei uns anzuklopfen. Aber was ist, wenn sie Schwierigkeiten macht?«

»Dann hole mich, ich werde schon mit ihr klarkommen.«

Als die Frau Pfarrer das Gästezimmer betrat, traf sie auf eine weinende Heidy.

Schluchzend wandte Heidy sich an die zukünftige Pflegemutter. »Ich habe alles mitgehört. Sie wollen mir anscheinend nahelegen, Christine nicht mehr zu besuchen. Aber heute möchte ich das Kind noch einmal sehen.«

»Das ist absolut inakzeptabel. Unser Ziel ist es, Christine aus schwierigen Verhältnissen herauszuholen.«

»Frau Pfarrer, Sie sollten sich schämen. Ich werde weiterhin für das Besuchsrecht kämpfen, bis Sie nachgeben.«

Heidy stand auf und verließ den Raum.

Die kommenden Wochen waren für Christine schlimm. Die Kinder- und Hausfrau, eine dickliche etwa sechzigjährige Frau, brachte Christine bei, Feuer aus dem im nahen Wald gesammelten Holz zu machen. Das war nötig, denn die ersten Novembertage waren empfindlich kalt. Unten, in der Wohnung der Pfarrersfamilie, war es warm, aber das reichte nicht für die Zimmer im Dachgeschoss. Christine begann zu frieren.

Es war schwierig, das feuchte Holz zum Brennen zu bringen. Sie wollte bei der Frau Pfarrerin um Hilfe bitten, doch diese wies sie schroff ab.

»Dummes Geschöpf. Unsere Magd hat dir gezeigt, wie es geht. Strenge dich an und versuche es noch einmal«, sagte sie barsch.

Christine fing an zu weinen und sagte: »Ich kann es nicht.«

Die Pfarrersfrau gab ihr links und rechts eine Ohrfeige. »Jetzt weißt du wenigstens, warum du weinst.«

Christine fror weiterhin. Sie schluchzte. »Nein, ich will nicht alleine in der kalten Kammer sein, nein!« Sie hätte gerne noch Gemüse gekocht, Kartoffeln mit Lauch, aber das war nicht möglich, solange sie den Holzherd nicht anfeuern konnte, während durch das Treppenhaus köstliche Gerüche von Braten und Rösti nach oben drangen. Sie war hungrig. Sie schälte die Kartoffeln und aß einige davon roh sowie etwas vom Lauch.

Danach war sie müde und freute sich auf das Nachtlager. Es gab kein Bett, sondern lediglich eine Matratze mit einem darübergespannten Leinentuch und ein paar Wolldecken. Doch sie hatte ein wollenes Nachthemd und gestrickte Socken, sodass sie auch warm blieb, selbst wenn es im Zimmer bitterkalt war.

Um Mitternacht wachte Christine mit starken Bauchschmerzen auf, die so intensiv waren, dass sie laut weinte. Dies dauerte einige Minuten an, bis der Pfarrer die Treppe hinaufstürmte. »Ruhe jetzt, ich kann nicht schlafen. Morgen muss ich um sechs Uhr aufstehen und meine Predigt vorbereiten, die um zehn Uhr beginnt.«

Christine weinte noch lauter.

Der Pfarrer eilte die Treppe hinunter und kehrte nach kurzer Zeit mit einem Teppichklopfer zurück. Er schlug auf das vierjährige Mädchen ein. Christine schrie nun so laut, dass auch die Ehefrau des Pfarrers erwachte und sich mühsam die Treppe hinaufkämpfte, was sie außer Atem brachte, da sie übergewichtig war.

»Was ist passiert?«, jammerte sie. »Was hast du gegessen?«

Schluchzend antwortete Christine: »Rohe Kartoffeln und Lauch.«

»Um Himmels willen, das ist giftig!«, rief der entsetzte Pfarrer.
»Was sollen wir jetzt tun?«, fragte die Frau kleinlaut.
»Ich werde den Arzt anrufen. Er ist seit ein paar Monaten ein guter Freund von mir.«
Der Pfarrer rannte die Treppe hinunter, um zu telefonieren. Nach fünf Minuten kehrte er zurück. »Er wird in den nächsten Minuten im Pfarrhaus eintreffen.«
Christine schien es bemerkt zu haben und hörte auf zu weinen.
Ein Auto hielt vor dem Pfarrhaus, und die Glocke ertönte laut. Kurz darauf stand der Arzt neben der Matratze, auf der Christine sich hin und her wälzte.
Er fragte sie, wie viele rohe Kartoffeln sie gegessen habe.
»Weiß nicht«, hauchte sie mit leiser Stimme. »Etwa fünf, vielleicht auch mehr.«
»Sind noch Kartoffeln übrig?«, fragte er.
Die Pfarrersfrau schaute sich um und sah noch drei auf dem Tisch liegen. Sie reichte dem Arzt eine davon. Dieser betrachtete die Kartoffel genauer.
»Nicht gut. Die sind ziemlich grün …« Er warf dem Pfarrer und dann seiner Frau einen Blick zu. »Ich muss das Mädchen ins Spital bringen. Sie hat eine Solaninvergiftung. Kartoffeln zählen zu den Nachtschattengewächsen, die giftige chemische Verbindungen produzieren. Christine hat anscheinend eine recht hohe Dosis davon aufgenommen. Die Kartoffeln müssen vor dem Genießen immer gekocht werden.«
In knapp einer Viertelstunde wurde sie in die Notfallabteilung des Spitals Sumiswald eingeliefert, wo ihr der Magen ausgepumpt wurde.
Am Montagmorgen fuhr der Hausarzt mit dem Pfarrer ins Spital, um das Mädchen wieder abzuholen.
Der Arzt der Notfallabteilung bat den Pfarrer um ein Gespräch. Ein Medizinstudent, der in seiner Abteilung ein Praktikum absolvierte, würde das Protokoll schreiben. Der Pfarrer

war zunächst dagegen und lehnte eine Diskussion ab, wenn noch eine weitere Person außer dem Hausarzt dabei sei.

Der Notfallarzt stellte dem Pfarrer in Aussicht, gegen ihn eine Anzeige wegen Kindesmisshandlung einzureichen. Ob er das überhaupt machen würde, hänge von diesem Gespräch ab.

Der Pfarrer reagierte empört. Es sei keine Straftat der Pflegeeltern, wenn ihre Zöglinge in deren Abwesenheit verdorbene Lebensmittel essen würden. Daran habe er zunächst nicht gedacht, sagte der Notfallarzt, aber auch das wäre eine Untersuchung wert.

Auf der Stirn des Pfarrers bildeten sich große Schweißtropfen. Er zögerte einige Momente. Sein Begleiter flüsterte ihm ins Ohr: »Da kommst du wohl nicht drum herum. Ich bin ebenfalls Mediziner und werde dieses Protokoll genau lesen.«

Der Pfarrer willigte ein.

Protokoll des Gesprächs zwischen dem Notfallarzt Dr. Feller (Dr. F.) und Pfarrer Gosteli (Go.):
Dr. F.: Haben Sie Christine geschlagen?
Go.: Nein. Vor ein paar Tagen ist sie die Treppe hinuntergestürzt.
Dr. F.: Das sind keine Verletzungen, die von einem Treppensturz stammen. Überall auf ihrem Körper habe ich Verletzungen festgestellt, die von Schlägen mit einem harten Gegenstand herrühren.
Go.: Das überrascht mich.
Dr. F.: Von wem könnten diese Schläge stammen?
Go.: Wir haben eine Kinderfrau, die sich um unseren kleinen Sohn kümmert. Gelegentlich passt sie auch auf Christine auf. Bisher habe ich nie beobachtet, dass sie Christine geschlagen hat.
Dr. F.: Sollte es zu einer Strafanzeige kommen, wird auch die Kinderfrau befragt werden. Sie sind auch für die Aufsicht der Kinderfrau verantwortlich.
Go.: Das war mir nicht bewusst. Mit welcher Strafe müsste

ich rechnen, falls sich herausstellt, dass Christine tatsächlich misshandelt wurde?
Dr. F.: *Ich bin kein Jurist. In einem ersten Fall kann es zu einer Verwarnung kommen, möglicherweise werden Ihnen auch die Behandlungskosten auferlegt. Bei schwerwiegenden Verletzungen kann es zu einem Strafverfahren kommen. Die Urteile können von Geldstrafen bis zu Gefängnisstrafen reichen. Diejenigen, die verurteilt werden, verlieren außerdem das Recht, Pflegekinder zu betreuen. – Sie sollten jetzt das Protokoll unterzeichnen.*
Go.: *Ich möchte dies noch kurz mit meinem Hausarzt besprechen.*

Der Hausarzt des Pfarrers wartete in einem Nebenraum auf das Ergebnis der Unterredung.

Dr. Feller schickte Pfarrer Gosteli in den Raum mit der Bitte, sich danach zu entscheiden, ob er das Protokoll unterschreiben werde.

Nach Durchsicht des Protokolls hatte der Hausarzt Fragen.

Gosteli gestand ihm, Christine mit dem Teppichklopfer geschlagen zu haben.

»Das war wirklich unglücklich«, sagte der Hausarzt. »Falls du vom Staatsanwalt vorgeladen wirst, würde ich, wenn ich du wäre, zugeben, Christine geschlagen zu haben. Du könntest das ja rechtfertigen. Kein Staatsanwalt wird dir deshalb Probleme bereiten. Körperliche Bestrafung von Kindern ist in der Schweiz nicht verboten, solange sie nicht zu schweren Verletzungen führt. Hoffen wir, dass es der Staatsanwalt von Trachselwald ist. Dann würde er dich vorwarnen, dass in den nächsten Tagen eine Kontrolle durch einen kantonalen Inspektor stattfinden wird. Dieser wird einige Fragen stellen, zum Beispiel, ob das Mündelkind am Familientisch mitisst. Wenn du zugeben würdest, dass dies nicht der Fall ist, wird er weiter nachfragen. Ich rate dir dringend, diese Praxis bis zur Kontrolle zu ändern. Lass Christine eine Zeit lang gemeinsam mit euch die Mahlzeiten einnehmen. Lade den Armeninspektor zum Mittagessen ein.«

»Was rätst du mir noch?«

»Der Armeninspektor wird das Nachtlager von Christine sehen wollen. Es würde dir einiges ersparen, wenn du sie in ein Zimmer deiner Wohnung umquartierst.«

»Danke, kein Problem. Ich werde meine Frau davon überzeugen. Wenn es nur für einige Wochen ist, wird sie das akzeptieren.«

»War deine Frau dagegen, Christine bei euch aufzunehmen?«

»Ja, sie hat sich dagegen gesträubt, Menschen aus schwierigen Verhältnissen bei uns aufzunehmen. Doch ihr Bruder, selbst ein Pfarrer, konnte sie umstimmen. Er hat sie an christliche Wertvorstellungen erinnert.«

»Der Armeninspektor wird nachfragen, ob Christine schon arbeiten muss.«

Gosteli lachte. »Was versteht dieser Mann unter Arbeit?«

»Unser Inspektor ist kein Querulant. Er stammt aus Trachselwald und legt Wert auf ein gutes Verhältnis zwischen der Sozialbehörde und den Pflegeeltern. Anders als in den sozialistisch regierten Städten wie Bern oder Langenthal, wo die Sozialbegutachter, wie sie auch genannt werden, sehr gewissenhaft sind. Wenn kleinen Jungen oder Mädchen leichte Aufgaben übertragen werden, sprechen sie gleich von Kindersklaven. Was Arbeit betrifft, schlägt unser Armeninspektor vor, dass Kinder ab fünf Jahren einfache Aufgaben übernehmen. Darunter versteht man das Kehren des eigenen Zimmers, das Bettenmachen, das Tischdecken, das Geschirrabwaschen, das Gemüseschneiden, das Kartoffelschälen, die Mithilfe im Garten und so weiter.«

»Danke, das lässt sich arrangieren. Es gibt jedoch eine Anmerkung zum Vertrag, den ich als Pflegevater unterschrieben habe. Es steht ausdrücklich drin, dass Pflegekinder ab neun Jahren zu Arbeiten herangezogen werden dürfen.«

»Vielleicht ist dir das nicht bekannt, aber vor etwa zehn Jahren war ich Gemeinderat mit dem Zuständigkeitsbereich Armenwesen. Daher kenne ich mich in diesen Angelegenheiten gut aus. Gemäß einer Verordnung des Kantons Bern dürfen Pflegekinder ab dem neunten Lebensjahr tatsächlich zu Arbeiten herangezogen werden. Dies betrifft hauptsächlich landwirtschaftliche Betriebe, wo sie beispielsweise beim Mähen oder Melken eingesetzt werden. Oft schon vor Schulbeginn am Morgen. Zum Glück kommt das in deinem Fall nicht in Frage. Jedoch könntest du Christine auf Botengänge schicken, wie das Ausliefern von Lebensmitteln oder anderen Waren an bedürftige Familien, oder sie anweisen, die Wohnung einer älteren Frau zu reinigen.«

»Noch eine letzte Frage, wird der auch mit Christine sprechen?«

»Der vom Amt Trachselwald wird das ganz sicher nicht tun. Außerdem ist Christine erst vier Jahre alt. In diesem Alter sind Kinder nicht in der Lage, zwischen Realität und Phantasie zu unterscheiden.«

Pfarrer Gosteli konnte ein selbstgefälliges Lachen nicht unterdrücken. »Ich sage Dr. Feller ins Gesicht, er solle mich nur anzeigen, ich würde mich von den Behörden nicht unter Druck setzen lassen.«

Der Hausarzt nickte zustimmend. »Sehr gut, mit dieser Provokation treibst du ihn dazu, eine Anzeige einzureichen.«

Wie zu erwarten war, reagierte Dr. Feller mit einer Anzeige gegen den Pfarrer. Seinen Vorgesetzten, den Spitaldirektor, informierte er einen Tag später. Dieser hatte in der Zwischenzeit mit dem Hausarzt gesprochen. Er sei damit einverstanden und riet dem Notfallarzt, zu diesem Zweck auf den Polizeiposten Sumiswald zu gehen.

Pfarrer Gosteli wurde zum Staatsanwalt auf dem Schloss Trachselwald vorgeladen. Es war weniger eine Vernehmung als ein Gespräch in freundlichem Ton. Der Staatsanwalt entschuldigte sich sogar, dass er einen Pfarrer in ein Strafverfahren einweisen müsse. Leider gehe das nicht anders. Doch der Herr Pfarrer habe nichts, gar nichts zu befürchten.

Danach lief alles weitgehend so, wie der Hausarzt vorausgesagt hatte.

Der Herbst 1947 verging. Für Christine war es eine glückliche Zeit. Ihr wurde erlaubt, am Familientisch zu essen, allerdings unter der Bedingung, dass sie kein Wort sprechen durfte. Zudem wurde ihr Schlafplatz von der Dachgeschosswohnung in die Pfarrerwohnung verlegt.

Der Dezember kam, und Christine freute sich auf das bevorstehende Weihnachtsfest. Endlich würde sie im Kreise ihrer Familie um den Tannenbaum sitzen.

Zwei Tage vor dem letzten Advent, am Freitag, dem 19. Dezember 1947, musste Christine am späten Nachmittag ihr Zimmer im Erdgeschoss räumen und zurück in die Mansarde auf den Dachboden gehen. Dort wartete die Kinderfrau auf sie. Auf dem Boden war immer noch die alte Matratze. Daneben lag ein frisch gewaschenes Nachthemd auf zwei Leinentüchern.

»Ich zeige dir noch einmal, wie man sicher mit dem kleinen Ofen in der Mansarde heizt und ebenso mit dem Kochherd in der kleinen Küche nebenan. Es braucht dafür Scheiter oder kleinere Aststücke aus dem Wald. Das Holz sollte trocken sein, daher musst du es rechtzeitig bereitstellen. Morgen solltest du damit beginnen, es im Wald zu sammeln.«

Christine konnte ihre Tränen nicht zurückhalten.

»Kind, du wurdest in den letzten Wochen verwöhnt. Du darfst nicht erwarten, dass dies so weitergeht.«

»Warum nicht?«

Bevor Christine ihre Frage beenden konnte, traf sie eine Ohrfeige auf die rechte Gesichtshälfte. »Du bist ein uneheliches Kind. Eines aus schwierigen Verhältnissen. Deine Mutter hat eine schlimme Vergangenheit, sie war eine Hure.«

»Was ist eine Hure?«

Die Kinderfrau dachte nach. Endlich fand sie den Faden wieder. »Es wäre besser, wenn du solche Fragen nicht stellst. Du solltest lieber zuhören und gehorchen.«

»Was bedeutet das Wort ›Hure‹? Darf ich das fragen?«

»Du bist ein dummes Kind, genauso wie deine Mutter es war. Deine Eltern waren beide verwahrlost. Deine Mutter wusste wahrscheinlich nicht einmal, wer dein Vater war.«

»Ich verstehe nicht, was du meinst.«

»Natürlich nicht, du bist eben dumm und verstehst nichts, anders als die Kinder aus stabilen Familienverhältnissen.«

Christine begann wieder zu weinen.

»Gehe in den Keller und hole fünf Kartoffeln. Daneben sind auch Bohnen. Nimm eine Handvoll davon. Anschließend schälst du die Kartoffeln und rüstest die Bohnen.«

Nachdem Christine aus dem Keller zurückgekehrt war und die Kartoffeln sowie die Bohnen auf den Tisch gelegt hatte, zeigte sie auf die Bohnen und fragte: »Wie mache ich das?«

Die Kinderfrau nahm ein Küchenmesser aus der Schublade neben dem Herd und rüstete eine Bohne. »Ich hoffe, du hast es verstanden. Nimm die nächste Bohne und rüste sie.«

Christine schaffte es problemlos.

»Das klappt ja wunderbar. Selbst dumme Mädchen können Bohnen rüsten. Jetzt schäle noch eine Kartoffel.«

Christine zog die Schublade heraus und nahm den Sparschäler, um die Schale der Kartoffel abzuschneiden.

»Jetzt zeige ich dir noch einmal, wie ich dir vor einigen Wochen beigebracht habe, Feuer zu machen.«

Die Kinderfrau nahm aus einem großen Korb feine Äste und riss zwei Seiten aus der beigelegten Zeitung heraus, knüllte sie zusammen und legte sie unten in den Ofen. Dann schichtete sie einige Scheite darüber. Sie reichte Christine die Streichholzschachtel und sagte: »Zünde jetzt ein Streichholz an.«

Christine tat es, jedoch nicht ganz so, wie die Frau es erwartet hatte.

»Sobald das Streichholz brennt, musst du die Schachtel

sofort vom Ofen weit weglegen. Es darf nicht passieren, dass die ganze Schachtel Feuer fängt. Ein Holzboden könnte ebenfalls Feuer fangen, und das wäre sehr gefährlich. Das gesamte Pfarrhaus könnte in Brand geraten.«

»Warum hast du mir das nicht gleich gesagt?«

Die Kinderfrau schlug Christine erneut ins Gesicht. »Du bist einfach dumm. Du verstehst selbst die einfachsten Dinge nicht. Ich habe dir gerade gesagt, dass du nicht fragen sollst.«

Christine schluchzte, konnte sich jedoch beherrschen, nicht laut zu weinen.

»Jetzt puste das brennende Streichholz aus.« Nach zwei erfolglosen Versuchen gelang es Christine schließlich.

»Nun nimm ein neues Streichholz, bringe es zum Brennen und halte es an zerknülltes Zeitungspapier.«

Das Feuer loderte auf. Nach einer Minute begannen auch die Scheiter zu brennen.

Die Kinderfrau beobachtete nun, wie Christine die restlichen Kartoffeln schälte und die Bohnen rüstete. Sie goss Wasser in die Pfanne, stellte sie auf den Herd und zündete sich eine Zigarette an. Während sie wartete, bis das Wasser kochte, rauchte sie genüsslich.

»Jetzt gib vorsichtig die Kartoffeln in das siedende Wasser und dann die vorbereiteten Bohnen«, wies die Kinderfrau Christine an.

Als Christine die Zutaten hinzugefügt hatte, begann sie zu lächeln.

»Etwas wurde vergessen.« Die Kinderfrau öffnete den Küchenschrank und nahm eine gläserne Dose vom Regal. Sie hielt diese Christine unter die Nase. »Das ist Salz und sieht wie Zucker aus. Zucker ist in der Dose daneben. Beide sind angeschrieben, aber du kannst ja nicht lesen. Die Dose mit dem Zucker steht rechts, die mit dem Salz links.«

Die Zucker- und Salzdosen waren auf Augenhöhe von Christine gelegt.

Christine zeigte auf das Etikett der Zuckerdose. »Ich kann

das lesen. Zucker beginnt mit dem großen Buchstaben Z, dann folgt ein kleines u.«

Die Kinderfrau war zunächst sprachlos angesichts dieser Erklärung. Als sie ihre Stimme wiederfand, rief sie entsetzt: »Das kleine Mädchen ist verhext, das werde ich dem Pfarrer sagen.«

Christine hatte erneut eine Frage auf der Zunge, doch sie hatte begriffen, dass sie nun den Mund halten sollte.

»Wenn das Wasser am Sieden ist, musst du einige Minuten warten, dann mit dem Küchenmesser in eine Kartoffel stechen. Wenn sie weich ist, kannst du die Pfanne vom Herd nehmen, das Gekochte mit der Kelle herausnehmen und in die Schüssel geben.«

Die Kinderfrau öffnete den Küchenschrank und zeigte Christine, wo die Schüssel und die Kelle waren.

»Wenn du mit dem Essen fertig bist, wasche das Geschirr und das Besteck ab und lege alles auf das Abtropfgestell. Das Abtropfgestell findest du auch im Schrank.«

»Ein paar Minuten?«

»Wenn du langsam bis sechzig zählst ... Ach ja, die Christine kann ja noch gar nicht zählen ...«

Prompt sagte Christine: »Eins, zwei, drei, vier ...«

»Hör sofort auf ... du bist vom Teufel ... der Pfarrer schickt dich in die Hölle.«

»Mir ist eine noch bessere Idee gekommen. Im Küchenschrank befindet sich eine Aufziehuhr mit einem Zeiger, der einmal pro Minute einen Kreis macht ...«

Die Kinderfrau erstarrte. Nach einigen Augenblicken sagte sie: »Mit diesem Kind stimmt etwas nicht.«

Sie wartete noch, bis die Bohnen und die Kartoffeln weich gekocht waren, beobachtete, wie Christine sie mit der Kelle in die Schüssel gab, und rannte dann die Treppe hinunter, um den Pfarrer zu sprechen. Dieser erklärte, er habe jetzt keine Zeit, und bat sie, das Gespräch auf morgen zu verschieben.

Christine ging es wieder besser. Sie hatte nun erfolgreich

eine Mahlzeit gekocht. Sie wartete, bis die Speisen sich etwas abgekühlt hatten.

Etwas hatte die Kinderfrau noch vergessen. Wo war der Teller? Christine schaute sich im Küchenschrank um. Da war er.

Mit Genuss begann Christine zu essen. Das Gekochte mundete ihr.

Nach dem Kochen war es schon bedeutend wärmer im Dachstock. Nun machte sie sich daran, den Ofen anzufeuern. Sie hatte damit Erfolg. Sie legte, nachdem die ersten abgebrannt waren, mehrmals weitere Scheiter in den Ofen.

Nun war es richtig warm in ihrem Schlafraum. Christine zog sich aus und stülpte das Nachthemd über. Sie legte zwei Wolldecken um sich und schlief ein.

Als sie wieder erwachte, war es Samstag. Sie hörte sieben Schläge vom Kirchturm. Es gab insgesamt vier Glocken, wie sie herausgefunden hatte. Eine davon läutete zur vollen Stunde, eine weitere zur Viertelstunde. Die beiden anderen Glocken läuteten am Samstagmittag nach den Schlägen für etwa fünf Minuten. Am Samstagabend erklangen sie um sieben Uhr und am Sonntagmorgen um Viertel vor zehn.

Am Samstagvormittag brachte die Kinderfrau eine kleine Blechkanne mit Milch und drei Stücke Ruchbrot. »Butter und Konfitüre gibt es hier oben nicht, außer am Sonntag oder an Weihnachten. Die Milch musst du in der Pfanne kochen. Ich gehe davon aus, dass du weißt, wie man Milch kocht.«

Christine wusste es. Sie kochte die Milch und frühstückte. Anders als in der Arme-Leute-Kinderanstalt in Sumiswald musste sie das jetzt alleine tun. In den ersten Tagen, die sie im Dachstock im Pfarrhaus verbrachte, war sie hin und wieder gezwungen, kalte Milch zu trinken, da sie den Herd nicht immer anfeuern konnte.

Nun ging sie, wie ihr von der Kinderfrau befohlen, in den Wald, um Kleinholz zu sammeln.

Zu ihrer Überraschung stand plötzlich ihre Tante Heidy

vor ihr. »Ich bin in den letzten Tagen fast jeden Tag mit meinem Fahrrad nach Dürrenroth zur Kirche gefahren, in der Hoffnung, dich endlich wiederzusehen«, sagte sie.

»Ab jetzt ist das möglich. Ich werde oft im Wald sein, um Holz zu sammeln.« Christine erzählte Heidy alles, was seit ihrem letzten Treffen geschehen war.

Dabei kamen Heidy mehrmals die Tränen, und sie umarmte Christine. »Ich habe dir noch ein kleines Geschenk mitgebracht.« Sie zog einen in Seidenpapier eingewickelten Lebkuchen aus ihrer Tasche.

»Du kannst ihn jetzt gleich essen.«

»Ich beiße ein Stück ab, den Rest esse ich zu Mittag.«

»Ich habe gerade erfahren, dass du im Dachstock zu Mittag essen musst. Ich finde das absolut inakzeptabel. Leider können wir derzeit nichts dagegen unternehmen, im Gegensatz zu körperlichen Strafen mit Verletzungen. Bitte erzähl mir alles, was du erlebst. Eigentlich sollte ich als deine einzige Verwandte auch das Recht haben, dich zu besuchen. Es verstößt gegen das Gesetz, dass die Pfarrersleute das verweigern. Solange wir das noch nicht durchgesetzt haben, bleibt uns nichts anderes übrig, als es heimlich zu tun. An einem Ort im Wald, der versteckt liegt. Komm doch morgen, am Sonntag, wieder hierher zu dieser Tageszeit.«

»Ich werde kommen, es sei denn, der Pfarrer sperrt mich wieder ein, zum Beispiel in den Keller. Gestern hat er das für eine Stunde gemacht, bevor ich in den Dachstock umziehen musste.«

»Hat er dir gesagt, warum er das getan hat?«

Christine schüttelte den Kopf. »Er hat etwas gesagt, aber ich habe es nicht verstanden. Es mache nichts, wenn ich es nicht verstehe, es sei auf Lateinisch.«

»Dieser widerwärtige Kerl, dabei predigt er jeden Sonntag in der Kirche von Dürrenroth Nächstenliebe. Doch ich habe eine Reihe von Freundinnen und Freunden gefunden, die zu mir halten.«

»Wer sind diese Leute?«

»Sie sind Mitglieder der Eisenbahnerpartei von Langnau.« Heidy erklärte Christine, was eine Partei ist. »Im Emmental ist die Bauernpartei die größte, aber diese finden nicht alle Leute gut. Viele sind böse und hassen die Armen, die Verdingkinder …«

»Wie werden dir die Menschen aus der Eisenbahnerpartei helfen?«

»Wenn ich in Zukunft mit dem Fahrrad nach Dürrenroth fahre, werden mich zwei Personen begleiten. Sollte der Pfarrer uns in unserem Versteck im Wald finden, werden sie ihm unmissverständlich klarmachen, dass er kein Recht hat, uns zu überwachen.«

Als Heidy diese Worte aussprach, kamen Christine die Tränen. »Oh, davor habe ich Angst. Wenn deine Freunde dem Pfarrer verbieten, mir in den Wald zu folgen, wird er mich, wenn ich wieder zu Hause bin, schlagen und in den Keller einsperren.«

Heidy überlegte einen Moment. »Wenn er dich noch einmal schlägt, wird er es bereuen. Dann werden meine Freunde zurückschlagen und dich an einen anderen Ort bringen, wo du sicher bist.«

»Ich denke, wenn der Pfarrer mir wehtut, wird das jetzt das letzte Mal sein. Dann werde ich es ertragen, weil ich weiß, dass er mich in Zukunft nicht mehr quälen wird.«

Heidy umarmte Christine. »Du hast es verstanden. Ich bin stolz auf dich. Du bist ein kluges Mädchen. Nun bring einen Teil des Holzes heim.« Heidy drückte Christine den Lebkuchen in die Hand. »Ich warte hier auf dich, bis du zurückkommst und den Rest der kleinen Äste mitnimmst.«

Christine stieg mit dem Holz die Treppe hinauf, darauf bedacht, dass das Geschenk von Heidy nicht gesehen wurde, denn sie hatte die strikte Anweisung des Pfarrers, niemals Geschenke anzunehmen und auch mit niemandem außer ihren Pflegeeltern zu sprechen.

Nachdem sie das zweite Bündel geholt hatte, bemerkte sie, dass der Lebkuchen aus dem Versteck verschwunden war.

Kurz darauf kam der Pfarrer nach oben gestürmt. Wutentbrannt betrat er die Mansarde. »Wer hat dir den Lebkuchen gegeben?«

»Das verrate ich nicht.«

»Du kleines Luder, was fällt dir ein?« In seiner Rocktasche hatte er einen Messingstab, den benutzte er, wenn er den Kirchenchor dirigierte.

Er behandelte Christine grob. Er zog ihr die Unterwäsche herunter und schlug sie damit auf den Hintern und zwischen die Beine, was ihr große Schmerzen bereitete. Dann schlug er auch auf ihren Rücken.

Christine hatte das Bewusstsein verloren. Als sie auf der Matratze aufwachte, öffnete sich langsam die Tür, und der Pfarrer stand im Türrahmen. »Es scheint, als wärst du wieder wach, du verdammte Schauspielerin. Jetzt sag mir endlich, wer dir den Lebkuchen gegeben hat.«

»Ich werde es nicht sagen«, flüsterte Christine mit schwacher Stimme.

Der Pfarrer schlug erneut auf Christine ein, auf ihre Schienbeine, auf ihre Finger. Sie begann gellend zu schreien, dann hörte er auf. Seine Frau rief nach ihm, es sei jemand da, der ihn sprechen möchte.

Christine überlegte, wer das sein könnte.

Aus dem Treppenhaus drangen plötzlich zwei laute Stimmen herauf, die einer Frau und die eines Mannes. »Herr Pfarrer, Sie haben das kleine Mädchen geschlagen, und das ist nicht das erste Mal«, rief der Mann.

Christine schlich die Treppe hinunter, um besser hören zu können, was unten gesprochen wurde. Sie erblickte die beiden, die im Korridor standen, der auch zum Treppenhaus führte. Weder den Mann noch die Frau konnte sie erkennen.

»Wie können Sie es wagen, uns zu beschuldigen? Sie lügen, das geht Sie nichts an«, erwiderte der Pfarrer.

»Das geht uns sehr wohl was an«, sagte die Frau. »Und weil das Fenster der Mansarde leicht geöffnet war, habe ich alles gehört. Wir werden eine Meldung machen.«

Der Pfarrer lachte höhnisch. »Nur zu, da werden Sie bei unseren Behörden auf Granit beißen.«

»Wie Sie meinen, Herr Pfarrer. Aber das, was Sie gerade getan haben, wird Konsequenzen haben, das versichern wir Ihnen«, rief der Mann sehr laut aus.

Die Frau hakte nach: »Wir wissen mehr über Sie, als Sie denken.«

»Haben Sie etwa dem Mädchen den Lebkuchen gegeben?«

»Das haben wir nicht, aber wir kennen die Person, die das getan hat.«

Der Pfarrer stampfte wütend auf den Boden. »Es wird nicht so weit kommen, dass mich eine Bande von linken Gerechtigkeitsfanatikern in die Enge treibt. Verlassen Sie sofort unser Haus. Was Sie hier tun, ist Hausfriedensbruch. Ich werde Sie bei der Polizei in Sumiswald anzeigen.«

Die beiden Personen verließen das Haus. Sie waren Nachbarn des Pfarrerehepaars und Mitglieder der Partei, in die Heidy vor einigen Monaten eingetreten war. Der Mann schlug vor, gleich zu Heidy zu fahren, um sie über die soeben erfolgte Misshandlung von Christine zu informieren. Sie bestiegen den nächsten Zug nach Langnau. Eine Viertelstunde später betraten sie die Wohnung von Heidy.

Sie berieten das weitere Vorgehen. Heidy hatte sich mit Christine für morgen Sonntag im Wäldchen verabredet, am Nachmittag, wenn der Pfarrer sich zu Hause ausruhte. Jetzt konnte sie nur hoffen, dass Christine trotz allem, was geschehen war, noch kommen würde. Sie ging davon aus, dass der Pfarrer Christine verfolgen würde.

Am Sonntagnachmittag um drei Uhr warteten Heidy, das Nachbarpaar und zwei Männer am Treffpunkt im Wäldchen. Christine kam mit Gehbeschwerden. Heidy rannte auf das Mädchen zu, umarmte es und fragte: »Was haben sie dir angetan?«

Sie begann zu erzählen, während sich die anderen am Treffpunkt in Deckung begaben. Ein leiser Pfiff erklang, als der Pfarrer im Anmarsch war. Als er die letzten Meter zu Heidy und Christine rannte, schrie er mit empörter Stimme: »So, jetzt habe ich euch. Ich werde nun handeln.« Er zog den Messingstab aus seiner Rocktasche.

In diesem Moment kamen zwei stämmige Burschen aus dem Gebüsch, packten den Pfarrer an beiden Armen und sagten: »So, jetzt haben wir dich. *Wir* werden nun handeln.«

Sie verprügelten den Pfarrer brutal. Schließlich humpelte er davon, sein schwarzer Rock mit Erdflecken bedeckt, sein weißes Hemd zerrissen und sein Gesicht blau angeschwollen.

»Jetzt bringen wir Christine erst mal ins Berner Inselspital, damit sie von einem Arzt untersucht werden kann«, sagten die beiden kräftigen Männer, die ihren Wagen am Waldrand parkiert hatten. Heidy fuhr mit dem Velo zurück nach Langnau, und die Nachbarn begaben sich in ihre Wohnung, von der aus sie das Geschehen um die Kirche beobachten konnten.

Kaum waren sie zu Hause, hörten sie die Sirenen der Rettungswagen und Polizeifahrzeuge.

Zwei Polizisten klopften energisch an ihre Tür und verlangten Einlass. »Ich muss euch beide mit auf die Wache nehmen«, sagte der Korporal, der von einem Gefreiten begleitet wurde.

»Warum denn?«, fragte die Frau verwirrt, und ihr Mann ergänzte: »Wir haben keine Ahnung, was los ist.«

»Tut nicht so unschuldig. Ihr wisst genau, was passiert ist.«

Sie wurden abgeführt.

Auf der Wache wurde das Paar vom Korporal befragt. »Wo wart ihr heute Nachmittag, bevor ihr nach Hause zurückgekehrt seid?«

Die beiden sahen sich schmunzelnd an. »Wir waren im Wald spazieren.«

»Spazieren sagt ihr dem? Ihr habt den Pfarrer brutal angegriffen.«

»Das waren nicht wir, obwohl der Schwarzrock das durchaus verdient hätte.«
»Warum sollte er das verdient haben?«
»Er hat sein Pflegekind schwer misshandelt.«
»Das behauptet ihr, das müsst ihr beweisen.«
»Beweisen können wir das nicht, dafür sind die Ärzte zuständig, die Christine demnächst untersuchen werden.«
»Wie bitte? Ärzte?«, fragte der Korporal verwirrt. Er ballte seine Fäuste. »Schnell, wir müssen ins Spital nach Sumiswald fahren.«
Die beiden verzichteten darauf, die Polizisten aufzuklären.

Nachdem das Paar wieder auf freiem Fuß war, holten sie zu Hause das Auto und fuhren nach Langnau, um die aktuelle Situation mit den Parteifreunden zu besprechen.

Man wartete auf den Bericht des Inselspitals, der um halb acht abends telefonisch einging. Es handelte sich um einen schweren Fall von Kindesmisshandlung. Christine war mit einem metallenen Gegenstand mehrfach geschlagen worden. Die Röntgenbilder zeigten Knochenquetschungen im Brustbereich, am Rücken, an den Beinen und den Händen. Außerdem wurde die Vagina durch Schläge mit diesem Gegenstand verletzt.

**

Die Staatsanwaltschaft des Amts Bern wurde eingeschaltet, was üblich ist, wenn Opfer von Gewalttaten in einem städtischen Spital behandelt werden. Aufgrund der Schwere der Verletzungen erließ der Staatsanwalt einen Haftbefehl gegen den mutmaßlichen Täter. Dieser wurde über einen Fernschreiber an Staatsanwalt Krähenbühl von Trachselwald und die Polizeiwache von Sumiswald übermittelt.

Obwohl es Sonntagabend war, hielt sich Krähenbühl in seinem Büro im Schloss auf. Die Nachricht aus Bern versetzte ihn in eine peinliche Lage. Er müsste seinen Freund, Pfarrer Gosteli, festnehmen.

Doch er suchte nach Wegen, diese Maßnahme zu umgehen. Er fuhr zum Pfarrhaus, wo Gosteli im Bett lag und von seiner Gattin liebevoll gepflegt wurde.

Krähenbühl zeigte ihm den Haftbefehl. Gosteli wurde schneeweiß vor Schreck. »Das ist ein Komplott von Kommunisten gegen mich.«

Krähenbühl stimmte ihm zu. Er könne nichts anderes tun, als den Haftbefehl zu vollziehen. Doch es gebe eine Möglichkeit, diesen zu umgehen. »Verschwinde in dein Ferienhaus am Murtensee. Niemand weiß, dass du dich dort aufhältst.«

Gosteli klagte: »Weihnachten steht kurz bevor. Ich habe die Predigt dafür bereits geschrieben. Es gibt ein großes Essen, zu dem ich eingeladen habe. Soll ich das alles absagen?«

»Du hast keine andere Wahl. Ich werde mein Bestes tun, um dir in dieser Angelegenheit zu helfen.«

»Wie geht es jetzt weiter? Wann kann ich wieder nach Dürrenroth zurückkehren?«

»Das kann ich nicht genau sagen. Es steht jedoch fest, dass gegen dich ein Strafverfahren läuft. Es ist eher unwahrscheinlich, dass der Haftbefehl vollstreckt wird, wenn du wieder ins Emmental zurückkehrst. Ein Haftbefehl wird in der Regel erlassen, um den Beschuldigten zu identifizieren und ihm die Möglichkeit zu geben, zu den Vorwürfen Stellung zu nehmen. Bei schweren Straftaten besteht die Gefahr, dass der Täter flüchtet, daher wird in solchen Fällen eine Festnahme angeordnet. Das, was du getan hast, wird in unserem Land, insbesondere in unserer Region, nicht als schweres Verbrechen angesehen. Es ist wichtig, dass du dich in den nächsten Tagen bei der Behörde in Trachselwald meldest. Ich werde dich als Staatsanwalt vorladen. Du wirst einige Fragen beantworten müssen, die ich dir vorher auf geheimem Weg zukommen lassen werde, zusammen mit den erwarteten Antworten. Dann wird die Untersuchungshaft kein Thema mehr sein. Es wird zu einem Prozess kommen, den wir so lange wie möglich hinauszögern werden. Du musst nicht mit einer Gefängnisstrafe rechnen, möglicherweise aber mit einer Geldstrafe auf Bewährung.«

Gosteli bedankte sich bei Krähenbühl, kam jedoch auf eine Frage zurück, die nicht genau beantwortet wurde. »Wann kann ich wieder nach Dürrenroth?«

»Es wäre ratsam, der Gemeinde deinen Rücktritt mitzuteilen. Schau dich nach einer Stelle im Kanton Zürich um. Dort würden sie dich mit offenen Armen empfangen, und du würdest auch besser bezahlt. Ich könnte das Rücktrittsschreiben für dich verfassen. Außerdem solltest du dem Statthalter Ottokar Küpfer mitteilen, dass du und deine Frau den Vertrag als Pflegeeltern von Christine Hauser zum Jahresende kündigen möchten. Als Grund könnten wir angeben, dass Christine ein herausforderndes Kind ist, bei dem alle Erziehungsmethoden versagen.«

»Muss die Kündigung bereits bis Ende des Jahres erfolgen? Der Umzug nach Zürich ist in Ordnung, aber er kann nicht schon in diesen Tagen stattfinden. Meine Familie und ich brauchen mindestens Zeit bis Ende Mai. Außerdem erhalten wir monatlich zweihundert Franken Entschädigung für die Pflege des Mündels. Das sind immerhin fünf Monate, wofür wir tausend Franken erhalten, fast einen Monatslohn.«

»Ich verstehe dein Anliegen, jedoch liegt die Entscheidungsgewalt nicht allein bei mir. Um den Haftbefehl meines Kollegen aus Bern auszusetzen, benötigen wir seine Zustimmung. Er stellt folgende Bedingungen: Das Pfarrerehepaar, das Christine als Pflegeeltern hat, wird umgehend freigestellt, und du trittst als Pfarrer in der Kirchgemeinde Dürrenroth zurück.«

Pfarrer Richard Fürchtegott Gosteli fügte sich.

Dürrenroth, 22. Dezember 1947
Richard Fürchtegott Gosteli
Evangelisch-reformierter Pfarrer
Pfarrhaus Dürrenroth

Rücktrittsschreiben

An den Kirchgemeinderat von Dürrenroth

*Sehr geehrter Herr Kirchgemeinderatspräsident, sehr geehrte Herren Kirchgemeinderäte
Mit großem Bedauern gebe ich hiermit mein Amt als Pfarrer der Gemeinde Dürrenroth zurück.
Am vierten Advent, dem 21. Dezember 1947, wurde ich gegen 15 Uhr im Kirchenwald von zwei unbekannten Männern angegriffen und dabei schwer verletzt.
Offenbar gibt es in der Gemeinde Dürrenroth einige Personen, die mir feindlich gesinnt sind. Ich möchte nicht noch einmal Opfer eines solchen Überfalls werden. Ich habe eine Frau und einen fünfjährigen Sohn, die seitdem in großer Angst leben.
Hochachtungsvoll
Richard Fürchtegott Gosteli, Pfarrer*

Auch Heidy wurde zur Verhaftung ausgeschrieben. Der Haftbefehl war von Krähenbühl, dem Staatsanwalt des Amts Trachselwald, ausgestellt worden. Krähenbühl rief Statthalter Küpfer an und bat ihn, sofort bei ihm vorzusprechen.

»Ottokar, ich habe dich via Fernschreiben über die tragische Geschichte um das Pflegekind Christine informiert. Du weißt auch, dass ich am Sonntag, dem 21. Dezember, einen Haftbefehl gegen Heidy, die Tante von Christine, erlassen habe. Dies geschah im Zusammenhang mit dem Überfall auf den Pfarrer von Dürrenroth, dem Pflegevater von Christine. Ich war damals noch nicht darüber informiert, dass der Pfarrer Christine durch Schläge mit einem Messingstab erheblich verletzt hatte.«

Das kam auch für Statthalter Küpfer überraschend.

»Das Opfer wird derzeit im Inselspital behandelt, wo der Notarzt eine Strafanzeige gegen Pfarrer Richard Fürchtegott

Gosteli beim Staatsanwalt des Gerichtskreises Bern Stadt eingereicht hat. Dadurch wurde mir die unangenehme Aufgabe übertragen, Pfarrer Gosteli in Untersuchungshaft zu nehmen.« Krähenbühl fügte an, dass er einen Weg gefunden habe, dies zu bereinigen. Gosteli werde sich in den nächsten Tagen freiwillig der Justiz stellen.

»Ich werde ihn danach verhören. Um einer Untersuchungshaft zu entgehen, muss Gosteli sein Amt als Pfarrer niederlegen und den Pflegevertrag mit Christine Hauser zum Ende dieses Jahres kündigen«, ergänzte Krähenbühl.

»Das machst du großartig, Meinrad. Ich danke dir«, antwortete Küpfer.

»Das Gute an der ganzen Sache ist, dass wir endlich Richard Fürchtegott Gosteli los sind. Das weniger Gute ist, dass wir einen neuen Pflegeplatz für Christine finden müssen«, bemerkte Krähenbühl.

Die Unterbringung sei seine Aufgabe, erinnerte der Statthalter den Staatsanwalt, doch er sei immer dankbar für gute Vorschläge. Krähenbühl bemerkte, dass ihm das bewusst sei, doch er übernehme die Verantwortung für die Haftbefehle, die sich daraus ergeben könnten.

»Und es gibt noch einen weiteren Haftbefehl, den ich zurückziehen möchte, den gegen Heidy, die Tante Christines. Sollte sie tatsächlich festgenommen werden, würden ihre Freunde von der Eisenbahngewerkschaft und den Sozialisten in Langnau aktiv werden. Sie würden das, was Pfarrer Richard Fürchtegott Gosteli sich hatte zuschulden kommen lassen, an die Öffentlichkeit bringen. Das wäre nicht in unserem Interesse.«

Küpfer nickte energisch. »Wir müssen auf jeden Fall verhindern, dass diese Angelegenheit ausgeschlachtet wird.«

Krähenbühl zog den Haftbefehl, den alle Polizeiposten des Kantons Bern per Fernschreiber erhalten hatten, zurück.

Küpfer sorgte dafür, dass der Rücktritt des Pfarrers den Medien bekannt gegeben wurde. Im »Emmentaler Boten«

erschien ein Artikel darüber auf der Titelseite mit einer auffälligen Überschrift, der viel Aufmerksamkeit erregte.

Die Tatsache, dass dem Pfarrer die Berechtigung entzogen wurde, Pflegekinder aufzunehmen, wurde der Öffentlichkeit nicht mitgeteilt.

***

Für Christine war der Aufenthalt im Inselspital eine wundervolle Zeit. Gemeinsam mit anderen Kindern in ihrem Alter durfte sie das Weihnachtsfest feiern. Sie sangen zusammen Weihnachtslieder, die sie zuvor selten gehört hatte. In der Armenanstalt Sumiswald waren einige Lieder von einem alten, knarrenden Grammofon abgespielt worden. Christine erinnerte sich daran, dass das Gerät nach jeder Schallplatte mit einem Schlüssel, ähnlich dem einer Wanduhr, aufgezogen werden musste. Anschließend hatte jedes Kind einen Lebkuchen als Geschenk vom Gemeindepräsidenten erhalten.

Im Inselspital war es ganz anders. In einem hellen Raum mit zwanzig Betten sang eine Krankenschwester zuerst die erste Strophe vor, begleitet von einem Klavierspieler auf einem extra für diesen Anlass gebrachten Flügel. Anschließend sangen die Kinder gemeinsam mit der Schwester und der Klavierbegleitung das Lied.

Zwischendurch warfen die Kleinen immer wieder Blicke auf den großen Tannenbaum mit den vielen weißen Kerzen. Diese brannten lange und erhellten das Zimmer in der Nacht sogar heller als die Lampen.

Als die Kerzen abgebrannt waren und die Lampen wieder angezündet wurden, erhielt jedes Kind ein Geschenk. Die Mädchen bekamen hinreißend schöne Puppen, die sie selbst auswählen durften. Es waren so viele Puppen, dass fast jedes Mädchen diejenige bekam, die ihr am besten gefiel. Bei den Jungen waren es Holzspielzeuge. Ein Pferd, eine Kuh, ein Ochse, eine Ziege, ein Hase, ein Bär, ein Fuchs oder ein Ladewagen, an dem entweder ein Pferd oder ein Ochse angehängt werden konnte. Einige Jungen spielten zusammen am Boden mit den Tieren und dem Wagen.

Zu jedem Geschenk gab es auch einen großen Lebkuchen, einen viel größeren als den in der Anstalt Bärau. Christine streckte die Hand hoch und fragte, wer denn diese Geschenke gespendet habe. Ungläubig sah die Schwester Christine an.

»Das hat bislang noch niemand gefragt. Ich weiß es nicht. Ganz sicher eine liebe Person.«

Ein Bub sagte, er wisse es ganz genau. Das seien Geschenke vom Heiland.

Am Weihnachtsmorgen gab es zum Frühstück Zopf mit Butter und Erdbeerenkonfitüre. Die Kinder, die schon sitzen konnten, saßen alle zusammen an einem großen Tisch. Auch einige Ärzte und Krankenschwestern waren dabei und halfen denen, die noch nicht mit einem Messer umgehen konnten, die Butter auf das Brot zu streichen. »Es ist einfach wunderbar. Ich habe noch nie ein so gutes Frühstück bekommen«, sagte Christine zu Tante Heidy, die ebenfalls gekommen war.

Für nach Neujahr 1948 fand Ottokar Küpfer für Christine einen Pflegeplatz bei der Bergbauernfamilie Bieri, die am steilen Hang des Dürrgrabens lebte. Der Handel kam nur zustande, nachdem man sich auf ein monatliches Pflegegeld von zweihundert Franken geeinigt hatte. Dass Christine auch bei den Arbeiten mithelfen musste, wurde im Vertrag nicht erwähnt. Es handelte sich um ein stillschweigendes Abkommen.

7

Nach Ostern, am Dienstag, dem 19. April 1949, begann für Christian die Schule. Er hätte bereits ein Jahr früher in die erste Klasse eintreten können, doch das hatte Bauer Affolter nicht gewollt. Kindergärten gab es noch keine in ländlichen Gebieten.

Da der Hof seiner neuen Pflegeeltern, der Dummermuths, ebenfalls im Dürrgraben lag, konnte Christian die Schule in Dürrgraben besuchen. Sein Lehrer war Sebastian Simon, den er schon kannte, weil dieser ihm mehrfach geholfen hatte.

Am ersten Schultag erhielten alle Erstklässler eine Fünfzig-Rappen-Münze vom Präsidenten der Schulkommission.

Dann begann der Unterricht, bei dem alle Schüler von der ersten bis zur neunten Klasse gemeinsam in einem großen Schulzimmer saßen. Es war eine Gesamtschule.

An diesem Tag widmete sich Lehrer Simon weitgehend den acht Erstklässlern. Das war der größte Jahrgang, den es im Schulhaus von Thal im oberen Teil des Dürrgrabens je gab.

Ihm fiel auf, dass Christians Haare struppig waren und seine Kleider Stallgeruch verbreiteten. An seinen Strümpfen, die bis zu den Knien reichten, hingen Grashalme und Stroh. Dann schlief er plötzlich ein.

Simon sprach laut: »Alle herhören, ich bin kurz weg und in zehn Minuten wieder zurück.«

Er lief zu seinem Haus und sagte zu seiner Frau: »Sonja, leider ist das, was ich befürchtet habe, eingetreten. Christian muss vor der Schule Stallarbeiten verrichten, obwohl er erst im vergangenen September sieben Jahre alt geworden ist. Ich schicke ihn zu dir. Versuch ihn zu waschen und gib ihm andere Kleider zum Anziehen.«

Simon kehrte ins Klassenzimmer zurück, weckte Christian auf und brachte ihn seiner Frau. Sonja Simon ließ warmes Wasser in die Badewanne einlaufen. Christian nahm ein Bad.

Es war das erste Mal in seinem Leben, außer während seiner Krankenhausaufenthalte, dass er in einer Badewanne saß. Im Kinderheim gab es nur kaltes Wasser wie bei den Affolters. Zugang zum Badezimmer hatte er dort nicht.

Nach dem Bad zog Sonja Simon Christian schöne, saubere Kleider an. Das war möglich, da sie eine ältere Schwester hatte, deren Kinder aus den Kleidern herausgewachsen waren und die diese den Simons für ihre kleine Tochter überlassen hatten, die aber noch zu klein war.

Die alten Kleider brachte sie in den Waschraum, wo es eine Waschmaschine gab. Das war eine Ausnahmesituation, gar nicht üblich. Simon war ein fortschrittlicher Mensch und hatte ein gutes Beziehungsnetz. Die Waschmaschine erhielt er von einem befreundeten Fabrikanten zum Austesten. Sie wurde in Amerika produziert, wo bereits über vierzig Prozent der Familien eine Waschmaschine hatten.

Sonja Simon führte Christian in das Wohnzimmer. »Hier bleibst du jetzt, bis mein Mann zurückkommt.«

Um Viertel vor zwölf begann die zweieinhalbstündige Mittagspause. Diese lange Unterbrechung war nötig, da einige Kinder für den Schulweg mindestens eine halbe Stunde benötigten.

Lehrer Simon sprach mit sanftem Befehlston zu Christian: »Christian, du isst heute Mittag bei uns.«

»Das geht nicht, ich muss nach der Schule gleich nach Hause gehen.«

»Wann beginnt bei euch das Mittagessen?«

»Ich nehme das Mittagessen nicht am Familientisch ein, sondern esse mit den beiden Knechten und der Magd in einem Nebenraum der Tenne.«

»Noch einmal, du bleibst heute Mittag bei uns. Bevor wir essen, möchte ich dir jedoch einige Fragen stellen. Erzähl mal, was hast du heute vor dem Schulbesuch gemacht?«

»Der Knecht hat mit der Sense gemäht, während ich das Gras zu kleinen Haufen zusammenrechen musste.«

»Wann war das?«

»Ich wurde um vier Uhr geweckt. Es war noch Nacht. Beim Mähen mithelfen muss ich seit Mitte März, wenn dort kein Schnee liegt. Das war etwa an sieben Tagen der Fall. Deshalb freue ich mich, wenn es schneit, dann darf ich länger schlafen.«

»Wo hast du geschlafen?«

»In einem kleinen Raum im hinteren Teil des Stalls. Gut ist, dass es dort warm ist, schlecht, dass es dort stinkt.«

»Wie sieht denn dein Nachtlager aus?«

»Ein Sack aus Stroh und drei Wolldecken.«

»Was hast du nach dem Grasen getan?«

»Die vier Ziegen gemolken, sie sind auch im Stall, etwas abgetrennt von den Kühen.«

»Und dann?«

»Die Bauersfrau hat ein Stück Brot und eine Tasse Milch in mein Zimmer gebracht und auf den kleinen Tisch gelegt.«

»Dein Zimmer?«

»Das ist der Raum mit meinem Schlaflager.«

»Du hattest also Brot und Milch. Warst du dann satt?«

»Nein, ich hatte noch Hunger und habe auch jetzt Hunger.«

»Die Dummermuths haben noch eigene Kinder, helfen die auch beim Mähen?«

»Am Morgen nicht, doch der Älteste manchmal am Abend.«

»Helfen sie auch im Stall?«

»Nein.«

»Wie sieht es bei dir am Abend aus?«

»Am Abend muss ich um fünf Uhr in den Stall und Ziegen melken. Um sieben Uhr beim Mähen helfen, das dauert manchmal bis halb neun. Im Sommer dürfte es noch später werden.«

»Wie sieht es mit dem Mittagessen aus? Du hast mir bereits erzählt, dass du deine Mittagspause im Dienstbotenraum verbringst. Bekommst du genug zu essen?«

»Meistens nicht. Zuerst füllen die zwei Knechte und die

Magd ihre Teller. Oft gibt es Rösti oder Magronen mit Gemüse oder Salat. Ich bekomme nur das, was übrig bleibt.«

»Gibt es auch Käse, Fleisch oder Eier?«

»Bei jeder Mahlzeit gibt es Käse, Wurst oder Braten, manchmal auch Spiegeleier. Aber ich bekomme nie etwas davon, das ist für die Erwachsenen bestimmt, die arbeiten müssen.«

»Isst die Familie auch im Dienstbotenraum?«

»Nie.«

»Wie sieht es mit dem Abendessen aus?«

»Das Abendessen findet in der Küche des Hauses statt und wird mit der Familie zusammen eingenommen. Allerdings darf ich außer am Sonntagabend nicht daran teilnehmen.«

»Bekommst du abends nichts zu essen?«

»Die übrig gebliebenen Reste werden mir in einem kleinen Milchkessel in mein Zimmer gebracht. Ich esse dann, wenn ich vom Mähen zurückkomme.«

Sonja Simon notierte alle Fragen und die Antworten. Nach dem Gespräch sagte Sebastian Simon zu Christian: »Ab jetzt bleibst du in der Mittagszeit bei uns. Dann hast du nachher keinen Hunger mehr.«

Während des Mittagessens klopfte es an der Tür. Im Türrahmen stand ein Knecht der Dummermuths. Er sah Christian mit dem Lehrerehepaar und ihrem kleinen Mädchen am Küchentisch beim Essen.

»Da ist dieser Lausejunge! Was fällt dir eigentlich ein? Steh augenblicklich auf und komm mit mir nach Hause. Mach dich darauf gefasst, dass es Prügel gibt.«

Simon stellte sich vor den Eindringling, zeigte mit dem Finger auf seine Brust. »So nicht, du Grobian. Der Junge wird nicht geschlagen, sonst zeige ich dich an. Hast du das verstanden? Nach der Schule werde ich Christian nach Hause begleiten und ein ernstes Wort mit Herrn und Frau Dummermuth reden. Bitte richte das deinen Arbeitgebern aus.«

Der Knecht protestierte. »Ich habe den Befehl, Christian jetzt nach Hause zu bringen.« Er näherte sich Christian. Nun drängte Simon ihn grob aus der Küche. Fluchend verließ der Knecht das Haus.

Nach der Schule, um vier Uhr nachmittags, machten sich die Simons mit Christian auf den Weg zum Hof der Dummermuths.

Dort wurden sie erwartet. Doch nicht nur die Pflegeeltern Dummermuth, sondern auch Frau und Herr Affolter nahmen sie in Empfang. Affolter ergriff als Erster das Wort und startete eine massive Attacke.

»Was will dieses schmalbrüstige Schulmeisterlein mit seiner Alten hier? Ein Dummschwätzer mit einem bescheuerten Gerechtigkeitsfimmel. Die ganze Sache geht ihn nichts an. Er soll das machen, wofür er von der Gemeinde Trachselwald bezahlt wird: unsere Kinder unterrichten.«

Simon war nicht auf den Mund gefallen und konterte: »Und was will dieser Ortsvorsteher hier? Seine Aufgabe wäre es, die Gemeinde anständig zu führen und sich an die Gesetze zu halten.«

Affolter trat mit geballten Fäusten auf Simon zu, doch dieser wich geschickt aus.

Affolter blieb stehen und rief mit dröhnender Stimme: »Was für eine unverschämte Anschuldigung! Es steht in keinem Gesetz, dass Verdingkinder nicht arbeiten dürfen. Es steht in keinem Gesetz, dass Verdingkinder am Familientisch essen müssen. Es steht in keinem Gesetz, dass das Aufbegehren der Verdingkinder nicht mit Körperstrafen abgegolten werden darf.«

»Diese Aussage bestätigt, dass der Gemeindepräsident keinen Überblick über unsere Gesetze hat«, bemerkte Simon. »Wie die Familie Dummermuth mit Christian in den letzten Wochen umgegangen ist, verstößt eindeutig gegen das Recht auf ein unversehrtes Leben. Es ist zudem moralisch verwerflich und diskriminierend.«

»Was möchtest du denn dagegen unternehmen?«, fragte Affolter.

»Ich fordere einen menschenwürdigen, gerechten und vernünftigen Umgang mit Christian. Dazu gehört ausreichendes Essen, genügend Schlaf, das Recht auf Körperpflege und der Verzicht auf körperliche und seelische Züchtigung. Es darf nicht sein, dass ein siebenjähriges Kind morgens um vier Uhr aufstehen muss, um Feldarbeiten zu erledigen. Es darf nicht sein, dass ein Kind hungrig zur Schule geschickt wird und die Pflegeeltern in Saus und Braus leben. Es darf noch vieles nicht sein, was Christian angetan wurde.«

»Schulmeister, niemand verwehrt dir, beim Statthalter Beschwerde einzureichen. Aber es ist nicht richtig, Christian einfach festzuhalten und ihn daran zu hindern, nach Hause zurückzukehren.«

»Das war eine Notmaßnahme«, rechtfertigte sich Simon. Er betonte, dass das körperliche Wohl von Christian in Gefahr gewesen sei und dies ihn dazu veranlasst habe, so zu handeln. Simon bat die Dummermuths, ihm zu versichern, dass sie Christian nicht mehr für Feld- und Stallarbeiten einsetzen würden, und versprach im Gegenzug, ihn an die Pflegefamilie zurückzugeben. Außerdem betonte er, dass Christian das Recht habe, über den Mittag von der Familie Simon verpflegt zu werden.

Dummermuth sah hilfesuchend zu Affolter, der nickte.

Simon sagte: »Immerhin, das wären einige Verbesserungen im Umgang mit Christian. Ich übergebe Christian hiermit der Familie Dummermuth. Die Kleider, die Christian jetzt trägt, gehören ihm. Ich erwarte, dass er morgen ausgeschlafen und satt damit zur Schule kommt. Auf Wiedersehen.«

Sebastian und Sonja Simon verließen den Hof der Dummermuths.

Von da an ging es Christian deutlich besser. Zwar war sein Nachtlager immer noch der Schuppen im Stall, und er durfte weiterhin nicht am Familientisch Platz nehmen, doch eine gute Mahlzeit täglich hatte er sicher. Und in der Regel hatte er saubere Kleider für die Schule. Hin und wieder wurde er auf dem Weg zur Schule von den älteren Dummermuthbuben mit Mist beworfen. In solchen Fällen sorgten die Simons dafür, dass Christian frische Kleidung bekam. Da die Dummermuthbuben im selben Schulzimmer wie Christian unterrichtet wurden, stellte Lehrer Simon sie jedes Mal zur Rede. Sie stritten ab, dies getan zu haben. Simon sagte ihnen ins Gesicht, dass sie lügen würden.

Dann kam es wieder zu einem besorgniserregenden Zwischenfall. Als Christian, der am Vortag neue Kleidung erhalten hatte, von den Dummermuthbuben mit Fußtritten und Faustschlägen attackiert wurde, war Sonja Simon, die oft mit einem Feldstecher den Schulweg beobachtete, Zeugin dieses Angriffs.

In der großen Pause nahm sich Simon die gewalttätigen Jungen vor. Nicht nur Sonja Simon, die ins Schulgebäude gekommen war, sondern auch vier andere Mitschüler hatten die Übergriffe der drei Jungen beobachtet. Das Leugnen half ihnen nun nicht mehr.

Obwohl körperliche Bestrafungen den Lehrern erlaubt waren, ging Simon äußerst sparsam damit um. Doch dieses Mal verpasste er jedem der drei Dummermuthbuben kräftige Ohrfeigen, sowohl auf die rechte als auch auf die linke Wange. Danach rannten sie weinend nach Hause.

Es dauerte nicht lange, bis das Ehepaar Dummermuth wütend ins Klassenzimmer stürmte. Es kam zu einem hitzigen Wortwechsel. Doch die Simons waren überzeugender, denn sie konnten die Übergriffe belegen. Christian hatte zahlreiche blaue Flecken im Gesicht, am Rücken, an den Händen und an den Beinen.

Bald brachen die Sommerferien an, eine schulfreie Zeit von anderthalb Monaten. Die Simons machten sich Sorgen, dass Christian sieben Wochen lang den Bosheiten der Dummermuths ausgesetzt sein würde. Sie wollten, dass es ihm in dieser Zeit genauso gut ging wie während des Unterrichts. Das Mittagessen mit den Dienstboten zusammen war für ihn unzumutbar.

Simon schlug vor, dass Christian auch während der Sommerferien mittags im Lehrerhaus essen dürfe, was die Dummermuths nicht wollten. Das akzeptierte Simon nicht. Für ihn war es selbstverständlich, dass das noch nicht achtjährige Kind ausreichend Nahrung erhalten sollte. Simon informierte den Statthalter schriftlich über sein Anliegen. Daraufhin fand ein Treffen zwischen dem Lehrer, den Pflegeeltern und dem Statthalter Ottokar Küpfer statt.

Die Dummermuths lehnten Simons Bitte ab. Küpfer versuchte daraufhin einen Kompromiss: Christian sollte das Mittagessen am Familientisch einnehmen.

»Das hätte gerade noch gefehlt, ganz sicher nicht. Verdingkinder haben darauf keinen Anspruch«, schimpfte Dummermuth.

»Aber sie haben Anspruch auf ein sättigendes und gesundes Essen«, entgegnete Küpfer. »Was spricht dagegen, dass Christian sich während der Mittagszeit bei den Simons aufhält?«

»Der Bub soll nicht stundenlang essen, sondern arbeiten«, meinte Dummermuth.

»Mir reicht es jetzt«, antwortete Simon. »Ein Kind in diesem Alter kann nicht von früh bis spät arbeiten. Es braucht Pausen, um sich zu erholen. Dummermuth, du verhältst dich wie ein Sklavenhalter. Das ist erstens illegal und zweitens menschlich verabscheuungswürdig.«

Dann fällte Küpfer laut sein Urteil: »Während der Ferien darf Christian das Mittagsmahl bei den Simons einnehmen.«

Dummermuth tobte, an so einen Blödsinn werde er sich sicher nicht halten, und deckte Küpfer mit Schimpfwörtern ein.

Küpfer zuckte mit den Schultern und sagte zu Dummermuth: »Das Ignorieren meiner Anweisungen ist das eine, es auch noch zuzugeben das andere. Eine Amtsperson zu beleidigen zieht ein Strafverfahren nach sich. Die Verhandlung ist beendet.«

Am Tag darauf klopfte der Landjäger an die Haustür der Dummermuths. »Herr Dummermuth, ich übergebe Ihnen einen Strafbefehl des Staatsanwalts.«

Dummermuth las ihn durch, was mehrere Minuten beanspruchte, denn schriftliche Texte zu verstehen machte ihm Mühe.

Doch einen Satz hatte er verstanden. *Ich verurteile Sie zu einer Buße von einem Franken fünfzig.*

Das sei Ausbeutung, protestierte er. Er werde beim Gemeindepräsidenten Affolter Rekurs dagegen einlegen.

Leider sei der Gemeindepräsident keine Rekursinstanz, belehrte ihn der Landjäger.

Sebastian Simon machte sich keine Illusionen. Solange er ein Auge auf Christian hatte, konnte er das Schlimmste verhindern. Die Ruhe- und Essenspause über den Mittag stand nun fest. Doch den Rest der Zeit musste Christian in Obhut der Dummermuths verbringen.

Am ersten Ferientag, Anfang Juli, fand sich Sebastian Simon um zwölf Uhr im Dienstbotenraum der Dummermuths ein. Christian war nicht bei ihnen erschienen, wie es das Urteil vorgesehen hatte. Es roch nach Würsten, und auf dem Tisch stand eine riesige Schüssel mit dampfenden Teigwaren. Die beiden Knechte und die Magd füllten ihre Teller. Dazu gab es drei Bratwürste und drei Stück Käse.

An einem kleinen Tisch saß Christian vor einem leeren Teller.

Simon fragte: »Und was bekommt der Kleine?«

»Der soll das essen, was übrig bleibt«, sagte die Magd.

Simon nahm Christian bei der Hand und verließ eilig den Raum. Die Dienstboten waren verwirrt und reagierten zunächst nicht. Dann eilten alle drei den beiden nach. Doch es war zu spät, Simon fuhr mit Christian auf dem Beifahrersitz seines VWs davon.

Um halb drei brachte Simon Christian zurück. Er übergab ihn an der Haustür den Dummermuths.

Die Pflegeeltern waren außer sich. In ihrer Wut ohrfeigte Frau Dummermuth Christian.

Simon reagierte sofort. »Morgen komme ich mit dem Landjäger. Sollte es noch eine Ohrfeige geben, werde ich alles tun, um sicherzustellen, dass Ihnen das Recht entzogen wird, Pflegekinder zu betreuen.«

Simons Skepsis war nicht unbegründet. Das zeigte sich bereits am zweiten Tag der Ferien.

Am Dienstag holte Simon Christian kurz vor zwölf Uhr in Begleitung von zwei kräftigen Männern ab, die niemand in der Gegend kannte.

Die beiden Knechte versuchten, dies zu verhindern, gaben jedoch angesichts der Begleitung des Lehrers auf.

»Wie geht es dir?«, erkundigte sich Simon.

»Gestern Nachmittag war schlimm. Wir waren beim Heuen. Der älteste Dummermuthbub stieß mir mit einer Heugabel in den Hintern. Es hat geblutet.«

»Wurde die Wunde behandelt?«

»Nein, das sei nicht notwendig, fand Herr Dummermuth. Frau Dummermuth behauptete, sie habe genau gesehen, wie es passiert sei. Ihr Sohn habe es nicht extra gemacht. Sie sagte, ich sei absichtlich in die Gabel gelaufen, um der Arbeit zu entgehen. Heute Morgen wurde ich um vier Uhr geweckt, um dem Knecht beim Mähen zu helfen. Weil ich nicht schnell genug war, hat er seinen Ledergurt aus der Hose genommen und mich damit geschlagen. Als ich zurückkam, hatte ich keine Milch in meinem Zimmer. Ich bin zur Pflegemutter gegangen und habe sie gebeten, mir eine Tasse Milch zu geben. Sie hat mich mit der flachen Hand ins Gesicht geschlagen und meine Nase getroffen, sodass sie geblutet hat.«

Simon sah Christian ins Gesicht. »Man sieht es immer noch. Deine Nase ist geschwollen und gerötet.«

Christian schluchzte. »Ich will nicht mehr zurück auf den

Hof der Dummermuths. Ich habe Angst, dass sie mich umbringen.«

»Ich werde dich heute Nachmittag nicht zurückbringen. Ich habe eine andere Lösung. Ich werde dich an einen Ort bringen, an dem du sicher bist. Die Dummermuths werden nicht wissen, wo du dich aufhältst.«

»Es ist schade, dass ich nicht bei euch sein kann. Aber alles ist besser, als bei den Dummermuths zu bleiben.«

Bevor Christian sich an den Tisch setzte, behandelte Sonja Simon seine Wunden am Hintern und an der Nase. Als sie seinen nackten Körper genauer ansah, rief sie: »Oje, du hast überall blaue Flecken.«

Simon holte seinen Fotoapparat und machte mehrere Bilder von Christians Körper. Anstatt zu essen, entwickelte er die Fotos in seiner Dunkelkammer. Auch wenn die Bilder nicht farbig waren, waren die Flecken über Christians ganzen Körper, die Verletzungen am Hintern und am Gesicht deutlich zu erkennen.

Am frühen Nachmittag polterten die zwei Knechte der Dummermuths an die Haustür der Simons. Sonja Simon empfing sie freundlich.

»Gib uns den Verdingbub heraus.«

»Ihr kommt zu spät, Christian ist nicht mehr da.«

Einer der Knechte öffnete die Haustür und schaute sich um. »Verdammt, das Auto ist nicht da. Wo ist dein Mann hingefahren?«

»Ich weiß es nicht, und wenn ich es wüsste, würde ich es nicht sagen.«

Am späteren Nachmittag brachte Simon die entwickelten Fotos dem offiziellen Publikationsorgan der sozialdemokratischen Partei der Schweiz in Bern vorbei. Dazu überreichte er der Redaktion den Durchschlag eines getippten Berichts.

Der zuständige Redaktor sah die Bilder an und las den Text im Beisein von Simon. Das sei es wert, veröffentlicht zu werden. In der kommenden Woche werde der Artikel erscheinen.

Es war sieben Uhr abends, als Simon sein Haus erreichte. Ihn erwarteten zwei Polizisten. »Sebastian, wir müssen dich zur Vernehmung ins Schloss Trachselwald bringen.«
»Warum denn?«
»Wegen Kindesentführung.«
»Wenn es sein muss, dann lasst uns gehen. Die Sache wird sich klären. Wer wird mich verhören?«
»Der Staatsanwalt in Anwesenheit des Statthalters.«
Simon wurde in einem Polizeiwagen abgeführt. Nach zwanzig Minuten befand er sich im Büro des Staatsanwalts.
»Sebastian Simon, Ihnen wird vorgeworfen, den bald achtjährigen Christian Hachen entführt zu haben. Kindesentführung ist ein schweres Verbrechen, das in der Regel mit einer Haftstrafe geahndet wird«, eröffnete Krähenbühl.
»Staatsanwalt, bitte überdenken Sie Ihre Worte. Wenn jemand ein misshandeltes Kind ins Spital bringt, handelt es sich nicht um eine Entführung.«
Der höhnische Gesichtsausdruck des Staatsanwalts verdüsterte sich. »Ins Spital? In welches?«
»Ins Inselspital Bern.«
»Verdammt, musste das sein?«
»Ich hatte meine Gründe.«
»Welche?«
»Es war nötig.«
»Ich werde gleich nachfragen, ob Ihre Angabe zutrifft.«
Nach mehreren Telefonaten sagte Krähenbühl entnervt: »Der Junge ist in der Kinderabteilung des Inselspitals. Das gilt nicht als Entführung. Ich muss Sie wieder freilassen. Doch der Statthalter hat noch einige Fragen an Sie.«
Ottokar Küpfer war nicht gut auf Simon zu sprechen. »Warum haben Sie sich nicht zuerst an mich gewandt, Herr Simon? Ich war es, der die Dummermuths zurechtgewiesen hat. Wir hätten den Zwist besprechen und einen Kompromiss finden können.«
»Welchen Kompromiss meinen Sie? Sie waren es, der an-

geordnet hat, dass Christian während der Ferien bei uns die Mittagszeit verbringen darf. Die Dummermuths haben versucht, das zu vereiteln. Ich jedoch wollte Christian vor weiteren Übergriffen schützen. Es war dringend, und ich konnte nicht mehr mit Ihnen darüber sprechen, ohne das Risiko einzugehen, dass Christian weitere Verletzungen zugefügt würden.«

»Warum haben Sie Christian in das Inselspital gebracht und nicht in das von Sumiswald?«

»Die Situation mit dem Spital Sumiswald ist kompliziert. Es ist bekannt, dass der Direktor des Spitals den Verdingkindern nicht wohlgesinnt ist. Er ist ein enger Freund des Gemeindepräsidenten von Trachselwald, der ebenfalls eine negative Einstellung gegenüber Verdingkindern hat. Im Gegensatz dazu ist bekannt, dass die Ärzte im Inselspital keine Bedenken haben, eine Anzeige zu erstatten, wenn das Leben eines Kindes in Gefahr ist.«

Im Inselspital würden die Anzeigen nicht nach Trachselwald weitergeleitet, sondern bei der Staatsanwaltschaft von Bern Stadt eingereicht. Entscheidungen würden also in Bern getroffen. Dem Staatsanwalt von Trachselwald bleibe dann nichts anderes übrig, als die in Bern angeordneten Maßnahmen zu vollziehen.

Küpfer seufzte und sagte: »Lassen Sie uns abwarten. Was haben Sie bisher in dieser Angelegenheit unternommen, und wie sieht Ihre zukünftige Vorgehensweise aus?«

»Ich möchte zu dieser Frage keine Stellung nehmen.«

Simon und Küpfer verabschiedeten sich. Es war ein sehr heißer Sommerabend.

✳✳✳

Am Dienstag eine Woche später erhielt Staatsanwalt Krähenbühl ein Fernschreiben seines Kollegen im Gerichtskreis Bern Stadt.

12. Juli 1949; 09:15 Uhr. Staatsanwaltschaft Bern Stadt.

Sehr geehrter Herr Kollege
Ich gehe davon aus, dass Sie über das Schicksal von Christian Hachen, der in gut zwei Monaten acht Jahre alt wird, bis zu seinem Verschwinden am 5. Juli 1949 informiert sind. Am Nachmittag des 5. Juli wurde Christian in die Notfallabteilung des Inselspitals eingewiesen. Sein Körper war mit blauen Flecken übersät, und der Arzt stellte fünf bereits entzündete Stiche am Gesäß fest, die offenbar von einer Heugabel stammten. Zudem war sein Nasenbein gebrochen.
   Solche Verletzungen sind nicht lebensgefährlich, wenn sie umgehend behandelt werden können. Trotzdem stuft der Arzt sie als gravierend ein. Es handelt sich in diesem Fall um eine schwerwiegende Kindesmisshandlung, die von den Spitalärzten den Ermittlungsbehörden gemeldet werden muss.
   Als Staatsanwalt werde ich Anklage gegen die Verantwortlichen erheben, die mir gemeldet wurden. Es handelt sich um Herrn und Frau Dummermuth aus Dürrgraben, Gemeinde Trachselwald. Möglicherweise kommen noch zwei Dienstboten des Bauernpaares hinzu.
   Wir in Bern werden den Fall untersuchen.
   Staatsanwalt Bern Stadt

Staatsanwalt Krähenbühl griff zum Telefonhörer und wählte die Nummer der Staatsanwaltschaft Bern. Kurz darauf hatte er seinen Kollegen am Apparat.
   »Es ist mir wichtig«, bemerkte Krähenbühl, »diese Angelegenheit persönlich zu besprechen.«
   Krähenbühl stellte Fragen zu den Informationen, die seinem Kollegen aus Bern vorlagen. Der Berner Staatsanwalt führte weiter aus, dass die ärztlichen Befunde des Inselspitals mit den Berichten von Sebastian Simon, dem Lehrer von Christian, übereinstimmten.
   »Ich danke Ihnen, Herr Kollege, für dieses Gespräch. Nun

bin ich über den Sachverhalt informiert und in der Lage, die Anklageschrift zu verfassen. Anschließend können wir darüber sprechen.«

»Ich bin zuversichtlich, dass wir beide uns über den Inhalt der Anklageschrift einigen werden«, schloss Krähenbühl das Gespräch.

Am nächsten Tag fand Krähenbühl in seinem Postfach die »Tagwacht« vor. Der Artikel über Christian Hachen nahm die gesamte Seite zwei ein und reichte bis zum ersten Drittel der nächsten Seite.

Die Zeitung, die im deutschsprachigen Kantonsteil Tausende von Abonnenten hatte und auch in den Kiosken erhältlich war, fand großen Absatz. Im Laufe des Tages wurde sie nachgedruckt.

Krähenbühl wählte die Nummer des Statthalters. »Ich habe eine schockierende Nachricht für dich.«

»Um Himmels willen. Was ist passiert?«

Krähenbühl erzählte Küpfer von dem Artikel, worauf dieser versprach, sofort zu ihm zu kommen. Schon beim ersten Blick auf die aufgeschlagenen Seiten verdüsterte sich Küpfers Miene.

»Was für eine Katastrophe!«, rief er aus.

»Das ist Simons Werk«, stellte Krähenbühl fest.

»Jetzt reicht es aber. Das werden wir ihm heimzahlen.«

»Da stimme ich dir vollkommen zu. Dieser Kerl muss von der Schule verwiesen werden. Affolter soll sich darum kümmern.«

Es war Freitagabend, als Simons Telefon spät klingelte. Ein Mitglied der Schulkommission, das mit ihm befreundet war, rief an. »Du warst heute das Hauptthema an der Sitzung. Auch Affolter war anwesend, da er als Gemeindepräsident dazu berechtigt ist. Affolter hat aus seiner Perspektive beschrieben, wie der Fall Christian Hachen verlief, und dabei hast du nicht gut abgeschnitten.«

Der Anrufer, der vor der Kommissionssitzung ausführlich mit Simon gesprochen hatte, kannte die Einzelheiten von Christians Misshandlung, wie es dazu kam und wie Simon darauf reagiert hatte.

»Ich habe mich für dich eingesetzt, aber trotz meines Gegenantrags wurde über deine Entlassung abgestimmt. Das Ergebnis lautete fünf Ja-Stimmen und zwei Nein-Stimmen. Affolter hatte kein Stimmrecht.«

Das Kommissionsmitglied forderte Simon auf, nach Erhalt des Einschreibens unverzüglich beim Erziehungsdepartement Einspruch einzulegen. Er war überzeugt, dass dieser Einspruch anerkannt und die Entlassung als unrechtmäßig abgelehnt werden würde.

Simon erhob Einspruch.

Eine Woche später erhielt die Schulkommission den Bescheid der Rechtsabteilung des Erziehungsdepartements des Kantons Bern, der auch an Sebastian Simon gesendet wurde. Der Rekurs wurde anerkannt und die Entlassung für ungültig erklärt.

In der Zwischenzeit wurde Simons Entlassung im »Emmentaler Boten« gemeldet, was zu einer Flut von Leserbriefen führte, die mehrheitlich den Beschluss der Schulkommission von Trachselwald kritisierten. Auch in der »Trachselwalder Post«, dem Mitteilungsblatt der Gemeinden Trachselwald, Sumiswald und Dürrenroth, wurde die Bevölkerung über die vereitelte Entlassung von Simon informiert.

Im Leitartikel des »Emmentaler Boten« vom darauffolgenden Samstag begrüßte der Redaktor den Erlass des Erziehungsdepartements.

Der Schriftleiter der »Trachselwalder Post« berichtete, dass der Entscheid der Schulkommission zurückgewiesen wurde. Diese Meldung wurde unauffällig am Ende unter der Rubrik »Sonstiges« platziert.

Sebastian Simon nahm seine nicht zustande gekommene Entlassung mit Genugtuung auf. Allerdings war ihm bewusst, dass eine Anstellung bei der Gemeinde Trachselwald keine Zukunftsaussichten mehr bot. Daher begann er, sich nach einer neuen Stelle umzusehen. Er konnte sich dafür Zeit nehmen, insbesondere auch um das Haus, das er zusammen mit Sonja in vielen Arbeitsstunden eingerichtet hatte, zu verkaufen.

Für Küpfer, Krähenbühl und Affolter war die Entwicklung in der Angelegenheit Christian Hachen alles andere als erfreulich. Sie waren fest entschlossen, nicht aufzugeben. »Das Verdingkind wird im Amt Trachselwald bleiben«, erwiderte Küpfer allen, die ihn nach dem Verlauf dieser Affäre fragten.

Nach den Ereignissen hatte der Statthalter keine andere Wahl, als die Dummermuths als Pflegeeltern zu entlassen. Er musste neue finden. Glücklicherweise fand sich im Dorf Wasen ein älteres Ehepaar, das bereit war, Christian aufzunehmen. Die beiden hatten keine eigenen Kinder und betrieben ein kleines Bauerngut an einem steilen Hang. Sie waren jedoch nur bereit, dies gegen eine angemessene Entschädigung zu tun.

Die erneute Umplatzierung führte dazu, dass Christian die Schule wechseln musste. Wasen hatte eigene Schulgebäude, die zur Gemeinde Sumiswald gehörten.

8

An der Rezeption des Schlosses Trachselwald meldete sich am Donnerstag, dem 14. Oktober 1965, um Viertel nach acht die Sekretärin der Generalstaatsanwaltschaft Bern. »Bitte geben Sie dem Statthalter Bescheid, dass Gabriel Walser um zwei Uhr nachmittags telefonisch mit ihm sprechen möchte.«

Um acht Uhr vierzig stand Statthalter Moser, der einen etwas zweifelhaften Ruf als Zu-spät-Kommender hatte, vor seinem Büro. Während er noch nach seinem Schlüsselbund suchte, eilte Katharina auf ihn zu.

»Werner, heute Nachmittag darfst du dich auf keinen Fall verspäten. Der Generalstaatsanwalt will dich um zwei Uhr anrufen.«

»Guten Tag, Katharina. Vielen Dank für die Information. Ich bin gespannt, was er mir Neues zu berichten hat.«

Dann rief er Weber, den Staatsanwalt, an. »Ronald, ich erwarte um vierzehn Uhr einen Anruf von Gabriel Walser. Du solltest auch mithören.«

Der Anruf kam pünktlich. Moser stellte das Telefon auf laut.

»Werner, guten Tag. Ich möchte dir mitteilen, dass der Statthalter und der Staatsanwalt des Amts Signau ihre Funktionen wieder ausüben dürfen. Obwohl eine beträchtliche Liste von Verfehlungen vorliegt, konnte ihnen der Mord an Balthasar Haller nicht nachgewiesen werden. Der Hauptgrund für ihre Suspendierung ist somit nicht mehr relevant.«

»Wirklich? Diese beiden Halunken gehören eigentlich hinter Gitter. Was hat dich dazu bewogen, diese Entscheidung zu treffen?«, fragte Moser.

»Wir haben es mit einer komplexen Geschichte zu tun. Es ist unbestritten, dass Bärtschi und Eggimann eng mit Haller zusammengearbeitet haben. Ursprünglich wollten sie dir einen

Vorschlag zu Haller unterbreiten. Es ging um die beiden Armenhäuser Bärau in Langnau und Gottesgnad in Sumiswald. Herr Haller hatte vor, Jugendliche im Alter von vierzehn bis achtzehn Jahren aus diesen Einrichtungen als Zwangsarbeiter für seine Metallfabriken in Wasen und Hindelbank zu rekrutieren. Er benötigte dringend neue Arbeitskräfte, wenn möglich, zu niedrigen Kosten. Strafgefangene können keine Bezahlung fordern, selbst wenn viele Insassen in Hindelbank gar keine Straftaten begangen haben.«

Werner Moser begann zu verstehen. »Bärtschi und Eggimann haben das geplante Treffen mit mir abgesagt, da sie sich sicher waren, dass ich Hallers Vorschlag nicht annehmen würde.« Moser überlegte kurz, bis er weitersprach. »Das ist richtig, so war es. Aber Haller ließ das nicht gelten. Er bestand auf dem Treffen und drängte Bärtschi und Eggimann, es trotz der Bedenken zu versuchen. Er wollte auch dir Vorteile in Aussicht stellen, falls du eingewilligt hättest. Die beiden aus Signau ließen sich überreden und vereinbarten, sich um sechs Uhr im Schlosshof mit Haller zu treffen.«

»Einen Moment«, bat Walser. »Ich muss noch eine Klarsichtmappe mit Papieren aus meiner Tasche ziehen … Jetzt habe ich sie gefunden. Hier drin gibt es eine Notiz über das Gespräch zwischen den drei Personen. Ob es genau so verlaufen ist wie im Text beschrieben, ist unklar. Aber es widerspricht nicht dem anschließenden Verhalten von Eggimann und Bärtschi. Die beiden sollen Haller überredet haben, nach einer anderen Lösung zu suchen. Moser sei nicht die richtige Person dafür. Allein der Versuch, ihn einzubeziehen, würde das Projekt gefährden. Als Haller auf seinem Standpunkt beharrte, verließen die beiden ihn und ließen ihn allein im Schlosshof zurück. Bärtschi und Eggimann wurden um Viertel vor sieben Uhr im Bahnhofbuffet von Sumiswald gesehen, während sie frühstückten. Zu diesem Zeitpunkt könnte Haller jedoch noch am Leben gewesen sein, wie die Ergebnisse der Obduktion zeigen. Diese ergaben einen Tod circa um sieben Uhr, was mit den Aussagen von Oskar Rämi übereinstimmt.«

Werner Moser äußerte mit Blick zu Weber die Meinung, dass dieses Alibi noch keinen Beweis dafür darstelle, dass Bärtschi und Eggimann nichts mit dem Mord zu tun hätten. Walser widersprach dem nicht, gab jedoch zu bedenken, dass im schweizerischen Justizsystem nicht die Unschuld, sondern die Schuld bewiesen werden müsse.

Moser stöhnte. Derzeit sei man in der Mordsache Haller genauso weit wie vor einem Monat, am 14. September.

Das sehe er, Moser, zu pessimistisch, meinte Walser. Die Recherchen seines Teams hätten neue Erkenntnisse zutage gefördert. Man habe verschiedene Büros in Hallers Firmen durchsucht und sei auf interessante Dokumente gestoßen. Diese deuteten darauf hin, dass die Täterschaft aus Kreisen stamme, die sich mit den Opfern Hallers solidarisierten. Es handele sich hierbei um Verdingkinder und Arbeitskräfte, die als Strafgefangene in Hallers Fabriken arbeiteten oder immer noch arbeiten.

Als Walser realisierte, dass sich dieses Gespräch noch weiter in die Länge ziehen würde, schlug er vor, bei ihm in Bern weiterzureden.

Am nächsten Tag machten sich Werner Moser und Ronald Weber auf den Weg nach Bern. Im Besucherzimmer des Generalstaatsanwalts durchblätterten sie Dutzende von Ordnern, in denen fotokopierte Dokumente der Hausdurchsuchungen in Hallers Gebäuden enthalten waren. Sie sortierten zahlreiche davon aus.

Besonderes Interesse galt den handgeschriebenen Briefen, in denen Haller beschuldigt wurde, sich über Jahre hinweg durch die Ausbeutung von Arbeitssklaven bereichert zu haben.

Zum Beispiel ein anonymer Brief, datiert vom 12. Dezember 1964, der angeblich von einer sechzigjährigen Frau verfasst und mit einem Begleitartikel in einer Zeitung abgedruckt worden war. Sie behauptete, über dreißig Jahre lang unentgeltlich in der Metallfabrik von Hindelbank gearbeitet zu haben, wodurch ihre Gesundheit ruiniert wurde. Nach einer unehelichen Geburt im Alter von dreißig Jahren war sie in der dortigen Frauenstrafanstalt zwangsverwahrt worden.

Sehr geehrter Herr Haller
Vor drei Jahren wurde ich aus der Strafanstalt Hindelbank entlassen. Der Grund für meine Inhaftierung ist in einem beigefügten Zeitungsartikel detailliert beschrieben. Aus diesem geht hervor, dass ich nicht wegen einer Straftat in Hindelbank war, sondern weil ich nach einer Vergewaltigung schwanger wurde.
Vor meiner Entlassung wurde bei mir eine unheilbare Krebserkrankung diagnostiziert, was dazu führte, dass der Anstaltsarzt anordnete, mich von der Arbeit in der Metallfabrik Hindelbank zu befreien. Gefangene, die aus medizinischen Gründen nicht mehr arbeiten können, verursachen dem Staat hohe Kosten, wie mir der Direktor klarmachte. Ich wurde zwar freigelassen, blieb jedoch weiterhin entmündigt. Mein Vormund hat mich der Sozialbehörde meines Heimatortes zugewiesen, die verpflichtet war, mir eine Unterkunft und die zum Überleben notwendige Nahrung zur Verfügung zu stellen. Eine ärztliche Betreuung durfte ich nicht erwarten, da man mir unterstellte, nicht in der Lage zu sein, eine Krankenversicherung abzuschließen.
Herr Haller, anders als Sie habe ich nichts mehr zu verlieren. Selbst eine mögliche Verurteilung wegen einer Straftat, die ich nun in Erwägung ziehe, kann mein Leben nicht mehr zerstören.
Herr Haller, Sie haben Hunderte von Personen auf dem Gewissen. Eine davon, dessen bin ich überzeugt, wird sich noch vor Ihrem Ableben an Sie erinnern und das tun, was andere längst hätten tun sollen.
Ein Opfer von Ihnen

Das Original dieses Briefes wurde von Haller an die Kriminalpolizei der Stadt Bern geschickt. Es sollte sich noch im Archiv befinden, dachten Moser und Weber. Eine Kopie davon bewahrte Haller in seinen persönlichen Akten auf. Darauf fanden die beiden die Randnotiz:

Weitergeleitet an die Kripo Bern mit der Aufforderung, die Briefschreiberin ausfindig zu machen. Das müsste möglich sein. Eine Nachfrage in der Strafanstalt Hindelbank könnte dazu beitragen, diese Person festzunehmen, bevor sie zur Tat schreitet.

Walser kommentierte: »Ob die Polizei in dieser Angelegenheit tatsächlich Kontakt mit der Strafanstalt aufgenommen hat, konnte nicht festgestellt werden. Offenbar sind diesbezüglich Akten verloren gegangen. – Es gibt noch eine weitere Möglichkeit, die Autorin des Briefes zu finden. Man müsste sich an die Zeitung wenden, die den beigefügten Artikel veröffentlicht hat. Allerdings können die Ermittlungsbehörden keinen Redaktor zwingen, ihren Namen preiszugeben.«

Moser und Weber waren sich einig: Den Hinweisen in diesen Dokumenten müsste man nachgehen, denn es handle sich eindeutig um eine Morddrohung.

»Der Mann oder die Frau auf der Straße mag nun sagen, dass es diesem Kerl recht geschieht. Soll sie ihn doch umbringen«, bemerkte Weber. Bei ihm kämen solche Gedanken auch auf. Doch ein Ermittler dürfe sich nicht danach richten. Er müsse nach der Täterin oder dem Täter eines Verbrechens suchen, auch wenn er oder sie selbst ein Opfer war.

Der Drohbrief war nur einer von vielen Hinweisen auf eine mögliche Täterschaft.

»Aber einer davon wird uns zur Täterin oder zum Täter führen«, meinte Moser.

Weber kontaktierte die Redaktion der Zeitung, von der der Artikel stammte. Der zuständige Redaktor war sich seiner

Rechte bewusst. Er würde Kontakt mit der Person aufnehmen, auf die sich der Artikel beziehe, und um Erlaubnis bitten, ihren Namen an die Ermittlungsbehörden weiterzugeben. Eine Rückmeldung wurde innerhalb von einigen Tagen bis mehreren Wochen in Aussicht gestellt.

Moser und Weber beschlossen, die Medien ins Schloss Trachselwald einzuladen, um über den aktuellen Stand der Ermittlungen im Mordfall Balthasar Haller zu informieren. Nach der vorübergehenden Freistellung des Staatsanwalts und des Statthalters des Amts Signau erwartete die Öffentlichkeit dies. Die Pressekonferenz wurde für Dienstag, den 19. Oktober 1965, angesetzt. Sie entpuppte sich jedoch als Fiasko, was Moser und Weber nicht überraschte. Abschließend bemerkte Weber: »Wir geben nicht auf und setzen unsere Ermittlungen fort.«
Hohn und Spott bedachten ihn.

9

In der ersten Januarwoche des Jahres 1948 kam Christine bei den Bieris, ihren neuen Pflegeeltern, im Dürrgraben an. Die Bieris hatten bereits vier eigene Kinder, von denen drei älter und eines jünger als Christine waren.

Vor seiner Entscheidung hatte Statthalter Küpfer den Hof der Familie Bieri inspiziert. Alles war einfach und ärmlich, aber für ein Pflegekind zumutbar, stellte er fest.

Küpfer schlug den Bieris vor, Christine Familienanschluss zu gewähren. Vater Bieri hatte Bedenken, ob das umsetzbar sei. Man einigte sich darauf, dass Christine täglich eine Mahlzeit am Familientisch in der Küche einnehmen würde. Familienanschluss sollte jedoch nicht bedeuten, dass die Verdingkinder den eigenen Kindern gleichgestellt sein sollten. Dies gelte insbesondere für die Haus- und Feldarbeit. Es spreche nichts dagegen, dass Pflegekinder mehr Verantwortung übernehmen mussten als die eigenen Kinder.

Am zweiten Samstag nach Neujahr machte sich Heidy mit ihrem Velo auf den Weg zu den Bieris. Im Dürrgraben lag viel Schnee, doch auf den Straßen war er bereits weggefegt. Es war später Vormittag, als sie an der Türglocke zog.

Frau Bieri öffnete und sagte: »Bei uns ist Betteln und Hausieren verboten. Haben Sie das Schild am Briefkasten nicht gelesen?«

Heidy antwortete: »Ich möchte weder betteln noch etwas verkaufen. Ich bin hier, um meine Nichte Christine zu sehen.«

»Ach, Sie sind das. Wir wurden vor Ihnen gewarnt. Ich akzeptiere nicht, dass Sie uns Schwierigkeiten bereiten. Christine hat es gut bei uns. Kontrollen von Außenstehenden lehnen wir ab.«

Es handle sich nicht um eine Kontrolle, sondern um einen Besuch einer Verwandten, erklärte Heidy.

»Verschwinden Sie bitte augenblicklich. Andernfalls werde ich unseren Knecht holen, der dafür bekannt ist, in solchen Fällen schnell ein Ende zu machen.«

Heidy kamen die Tränen. »Was Sie sagen, Frau Bieri, ist nicht rechtens. Ich werde nach anderen Möglichkeiten suchen, um meine Nichte zu treffen.«

Sie ging weg, aber anstatt den Weg zurück hinunter zu nehmen, schob sie das Fahrrad weiter den Hügel hinauf, wo sich Leute mit Kindern aufhielten.

Heidy sah, was sie erwartet hatte. Christine war ebenfalls anwesend. Aber sie befreite mit einer kleinen Schaufel einen schmalen Fußweg vom Schnee, während die andern mit ihren Schlitten den Hang hinunterfuhren.

Heidy legte das Velo auf einen Schneewall, eilte zu Christine, umarmte sie und fragte: »Wie geht es dir, Kleines?«

»Ich bin traurig. Im Spital war es so schön, die Menschen waren freundlich zu mir. Hier sind sie gemein. Die Kinder meiner Pflegeeltern haben mich schon mehrmals geschlagen und angespuckt. Sie sagen, ich sei dumm und arm und ich solle dankbar sein, dass ich bei ihnen etwas zu essen bekomme und im Haus schlafen dürfe.«

»Ist das Essen gut, wirst du davon satt?«

»Ich habe Hunger. Zum Mittagessen setze ich mich an den Tisch in der Küche, nachdem die anderen gegessen haben. Dann nehme ich mir, was übrig geblieben ist. Fleisch, Käse oder Eier sind meistens schon weg. Manchmal bleiben noch zwei Löffel Rösti oder ein paar Magronen übrig, aber immerhin gibt es genug Sauerkraut und Rüben. Danach bringe ich das Geschirr zum Spülbecken. Gestern ist mir dabei ein Teller heruntergefallen und zerbrochen. Die Frau hat mir daraufhin die Unterwäsche runtergerissen und mich mit einem Ledergurt geschlagen. Seitdem habe ich Schmerzen, wenn ich sitze.«

Heidy strich sanft über Christines Haar und gab ihr einen Kuss auf jede Wange. »Die Bieris sollten das nicht tun. Ich werde etwas dagegen unternehmen.«

Christine zuckte zusammen. »Pass auf, Tante, jetzt kommt der Knecht angerannt. Vor diesem Mann habe ich Angst.«

»Was machst du da, Schlampe?«, schrie er Heidy an. »Du hast kein Recht, hier herumzustehen und dich in unsere Angelegenheiten einzumischen.«

»Du hast kein Recht, mich Schlampe zu nennen. Ich bin die leibliche Tante von Christine und habe das Kind lediglich gefragt, wie es ihm geht.«

»Mach, dass du wegkommst, sonst werde ich auf deinen Speichen herumtrampeln, sodass du den Göppel ins Tal hinuntertragen musst.«

Heidy ließ sich nicht einschüchtern. Das brachte den Knecht noch mehr in Rage. Er griff sie grob an, packte ihren rechten Arm und zerrte sie zum Sträßchen, wo ihr Velo stand.

Heidy schwang sich auf ihr Rad und fuhr, so schnell sie konnte, den steilen Weg hinunter. Sie strampelte in Richtung Schloss und hoffte, dort den Statthalter zu treffen.

Beim Empfang wurde sie abgewiesen. Glücklicherweise befand sich der Gesuchte gerade im Eingangsbereich und hörte, nach wem Heidy gefragt hatte. Küpfer trat auf sie zu und bat sie, ihm zu folgen.

In seinem Büro bat Küpfer Heidy, sich zu setzen, und er erkundigte sich, was sie auf dem Herzen habe.

Sie erzählte von ihrem Besuch bei den Bieris. Küpfer hörte ihr zu und runzelte die Stirn, als sie fertig war. Es sei nicht akzeptabel, dass der Stallknecht der Bieris eine Besucherin so behandle. Er werde dem Bauern deutlich machen, dass so etwas nicht toleriert werden dürfe. Leider gebe es hierzulande immer noch unrealistische Vorstellungen über Verdingkinder, die als unerwünschte Wesen betrachtet würden. Es würden jedoch viel weniger spätere Verdingkinder geboren, wenn die Gesellschaft vernünftiger wäre. Die Unterbringung dieser Jungen und Mädchen stelle eine Herausforderung für die Behörden dar. Die schlechteste Lösung sei die Unterbringung in Armenanstalten. Besser sei es, ihnen Pflegeeltern zuzuweisen.

Küpfer entging nicht, dass Heidy ihm widersprechen wollte. »Lassen Sie mich ausreden. Ich bin dagegen, dass Verdingkinder misshandelt werden. Aber was genau verstehen wir unter Misshandlungen? Auch ich habe als Kind schon einmal einen Teller fallen lassen und wurde dafür geohrfeigt. Im Nachhinein bin ich meinen Eltern nicht böse. Moderate körperliche Strafen werden in unserer Gesellschaft akzeptiert. Ein Klaps auf den Hintern oder eine Ohrfeige haben noch keinem Kind geschadet. Und dann die allgemein verurteilte Kinderarbeit. Die Kinder müssen doch auf die Arbeit als Erwachsene vorbereitet werden, besonders die Verdingkinder, die meist Dienstboten werden.«

Küpfer warf einen durchdringenden Blick auf Heidy und musterte sie. »Was haben Sie vor, gegen die Bieris und möglicherweise auch gegen mich zu unternehmen? Ich frage das in Kenntnis Ihrer Rolle in der Angelegenheit um Pfarrer Gosteli. Das haben wir noch nicht vergessen.« Küpfer hob den Zeigefinger. »Bitte halten Sie sich zurück. Eine unüberlegte Aktion Ihrerseits könnte sich schließlich gegen Sie selbst richten.« Er streckte Heidy die Hand entgegen. »Nun muss ich mich von Ihnen verabschieden, ich habe noch einiges zu erledigen.«

Heidy fuhr zurück nach Langnau, wo sie sich mit ihren Freunden über die neue Unterbringung von Christine unterhielt.

Einer schlug vor, am besten wäre es wohl, sich an die »Tagwacht« zu wenden. Ein anderer gab zu bedenken, dass das mit der »Tagwacht« kaum etwas bewirke. Eine weitere Wortmeldung fand einhellige Zustimmung. Man sollte, wann immer möglich, verletzte Opfer zu einem vertrauenswürdigen Arzt oder in die Notfallstation eines Amtsspitals bringen. Dann sei die Wahrscheinlichkeit am größten, dass eine Anzeige erstattet werde. Leider geschehe dies noch zu selten. Vermutlich, weil viele Zeugen nicht den Mut hätten, aktiv einzugreifen. Wenn sich jedoch mutige Menschen zusammenschließen würden, könnten sie ein misshandeltes Kind den Pflegeeltern wegnehmen und es ins nächste Spital bringen.

Heidy war verzweifelt. Sie sah derzeit kaum eine Möglichkeit, Christine vor der Misshandlung durch ihre Pflegeeltern zu schützen. Man versprach ihr, dieses Problem anzugehen. Im Dürrgraben müsste es doch die eine oder andere Person geben, die sich dieser Sache annehmen könnte, den Umgang der Familie Bieri mit Christine zu beobachten und gegebenenfalls einzugreifen.

Christine blieb bei den Bieris. Heidy versuchte immer wieder, Kontakt mit ihr aufzunehmen. Manchmal gelang es ihr, aber sie wurde wieder vertrieben und dabei misshandelt.

Niemand hatte erwartet, was ein Jahr später geschah. An einem warmen Frühlingsmorgen, dem 26. März 1949, einem Samstag, wurde Christine damit beauftragt, am Waldrand Schneeglöckchen zu sammeln. Als sie nicht zurückkehrte, wurde die Magd losgeschickt, um nach Christine zu suchen. Nach einer halben Stunde kam sie jedoch ohne sie zurück.

Die Bieris waren besorgt und wussten nicht, was nun zu tun sei. Sie suchten Rat bei Rudolf Affolter, dem Gemeindepräsidenten. Er schlug vor, sich bis zum kommenden Montag umzusehen. Vielleicht hatte sich das Mädchen verlaufen und suchte, wenn es dunkel wurde, Unterschlupf in einem Ziegenstall oder einem Heuschober. Das würde es wohl überleben, da die Nächte derzeit nicht besonders kalt waren. Er redete den Bieris zu, diese Sache nicht überzubewerten. Schließlich handelte es sich nur um ein Verdingkind. Am Montag würde er eine Vermisstenmeldung beim Landjäger von Wasen machen. Er gehe nicht davon aus, dass die Polizei nur wegen Christine eine aufwendige Suche in Auftrag geben werde.

Frau Bieri ging gegen Mittag zur Polizeiwache Wasen und gab eine Vermisstenmeldung auf. Das Kind wurde am Mittwoch nicht gefunden, auch nicht an den nachfolgenden Tagen.

Am Donnerstagnachmittag, fünf Tage nach ihrem Verschwinden, wurde die Vermisstenmeldung über den Landessender Beromünster ausgestrahlt. Die Tatsache, dass die Polizei des Amts Trachselwald diese Maßnahme erst so spät umgesetzt hatte, führte zu landesweiter Kritik. Im Oberemmental störte diese Verzögerung jedoch die große Mehrheit der Bevölkerung nicht besonders.

Wochen vergingen, und Ostern ging vorüber, doch von Christine fehlte immer noch jede Spur. Am 30. April bemerkte eine Wandergruppe bei einer Alphütte im Napfgebiet ein kleines Mädchen, das mit einer Ziege spielte. Als die Spaziergänger sich der Behausung näherten, verschwand das Mädchen darin.

Einer der Wanderer, der sich in der Gegend auskannte, war der Landjäger Jakob Haldemann aus Trub. Er hatte wie alle Polizisten im Emmental und den angrenzenden Gebieten im Luzernischen die Vermisstenmeldung mit Bild erhalten und erinnerte sich jetzt daran.

»Das ist wirklich seltsam«, bemerkte er. »Zurzeit sollte doch noch keine Alphütte bewohnt sein. Ich gehe mal hinein und schaue mich um.«

Das Mädchen hatte sich in die Wohnstube zurückgezogen. Haldemann sprach es an.

Christine fing an zu weinen. »Bitte bring mich nicht zu den Bieris«, flehte sie ihn an.

Er begann, mit dem Mädchen zu reden.

Da er nicht zur Gruppe zurückkehrte, betraten einige von ihnen die Hütte. Ein Handzeichen von ihm veranlasste sie jedoch, die Stube wieder zu verlassen.

Zwischen Haldemann und dem Kind entwickelte sich ein Gespräch, das gut eine halbe Stunde dauerte. Schließlich kehrte er zu seinen Kolleginnen und Kollegen zurück und erzählte ihnen eine unglaubliche Geschichte.

Jakob Haldemann löste sich von der Wandergruppe und

stieg mit Christine ins Dorf Trub zu seinem Posten hinunter. Er informierte die Kriminalabteilung der Kantonspolizei Bern, dass er Christine Hauser unversehrt aufgefunden habe. Er werde sie zur Kontrolle ins Amtsspital Langnau einweisen. Das Verdingkind sei von einem Bauernhof in Dürrgraben, Gemeinde Trachselwald, weggelaufen, weil es von den Pflegeeltern und deren Kindern immer wieder misshandelt wurde, wie es ihm berichtet hatte.

Christine war erleichtert, als sie das Spital betrat. Das kannte sie bereits. Vom Herbst 1945, als sie dort mit einem lebensbedrohlichen Fieberschub in die Notfallabteilung eingeliefert worden war.

Der Stationsarzt untersuchte Christine oberflächlich und stellte fest, dass sie leicht unterernährt war, aber ansonsten einen zufriedenstellenden Gesundheitszustand hatte. Dennoch wollte er noch eine gründliche medizinische Kontrolle bei dem Mädchen durchführen. Man erlaubte Jakob Haldemann, währenddessen im Nebenzimmer zu warten, da Christine die anwesende Krankenschwester darum bat, dass der liebe Mann, der sie zu ihnen gebracht hatte, bitte nicht weggehen solle. Anschließend informierte der Arzt Haldemann über seine Ergebnisse. Die Röntgenbilder hatten eindeutig Spuren von älteren Misshandlungen offenbart.

Der Arzt informierte seinen Vorgesetzten, den Klinikleiter, über die Situation. Sie beschlossen zu besprechen, wo Christine am besten untergebracht werden könnte. Haldemann betonte, dass sie keinesfalls zu den Bieris zurückkehren wolle, und setzte sich dafür ein, einen neuen Pflegeplatz für Christine zu finden. »Für die Übergangszeit gibt es keine andere Lösung, als Christine in der Kinderabteilung des Spitals zu lassen.«

Es wurde telefonisch Verbindung mit dem Statthalter Küpfer aus Trachselwald aufgenommen. Dieser meinte, es brauche dafür gar keine Umplatzierung, Christine habe ja bereits Pflegeeltern.

Nun griff Haldemann ins Telefonat, das auf laut gestellt war, ein. »Herr Küpfer, dagegen wehre ich mich. Offenbar kennen Sie die jüngste Geschichte von Christine nicht. Es gibt keinen Zweifel, dass sie von den Bieris misshandelt wurde. Diese Erkenntnis stammt nicht nur von den Aussagen des Kindes, das haben auch die Ärzte in Langnau eindeutig nachgewiesen. Sollten Sie auf Ihrem Standpunkt beharren, werde ich persönlich eine Strafanzeige gegen die Bieris einreichen.«

Es herrschte Stille, bis Küpfer wieder das Wort fand. »Landjäger, Sie haben überhaupt kein Recht dazu.«

Daraufhin meldete sich der Klinikleiter zu Wort. »Kein Problem, dann werde *ich* die Anzeige aufgeben.«

Küpfer begann zu fluchen und bemerkte: »Machen Sie doch, was Sie wollen«, und legte auf.

Gegen die Bieris wurde von dem Leiter des Spitals auf der Hauptwache Langnau der Kantonspolizei eine Klage wegen Kindesmisshandlung eingereicht. Nun war es der Statthalter des Amts Signau, der eine Unterkunft für Christine suchen musste. Haldemann wurde erlaubt, Christine über die weiteren Schritte zu informieren.

※※※

In der ersten Maiwoche 1949 wurden drei Artikel veröffentlicht, eine dreiteilige Geschichte über das Leben und Leiden der noch nicht ganz siebenjährigen Christine seit ihrer Geburt. Die herzzerreißende Erzählung eines gequälten Verdingkindes. Der Autor, Konstantin Kaderli, beschrieb, wie Christine von Betreuerinnen einer Kinderanstalt und zwei Pflegefamilien misshandelt und gedemütigt wurde, bevor sie ihr Schicksal selbst in die Hand nahm.

Im ersten Artikel schilderte Kaderli Christines Aufenthalt in der Armenanstalt Bärau des Amts Signau. Er berichtete über die Geschehnisse, verschwieg oder änderte aber die Namen der verantwortlichen Pflegepersonen. In einem weiteren Artikel kamen Christines Erlebnisse mit zwei Pflegefamilien zur Sprache. Der Artikel endete damit, wie sich Christine befreite:

Die gerettete Erbschaft
Christine hatte ihre Flucht mehrere Wochen im Voraus vorbereitet. Am Waldrand oberhalb des Bieri-Hofs hielt sie sich oft auf. Er lag hundert Höhenmeter über dem Wohnhaus und war von unten nur teilweise sichtbar, da Obstbäume die Sicht versperrten.

Im Wald, an einem Ort, den sie immer wieder aufsuchte, hatte sie ein Loch gegraben und dort einen alten Rucksack versteckt. Es war eine Mulde, die unauffällig war und somit ein gutes Versteck bot. Sie legte einige große Steine auf den Sack und bedeckte ihn mit Laub.

Den Rucksack hatte sie von Sepp, einem alten alleinstehenden Nachbarn, bekommen. Sepp bewirtschaftete mit viel Aufwand und Liebe ein Heimetli. Seine Frau war vor zehn Jahren verstorben, und das Paar hatte keine Nachkommen.

Sepp besaß fünf Ziegen und baute Gemüse und Kartoffeln um das Haus herum an. Auf einer geschützten Wiese hinter dem alten, baufälligen Haus standen zwei Kirsch-, zwei Birnen-, zwei Apfel- und zwei Nussbäume. All das reichte ihm, um zu überleben und ab und zu dem kleinen, gequälten Mädchen etwas abzugeben.

Es war ihm nicht entgangen, dass Christine unter den Bieris zu leiden hatte. Das Mädchen tat ihm leid. Doch Sepp war zu schwach geworden, um gegen die Bieris vorzugehen, die auch ihm zusetzten.

Sepp hatte es im Dürrgraben nicht leicht, da er kein Einheimischer war. In jungen Jahren war er aus dem Kanton Luzern zugezogen. Eine alte Tante hatte ihm als ihrem einzigen Erben das kleine Bauerngut vermacht.

Man nahm es Sepp auch übel, dass er als Katholik ein evan-

gelisch-reformiertes Mädchen aus dem Dorf Wasen zur Frau genommen hatte und seinem angestammten Glauben treu blieb.

Oft, wenn Christine alleine am Waldrand verweilte, gesellte er sich zu ihr. Die beiden unterhielten sich miteinander, doch es war nicht nur das. In seinen jungen Jahren war Sepp Lehrer an einer Primarschule im Kanton Luzern gewesen. Seine Ausbildung hatte er im Lehrerseminar Hitzkirch absolviert. Als er mit Christine sprach, fiel ihm auf, wie wissbegierig und intelligent sie war. Obwohl sie noch nicht das Alter für den Schulbesuch erreicht hatte, brachte er ihr spielerisch das Schreiben und Lesen bei.

Einmal sagte er etwas zu ihr, was sie vielleicht noch nicht ganz verstehen konnte. »Meine liebe Christine, ich spüre, dass meine Tage gezählt sind. Bald werde ich nicht mehr leben.«

Das Mädchen begann zu weinen. »Sepp, du darfst nicht sterben. Wenn du nicht mehr da bist, habe ich niemanden mehr. Heidy, meine einzige Verwandte, die herzensgute Tante, ist vor einem Jahr gestorben. Ich habe die Todesnachricht erst ein halbes Jahr später erfahren, weil sie mir ihre Habseligkeiten hinterlassen hat. Kleider, die mir noch zu groß sind, das Velo, mit dem ich erst fahren kann, wenn ich größer bin, und ihre Uhr. Ich habe davon bis jetzt noch nichts gesehen.«

Sepp sagte, dass er sich noch gut daran erinnern könne. »Zum Glück habe ich es rechtzeitig von einem Beamten vernommen, den ich von früher kannte.«

Nach dem Besuch bei den Bieris erzählte der Beamte Sepp, dass Christines Tante gestorben sei und das Mädchen ein paar Sachen erben würde. Er wies Sepp darauf hin, dass die Bieris Christine alles wegnehmen würden, was sie als Geschenk von anderen Leuten erhalten würde, und ihren eigenen Kindern geben.

Sepp antwortete: »Ich bitte dich, deshalb darf die Erbschaft nicht zu den Bieris gebracht werden. Das Fahrrad und die Uhr soll Christine erst erhalten, wenn sie die fünfte Klasse besucht, und die Kleider, wenn sie erwachsen ist. Die Übergabe von Uhr und Fahrrad soll von der Lehrperson organisiert werden.«

Er werde das genau so anordnen, beruhigte der Beamte Sepp.

Die Bieris waren entsetzt, als sie das erfuhren. Das gehe doch nicht, es seien die Pflegeeltern, die das Recht hätten, Christine diese Sachen zu geben. Der Beamte bestritt das.

»Ich mache mich jetzt auf den Weg zum Statthalter«, sagte Bieri, »er wird mir die Sachen, die Tante Heidy Christine hinterlassen hat, übergeben.«

Der Beamte lächelte und sagte: »Tun Sie, was Sie nicht lassen können.«

Das Treffen zwischen Bieri und dem Statthalter fand zwei Stunden später statt.

Er sei auch nicht glücklich darüber, meinte der Statthalter. Üblicherweise würde der Beamte für Erbsachen dem Statthalter die Erbschaft zum Aufbewahren übergeben. Doch das sei nicht die Pflicht dieses Beamten. Er verwarf die Hände. »Bieri, leider kann ich in dieser Angelegenheit nichts für dich tun.«

Als Sepp Christine dies nun erzählte, reagierte sie so darauf: »Jetzt verstehe ich, warum Frau Bieri mich nach dem Besuch des Beamten geschlagen hat. Sie fragte mich wütend: ›Mit wem hast du über den Besuch des Beamten gesprochen?‹ Ich hatte mit niemandem darüber gesprochen. Frau Bieri schrie mich an und behauptete, ich würde lügen. Sie glaubte zu wissen, dass ich es dir verraten hatte. Dann rannte sie in die Stube, holte dort den Lederriemen aus einem Fach des Kachelofens und schlug damit auf mich ein.«

Am Ende des Artikels betonte Kaderli in einem Begleitartikel, dass nur Personen, die mit der Problematik der Verdingkinder vertraut seien, sich über den Inhalt kaum wundern würden. Was Christine erlebt habe, sei nicht außergewöhnlich, sondern in ländlichen Gebieten der Schweiz, wo eine große

Anzahl von Kindern ohne Eltern aufwüchse, leider üblich. Die überwiegende Mehrheit der Bevölkerung sei sich dessen aber nicht bewusst.

Beide Beiträge gingen unter die Haut. Für die meisten Leserinnen und Leser war es das erste Mal, dass sie in der Zeitung von den Schicksalen der Verdingkinder erfuhren.

Dann erschien der dritte Artikel:

Die Hütte auf dem Napf
Wie Christine den April 1949 alleine überlebte, kann man sich im Nachhinein nur vorstellen.

Niemand weiß, warum Sepp Christine den Rucksack geschenkt hatte. Vielleicht hatte Christine darum gebeten. Ob Sepp in Christines Fluchtpläne eingeweiht war, bleibt unklar. Weder Sepp noch Christine waren bereit, Fragen nach dem glücklichen Ende der Flucht zu beantworten. Sicher ist jedoch, dass Sepp Christine am Tag der Flucht eine Ziege geschenkt hatte. Es ist bekannt, dass er ihr drei Tafeln Schokolade, eine Büchse Ovomaltine, eine Dose Kondensmilch, einen Laib Brot, ein großes Stück Käse, ein Taschenmesser, eine Schere, ein Schreibheft mit Bleistift und Spitzer, eine Blechschüssel, einen Löffel, eine Schachtel Streichhölzer, einen Pullover aus Wolle, einen Regenmantel und einen Schlafsack in den Rucksack gepackt hatte. Wie Christine die Alphütte am Hang des Napfs gefunden hat, bleibt ein Geheimnis.

Es sind mehrere Wege bekannt, die vom Dürrgraben zur Hütte führen. Ein gesundes, kräftiges siebenjähriges Mädchen kann sie an einem Tag bewältigen. Die Hütte war verschlossen, aber es gab einen geheimen Ort, an dem der Schlüssel versteckt war. Wusste Sepp, wo der Schlüssel war? Hatte er Christine zur Hütte geführt? Anstatt zu antworten, lächelte Christine nur.

Alles war in der Alphütte für Christines Aufenthalt vorbereitet. In einem Holzkasten lagen fünf Laibe Walliser Rog-

genbrot. Früher wurde der Gemeindebackofen in den Walliser Dörfern nur zwei bis drei Mal pro Jahr beheizt. Es musste ein Brot gebacken werden, das sich über mehrere Monate hinweg halten konnte. Dieses Wissen nutzten auch die Sennen in den Berggebieten der Voralpen. Das bedeutete jedoch, dass diese Brote kurz vor dem Alpabzug des Viehs in der Hütte gelagert wurden, um die ersten Tage des kommenden Frühsommers zu überbrücken.

In der Hütte gab es noch andere Vorräte, darunter mehrere Büchsen Corned Beef aus dem Eidgenössischen Militärdepartement. Dieses Fleischerzeugnis, das ursprünglich aus dem mittleren Westen der USA stammt, wurde nach dem Aufkommen der Konservenindustrie im Vereinigten Königreich im 19. Jahrhundert hauptsächlich in Irland hergestellt. Während der Weltkriege diente es in Dosenform als lang haltbare Militärverpflegung auch in Europa. In der Schweizer Armee gab es große Bestände davon, die nach 1945 allmählich abgebaut und an die Bevölkerung weitergegeben wurden.

Man roch es beim Betreten der Hütte. In einem unterirdigen Gewölbe waren auch zwei Laibe Emmentaler Käse gelagert, daneben ein Zuber mit Sauerkraut.

Damit waren für Wochen ausreichend Lebensmittel vorhanden.

Da war noch die Ziege. Christine hatte längst gelernt, wie man diese Tiere melkt. Das Mädchen bekam also täglich frische Milch, morgens und abends.

Es war eine schöne Zeit für Christine. »Endlich hatte ich keinen Hunger mehr. Nicht wie in den letzten Jahren. Ich fühlte mich frei«, erzählte sie dem Landjäger aus Trub.

Die Artikel von Konstantin Kaderli wurden im ganzen Emmental gelesen. Man diskutierte darüber. In den Tagen nach deren Erscheinen wurden täglich mehrere Leserbriefe abgedruckt. Daraus ging hervor, dass sich zwei gleich große Lager bildeten.

Die eine Hälfte war angetan von Christine und verwünschte deren Pflegepersonen, den Statthalter und den Staatsanwalt von Trachselwald.

Anders sah das die andere Hälfte, die vorgab, die Behörden in ihrem Kampf gegen die allgemeine Verwahrlosung zu unterstützen. Es sei an der Zeit, dass sich die Menschen an Ruhe und Ordnung gewöhnten. Fremdplatzierte elternlose Kinder seien die Folge eines liederlichen Lebenswandels ihrer Erzeuger. Man müsse diese jungen Menschen an die Kandare nehmen und ihnen beibringen zu arbeiten. Es sei nicht in Ordnung, die Pflegeeltern derart zu verunglimpfen, wie es Kaderli mit seinem »Geschreibsel« getan habe.

Einen Tag nach Erscheinen des dritten Artikels wurde Sepp verhaftet. Im Haftbefehl von Staatsanwalt Krähenbühl wurde als Begründung Kindesentführung angegeben.

Der Artikel von Konstantin Kaderli wurde von Statthalter Küpfer und Staatsanwalt Krähenbühl als Rufschädigung betrachtet. Sie trafen sich am Abend nach Sepps Verhaftung in der Gaststätte Zur Tanne zusammen mit Rudolf Affolter, dem Großbauern und Gemeindepräsidenten von Trachselwald.

»Jetzt muss endlich Schluss sein mit dieser Kuschel-Politik«, polterte Affolter. »Im Dürrgraben bin ich zu Hause. Lange Zeit war das eine Talschaft, in der die Menschen Respekt vor den Autoritäten hatten, sich nicht anmaßten, eine Rolle zu übernehmen, die ihnen nicht zustand. Und heute? Da taucht plötzlich ein Sebastian Simon auf. Ein Schulmeister, der glaubt, er wisse alles besser, besser als die, die schon seit Jahrzehnten Verantwortung in unserem Amt wahrnehmen. Dann fällt auch noch dieser Sepp auf, von dem im Dürrgraben niemand weiß, was er für einen Nachnamen hat. Trotz seines hohen Alters verführt er Mädchen im Vorschulalter.«

Krähenbühl widersprach ihm in Bezug auf Sepp. Eigentlich sei er harmlos, und die Haft werde nur wenige Tage dauern. Es gehe nur darum, damit ein Zeichen zu setzen. »Mische dich nicht in Angelegenheiten ein, die die Anweisungen der Amtsverwaltung betreffen, sonst wirst du Schwierigkeiten bekommen.«

Genau das sei auch seine Meinung, hielt Küpfer fest. Doch Affolter sei auf dem richtigen Weg, wenn er für ein härteres Durchgreifen sei. Besser sei es jedoch, Personen, die Probleme verursachten, zu entfernen. Unter »entfernen« verstehe er, alles Mögliche zu tun, um diese Leute aus dem Amt zu vertreiben. Daran arbeite man momentan bezüglich des Lehrers aus dem Dürrgraben.

Küpfer sprach weiter: »Was die Unterbringung von vernachlässigten Minderjährigen betrifft, werde ich die Verantwortung behalten. Insbesondere im Fall von Christine. An ihr werde ich ein Beispiel statuieren. Sie wird in unserem Amt bleiben.«

Dann sah er Affolter an. »Du hattest bereits Christian, eine ähnliche Person, unter Kontrolle. Dann ist etwas schiefgegangen. Du wirst daraus gelernt haben. Versuche es jetzt mit Christine.«

Affolter blies seine Wangen auf und ließ dann lautstark die Luft entweichen. Er müsse das noch mit seiner Frau besprechen.

»Und wie siehst du das, Rudolf?«, fragte Küpfer nach.

»Ich könnte mir das gut vorstellen. Aber erst im nächsten Jahr.«

Küpfer klatschte in die Hände. »Ich bin zuversichtlich, dass es gut laufen wird. Lassen wir die kleinen Differenzen, die uns derzeit noch trennen, hinter uns. Wir kämpfen auf derselben Seite.«

Für die Unterbringung von Christine musste eine vorübergehende Lösung gefunden werden. Jakob Haldemann, der Landjäger von Trub, meldete sich bei Statthalter Küpfer. Er kannte eine ältere Frau in seiner Wohngegend, die bereit war, Christine für einige Monate bei sich aufzunehmen. Aber die

Frau hatte bereits beschlossen, im Frühjahr 1950 in ein Altersheim umzuziehen.

Christine fühlte sich wohl bei der alten Frau. Sie erledigte Besorgungen für sie und half ihr im Haushalt. Sie wurde stets gut und reichlich bekocht, und es fehlte ihr an nichts in ihrem Zimmer. Allerdings vermisste sie den Kontakt zu Kindern ihres Alters.

10

Christian Hachen verbrachte bis Mitte Juli 1949 seine Zeit im Inselspital, wo er auf seinen neuen Pflegeplatz wartete. Diesen konnte er schließlich am Samstag, den 16., beziehen.

Eine Ambulanz fuhr von Bern Richtung Sumiswald. Kurz vor der Abzweigung nach Wasen wurde sie von einer Polizeipatrouille angehalten und zur Hauptwache Sumiswald umgeleitet.

In der Ambulanz saßen Sanitätspolizisten der Stadt Bern sowie ein Arzt und eine Krankenschwester des Inselspitals und Christian.

Der Patrouillenleiter, ein Wachtmeister, meldete sich an die Besatzung der Ambulanz. »Bitte steigen Sie alle aus.«

Kopfschüttelnd verließen alle das Fahrzeug.

»Christian Hachen, bitte trete vor.«

Der Fahrer rannte zu dem Wachtmeister. »Was soll das bedeuten? Spinnen Sie? So spricht man doch nicht mit einem siebenjährigen Jungen, der vor zehn Tagen erheblich verletzt ins Spital eingeliefert worden ist.«

»Halten Sie den Mund und befolgen Sie meine Anweisungen. Wir sind hier in Sumiswald und nicht im roten Bern.«

»Anstand ist nicht gerade Ihre Stärke. Über Dummheit möchte ich gar nicht mit Ihnen diskutieren. Wir haben die Anweisung, Christian zu seinem Bestimmungsort, einem Bauernhof am südlichen Talhang von Wasen, zu bringen.«

Er befolge die Anweisungen des Statthalters von Trachselwald, schrie der Wachtmeister, nicht diejenigen des Kommandanten der Berner Stadtpolizei. Dann zog er seine Handfeuerwaffe und richtete sie auf den Fahrer.

Der Arzt äußerte sich empört. »Ich fasse es nicht, dieser Idiot.«

Die Krankenschwester stimmte ihm zu. »Wenn er nur der

einzige Idiot hier wäre. Es sieht so aus, als müssten wir klein beigeben und nach Bern zurückfahren.«

Die Sanitätspolizisten aus Bern, der Arzt und die Krankenschwester stiegen wieder in das Ambulanzfahrzeug. Der Fahrer startete den Motor.

Als der Wagen außer Sichtweite war, standen plötzlich Statthalter Küpfer und Staatsanwalt Krähenbühl auf dem Vorplatz der Hauptwache.

Küpfer trat auf Christian zu, nahm ihn am Arm und versuchte, ihn in das bereitstehende Einsatzfahrzeug der Polizei zu ziehen. Christian widersetzte sich.

»Was fällt dir ein? Du musst gehorchen, du dummes Kind«, sagte Küpfer und gab ihm eine Ohrfeige.

Christian blieb stehen.

Küpfer wandte sich an den Patrouillenleiter. »Packen Sie diesen aufsässigen Bengel und bringen Sie ihn ins Fahrzeug.« Zwei Polizisten ergriffen Christian an den Armen und warfen ihn in den Heckraum, der mit einem Gitter von den Sitzen abgetrennt war. Christian schrie vor Schmerzen.

Zwanzig Minuten später traf der Polizeiwagen vor dem Bauernhaus hoch über Wasen ein. Die beiden älteren Leute standen auf der Terrasse und hatten auf die Ankunft von Christian gewartet.

Sie wunderten sich, als sie feststellten, dass Christian mit einem Streifenwagen der Kantonspolizei gebracht wurde. Als sie dann auch noch den Statthalter und den Staatsanwalt sahen, verstanden sie die Welt nicht mehr. Fritz Bracher ging zu Küpfer und sagte: »Herr Statthalter, Christian ist ein Kind, das erst seit diesem Frühjahr die erste Klasse besucht. Ihn wie einen Verbrecher zu behandeln geht doch nicht in einem Rechtsstaat.«

Küpfer rollte genervt mit den Augen. »Wie können Sie es wagen? Krähenbühl und ich sind studierte Juristen, während Sie, Bracher, nur ein unwissender Kleinbauer sind. Sie verstehen nichts von Recht.«

Lisbeth Bracher legte ihrem Mann die Hand auf die Schulter. »Antworte Küpfer nicht. Er mag zwar Macht haben, aber er übt sie auf eine arrogante und widerliche Art aus. Die einzige Möglichkeit, die uns bleibt, ist, die Menschen in unserem Amt davon zu überzeugen, ihn nicht erneut zu wählen.«

Bracher wandte sich enttäuscht von Küpfer ab und verneinte mit einer Kopfbewegung. Küpfer zeigte drohend mit dem Finger auf Lisbeth.

Krähenbühl sagte: »Warten wir noch einen Augenblick, bis der Vogt eingetroffen ist.«

»Wer ist denn der Vogt?«, fragte Lisbeth.

»Wissen Sie das nicht? Immerhin sind Sie alt genug.«

Man hörte das Röhren eines Jeeps. »Da kommt er endlich, der Haussener«, bemerkte Küpfer.

»Der Haussener, wie bitte?«, rief Fritz Bracher.

»Warum denn nicht? Er ist der neue Vormund von Christian.«

Die Brachers sahen sich entsetzt an. »Wer kann nur auf die Idee kommen, diesen Kerl als Vormund einzusetzen? Ein Trunkenbold, ein Schläger, dem man nicht einmal am helllichten Tag begegnen möchte«, sagte Lisbeth.

»Haussener ist einer der größten Schweinemäster in der Umgebung, eine respektierte Persönlichkeit. Er ist genau der Richtige, um aufsässige Buben wie Christian in die Schranken zu weisen«, erklärte Küpfer.

Aus dem Jeep stieg mühsam ein Mann aus, dessen äußeres Erscheinungsbild kein schöner Anblick war. Ein enormer Bierbauch wölbte sich über seinen Hosenbund. Die Hose war schmutzig, und an den Stiefeln klebte Mist. Außerdem hatte er sich seit mehreren Tagen nicht rasiert. Sein Körpergeruch war unerträglich.

Küpfer und Krähenbühl begrüßten ihn freundlich mit einer Handbewegung, ohne jedoch ihre Hand auszustrecken, und hielten gebührend Abstand. Haussener näherte sich Christian, der vergeblich nach einem Fluchtweg Ausschau hielt. Er packte Christian am Nacken. »Du kleiner Schlingel, ich werde dir jetzt eine Lektion erteilen.«

»Herr Haussener wird das Haus inspizieren. Er möchte Christians Schlafzimmer sehen, wissen, wo er schläft, was er zu essen bekommt, wo er seine Mahlzeiten einnimmt und wo er sich waschen kann. Er wird sich nach seinem Arbeitsplatz erkundigen«, erklärte Küpfer.

Lisbeth schüttelte den Kopf. »Es ist nicht erlaubt, dass Erstklässler arbeiten.«

Küpfer winkte ab und verzog höhnisch das Gesicht. »Wie wollen Sie das wissen? Was erlaubt ist und was nicht, bestimmen der Staatsanwalt und der Statthalter. Schon seit über einem Jahrhundert werden in unserem Amt Kinder ab dem Alter von vier Jahren in den Arbeitsprozess eingebunden.«

Er dachte einen Moment nach. »Genug geredet«, sagte er zu Krähenbühl. »Vogt Haussener übernimmt nun die Verantwortung für den Mündel Christian. Viel Erfolg.«

Haussener meldete sich bei Brachers großspurig an. Nun wollte er befehlen. Ohne zu fragen, stapfte er ins Haus. Schon im Korridor fand er sich nicht zurecht und schimpfte lautstark, während er nachfragte, wo sich die Schlafstätte des Verdingbubs befinde. Es kam keine Antwort.

Haussener öffnete die Tür am Ende des Ganges. Dahinter befand sich eine steile, schmale Treppe. »Verdammt, warum ist hier alles so klein und eng?«

Er zwängte sich Stufe um Stufe nach oben. Als er schließlich schweißüberströmt den Dachboden erreichte, stand er vor einer Tür mit der Aufschrift »WILLKOMMEN CHRISTIAN«. Er öffnete sie und fand sich in einer geräumigen Mansarde wieder mit einem großen Fenster, das einen Blick auf das Tal bot, und einem frisch gemachten Bett.

Erneut entwichen Haussener Flüche. »Das ist ein Skandal, es sieht hier ja aus wie in einem Erste-Klasse-Hotel. Als ob dieser Christian ein Bett bräuchte. Ein Strohsack würde reichen.«

In der Zwischenzeit führten die Brachers Christian in die Küche, die auch als Essraum diente. Der Tisch war gedeckt mit einer Kanne heißen Tees, einem kleinen Topf Honig, in dem ein Holzspatel steckte, drei Tassen und drei Tellern, auf jedem lagen selbst gebackene Kekse.

»Herzlich willkommen, lieber Christian. Nimm keine Notiz von diesem ungehobelten Haussener. Wir werden schon mit diesem Kerl zurechtkommen.«

Christian, mit großen Augen, sprach schüchtern: »Ich finde euch wunderbar. Ich freue mich auf das, was ihr hier aufgetischt habt.«

»Alles wird gut. Wir werden eine schöne Zeit zusammen haben«, sagte Lisbeth und strich dem Jungen über das Haar.

Christian begann zaghaft zu essen, zuerst bedächtig und unsicher. Er traute sich kaum, richtig zuzugreifen.

»Du bist jetzt hier zu Hause«, ermunterte ihn Fritz Bracher.

Mit ächzendem und stöhnendem Geräusch ging Haussener mühsam durch das Treppenhaus hinunter, sein massiger Körper fand kaum Platz.

Atemlos und mit hochrotem Kopf angekommen, ließ er seinem Ärger freien Lauf, plapperte vor sich hin und schrie herum: »Ich befehle, dass der Verdingbub nicht in einem Luxuszimmer untergebracht wird. Im Estrich gibt es noch eine Besenkammer, die angemessener für diesen Bastard ist, der nichts ist und nichts kann.« Haussener blickte sich um. »Donnerwetter, wo ist jetzt dieses Pack? Bitte, hört her, kommt sofort in den Flur, ich muss mit euch reden.«

Niemand erschien.

Haussener verließ das Haus, knallte die Tür zu, bestieg den Jeep und raste die Straße hinunter ins Dorf Wasen.

Am Tag danach fuhr Haussener wieder zum Hof der Brachers. Er klopfte an die Tür. Sie wurde nicht geöffnet. Er zweifle, dass sie nicht zu Hause seien, sagte er deutlich vernehmbar zu sich. Daraufhin versuchte er mit seinen Stiefeln die Tür einzutreten, was nicht gelang.

Er kehrte zu seinem Wagen zurück und zog schwerere Schuhe an. Das Suchen und Anziehen dauerte eine Weile, während die Brachers die Eingangstür verbarrikadierten. Das war jedoch nicht ihre einzige Verteidigungsstrategie. Auf dem Herd in der Küche im ersten Stock stand ein Kupferkessel mit kochendem Wasser. Da sich das Küchenfenster direkt über dem Hauseingang befand, kam Lisbeth auf eine neue Idee.

Während es Haussener auch mit den schweren Schuhen nicht gelang, die Türe einzutreten, beschlossen die Brachers, ihm mit dem kochenden Wasser aus dem Kupferkessel den Garaus zu machen. Haussener schrie laut auf. Er wälzte sich am Boden und drehte sich mehrmals um sich selbst.

Die Brachers sahen sich das Szenario an. Sie berieten sich und dachten darüber nach, die Polizei zu verständigen, da es nicht ihre Absicht gewesen war, Haussener schwer zu verletzen. Doch Haussener rappelte sich wieder auf. Schwankend entfernte er sich vom Haus und erreichte sein Fahrzeug. Nach einigen erfolglosen Versuchen stieg er ein und fuhr davon.

***

Das Zwischenspiel der Brachers mit Haussener hatte Konsequenzen. Haussener musste die Notaufnahme des Amtsspitals in Sumiswald aufsuchen, da er Verbrennungen zweiten Grades im Gesicht und an den Händen erlitten hatte. Obwohl dies nicht lebensbedrohlich war, könnten einige Narben zurückbleiben, meinte der Stationsarzt.

Der Statthalter und der Staatsanwalt waren über den Vorfall informiert, obwohl noch keine Anklage eingereicht worden war. Von wem die beiden Herren davon erfahren hatten, verrieten sie nicht, als sie trotz des Sonntags zusammenkamen und darüber berieten.

Krähenbühl sagte: »Was für ein Schlamassel. Ottokar, wie bist du überhaupt auf die Idee gekommen, die Brachers als Pflegeeltern auszuwählen?«

Küpfer antwortete: »Da ist mir wohl ein Fehler unterlaufen. Erst später habe ich erfahren, dass Bracher mit Kaderli befreundet ist. Und deshalb habe ich dann Haussener als Vogt für Christian eingesetzt.«

»Was, wenn ich jetzt einen Haftbefehl gegen Bracher ausstellen würde?«, fragte Krähenbühl.

Küpfer antwortete, dass er das nicht tun würde. Er gehe davon aus, dass Brachers Frau einen Anwalt engagieren würde, um einen Rekurs dagegen einzureichen.

»Worauf stützt du diese Annahme?«, wollte Krähenbühl wissen.

»Das Verhalten des Ehepaars. Als man ihnen Christian brachte, war es äußerst arrogant und hochnäsig. Sie hätten sich kaum so benommen, wenn sie uns nicht misstraut hätten.«

»Warum haben sie uns misstraut?«

»Das frage ich mich auch«, erwiderte Küpfer. »Es gab mehrere Personen, die über die Vorgeschichte von Christian Hachen Bescheid wussten. Die Ärzte im Inselspital, der Berner Staatsanwalt und vermutlich auch einige Medienvertreter wie der unberechenbare Kaderli und Journalisten der ›Tagwacht‹. Ich gehe davon aus, dass sich diese Leute untereinander abgesprochen und sich dann mit den Brachers getroffen haben.«

»Das sieht nach einem Komplott aus«, vermutete Krähenbühl.

»Das ist durchaus möglich. Aber wir werden uns gegen diese Machenschaften wehren. Wir sind denen in Bern nicht hörig.«

»Schon, aber die in Bern sind unsere Vorgesetzten. Wir müssen uns etwas einfallen lassen, um sie auszutricksen.«

»Genau, wir müssen sie austricksen. Ich habe darüber nachgedacht, wie das gehen könnte. Ein Haftbefehl gegen Bracher würde sich kontraproduktiv auswirken. Das bedeutet aber nicht, dass wir Bracher gewähren lassen werden. Wir werden ihn stoppen und ihm das Mandat als Pflegebevollmächtigter entziehen.«

»Was haben wir gegen die Brachers in der Hand?«
»Die Gewalttätigkeit gegen Haussener.«
»Das stimmt. Aber man kann Haussener vorwerfen, auch gewalttätig gewesen zu sein.«
Küpfer lachte. »Wir sind beide Juristen. Haussener kann wegen Sachbeschädigung zur Rechenschaft gezogen werden. Die Brachers haben gegen Leib und Leben verstoßen, und das wiegt eindeutig schwerer, auch wenn es nicht für eine Untersuchungshaft ausreicht.«
»Richtig, aber eine Strafanzeige ist möglich und auch eine Verurteilung. Den Brachers droht eine Geldstrafe.«
»Sehr gut, eine Verurteilung von Herrn und Frau Bracher ist ganz in unserem Sinne. Das würde es ermöglichen, ihnen das Mandat als Pflegeeltern zu entziehen. Und von dieser Möglichkeit würde ich gerne Gebrauch machen. Es liegt nun an dir, Meinrad, ein Verfahren gegen die Brachers einzuleiten.«
»Ottokar, ich stehe zu deinen Diensten.«
Sie waren sich einig, dass nichts überstürzt werden dürfe. Sie hatten keine Illusionen über Haussener. Ursprünglich hatten sie ihn engagiert, um die Brachers zu belästigen. Durch Hausseners unangemessene Aktion, wie den Angriff auf Braches Haus, drohte die ganze Angelegenheit außer Kontrolle zu geraten. Daher beschlossen sie, ein Treffen mit Haussener zu vereinbaren, um die Situation wieder in den Griff zu bekommen. Als hilfreicher Assistent konnte er nützlich sein. Sie wollten ihn eine Woche in Ruhe lassen, damit seine Verbrennungen heilen konnten, und ihn dann ins Büro von Küpfer einladen, in Anwesenheit von Krähenbühl.
»In dein Büro?«, bemerkte Krähenbühl überrascht. »Danach musst du den ganzen Tag lüften.«
Küpfer nickte. »Danke, daran habe ich gar nicht gedacht. Es gibt im Kellergeschoss noch einen Abstellraum, den wir vorübergehend als Besprechungszimmer nutzen können.«

Am Montag, dem 25. Juli 1949, unterhielten sich Küpfer und Krähenbühl mit Haussener in der dafür vorgesehenen Kammer im Kellergeschoss des Statthalteramts. Haussener hatte immer noch einen Verband um den Kopf und einige Pflaster, um die Wunden im Gesicht zu bedecken.

Zuerst dankte Küpfer Haussener dafür, dass er sich als Vogt für Christian Hachen zur Verfügung gestellt hatte. Dann folgte der heikle Teil des Gesprächs. »Reinhard, wir schätzen dein Engagement für deinen Schützling sehr. Es könnte jedoch von Vorteil sein, wenn du in den nächsten Wochen etwas zurückhaltender wärst. Einerseits, um deine Verletzungen ausheilen zu lassen, und andererseits, um die Lage zu beruhigen.«

Küpfer öffnete seinen schwarzen Lederkoffer und nahm ein Klarsichtmäppchen mit einem Dutzend zusammengehefteter Blätter heraus. Er hielt sie in die Höhe und erklärte, dass darin alles stehe, was er, Haussener, in Bezug auf die Vormundschaft von Christian Hachen in den nächsten Monaten benötige.

Im Schreiben stand unter anderem, dass Haussener für seine Arbeit als Vormund von Christian Hachen bezahlt werde. Er erhalte fünfhundert Franken für das Jahr 1949 im Voraus, großzügigerweise werde das ganze Jahr vergütet. Die Kontrollbesuche würden je nach Aufwand abgerechnet. Es wurde darauf hingewiesen, dass man den Brachers jedoch Zeit geben sollte, sich an die neue Situation zu gewöhnen. Daher sollte mit der ersten Kontrolle bis Oktober abgewartet werden. Dieser letzte Satz war mit einem roten Stift unterstrichen.

Haussener wurde gebeten, den Text in Ruhe durchzulesen. Man gebe ihm eine halbe Stunde Zeit dafür. Haussener widersprach und meinte, dass dies zu lange sei, da er schnell lesen könne.

Küpfer und Krähenbühl sahen sich schmunzelnd an.

»Wir wissen das«, sagte Krähenbühl mit ernster Miene. »Aber es ist wichtig, dass du den Text gründlich durchliest. Um es dir leichter zu machen, bringt dir meine Sekretärin einen Kaffee mit einem Glas Kirsch.«

Dann sei er einverstanden, sagte Haussener.
Küpfer und Krähenbühl verließen den Raum und begaben sich in Küpfers Büro.
»Es ist wirklich eine Herausforderung, sich in einem Raum mit Haussener aufzuhalten«, gab Küpfer zum Besten, »aber wir müssen das akzeptieren. Wenn wir wieder in den Raum zurückkehren, sprechen wir Haussener auf seine Brandverletzungen an. Wir machen ihm klar, dass das, was die Brachers ihm angetan hätten, eine Straftat sei. Er solle dagegen auf dem Polizeiposten Sumiswald Anzeige erstatten. Dafür aber noch drei Wochen zuwarten.«
Haussener erkundigte sich, ob eine Strafanzeige etwas kosten würde.
»Natürlich kostet das nichts«, erklärte Krähenbühl. »Bracher wird dann bei mir vorgeladen. Er wird danach eine Geldstrafe bekommen und dir Schmerzensgeld zahlen müssen.«
Haussener schlug vor, auf die Geldstrafe zu verzichten und stattdessen das Schmerzensgeld entsprechend zu erhöhen.
Küpfer hielt sich mit beiden Händen den Mund zu, um nicht laut herauszulachen. Krähenbühl wandte sich von Haussener ab, sah in eine Ecke und antwortete, dass man das machen könne.
Ein Liedchen summend verließ Haussener zufrieden das Schloss Trachselwald.

※※※

Christian Hachen verbrachte bis Ende September eine wundervolle Zeit bei den Brachers. Täglich genoss er ein gemeinsames Frühstück mit seinen neuen Pflegeeltern, bei dem es Milch, Brot und Ziegenkäse gab. An Sonntagen wurden sogar Zopf mit Konfitüre und Butter serviert. Christian konnte in Ruhe essen und war stets satt. Er schätzte es, dass er nicht früh aufstehen und hungrig arbeiten musste, bevor er nur wenig altes, hartes Brot und nicht mehr frische Milch bekam.

Auch das Mittag- und das Abendessen waren reichhaltig und schmackhaft. Es gab entweder gebratene Kartoffeln oder Teigwaren mit Tomatensauce oder köstlichen Reis. Dazu immer Gemüse oder Salat, zweimal pro Woche sogar ein Stück Fleisch oder Wurst. Christian freute sich jedes Mal darauf.

Nach einigen Tagen fragte er seine Pflegemutter, ob er ihr beim Tischdecken helfen dürfe. Obwohl es nicht von ihm erwartet wurde, antwortete Lisbeth: »Natürlich darfst du das.« Sie strich Christian dabei zärtlich über das Haar.

Christian wurde gebeten, der Pflegemutter beim Vorbereiten von Gemüse und Salat zu helfen. Er half ihr ohne Widerrede. Manchmal mähte der Pflegevater mit der Sense die Wiese, während Christian das geschnittene Gras zusammensammelte.

Nun waren die Sommerferien vorbei. Den steilen Weg hinunter zur Schule in Wasen konnte Christian in nur einer Viertelstunde bewältigen. Der Rückweg dauerte dagegen doppelt so lange.

Der Unterricht in der Primarschule von Wasen gefiel ihm gut. Er kam problemlos mit, und manchmal langweilte er sich ein wenig. Lesen und schreiben konnte er bereits ein bisschen, da ihm eine Krankenschwester im Inselspital dies beigebracht hatte. Das Alphabet hatte er schon Monate zuvor gelernt, dank Annemarie, der Magd auf dem Hof der Affolters.

Am Mittwoch, dem 28. September 1949, stand der Landjäger um neun Uhr morgens vor der Tür und verlangte durch lautes Klopfen Einlass.

Lisbeth öffnete und war erstaunt. »Die Polizei? Was ist passiert?«

Er überreichte ihr eine Vorladung des Staatsanwalts. »Bitte öffnen Sie den Brief und teilen Sie mir mit, ob Sie und Ihr Mann zu dem vorgeschlagenen Termin verfügbar sind.«

Der Termin, Dienstag, der 4. Oktober 1949, neun Uhr vormittags, passte.

Doch eine Frage hatte sie noch. »Worum geht es denn?«

»Im Schreiben stehen alle Informationen, die Sie für die Vorladung benötigen. Ich bin nicht befugt, zusätzliche Informationen weiterzugeben.«

Der Landjäger verabschiedete sich und verließ das Haus. Fritz Bracher saß gerade am Küchentisch. Auch er las den Brief. »Ich habe keine Ahnung, weshalb wir zu Krähenbühl müssen.«

Neugierig betraten Fritz und Lisbeth Bracher das Büro des Staatsanwalts.

Unfreundlich erwiderte er ihren Gruß. »Bitte nehmen Sie auf dem Sofa Platz. Sobald ich den Stapel vor mir durchgearbeitet habe, werde ich mich Ihnen widmen.«

Es verging gut eine halbe Stunde, bis Krähenbühl sie auf die beiden Stühle vor seinem Schreibtisch bat.

Krähenbühl suchte längere Zeit etwas in einer Schublade seines riesigen Schreibtisches. Schließlich fand er es, mehrere zusammengeheftete A4-Blätter. Er setzte seine Lesebrille auf und begann stumm daraus zu lesen.

Fünf Minuten später sah er auf und musterte die Brachers. »Es liegt eine Strafanzeige wegen Körperverletzung gegen Sie beide vor. Sie sollen am Sonntag, dem 17. Juli 1949, siedendes Wasser vom Fenster des ersten Stocks auf Reinhard Haussener geschüttet haben, der sich an der Eingangstür befand.«

Bracher unterbrach: »Er stand nicht einfach vor der Tür, sondern trat sie mit den Füßen.«

»Bracher, ich dulde es nicht, wenn man mich unterbricht. Andernfalls werde ich gezwungen sein, Ihnen eine Ordnungsbuße aufzuerlegen. – Bestreiten Sie beide diese Tat?«

Die Brachers bestritten sie nicht.

Krähenbühl wies sie an aufzustehen. »Als Staatsanwalt bin ich befugt, Urteile für Delikte zu erlassen, die mit Haftstrafen von bis zu vier Jahren oder Geldstrafen von bis zu zehntausend Franken geahndet werden können. In Ihrem Fall verurteile ich Sie zu einer Geldstrafe von hundert Franken, zahlbar in vier Raten zu je fünfundzwanzig Franken. Die Frist für die letzte Rate ist der 30. September 1950. Beabsichtigen Sie, dieses Urteil anzunehmen oder dagegen Berufung einzulegen?«

Fritz Bracher nickte und antwortete: »Wir akzeptieren das Urteil.«

»Haben Sie noch Fragen?«

»Ja. Ist damit die Angelegenheit erledigt?«

Krähenbühl kniff die Augen zusammen. »Die Tat ist abgegolten, wenn Sie die Buße bezahlt haben.«

»Hat diese Straftat noch weitere Folgen?«

»Sie kommt in Ihr Strafregister und das Ihrer Frau. Folgen könnte es dann haben, wenn Sie sich für ein Amt bewerben oder ein solches innehaben.«

Krähenbühl verabschiedete sich von den Brachers und wünschte ihnen viel Glück.

Sie machten sich danach keine weiteren Gedanken. Die Zahlung der hundert Franken konnten sie aufgrund ihrer finanziellen Stabilität problemlos verkraften.

Am nächsten Tag klopfte Landjäger Krummenacher erneut an Brachers Haustür. Wieder händigte er ihnen eine Vorladung aus, dieses Mal im Auftrag des Statthalters. Wieder fragte Krummenacher Lisbeth Bracher, die ihm öffnete, welcher der drei in der Vorladung vorgeschlagenen Termine ihnen am besten passe.

Fritz Bracher, der vom Küchentisch aus zuhörte, sagte, als der Landjäger gegangen war: »Diese Vorladung gefällt mir überhaupt nicht. Mein Bauchgefühl sagt mir, dass gegen uns ein Verfahren läuft.«

»Was für ein Verfahren?«, fragte Lisbeth.

»Vielleicht hat es etwas mit unserer Rolle als Pflegeeltern zu tun. Etwas anderes kann ich mir nicht vorstellen.«

»Um Himmels willen!«

Pünktlich klopfte Fritz Bracher in Begleitung seiner Frau am Freitag, 7. Oktober 1949, um acht Uhr dreißig vormittags an die Bürotür des Statthalters.

»Herein«, rief Küpfer. »Danke, dass Sie so pünktlich erscheinen. Seien Sie nicht beunruhigt, ich möchte Sie lediglich von einer lästigen Bürde befreien.«

»Um welche Bürde handelt es sich?«, erkundigte sich Fritz Bracher.

Küpfer erklärte, er wolle es kurz machen. Als Statthalter sei er auch für das Vormundschaftswesen verantwortlich. In diesem Zusammenhang müsse nun eine Maßnahme ergriffen werden.

Er sah die Brachers mit bedauerndem und rücksichtsvollem Blick an. »Herr und Frau Bracher, am 4. Oktober erhielten Sie vom Staatsanwalt eine Geldstrafe wegen eines Gewaltdelikts. Aus den Akten geht hervor, dass Sie diese bereits beglichen haben. Damit ist die Tat abgegolten. Sie werden rechtlich nicht weiter wegen der strafbaren Handlung belangt. Sie üben jedoch immer noch das Amt der Pflegeeltern aus. Wenn es sich bei dem begangenen Delikt um Sachbeschädigung, Verleumdung oder Betrug handeln würde, hätte dies keinen Einfluss auf Ihr Amt. Leider handelte es sich hierbei um einen Verstoß gegen Leib und Leben. Pflegeeltern, die wegen eines Gewaltdelikts verurteilt sind, wird von mir die Befugnis entzogen, Verdingkinder zu betreuen. Heute Abend holen Beamte von uns Christian bei Ihnen ab.«

Fritz Bracher wurde schneeweiß, Lisbeth begann zu schluchzen.

»Das ist doch nicht möglich«, rief Fritz Bracher aus.

»Herr und Frau Bracher, wenn ich einen Beschluss fasse und ihn bekannt gebe, wird nicht darüber diskutiert. Ihre Entlassung als Pflegeeltern ist rechtskräftig. Bitte verlassen Sie jetzt den Raum.«

Damit hatten die Brachers nicht gerechnet. Sie waren am Boden zerstört und berieten, wie sie die Umsetzung der Maßnahme des Statthalters verhindern könnten.

Niedergeschlagen begaben sie sich auf den Heimweg.

Fritz Bracher hatte eine Idee. »Wir bringen Christian an

einen Ort, an dem ihn die Verfolger Küpfers und Krähenbühls nicht finden können.«

»Wie willst du das in so kurzer Zeit schaffen?«, fragte Lisbeth.

»Ich kenne Ärzte im Inselspital und in der Klinik Sumiswald. Ich kenne den Lehrer Sebastian Simon sowie mehrere Redaktoren der ›Tagwacht‹. Zudem kenne ich Konstantin Kaderli, den Redaktor des ›Emmentaler Boten‹.«

»Wer von ihnen, denkst du, kann am besten helfen?«

»Jeder von ihnen muss eine Rolle übernehmen. Die Mitarbeiter der ›Tagwacht‹ sind am weitesten entfernt. Einer von ihnen sollte einen geheimen Unterschlupf für Christian ausfindig machen. Ich werde mich sofort mit der Redaktion in Verbindung setzen. Kaderli wird den Erlass von Küpfer im ›Emmentaler Boten‹ veröffentlichen und dafür sorgen, dass diese Nachricht in möglichst vielen Medien verbreitet wird. Die Ärzte sind über die Verletzungen informiert, die Christian von den früheren Pflegepersonen zugefügt wurden. Kaderli kann sich kurz mit ihnen absprechen.«

Als sie nach Hause kamen, rief Fritz Bracher einen Redaktor der »Tagwacht« an und schilderte ihm, was passiert war. Spontan bot dieser Hilfe an und versprach, einen Unterschlupf zu finden. Es sollte kein Problem sein. Die Brachers sollten Christian so schnell wie möglich nach Bern bringen und ihn im Gebäude der »Tagwacht« abliefern.

»Das machen wir so«, sagte Fritz Bracher.

Sobald Christian von der Schule nach Hause zurückgekehrt sei und das Mittagessen eingenommen habe, würde Lisbeth mit ihm zum Bahnhof Wasen gehen. Allerdings wäre es möglich, den Jungen bereits während der großen Pause abzuholen und direkt zum Zug zu bringen. Einer fuhr um zehn Uhr dreißig nach Burgdorf. Dort könnten sie in den nächsten Schnellzug nach Bern umsteigen. Dann wären sie noch vor dem Mittag bei der »Tagwacht«.

Der Redaktor meinte, je früher Christian bei ihnen eintreffe, desto besser. Zudem wisse man nicht, ob Statthalter Küpfer ihn vielleicht schon am Mittag abholen lassen würde.

Es war Viertel nach neun Uhr, als Lisbeth beschloss, zum Pausenplatz zu gehen, um Christian abzuholen. Schnell sammelte sie alle Siebensachen für den Jungen ein und verpackte sie in eine Tasche. Die Pause begann um ein Viertel vor zehn.

Lisbeth gelang es, Christian unauffällig wegzulotsen und zum Bahnhof, der nur wenige Gehminuten vom Schulhaus entfernt war, zu bringen. Es reichte sogar noch, am Schalter zwei Billette zu lösen. Da Christian bereits sechs gewesen war, musste er für die Reise ein halbes Billett bezahlen. Die beiden waren fünf Minuten vor der Abfahrt im hintersten Wagen.

Das nächste Telefonat von Fritz Bracher erreichte Kaderli, der sich bereit erklärte, sofort einen Artikel zu verfassen. »Was Küpfer sich da ausgedacht hat, ist eine Gemeinheit, die beispiellos ist.«

Auf der Zugreise nach Bern hatte Lisbeth genügend Zeit, Christian zu erklären, warum sie ihn überstürzt von der Schule abgeholt hatte. Das war nicht ganz einfach, aber sie hatte erwartet, dass es für den Jungen schwer zu begreifen sei. Doch er verstand, dass es unter diesen Umständen keine andere Möglichkeit gab. Denn von Brachers Hof abgeholt und an einen neuen Pflegeplatz gebracht zu werden wäre für ihn eine Qual gewesen. Ein Aufenthalt an einem geheimen Ort ohne seine geliebten Pflegeeltern war immer noch die bessere Lösung.

Fünf Minuten vor zwölf standen Lisbeth Bracher und Christian am Eingang der »Tagwacht«. Lisbeth war nicht das erste Mal hier. Ab und zu hatte sie einen Artikel oder einen Leserbrief für diese Zeitung verfasst. Da ihre journalistische Tätigkeit an ihrem Wohnort kaum Beachtung fand, blieb sie dort unbekannt. Sie vermutete, dass Leute wie Küpfer und Krähenbühl die »Tagwacht« nur dann lasen, wenn etwas über sie drinstand, und das war nicht schmeichelhaft. Bisher hatte sie noch keinen Artikel über die beiden geschrieben.

Ein Redaktor empfing die beiden und bat sie in das Besucherzimmer, wo er ihnen einige Fragen stellen wollte. Er fragte Christian, ob er auf Medikamente angewiesen sei. Christian verneinte. Dann fragte er Lisbeth, ob Christian eine Ahnung habe, was ihn jetzt erwarte. Lisbeth antwortete, dass sie darüber noch nicht mit Christian gesprochen habe, da sie schlichtweg die Pläne über seinen Aufenthalt in Bern nicht kenne.

»Wir haben tatsächlich konkrete Pläne«, stellte der Redaktor fest. Christian würde vorübergehend in einem Reihenhaus im angrenzenden Länggassquartier untergebracht werden. Das Haus gehöre einem Ehepaar, dessen Kinder bereits ausgezogen seien. Dort könne Christian im Garten mit Gleichaltrigen aus der Nachbarschaft spielen. Man gehe davon aus, dass er vorerst einen Monat bleiben würde.

»Wieso nicht länger?«, fragte Lisbeth.

»Das Problem ist, dass Christian nicht über mehrere Monate hinweg versteckt werden kann. Irgendwann würde das betreuende Ehepaar mit Fragen von den Sozialbehörden konfrontiert werden. Woher kommt das Kind? Wer sind seine leiblichen Eltern? Wann muss es zur Schule gehen?«, erklärte der Redaktor.

Daher blieben nur vier bis fünf Wochen Zeit, um den Behörden von Trachselwald klarzumachen, dass der bisherige Pflegeplatz bei den Brachers auf Christian zugeschnitten war. Bei den vorherigen Plätzen sei so ziemlich alles schiefgegangen. Wenn diese Lösung nicht in Frage käme, müsste nach einer anderen, ebenso geeigneten Möglichkeit gesucht werden.

»Das heißt, man kommt um den Statthalter von Trachselwald nicht herum«, folgerte Lisbeth.

»Das wäre nur möglich, wenn man ihm Versäumnisse oder anderes Fehlverhalten nachweisen könnte. Das ist wohl ein Ding der Unmöglichkeit. Wer im Amt Trachselwald würde schon gegen den Statthalter oder gegen den Staatsanwalt aussagen?«, fragte der Redaktor.

Dann meldete sich Christian, der aufmerksam zugehört hatte, und erkundigte sich, was eigentlich Sozialbehörden seien.

Der Redaktor überlegte und versuchte es Christian kindergerecht zu erklären.

»Dann ist also das Statthalteramt die Sozialbehörde«, folgerte Christian.

Der Redaktor und Lisbeth sahen sich erstaunt an.

»Der Kleine ist nicht auf den Kopf gefallen«, sagte der Redaktor.

Es kamen weitere Fragen von Christian. Der Redaktor antwortete immer darauf, und es gab keine Zweifel mehr. Christian hatte alles mitbekommen, was die Erwachsenen miteinander besprochen hatten.

Lisbeth Bracher nahm nun Abschied von Christian. Beide waren traurig.

Auf der Heimfahrt nach Wasen liefen Lisbeth immer wieder die Tränen über die Wangen. Es war gegen vier Uhr, als sie zu Hause ankam.

Fritz Bracher saß in der Küche und hatte den Kopf auf beide Hände gestützt. »Was heute passiert ist, hätte nicht geschehen dürfen.«

»Was ist denn noch passiert?«

»Einiges. Es war halb drei, als plötzlich der Einsatzwagen der Polizeiwache Sumiswald vorfuhr. Unter der Führung eines Landjägers stiegen drei bis an die Zähne bewaffnete Polizisten aus und rannten auf unsere Haustür zu. Sie riefen: ›Polizei, bitte aufmachen!‹ Was blieb mir anderes übrig, als zu öffnen? Sie überrannten mich beinahe, durchsuchten jedes Zimmer, jeden Schrank und warfen alles auf den Boden, was sich darin befand. Ich fragte: ›Was sucht ihr denn?‹ – ›Das weißt du genau.‹ – ›Wie sollte ich das wissen?‹ – ›Frag nicht so dumm. Wo ist Christian, dieser verwahrloste Bengel?‹ – ›Christian ist nicht verwahrlost.‹ – ›Deine Meinung interessiert uns nicht. Wo ist der Junge?‹ Ich stellte mich dumm und antwortete, er sei in der Schule. Sie erwiderten, dass sie genau von dort kämen. Sie hätten den Befehl vom Statthalter erhalten, ihn zu ihm zu bringen.«

»Und dann?«

»Sie haben mir erzählt, dass man dich mit dem Buben gesehen habe. Ihr seid zusammen um dreizehn Uhr dreißig in ein Auto gestiegen und dann mit hoher Geschwindigkeit davongefahren.«

»Interessant. Zum Glück hat mich niemand am Vormittag mit Christian am Bahnhof gesehen. Die Lehrerin hat Christians Fehlen nach der Pause am Morgen wohl nicht bemerkt und erst nach dem Mittag, als der Unterricht angefangen hatte, festgestellt.«

»Die Suche nach Christian scheint begonnen zu haben. Vorerst ist sie noch in der Hand der stümperhaften Ermittler unseres Amts. Doch das dürfte sich bald ändern.«

Lisbeth Bracher schilderte Fritz das Gespräch in der Redaktion der »Tagwacht«.

Er nickte mit gequälter Miene.

Am Montag, dem 10. Oktober 1949, wurde im Amtsanzeiger Trachselwald das Communiqué veröffentlicht.

Die Staatsanwaltschaft des Amts Trachselwald teilt mit, dass am Freitag, dem 7. Oktober 1949, das achtjährige uneheliche Kind Christian Hachen als vermisst gemeldet wurde. Nach Angaben seiner Lehrerin besuchte er am Vormittag noch den Unterricht in der Primarschule Wasen. Nach dem Mittag ist er nicht mehr erschienen. Mehrere Zeugen wollen gesehen haben, dass er um halb zwei Uhr beim Pausenplatz an der Hand einer Frau in eine schwarze Limousine gestiegen ist.

Die Ermittlungsbehörde des Amts bittet die Bevölkerung, sachdienliche Beobachtungen zum Verschwinden von Christian Hachen bei der Staatsanwaltschaft oder an einem Polizeiposten zu melden.

Meinrad Krähenbühl, Staatsanwalt des Gerichtskreises Trachselwald

Die Brachers nahmen diese Mitteilung mit Erleichterung zur Kenntnis. Offenbar gingen nach dieser Vermisstenanzeige keine weiteren Meldungen ein. Einen Monat später informierte die Stadtpolizei Bern die Staatsanwaltschaft Trachselwald, dass der seit Anfang Oktober in Wasen im Emmental vermisste Junge Christian Hachen wohlbehalten bei einer Familie im Länggassquartier gefunden wurde. Christian habe bei der Familie um Obdach ersucht.

Krähenbühl, der Staatsanwalt, rief sofort Küpfer, den Statthalter, an. Dieser freute sich sehr über die Nachricht. Er habe bereits einen neuen Pflegeplatz für Christian gefunden.

»Wo denn?«, fragte Krähenbühl.

»Bei den Affolters im Dürrgraben«, antwortete Küpfer.

Krähenbühl war sprachlos. Eine halbe Minute lang schwieg er. Dann lachte er laut auf. »Das ist ja unglaublich. Ich wusste zwar, dass du ein Schlingel bist, aber diese Meisterleistung hätte ich dir nicht zugetraut.«

Küpfer bedankte sich lachend für das Kompliment.

»Aber bist du dir bewusst, dass du dir damit ein neues Problem aufhalst? Ich meine den Lehrer Sebastian Simon.«

»Du unterschätzt mich erneut. Simon ist bald aus dem Spiel. Affolter wollte diesen Nestbeschmutzer unbedingt loswerden. Das ist ihm gelungen. Er hat ihm sein Haus zu einem guten Preis abgekauft und ihm eine Stelle als Primarlehrer in Bümpliz, einem Arbeiterquartier in der Stadt Bern, vermittelt. In Zeiten eines gravierenden Lehrermangels wird Simon dort mit offenen Armen empfangen. Doch noch ist es nicht so weit. Zurzeit unterrichtet er noch immer im Dürrgraben.«

Von dieser Entwicklung weniger begeistert war Konstantin Kaderli vom »Emmentaler Boten«. Er verschaffte sich Luft mit einem Kommentar, der vor allem im Amt Trachselwald gelesen wurde.

Ich bin wütend und unendlich traurig. Endlich wurde dem Verdingkind C. H. nach Jahren der Quälerei und Demütigung ein

Pflegeplatz zugewiesen, der ihm zusagte. Er konnte sich endlich entfalten, war frei von Angst und Hunger und hatte Menschen an seiner Seite, die ihn umsorgten, schützten und liebten.
Diese Zeit war für C. H. von kurzer Dauer. Statthalter Küpfer und Staatsanwalt Krähenbühl hatten das Ihre getan, um dem angenehmen Unterhalt des Verdingbuben ein Ende zu bereiten.
Mit einer fiesen Machenschaft gelang es den beiden Spitzenbeamten, die einfühlsamen und pflichtbewussten Pflegeeltern F. B. und L. B. ihres Amtes zu entheben und C. H. in einen neuen peinigenden Lebensabschnitt zu drängen.
Die beiden werden ihren Erfolg genussvoll feiern. Sie haben der Kindersklaverei eine Lanze gebrochen. Ausgerechnet diese Typen, die eigentlich gewählt wurden, um die Kriminalität zu bekämpfen, zementieren nun ein verbrecherisches System. Ich schäme mich für das Emmental, für den Kanton Bern und für das ganze Land.

Am Donnerstag, dem 10. November 1949, wurde Christian Hachen von der Polizeiwache in einem Patrouillenfahrzeug zu den Affolters gebracht. Dort empfing ihn seine ehemalige Pflegemutter Frau Affolter, die nun erneut für ihn sorgen sollte. Auch sein früherer Pflegevater Rudolf Affolter war anwesend. Hinter ihnen standen mit grinsenden Gesichtern Statthalter Küpfer und Staatsanwalt Krähenbühl.

Frau Affolter sagte: »Ich fühle eine große Freude in mir. Es ist wunderbar, dass du nun dort weiterleben kannst, wo du vor fast einem Jahr zu Unrecht herausgerissen wurdest.«

»Oh weh, Frau Affolter, Sie tun mir leid. Was ist mit Ihren Zähnen passiert? Die beiden vorderen Schneidezähne sind abgebrochen«, bemerkte Christian.

Frau Affolter erblasste vor Zorn. Sie sah sich um, ergriff einen Besen und schlug mit dem Stiel auf Christian ein. »Du mieses Dreckstück, ich werde dir jetzt Anstand und Respekt beibringen.«

Christian sackte auf die Knie. Küpfer rannte hinzu und zog Frau Affolter weg. »Schlag den Jungen nicht tot, wir brauchen ihn noch, und außerdem soll er jetzt für das, was uns wegen ihm angetan wurde, büßen.«

Der blutende Christian wurde zu einem Schuppen gezerrt, der neu am Stall angebaut war. Der Schuppen hatte zwei kleine verriegelte Fenster und war etwa vier Meter lang, drei Meter breit und knapp zwei Meter hoch. Die Wände bestanden aus senkrechten Latten mit einem halben Zentimeter Abstand dazwischen. Unter der Decke hing eine Petroleumlampe. Auf dem Boden befand sich eine schmutzige, beschädigte Matratze, darauf lagen zwei zusammengefaltete Wolldecken. Es gab auch einen kleinen Tisch mit einem lehnenlosen Stuhl.

»Das brauchst du, um deine nutzlosen Hausaufgaben zu erledigen. Du kannst dir auf die Schulter klopfen. Nun hast du ein eigenes Zimmer mit Licht und Heizung«, ließ Affolter mit höhnischem Gesichtsausdruck verlauten.

Christian sah ihn trotzig und respektlos an. »Ich danke Ihnen für diese Großzügigkeit, Herr Gemeindepräsident und Herr Großrat.«

Affolter war perplex über diese Reaktion. Als er sich gefasst hatte, verpasste er Christian eine kräftige Kopfnuss. Christian biss die Zähne zusammen und sah seinen Peiniger mit abgrundtiefer Verachtung an.

***

Konstantin Kaderli vom »Emmentaler Boten« wusste im Voraus über Christians neue Unterbringung Bescheid. Er hatte alle Vorkehrungen getroffen, um diese Aktion von einem geeigneten, etwa fünfzig Meter entfernten Standort aus mit einem Teleobjektiv aufzunehmen. Kaderli hatte den Anbau am Stall bereits Stunden vor der Überstellung fotografiert.

Kaderli legte vorerst seine schon vorbereiteten und mit vielen Bildern garnierten Artikel beiseite. Der geeignete Zeitpunkt für die Veröffentlichung kam erst noch. Es war der Sonntag eine Woche vor den Wahlen im Februar 1950, bei denen Affolter in der Gemeindeversammlung als Gemeindepräsident und der Statthalter an der Urne bestätigt werden sollten.

Aber nur warten wollte er auch nicht. Wenigstens ein kürzerer Artikel erschien schon eine Woche nach dem Vorfall. Er sorgte für viel Aufsehen.

Für die Affolters kam der Beitrag im »Emmentaler Boten« unerwartet. Sie waren außer sich vor Zorn. Wer hatte Kaderli die Informationen über die Platzierung des Pflegebuben bei ihnen zugespielt?

Es konnte nur Annemarie gewesen sein, die ehemalige Magd. Sie arbeitete schon seit mehreren Monaten nicht mehr bei den Affolters. Doch ein paar Tage nach der Überstellung von Christian wurde sie dabei beobachtet, wie sie in einer Entfernung von gut hundert Metern vom Hof mit dem Buben sprach. Dabei war sie schon über ein Jahr nicht mehr bei Affolters tätig.

Damit war klar, dass Christian nicht nur das Schweigegebot missachtet hatte, mit niemandem über seinen Aufenthalt bei den Affolters zu reden, sondern zusätzlich seine Pflegeeltern auf eine dreiste Art angeschwärzt hatte.

Der Junge musste zur Rechenschaft gezogen werden. Rudolf Affolter persönlich schlug Christian mit einem Lederriemen so stark, dass er über eine Woche lang nicht sitzen konnte und auch auf seinem Nachtlager unerträgliche Schmerzen ertragen musste.

Kaderli erfuhr von diesem Gewaltausbruch Affolters. Der gefitzte Christian hatte zusammen mit Annemarie ein System entwickelt, das es ihnen ermöglichte, Nachrichten über einen toten Briefkasten auszutauschen. Er hatte in der Zwischenzeit einiges gelernt – von Annemarie, von den Krankenschwestern im Spital und von den kurzzeitigen Pflegeeltern im Länggassquartier. Einiges hatte er sich selbst beigebracht, insbesondere das schriftliche Festhalten von gut lesbaren Sätzen.

Der ausführliche Artikel von Kaderli wurde am Samstag, dem 11. Februar 1950, im »Emmentaler Boten« veröffentlicht. Alle Exemplare, die in den Kiosken ausgelegt wurden, waren bereits vor dem Mittag ausverkauft, was Kaderli insgeheim gehofft hatte. Vorausschauend hatte er deutlich mehr Exemplare drucken lassen. Persönlich belieferte er mit seinem in die Jahre gekommenen VW alle Kioske im gesamten Emmental. Diese waren leicht zu erreichen, da sie sich alle in der Nähe der Bahnhöfe befanden.

Kaderlis Artikel, der sich über zwei Zeitungsseiten erstreckte, bewirkte ein grandioses Echo. Da waren einmal die Fotos. Die mit den Gesichtern der Affolters, von Küpfer und die Aufnahmen des »Zimmers« mit Christians »Schlafgemach«. Zu jedem Bild schrieb Kaderli einen Text.

Ab Samstagmittag war der »Emmentaler Bote« Stammtischgespräch. Es bildeten sich wieder zwei Lager. Das eine, das Kaderlis Beitrag als Lügenwerk und fiese Wahlkampfpropaganda verteufelte, das andere, das seiner Empörung über die menschenunwürdige Behandlung Christians Ausdruck gab und Maßnahmen gegen Affolter, Küpfer und Krähenbühl forderte.

Am folgenden Wochenende fand die Urnenwahl des Statthalters statt. In Trachselwald, Sumiswald, Rüegsau und Huttwil wurden auch die Gemeinderäte und Gemeindepräsidenten gewählt. Diese Wahlen fanden in den Schulhäusern mit offener Handmehrheit statt. Noch bevor das Endergebnis der Gemeindewahlen von Trachselwald bekannt gegeben wurde, verließ Affolter torkelnd das Schulhaus im Dorfzentrum. Offensichtlich war er stark alkoholisiert. Kurz darauf wurde verkündet, dass Affolter nicht mehr Gemeindepräsident war.

Es war sechzehn Uhr am Sonntag, 19. Februar 1950. Man wartete noch auf die Stimmenzahlen der Stadt Huttwil. Eine halbe Stunde später trafen sie schließlich ein. Nun stand fest, dass Küpfer als Statthalter knapp wiedergewählt war.

In der Montagsausgabe des »Emmentaler Boten« standen die Wahlen vom vergangenen Wochenende im Mittelpunkt. Der Kandidat, dem es misslang, Küpfer abzulösen, wurde positiv vorgestellt. Allerdings ließ Kaderli durchblicken, dass er sich nicht sicher sei, ob der Gegenkandidat in Bezug auf Heim- und Verdingkinder anders handeln würde als Küpfer. Die Abwahl von Affolter wurde begrüßt.

Annemarie und Christian gelang es, über den toten Briefkasten in Verbindung zu bleiben.

Nachdem er eine überraschende Niederlage bei den Wahlen erlitten hatte, entschied sich Affolter dazu, sein Amt als Pflegevater von Christian niederzulegen, damit war auch das seiner Frau beendet.

Für Christian musste erneut ein Pflegeplatz gesucht werden. Statthalter Küpfer fand einen in Wasen, beim Besitzer einer kleinen Uhrenfabrik, einem Freund von ihm. Das habe den Vorteil, dass Christian nicht mehr für landwirtschaftliche Arbeiten eingesetzt werden müsse, rechtfertigte er seinen Entscheid.

Diese Ernennung überraschte Krähenbühl. Dieser Mann würde dem Jungen erlauben, alles zu tun, was ihm beliebte. Daraufhin entgegnete ihm Küpfer, dass es wirklich nicht einfach sei, für den Knaben einen Pflegeplatz zu finden.

11

Ende Oktober 1965 meldete sich ein Redaktor der »Tagwacht« bei Statthalter Moser zum ungeklärten Mordfall Haller. Er bezog sich auf die Pressekonferenz vom Dienstag, dem 19. Oktober 1965, im Schloss Trachselwald. Die Verfasserin des Briefes vom 12. Dezember 1964 an das spätere Opfer sei dagegen, dass die Redaktion ihren Namen an die Polizei weitergebe. Sie habe Balthasar Haller nicht umgebracht.

Moser antwortete ihm, dass dies ihr Recht sei. Sollte sie jedoch trotz ihrer Beteuerungen etwas mit diesem Verbrechen zu tun gehabt haben und dies später ans Licht komme, müsse sie mit einer Anklage rechnen.

Moser zitierte Staatsanwalt Weber in sein Büro und überbrachte ihm die wenig erfreuliche Nachricht. Danach erkundigte sich Moser nach dem aktuellen Stand der Ermittlungen im Fall Haller. Weber teilte ihm mit, dass er nächste Woche ein Treffen mit dem Ermittlungsteam habe und ihm anschließend über die Ergebnisse berichten werde.

Moser fragte daraufhin, wie viele Personen eigentlich in diesem Team tätig seien. Weber antwortete, dass es deren fünf seien – drei Fahnder, ein Psychologe und er selbst. »Das sind wesentlich weniger als ursprünglich. Mehr braucht es derzeit nicht.«

An diesem trüben Dienstagmorgen trafen sich die fünf Personen. Weber fasste zu Beginn zusammen, dass nun alle Firmen und Häuser von Balthasar Haller durchsucht und dabei viele Dokumente gefunden worden seien. Die Durchsicht sei noch nicht abgeschlossen. Es gebe Schriftstücke, die bei den Ermittlungen weiterhelfen könnten.

Dann nahm er die zwei obersten Blätter vom Stapel der Unterlagen und begann vorzulesen.

Mittwoch, den 28. Oktober 1964

Lieber Balthasar
Wir haben ein Problem in unserer Metallfabrik. Eigentlich könnten wir genügend Arbeitskräfte aus unserem Dorf Wasen einstellen. Die meisten von ihnen sind Kleinbauern, die in ihrer freien Zeit ihren Hof bewirtschaften müssen. Das funktioniert jedoch nur, wenn wir ihnen Teilzeitstellen mit einem Arbeitspensum von sechzig Prozent anbieten. So können sie morgens und abends die Stallarbeiten erledigen.
    Leider bestehst du, Balthasar, immer noch auf Vollzeitstellen. Ich musste den Bewerbern mitteilen, dass du das so wünschst. Sie haben mir geantwortet, dass sie wüssten, warum du das bevorzugst. Du möchtest einen Großteil deiner Belegschaft aus Häftlingen beider Geschlechter aus den bernischen Strafanstalten rekrutieren. Diese Arbeitskräfte müsstest du nur minimal entlohnen. Dadurch herrscht große Unzufriedenheit in der Bevölkerung von Wasen. Nicht wenige Menschen sind deshalb dir gegenüber feindselig eingestellt. Allerdings glaube ich nicht, dass sie tatsächlich zu Gewalt greifen würden. Dazu sind sie zu feige.
Beste Grüße
Herbert, Präsident des Gewerbevereins Wasen

Lieber Herbert
Vielen Dank für deine Mitteilung. Um es klar zu sagen: Was die Einwohner von Wasen denken oder erzählen, ist für mich unwichtig. Natürlich ist es wahr, dass ich Arbeiter bevorzuge, die ich wenig bezahlen muss. Ich glaube, dass dies zum Wohl unseres Staates beiträgt. Es gibt Menschen, die, wenn man sie vollständig in die Freiheit entlässt, eine Belastung für unsere Gesellschaft darstellen. Unsere Sozialausgaben würden ins Unermessliche steigen. Die Insassen der Strafanstalten sind oft faul, dumm und arbeitsscheu. Ohne Zwang würden sie nur herumfaulenzen.
    Ich bin mir bewusst, dass meine Praktiken in bestimmten

Kreisen auf Widerstand stoßen. Allerdings gibt es auch Grenzen. Den »Arbeiterverein Wasen« müsste man meiner Meinung nach verbieten. Seine Mitglieder sind radikale Kommunisten, die man einsperren sollte. Kürzlich habe ich ein Drohschreiben vom Präsidenten dieser Organisation erhalten, welches ich an die Polizeiwache Sumiswald weitergeleitet habe.
Ich hoffe, dass die Polizei endlich eingreift.
Gruß
Balthasar Haller

Balthasar Haller, passen Sie gut auf sich auf. Es gibt in Wasen Männer und Frauen, die Sie, falls Sie sich hier aufhalten, samt Ihrer Kleidung in den großen Dorfbrunnen werfen werden.
Arbeiterverein Wasen, der Präsident

Weber fuhr fort: »Nachdem wir diese Schreiben durchgesehen hatten, führten wir eine Hausdurchsuchung im Büro des Arbeitervereins und im Haus des Präsidenten durch. Dabei haben wir folgende Unterlagen aussortiert. Ich werde sie euch auch vorlesen.«

<u>*Auszug aus dem Protokoll der Sitzung vom Montag, 12. Oktober 1964*</u>
Anwesend:
Gottfried, Gustaf, Hermann, Manfred, Paul, Samuel, Theo.
(…)
Manfred: Ich akzeptiere das Verhalten von Balthasar Haller nicht mehr. Leider muss ich davon ausgehen, dass die Behörden seine Machenschaften dulden. Ich bin dafür, dass wir das nicht hinnehmen. Wir sollten in allen Betrieben von Wasen einen Streik durchführen. Persönlich würde ich diesem Kerl am liebsten die Gurgel durchschneiden.
(…)

Weber räusperte sich und sprach weiter: »Wir haben dann die Wohnung dieses Manfred durchsucht. Dabei ist uns ein interessantes Dokument in die Hände gefallen.«

Tageszeiten, in denen sich Balthasar Haller in Wasen aufhält.
Montag: ab 10 Uhr. Bleibt bis circa 18 Uhr in der Metallfabrik.
Speist danach in der »Tanne« und bezieht dort ein Zimmer.
Dienstag: von 7 Uhr 30 bis 12 Uhr.
Donnerstag: von 10 Uhr bis 12 Uhr.
Haller fährt mit seinem Mercedes zur Fabrik. Dort steigt er auf dem Parkplatz aus. Der Portier fährt den Wagen in eine Garage innerhalb der Umzäunung des Areals
Der Wagen Hallers steht auf dem Parkplatz, wenn er die Fabrik verlassen will.

»Es gibt ein weiteres aufgefundenes Dokument, dem man nachgehen muss. Es ist ein Schreiben, das ich im Archiv des Amtsgerichts Burgdorf gefunden habe. Es ist vor sechs Jahren eingegangen.«

15. September 1959
Benz Horlacher, Berlin Ost

Sehr geehrter Herr Gerichtspräsident
Ich bin jetzt fünfunddreißig Jahre alt und war ein Verdingbub. In meiner Jugend hatte ich nie eine Chance auf eine Ausbildung, obwohl ich in der Schule zu den Besseren gehörte. Trotzdem musste ich vor dem Unterricht ab halb fünf Uhr morgens im Stall arbeiten, manchmal sogar bis neun Uhr abends. Mein Frühstück bestand aus einem Stück Ruchbrot und verdünnter Milch vom Vortag. Zum Mittagessen gab es meistens Kohl und angebrannte Rösti, jedoch immer viel zu wenig, sodass ich hungrig vom Tisch ging. Der Tisch, an dem ich sitzen musste, war nicht jener der Familie in der Küche des Bauernhauses, sondern ein wackliger, schmutziger Tisch in einem angebauten

windschiefen Schopf, in dem es im Winter unerträglich kalt war. Die Risse in den Wänden waren so groß, dass man nach draußen sehen konnte.

Das Gleiche gab es am Abend, dazu Pfefferminztee. Meistens kam ich nicht vor halb neun zum Essen, sodass mein Abendessen nicht mehr warm war. Vor mir aßen die Dienstboten, die es etwas besser hatten als ich.

Das allein wäre schon schlimm genug gewesen, aber es war noch schlimmer. Meine Pflegeeltern prügelten mich mindestens einmal pro Woche mit einem Lederriemen, bis ich jeweils blutete. Meine Nase wurde dabei mehrmals gebrochen, und mein Gesicht ist seither entstellt.

Dann geschah etwas, das ich bis heute nicht verstehe. In der Küche des Bauernhauses wurden fünfzig Franken gestohlen, damals eine riesige Summe. Der Verdacht fiel auf mich, den fünfzehnjährigen gequälten Jungen, obwohl ich die Küche gar nicht betreten durfte.

Ich wurde in eine Erziehungsanstalt für Jugendliche eingewiesen, wo ich noch schlechter behandelt wurde als bei meinen Pflegeeltern. Mit siebzehn musste ich täglich als Insasse der Anstalt ohne Lohn zehn Stunden in einer Metallfabrik arbeiten. Meine Vormundschaft wurde nach meinem zwanzigsten Geburtstag nicht aufgehoben. Das hatte den Vorteil, dass ich nicht zum Militärdienst eingezogen wurde, aber den Nachteil, dass ich weiterhin unentgeltlich in der Fabrik arbeiten musste. Kost und Logis hatte ich in der Anstalt. Mit einundzwanzig hatte ich eine Auseinandersetzung mit meinem Vorarbeiter, der mich immer wieder körperlich misshandelte. Das war das einzige Mal, dass ich mich wehrte. Die Folgen waren fatal für mich. Mein Vorgesetzter landete im Spital, und ich kam in Untersuchungshaft. Im nachfolgenden Prozess wurde ich zu einer Zuchthausstrafe von fünf Jahren auf dem Thorberg verurteilt. Vier davon musste ich absitzen.

Mit fünfundzwanzig kam ich in die Freiheit, die eigentlich keine war. Ich konnte meinen Arbeitsplatz nicht frei wählen, sondern wurde zur Zwangsarbeit in der Metallfabrik verpflichtet. Der Lohn, den ich dort erhielt, wurde mir bis auf ein Sackgeld nie ausgezahlt. Ich durfte mich dafür »großzügigerweise« in einem Gastzimmer auf dem Thorberg aufhalten. Mein Lohn wurde dem Zuchthaus abgegeben, das für mein Frühstück, mein Abendessen und mein Nachtlager aufkam.

Ein Jahr hielt ich durch – es war 1950 –, und ich hatte mein Sackgeld an einem geheimen Ort beiseitegelegt. Das reichte aus, um mich bis an die Grenze in Schaffhausen durchzuschlagen. Ich kaufte ein Bahnbillett bis nach Schleitheim. Einen Pass hatte ich nicht. Ich war also gezwungen, die grüne Grenze zu überqueren. Das war nur möglich, indem ich von Schleitheim etwa fünf Kilometer nach Nordosten wanderte. Dort in einem Wäldchen, das zur Hälfte zur Schweiz und zur Hälfte zu Deutschland gehörte, konnte ich unbeobachtet die Schweiz verlassen.

Ich wanderte einen Tag und eine Nacht nach Norden und kam in einem Dorf mit mehreren Bauernhöfen an. Ich klopfte an eine Tür und fragte, ob ich bei ihnen übernachten dürfte und dafür am nächsten Tag arbeiten könnte. Der Bauer war begeistert und sagte: »Natürlich, Sie können eine ganze Woche bleiben. Geld gibt es nicht, weil wir keines haben.« Daraus wurde ein ganzer Monat. Das wiederholte sich mehrere Male, bis ich zur nächsten Grenze kam. Das war die schönste Zeit seit meiner Geburt für mich.

Vor dem Übertritt in die neu geschaffene Deutsche Demokratische Republik (DDR) heuerte ich ein letztes Mal bei einem Bauern an. Obwohl er mir davon abriet, weiterzuziehen, verstand er, warum ich diesen Weg wählen wollte, als ich ihm meine Lebensgeschichte erzählte. Er half mir sogar, die Grenze zu überqueren. Er kannte viele Menschen auf der anderen Seite, seine halbe Verwandtschaft lebte dort.

Eigentlich wusste ich, dass man sich im Osten nicht so frei bewegen konnte wie im Westen. Aber das galt nicht für alle, zumindest nicht für mich in den ersten fünfundzwanzig Le-

bensjahren. Deshalb hatte ich kein Problem, als ich von den Volkspolizisten verhört wurde. Ich schilderte ihnen meinen Lebenslauf. Ich war selbst erstaunt, als sie mir anboten, in den Polizeidienst einzutreten. Allerdings erst nach einer Ausbildung.

Ich wurde an der Polizeischule in Brandenburg aufgenommen und schloss sie erfolgreich ab. Danach erhielt ich die Staatsbürgerschaft der DDR. Ich besitze nun einen Pass, den ich in meinem Ursprungsland nie bekommen hätte.

Warum schreibe ich Ihnen das? Es gibt noch unbezahlte Rechnungen, die mir in der Schweiz geschuldet werden. Einmal für die Zeit, in der ich in der Metallfabrik gearbeitet habe. Ich gehe nicht davon aus, dass mir dieser vorenthaltene Lohn jemals erstattet wird.

Selbst werde ich ihn wohl kaum zur Rechenschaft ziehen können, aber ich sehe eine Möglichkeit, dem Verbrecher Balthasar Haller eine gerechte Strafe zu erteilen. Das wird wohl noch Jahre dauern, bis es so weit ist, aber ich werde es auf jeden Fall tun.

Benz Horlacher, Volkspolizist DDR

Weber konnte es nicht lassen, das Schreiben zu kommentieren. »Nach der Lektüre dieses Briefes hatte ich Probleme mit der Motivation, den Mörder von Haller zu finden. Trotzdem, es ist unsere Aufgabe, weiterzuermitteln.«

Alle andern nickten.

»Ich werde jetzt Statthalter Moser diese Dokumente vorlegen. Meiner Meinung nach sollten wir jedem Brief nachgehen. Ich hoffe, dass es auch möglich ist, Kontakt zu Benz Horlacher aufzunehmen. In dieser Angelegenheit habe ich bereits Maßnahmen ergriffen. Ich habe bei der Bundespolizei nachgefragt, ob sich zur Zeit des Mordes ein DDR-Bürger namens Benz Horlacher in der Schweiz aufgehalten hat. Die Antwort war interessant. Der Name Benz Horlacher wurde der Einwanderungsbehörde nicht gemeldet. Allerdings gab es eine Person, die den Namen Benz Schmidt angab und sich vom 10. bis am 15. September im Emmental aufhielt. Alle DDR-Bürger, die die Schweiz besuchen, werden registriert.«

Ein Ermittler fragte: »Wo im Emmental?«

Weber gestand ein, dass er sich das auch gefragt habe, aber seine Nachforschungen seien erfolglos geblieben. »Besucher aus dem Ostblock werden zwar überwacht, aber Schmidt gab lediglich an, ins Emmental zu reisen. Der Fahnder, der ihn überwachen musste, stellte fest, dass Schmidt in einem Hotel in Burgdorf übernachtet hat. Er hatte einen Mietwagen für seine Erkundungen genutzt, dessen Kennzeichen der Bundespolizei bekannt war. Es wäre unverhältnismäßig gewesen, Schmidt ständig zu verfolgen.«

Das Gespräch mit dem Statthalter verlief genau so, wie Weber es sich vorgestellt hatte. Moser stimmte den vorgeschlagenen und teilweise bereits umgesetzten Maßnahmen des Staatsanwalts zu. Er hatte in Aussicht gestellt, noch weitere Details zu klären, insbesondere warum das Interesse des Arbeitervereins an Hallers Aufenthaltszeiten in Wasen bestand.

Moser hatte noch eine Frage und wollte wissen, wie Weber der Sache mit Benz Schmidt alias Horlacher nachgehen würde. Weber erklärte, dass er versuchen werde, Kontakt zur Polizei in Ostberlin aufzunehmen. Als Schweizer Staatsanwalt könne er möglicherweise mehr Vertrauen erwecken als ein Staatsanwalt aus einem NATO-Land. Wenn dies gelingen würde und es tatsächlich einen Volkspolizisten namens Benz Horlacher geben sollte, würde Weber in Betracht ziehen, nach Ostberlin zu reisen.

Weber war darauf gefasst, dass es dauern würde, bis es eine Person bei der Polizei im Osten Deutschlands geben würde, die seinen Anruf annahm. Er begann mit dem Telefonat um halb neun am nächsten Morgen, wurde immer weiterverbunden, bis er tatsächlich nach einer halben Stunde Benz Horlacher am Apparat hatte.

Horlacher amüsierte sich köstlich und wechselte ins Berndeutsch mit Emmentaler Färbung. Es habe so lange gedauert, weil er nicht mehr als einfacher Polizist arbeite, sondern nun als Oberleutnant tätig sei. Ein Anrufer werde in der Regel nicht direkt zu einem Polizeioffizier durchgestellt.

Weber erwähnte den Brief, den er, Horlacher, am 15. September 1959 an den Gerichtspräsidenten des Amts Trachselwald geschrieben hatte.

Er hätte das Gesicht dieses Richters sehen wollen, als dieser den Brief gelesen hatte, meinte Horlacher.

Man sei erst vor Kurzem im Zuge der Ermittlungen im Mordfall Balthasar Haller auf dieses Schreiben gestoßen und müsse nun der Spur nach Ostberlin folgen, erklärte Weber.

Horlacher lachte erneut. »Kommen Sie doch nach Ostberlin, wir haben da ein Dossier über Balthasar Haller.«

Bevor er zusage, wolle er noch eine Auskunft von Oberleutnant Horlacher. Ob ihm der Name Benz Schmidt etwas sage.

Die Antwort kam prompt. In der DDR gebe es massenhaft Schmidts. Mehr könne er dazu nicht sagen.

Weber erklärte Horlacher, dass er ihn morgen erneut anrufen werde, um ihm mitzuteilen, ob er das Angebot, Ostberlin zu besuchen, annehme.

Gerne hätte Weber die Gelegenheit ergriffen, in die DDR zu reisen. Allerdings konnte er dies nicht ohne die Einwilligung seiner Vorgesetzten, des Gerichtspräsidenten und des Statthalters, tun.

Er erhielt noch am gleichen Tag die Bewilligung. Der Grund für die Zustimmung war offenbar das Dossier über Balthasar Haller in Ostberlin.

Zehn Tage später reiste Staatsanwalt Ronald Weber nach Ostberlin. Sein Zug verließ Bern um halb sechs Uhr morgens und kam um acht Uhr abends am Berliner Ostbahnhof an, wo er von Horlacher abgeholt wurde. Ein Trabant der Volkspolizei brachte Weber zum Hotel Berolina. Er fühlte sich wie ein Staatsgast.

Am nächsten Tag wurde er in Begleitung von Horlacher zur Kommandozentrale der Berliner Polizei gebracht. Dort wurde er vom Polizeipräsidenten Horst Ende empfangen.

Der Staatsanwalt des kleinen Trachselwald wurde von einem hochrangigen Vertreter der DDR willkommen geheißen. Weber verstand die Welt nicht mehr.

Weber wurde in ein nobles Besprechungszimmer geführt. Am großen runden Tisch saßen bereits zehn Herren, sechs in mit Orden bestückten schmucken Uniformen und vier in schwarzen Anzügen mit roten Krawatten.

Jeder Anwesende stellte sich kurz vor. Fünf Polizeioffiziere und deren Präsident Horst Ende, ein Staatsanwalt, ein Richter und zwei Beamte des Außenministeriums.

Ein Ausschnitt der Schweizerkarte wurde an die Wand projiziert, das Amt Trachselwald. Der Mann vom Außenministerium beschrieb das Amt, erwähnte jede Gemeinde, den Statthalter, den Gerichtspräsidenten, den Staatsanwalt.

Weber war bass erstaunt. Was war der Grund?

Benz Horlacher ergriff das Wort und erklärte: »Wir freuen uns über den Besuch des Staatsanwalts aus Trachselwald, der ein Vertreter der Schweiz ist, eines kapitalistischen, aber neutralen Landes. Er ist sich bewusst, dass wir ein Dossier über Balthasar Haller besitzen, der Mitte September 1965 Opfer eines Mordanschlags wurde. Die bisherigen Ermittlungen der Polizei und Staatsanwaltschaft von Trachselwald blieben ergebnislos. Aus unserer Sicht war Balthasar Haller ein kapitalistischer Schwerverbrecher, ein moderner Sklavenhalter von einer Sorte, von denen es in der Schweiz noch weitere gibt. Aber Mord ist Mord, auch wenn das Opfer ein Verbrecher war. Mördern wird der Prozess gemacht. Über die Verurteilung entscheidet das Gericht. Das gilt in der DDR und auch in der Schweiz. Doch mit der Verurteilung ist es so eine Sache. Ich erinnere an die Affäre Conradi. 1923 erschoss

Moritz Conradi in Lausanne einen sowjetischen Gesandten. Der Russlandschweizer sah sich als neuer Wilhelm Tell, der die Welt vom Bolschewismus befreien wollte. Das Gericht sprach den Mörder frei.«

Horlacher unterbrach seine Rede und fragte Weber direkt: »Herr Staatsanwalt, ist Ihnen die Conradi-Affäre bekannt?«

Weber überlegte einen Moment und antwortete: »Ich habe davon gehört, mich jedoch nicht weiter damit befasst. Zu der Zeit war ich noch nicht auf der Welt.«

»Sollte es Ihnen gelingen, den Mord an Haller aufzuklären, würden Sie es richtig finden, wenn der Täter freigesprochen würde?«

»Nein, aber je nach dem Motiv des Täters und den illegalen Machenschaften des Opfers könnte ich mir ein mildes Urteil vorstellen. Aber das habe nicht ich zu entscheiden.«

»Wie, glauben Sie, würden die Richter urteilen?«

»Sie würden den Täter zu lebenslänglicher Zuchthausstrafe verurteilen.«

Horlacher machte eine Notiz und suchte etwas in seiner Mappe, bevor er weiterredete. »Endlich habe ich sie gefunden. Die Zusammenfassung der Dokumente im Dossier ... Wir glauben zu wissen, wer Haller umgebracht hat. Ich könnte Ihnen eine Kopie des Dossiers gleich mitgeben, tue das aber nicht. Stattdessen unterbreite ich Ihnen einen Vorschlag. Ein Ehepaar mit der Bürgerschaft unserer Volksrepublik sitzt seit vier Jahren in Schweizer Haft. Der Mann in Witzwil, die Frau in Hindelbank. Ihnen wird vorgeworfen, Spionage zugunsten der DDR begangen zu haben. Wir sind an einer Auslieferung interessiert. Sollten Sie dazu bereit sein, würden wir Ihnen die Akten übergeben.«

»Das ist ein interessantes Angebot«, sagte Weber. »Allerdings kann ich diese Entscheidung nicht alleine treffen. Ich werde es mit dem Gerichtspräsidenten besprechen, und er muss seinen Vorgesetzten informieren, den zuständigen Regierungsrat in der Kantonsregierung. Von dort aus wird es an das

Eidgenössische Justiz- und Polizeidepartement weitergeleitet, wo der Bundesrat die endgültige Entscheidung treffen wird. Das wird voraussichtlich mehrere Wochen dauern.«

Horlacher überreichte Weber den schriftlich festgehaltenen Vorschlag, der vom Polizeipräsidenten unterzeichnet worden war.

12

Mitte Mai 1950 wurde Christine im Einsatzwagen der Polizeiwache Sumiswald in die Talschaft Dürrgraben zu den Affolters gebracht. Kaderli war entsetzt, als er das hörte, aber was sollte er dagegen tun? Das lag in der Zuständigkeit des Statthalters von Trachselwald. Kaderli informierte Jakob Haldemann, den Landjäger von Trub, der sich sehr für Christine eingesetzt hatte. Doch auch Haldemann konnte nichts dagegen tun.

»Es besteht noch eine kleine Chance für Christine«, sagte Kaderli beim Treffen mit Haldemann. »Im oberen Teil der Talschaft Dürrgraben gibt es eine Schule mit dem fortschrittlichen Lehrer Sebastian Simon. Allerdings sind Bestrebungen im Gange, ihn zu entlassen.«

Die ersten Tage bei den Affolters waren für Christine von Unsicherheiten geprägt. Ihr wurde vorübergehend ein Zimmer im großen Dachgeschoss zugewiesen, das mit Schränken, einem Tisch und zwei Stühlen ausgestattet war. Das Haus war riesig, und je nach Bedarf könnte sie in einen anderen Raum umziehen. Davor hatte sie jedoch Angst, denn ihr gefiel die Mansarde, in der sie untergebracht war.

Als eine Frau auftauchte, die sich als Christines Pflegemutter vorstellte, war sie schockiert. Die Frau hatte schwarze Zähne und roch nach Tabak und Alkohol.

»Gefällt dir das Zimmer?«, fragte Frau Affolter.

Christine antwortete mit einem überzeugten »Ja«.

Es sei viel zu gut für ein Verdingkind, sagte Frau Affolter. Allerdings gebe es immer wieder Probleme mit dem Armenvogt, der regelmäßig die Unterbringung der Pflegekinder kontrolliere. Deshalb lasse man jetzt alles so laufen. Ob Christine noch Fragen habe?

Christine nickte. »Ich bin seit Ostern schulpflichtig. Eigentlich sollte ich jetzt in einem Klassenzimmer sitzen.«

»Ach, das ist nicht so wichtig. Du brauchst keine Bildung, dein Weg ist vorgezeichnet. Entweder wirst du Magd oder heiratest einen Knecht, vielleicht auch einen Arbeiter.«

»Ich möchte aber zur Schule gehen. Ein bisschen lesen und schreiben kann ich schon.«

Frau Affolters Gesichtszüge verhärteten sich. »Mädchen, merk dir das, du bist zum Arbeiten auf die Welt gekommen, nicht zum Lesen und Schreiben.« Dann verließ sie das Zimmer.

Unten wurde an der Hausglocke gezogen. Als niemand öffnete, wurde erneut geläutet. Frau Affolter ging schließlich zum Eingang und öffnete die Tür. Als sie sah, wer davorstand, war sie äußerst überrascht. Es war der Lehrer Sebastian Simon.

»Ich möchte mich bezüglich einer jungen Schülerin erkundigen. Die Einwohnerkontrolle der Gemeinde Trachselwald hat mich schriftlich darüber informiert, dass Christine Hauser ab dieser Woche in die erste Klasse eintreten wird. Allerdings ist das Mädchen bisher noch nicht erschienen.«

Priska Affolter sagte abfällig: »Machen Sie doch nicht so ein Aufheben. Als ob es einen Sinn hätte, dass Verdingkinder die Schule besuchen. Und dann auch noch bei Ihnen. Das ist Zeitverschwendung. Verschwinden Sie und treten Sie mir bitte nicht mehr unter die Augen.«

»Sehr geehrte Frau Affolter, es ist wichtig, dass wir uns an die Gesetze halten. Gemäß diesen besteht eine Schulpflicht für Kinder ab dem siebten Lebensjahr. Eltern oder Erziehungsberechtigte, die dieser Pflicht nicht nachkommen, können strafrechtlich verfolgt werden. Sollte Christine Hauser morgen nicht im Klassenzimmer erscheinen, werde ich gezwungen sein, eine Strafanzeige gegen Sie und Ihren Mann zu erstatten. Ich verabschiede mich nun und wünsche Ihnen einen schönen Tag.«

Frau Affolter suchte das Arbeitszimmer ihres Mannes auf und erzählte ihm von Simons Besuch.

»Verdammt, daran habe ich gar nicht gedacht. Aber wir kommen wohl nicht drum herum, in diesen sauren Apfel zu beißen.«

Simon rief Konstantin Kaderli an und berichtete ihm von seinem Besuch bei den Affolters.

»Unglaublich, typisch für die Affolters. Halte mich bitte auf dem Laufenden. Ich bin sehr daran interessiert, wie sich die Sache weiterentwickelt«, antwortete der Redaktor des »Emmentaler Boten«.

Am kommenden Vormittag erschien Christine Hauser in der Schule. Allerdings hatte sie weder einen Schulsack noch ein Heft und Schreibzeug dabei.

Simon war verwundert. »Hast du denn nicht ein Paket mit einer schönen ledernen Schultasche, Schreibheften, drei Bleistiften, einer Schachtel Farbstifte, einem Gummi und einem Spitzer erhalten? Ich weiß, dass dir Jakob Haldemann aus Trub das zugeschickt hat.«

Christine schüttelte den Kopf. »Ich habe nichts erhalten.«

»Ich kann dir vorübergehend mit einem alten Kinderrucksack, einem Schreibheft und einem Bleistift aushelfen. Morgen wirst du vermutlich die schönen Sachen von Jakob Haldemann bekommen.«

Während der großen Pause rief Simon Affolter an.

Affolter nahm das Gespräch aufgebracht entgegen. »Ich akzeptiere nicht, dass ein mittelloses uneheliches Mädchen derart luxuriöses Schulmaterial erhält.«

Damit geriet er an den Falschen. »Herr Großrat, was Sie da sagen, verstößt gegen unsere Rechte. Sollten Sie Christine die Postsendung von Jakob Haldemann nicht aushändigen, werde ich Sie verklagen.«

»Auf der Polizeistation in Sumiswald wird die Anzeige garantiert nicht weitergeleitet.«

»Es gibt noch andere Polizeiwachen. Und nur so nebenbei, ich werde auch Konstantin Kaderli über diese Angelegenheit informieren.«

Durch das Telefon drang eine Kaskade von Flüchen. Simon musste den Hörer einen Dezimeter vom Ohr wegnehmen.

Affolter legte ohne Abschiedsgruß auf.

Im Dürrgraben lebte immer noch Sepp. Mit großer Besorgnis nahm er zur Kenntnis, dass Christine nun bei den Affolters untergebracht war. Sein Zuhause lag etwa einen halben Kilometer Luftlinie vom Hof der Affolters entfernt, jedoch in Sichtweite. Mit einem Feldstecher konnte er das Geschehen dort beobachten, und er machte davon ausgiebig Gebrauch.

Eines Morgens sah er, wie Christine mit großer Mühe ein schweres Paket aus dem Haus trug. Offensichtlich hatte sie Schwierigkeiten, es zu halten. Sepp stieg auf sein Velo und fuhr in wenigen Minuten ins Tal hinunter, um Christine zu erreichen. Sie erzählte ihm von dem Paket, das ihr vom Landjäger von Trub zugeschickt und ihr zunächst von den Affolters vorenthalten worden war.

Sepp legte das Paket auf den Gepäckträger und ging zusammen mit Christine das Zweirad schiebend zur Schule.

Simon empfing sie überrascht. Sepp schilderte ihm, wie Christine sich mit dem schweren Paket abgemüht hatte.

»Es überrascht mich, dass die Affolters das Paket nicht geöffnet haben«, meinte Simon. Aber eigentlich finde er es ganz gut, dass sie es nicht getan hatten, denn nun bestehe kein Verdacht, dass sie etwas daraus gestohlen hätten.

Gemeinsam öffneten sie das Paket, und dann wurde klar, warum es so schwer war. Neben dem Schulranzen, in dem sich mehrere Bleistifte, eine Schachtel Farbstifte, mehrere Schreib- und Zeichenhefte sowie zwei gute Spitzer für Farb- und Bleistifte und ein Kalender zum Eintragen von Terminen befanden, gab es auch noch einen Stoffsack mit geräucherten Würsten, mehreren Äpfeln und Birnen, einem wollenen Pullover, wollenen Strümpfen, einer schicken Mütze und einem Paar Schuhe. Christine weinte vor Freude. Sie war also nicht allein, sondern hatte Menschen um sich, die sich um sie kümmerten.

Simon sagte: »Ich bringe den Stoffsack zu meiner Frau. Sie wird das wunderbare Geschenk sicher aufbewahren. Die Esswaren werden Christine als Verpflegung für die Pausen und

Schulausflüge dienen. Das wäre wohl nicht möglich gewesen, wenn die Affolters das Paket geöffnet hätten.«

Am Montag stand Lesen auf dem Programm. Christine saß in der zweiten Reihe. Jeder musste einen Satz vorlesen, ein Schüler in der ersten Reihe begann. Er las den Satz am Anfang etwas stockend. Dann war der nächste dran, aber nach dem dritten Wort konnte er nicht mehr weiterlesen. Die Reihe war bei Christine angelangt. »Möchtest du es auch versuchen?«, erkundigte sich Simon.

Christine las den Satz laut und fehlerlos vor. Die Mitschüler sahen sie verwundert an. »Kannst du auch den nächsten Satz lesen?«, fragte Simon.

Kaum hatte er das gefragt, las Christine auch diesen fehlerlos vor.

»Kind, du kannst ja phantastisch lesen«, sagte Simon mit strahlender Miene. Einige Mädchen und Jungen der oberen Klassen klatschten Beifall.

Die drei Dummermuthbuben ließen ihrem Unmut freien Lauf. »Das ist ein dummes Verdingkind, sie gehört in die Schule für schwach Begabte«, riefen sie aus.

Simon griff entschlossen ein. »Ihr drei verlasst sofort das Klassenzimmer. Ich möchte euch heute Morgen nicht mehr sehen.«

Am Nachmittag stand Rechnen auf dem Stundenplan. Auch darin brillierte Christine.

Nach Unterrichtsschluss rief Simon Konstantin Kaderli an und erzählte ihm von den ersten Schultagen von Christine und auch vom Paket, das Sepp auf seinem Fahrrad mit ihr zusammen in die Schule gebracht hatte.

»Eine weitere Niederlage für Affolter. Doch er wird sich nicht so leicht geschlagen geben. Trotz seiner Abwahl als Gemeindepräsident hat er immer noch einen großen Einfluss in unserem Amt. Wir müssen ihn weiterhin im Auge behalten.«

»Ich werde mein Bestes tun, aber meine Tage an der Schule

in Thal sind gezählt, das ist auch Affolter bewusst. Es bleibt nur noch der alte Sepp übrig und natürlich du.«

In den folgenden Wochen berichtete Christine Simon über ihre Erfahrungen bei den Affolters. Diese waren durchzogen. Zu den älteren Kindern der Familie hatte sie keinen Kontakt, weder beim Frühstück noch beim Mittagessen oder Abendessen. Stattdessen wurde ihr Essen von der Magd Helene in die Mansarde gebracht. Obwohl es oft kalt und eintönig war, wurde sie davon satt. Die Düfte, die vom Treppenhaus bis zum Dachboden drangen, ließen sie erahnen, dass am Familientisch, zu dem die Dienstboten nur selten Zugang hatten, immer zusätzliche Speisen wie Fleisch oder Käse serviert wurden.

Was Christine immer mehr irritierte, war, dass sie sich auch auf dem Hof nicht unbeobachtet bewegen durfte. Spazierte sie Richtung Wald, wurde sie von einer Magd oder einem Knecht zurückgepfiffen. Im Wald sei es gefährlich für kleine Mädchen. Am besten sei es, wenn sie sich in ihrem Zimmer aufhalte. Um bei den Schulaufgaben nicht abgelenkt zu werden, nahmen ihr die Affolters alle Bücher weg, die sie von Landjäger Jakob Haldemann und von Sepp geschenkt bekommen hatte. Auf dem Schulweg wurde sie von den Kindern der Affolters begleitet, ohne dass diese mit ihr ein Wort redeten.

Die einzige Möglichkeit für Christine, mit der Außenwelt zu kommunizieren, waren die Gespräche mit dem Lehrer Simon.

Anfang Juli begannen die Sommerferien. Während dieser Zeit hatte sie keine Verbindung zu anderen Personen außer den Affolters und der Magd Helene. Zwischendurch beobachtete Sepp das Gehöft, wo Christine – so nannte er es – gefangen gehalten wurde. Doch während der schulfreien Zeit sah er nie etwas von ihr.

Was war mit ihr passiert? Das fragte Sebastian Simon Mitte August 1950 nach den Ferien, als er wider Erwarten immer noch im Schulhaus Thal unterrichtete. In Tränen aufgelöst schilderte sie ihm diese Episode, die sie als eine Zeit des Leidens bezeichnete.

Am ersten Tag der Ferien kam die Pflegemutter nach dem Frühstück in den Dachboden und nahm ihr alle Bücher, Hefte und Schreibutensilien weg. »Wenn du Bücher liest, kommst du auf dumme Gedanken. Das wird dir auf deinem zukünftigen Lebensweg Schwierigkeiten bereiten.«

Nachdem sie die Sachen weggebracht hatte, kehrte sie mit einer Tasche voller Schlüssel zurück. »Du musst sie sortieren. Es gibt vier verschiedene Typen. Hier ist jeweils ein Muster von jedem«, sagte sie und öffnete eine Schachtel, in der vier Schlüssel lagen, mit Anhängern, die mit A, B, C und D beschriftet waren. In einer anderen, viel größeren Schachtel lagen mehrere hundert Schlüssel. In einer dritten, ebenfalls großen Schachtel lagen so viele Anhänger wie Schlüssel.

»Deine Aufgabe ist es nun, an jeden Schlüssel einen Anhänger anzubringen und diesen richtig zu beschriften. Dafür ist an jedem Anhänger ein flacher, kreisrunder Knopf aus Kunststoff mit einem dünnen Draht und einem Ring zur Verbindung mit dem Schlüssel befestigt. Hier hast du einen Tintenstift dafür«, erklärte sie und demonstrierte es Christine. Das Einhängen des Rings am Anhänger in die Etikette erwies sich als knifflig. »Am Anfang ist es mühsam, aber mit der Zeit wirst du darin Übung bekommen. Versuche jetzt, die beiden Teile miteinander zu verbinden.«

Christine schaffte es, verletzte sich jedoch leicht und blutete ein wenig.

Frau Affolter reichte ihr einen Lappen. »Damit kannst du das Blut abwischen. Hör zu, Kind, das ist eine anspruchsvolle Aufgabe. Du musst dabei systematisch vorgehen. Nimm mal hundert Schlüssel heraus – du kannst ja zählen, wie ich gehört habe. Ich lege dir vier Schachteln mit den Aufschriften A, B, C und D auf den Tisch. Lege die passenden Schlüssel in die entsprechende Schachtel. Gegen Mittag komme ich vorbei, um zu sehen, wie weit du fortgeschritten bist.«

Als Frau Affolter um Viertel vor zwölf in die Mansarde kam, traf sie Christine weinend an.

»Es tut so weh, ich kann einfach nicht mehr«, schluchzte sie.

Ein böses Lachen entwich den Lippen von Frau Affolter. »Du wirst es lernen. Wenn du es bis jetzt noch nicht begriffen hast, wirst du verstehen, dass du hier bist, um zu arbeiten. Andernfalls hat dein Leben keine Bedeutung, und du belastest die Gesellschaft. Das Essen wird dir jetzt gebracht. Danach darfst du eine halbe Stunde Pause machen und anschließend weiterarbeiten.«

Am Vormittag hatte Christine fünfzehn Schlüssel mit einem Anhänger versehen, am Nachmittag waren es nur noch zehn. Das sei zu wenig, fand Frau Affolter. »Du solltest täglich auf fünfzig Schlüssel kommen. In einer Arbeitswoche sind das dreihundert. In sechs Wochen, während deiner Ferien, musst du eintausendachthundert geschafft haben.«

»Ich kann nicht mehr.«

»Was jammerst du da?« Frau Affolter verabreichte ihr links und rechts eine Ohrfeige.

Sechs Wochen lang befestigte Christine Schlüsselanhänger. Sie kam auf insgesamt eintausendfünfhundert Stück. Von Montag bis Samstag arbeitete sie täglich zehn Stunden. Den ganzen Sonntag schlief sie jeweils. Am Ende der Sommerferien waren ihre Hände stark angeschwollen, und sie hatte dunkle Ringe um die Augen.

In diesem Zustand war sie Mitte August in der Schule erschienen. Simon holte sie aus dem Unterricht und brachte sie zu sich nach Haus.

»Erzähl mir alles, was du erlebt hast, liebe Christine«, bat Sonja Simon mitfühlend.

Christine schilderte, was ihr widerfahren war: die quälenden Schmerzen, die andauernde Müdigkeit, die lähmende Angst und die unermessliche Einsamkeit. Sie hatte nur Kontakte zu den Affolters, zu Helene und zu ihrer Pflegemutter. Diese behandelte sie schlecht, sogar mit Schlägen, wenn sie nicht schnell genug arbeitete.

»Erinnerst du dich an ein Ereignis, das dir besonders aufgefallen ist und dich zum Nachdenken gebracht hat?«

Christine überlegte einen Moment.

»Ja, da war etwas in der dritten Woche. Da kam ein Herr, in eleganter schwarzer Kleidung und blauer Krawatte, seine braunen Schuhe waren poliert. Er war mittleren Alters und hatte graue Haare. Die Pflegemutter duzte ihn. Sein Vorname? Ich muss nachdenken, er will mir nicht einfallen, es war kein geläufiger Name.«

»Balthasar?«

»Ja, genau so nannte sie ihn.«

»Dann war es Balthasar Haller. Der reiche Fabrik- und Großgrundbesitzer. Hat er dich angesprochen?«

Christine lachte. »Nein, er hat mich kaum angeschaut. Aber ich erinnere mich noch daran, was er über mich zu Frau Affolter gesagt hat. ›Nun, das ist die neue Arbeiterin. Wie kommt sie voran?‹

›Mäßig, sie könnte schneller arbeiten.‹

›Wie alt ist das Kind denn?‹

›Sie wird bald sieben und besucht die erste Klasse.‹

›Siehst du, Priska? Solch kleinen Geschöpfe, die sonst als nutzlos angesehen werden, kann man gut für einfache Arbeiten einsetzen. Das ist lukrativ für dich und mich. Du bekommst fünfzig Rappen pro Schlüssel, das sind immerhin mehr als fünfhundert Franken in sechs Wochen.‹ Haller lachte schallend. ›Mit dem Kostgeld von monatlich zweihundert Franken darfst du mit Fug und Recht von einem lohnenden Geschäft sprechen.‹«

Sonja Simon strich Christine zärtlich übers Haar. »Es ist unglaublich, dass es solche schlechten Menschen gibt. Ich kann es nicht fassen. Wir müssen alles daransetzen, dass du von den Affolters wegkommst.«

In der großen Pause eilte Simon ins Haus. Sonja erzählte

ihm, was Christine ihr berichtet hatte. »Wir müssen sofort handeln. Ich kenne einen Psychiater, ich werde ihn gleich anrufen.«

Simon wählte die Nummer der Heil- und Pflegeanstalt Waldau in Bern und verlangte nach Dr. Vetter, einem Freund von ihm. Wie üblich bei solchen Anrufen wurde nach dem Anliegen gefragt. Simon schilderte kurz den Fall, den er als Lehrperson als gravierend einschätzte.

Dr. Vetter war sofort am Apparat.

»Guten Tag, Walter. Ich habe ein dringendes Problem.« Simon erklärte ausführlich, was Christine während der Schulferien widerfahren war.

Dr. Vetter war beeindruckt und alarmiert. »Ich werde einige Termine streichen und das Mädchen sofort abholen. Wäre es möglich, dass du oder deine Frau mitkommen? Es sieht nach einem längeren Klinikaufenthalt aus.«

Simon überlegte. »Gut, ich kann es arrangieren.«

Kurz vor Mittag war der Psychiater bei den Simons im Dürrgraben. Dr. Vetter sah Christine besorgt an, sprach ein paar Worte mit ihr und wandte sich dann an Simon. »Es war eine gute Entscheidung von dir, dass du mich angerufen hast. Christine muss sofort behandelt werden.«

Da klingelte das Telefon. Es war Rudolf Affolter. In einem aufgebrachten Tonfall fragte er Simon, was mit Christine los sei. »Meine Buben haben mir berichtet, Sie hätten bereits am Morgen Christine aus dem Unterricht genommen. Wer hat Ihnen das erlaubt?«

Simon informierte Affolter, was er in Sachen Christine unternommen hatte. Affolter reagierte darauf wie ein Besessener. »Jetzt ist höchste Zeit, dass Sie aus dem Dürrgraben verschwinden. Ich dulde einen solchen Lehrer wie Sie nicht mehr in meiner Gemeinde.«

»Das ist seit den letzten Wahlen nicht mehr Ihre Gemeinde«, bemerkte Simon, doch seine Worte trugen nicht zur Beruhigung der Situation bei.

»Sie aufgeblasenes kleines Schulmeisterlein, ich habe immer

noch viel zu sagen in Trachselwald. Sie werden ab sofort Ihren Platz in unserer Schule räumen müssen, sonst mache ich den Kauf Ihres Hauses rückgängig.«

Simon blieb nichts anderes übrig, als zuzustimmen.

Der nächste Anruf, den Simon tätigte, war der an Konstantin Kaderli. Er erzählte ihm, was seit Beginn der Sommerferien mit Christine geschehen war. Er bat den Redaktor jedoch darum, mit einem Artikel darüber zu warten, bis er eine Rückmeldung von Dr. Vetter erhalten habe.

Bereits am frühen Nachmittag rief Dr. Vetter an und teilte mit, dass Christine ein Trauma erlitten habe. Ihre Entzündungswerte im Blut seien deutlich erhöht, was nicht nur ein erhöhtes Risiko für psychische, sondern auch für bestimmte körperliche Erkrankungen bedeute. Das, was Christine widerfahren sei, müsse als extreme psychische Misshandlung bezeichnet werden. Die junge Patientin müsse mehrere Wochen in der Klinik behandelt werden. Und er, Dr. Vetter, werde persönlich bei der Kriminalpolizei Bern vorstellig und reiche eine Anzeige gegen die Pflegeeltern Affolter wegen körperlicher und psychischer Kindesmisshandlung ein.

Simon war erstaunt, als er gleichentags einen Anruf vom Statthalter erhielt. Er wollte wissen, was mit Christine passiert war. Simon erzählte, was er wusste, was ihm wiederum Kritik einbrachte. Küpfer fragte, ob Simon überhaupt das Recht hatte, ohne Zustimmung der Pflegeeltern Christine in eine Irrenanstalt einzuweisen.

Simon korrigierte Küpfer bezüglich seiner Wortwahl. Es gebe schon lange keine »Irrenanstalten« mehr in unserem Land, die hießen »Heil- und Pflegeanstalten«. Man sei dabei, diese in »psychiatrische Kliniken« umzubenennen. Und ja, er habe das Recht dazu, solange eine Klinik für psychisch Kranke sie aufnehmen würde. Insbesondere im Falle der Waldau, da es sich um eine staatliche Institution handle. Simon zeigte sich irritiert, dass ein Statthalter mit einem juristischen Studienabschluss dies nicht wisse.

Daraufhin bemerkte der Statthalter, er lasse sich von einem halbgebildeten Volksschullehrer nicht belehren, und legte auf.

Nach dem Gespräch rief Simon erneut Kaderli an, um ihn über den neuesten Stand im Fall Christine Hauser zu informieren. »Unglaublich, dass sich jetzt auch noch Küpfer in diese Angelegenheit einmischt«, bemerkte Kaderli.

Der Staatsanwalt des Amts Bern reagierte prompt auf die Anzeige von Vetter. Am nächsten Tag intervenierte er beim kantonalen Sozialamt und forderte die sofortige Suspendierung der Affolters als Pflegeeltern. Das sei jedoch nicht so einfach umzusetzen, da der zuständige Regierungsrat, ein Parteifreund von Affolter, zustimmen müsse, erwiderte ihm der Sprecher dieses Amtes.

Diese Antwort akzeptierte der Berner Staatsanwalt nicht. Gemeinsam mit Dr. Walter Vetter begab er sich persönlich zum Regierungsrat. Nach einer Stunde erkannte auch das Mitglied der Kantonsregierung, dass er nicht umhinkam, die Affolters zu entlassen.

Sebastian Simon erfuhr sofort von der Suspendierung der Pflegeeltern Affolter. Er telefonierte erneut mit Kaderli und informierte ihn über die erfolgreiche Intervention des Staatsanwalts.

»Oh nein«, sagte Kaderli, »jetzt kann ich den Artikel, den ich gerade geschrieben habe, nicht mehr veröffentlichen. Das Ziel, das wir uns gesetzt haben, ist schon erreicht.«

Es war für Simon eine beruhigende Nachricht von Dr. Vetter, dass Christine mindestens ein halbes Jahr in der Waldau behandelt werden müsse. Wohl schon in der kommenden Woche konnten er und seine Frau sich nicht mehr für das Mädchen einsetzen, da die Lehrerstelle umbesetzt wurde und er nach Bümpliz umzog, wo man ihn sehnlichst erwartete.

In der Waldau blühte Christine auf. Das Essen war reichlich und gut. Es gab einen großen Gemeinschaftstisch, an dem sich die Kinder austauschen konnten. Christine musste nicht mehr arbeiten, und vor allem hatte sie wieder Kontakt zu anderen Menschen, auch zu einigen Kindern, mit denen sie spielen durfte. Und sie durfte lernen, lesen, schreiben und rechnen. In diesen schulischen Fächern entwickelte sie Fertigkeiten, die weit über ihr Alter hinausgingen.

Die Rechnung für den Aufenthalt in der Waldau wurde einen Monat nach der Einweisung an die Abteilung für das Armenwesen im Amt Trachselwald verschickt. Von dort kam eine empörte Rückmeldung. Es sei nicht akzeptabel, dass Christine ein halbes Jahr in der Klinik bleibe. In diesem Fall wäre ihr Vermögen aufgebraucht, und die Gemeinde Sumiswald müsste für die späteren Pflegekosten aufkommen.

Die Reaktion des Juristen der Waldau ließ nicht lange auf sich warten. Darin wurde der Amtsverwaltung vorgeworfen, offenbar keine Kenntnis von den Gesetzen des Kantons Bern zu haben. Gemäß diesen dürften geerbte Privatvermögen nicht für Spitalbehandlungen herangezogen werden, wenn die öffentliche Hand die gesundheitlichen Beeinträchtigungen mitverursacht habe, was im Fall von Christine Hauser nachgewiesen werden könne.

Kurz darauf suchte ein Beamter der Kantonsverwaltung die Abteilungen für Armenwesen und Finanzen im Amt Trachselwald auf, um die Akten bezüglich Christine anzufordern. Der zuständige Sachbearbeiter weigerte sich zunächst, dieser Aufforderung nachzukommen. Erst nach der Drohung einer gerichtlichen Hausdurchsuchung gab er nach und beschaffte die Akten, was etwa eine Stunde dauerte.

Bereits der erste Blick darauf veranlasste den Mann aus Bern, diese Dokumente mitzunehmen, damit sie von Fachpersonen genauer angesehen werden könnten. Das geriet dem Mann der Amtsverwaltung in den falschen Hals. Der Statthalter würde diese Vorgehensweise niemals billigen, meinte er.

»Dagegen hat der Statthalter nichts einzuwenden. Was ich

hier tue, ist eine amtliche Einsichtnahme einer übergeordneten in eine untergeordnete Behörde. Der Statthalter ist der Verantwortliche für die untergeordnete Behörde.«

»Warten Sie bitte einen Moment, während ich den Statthalter aufsuche, um zu klären, ob ich befugt bin, diese Akten herauszugeben«, sagte der Sachbearbeiter und nahm die Unterlagen dem kantonalen Beamten aus den Händen.

»Kein Problem, falls die Diskussion mit dem Statthalter zu lange dauert, werde ich eine Polizeistreife holen und zurückkommen.« Diese Drohung schien Wirkung zu zeigen, denn der Sachbearbeiter gab die Unterlagen nun endgültig heraus.

Eine Woche später erhielten die Statthalter des Amts Signau und des Amts Trachselwald ein Schreiben von der kantonalen Justizdirektion. In dem Schreiben wurde darauf hingewiesen, dass das Privatvermögen, das Christine von ihrem Großvater geerbt hatte, zweckentfremdet ausgegeben worden war. Es wurde sowohl für die Pflegeeltern verwendet, und das zu einem überhöhten Preis, als auch für die vier Spitalaufenthalte, die aufgrund von Übergriffen der Pflegeverantwortlichen erforderlich waren. Insgesamt wurden zwölftausend Franken fälschlich von Christines Konto abgebucht. Dieses Geld müsse nun zurückerstattet werden.

Im Amtshaus Langnau, dem Sitz der Verwaltung des Amtes Signau, und im Schloss Trachselwald war man empört über diese Zahlungsaufforderung. Die beiden Ämter berieten sich und verfassten gemeinsam ein Schreiben als Antwort.

Wir halten es für ungerecht, dass wir die Pflegeeltern aus unserem Amtsvermögen bezahlen sollen. Die Zahlungen an die Pflegeeltern sind zwar gerechtfertigt, da sie für die Unterbringung, Verpflegung und Bekleidung der verdingten Kinder aufkommen müssen. Doch wenn ein Verdingkind über ein Vermögen verfügt, sollten diese Kosten davon abgezogen werden.

Der Sachbearbeiter der kantonalen Verwaltung antwortete auf das Schreiben.

Der Inhalt Ihres Briefes spiegelt nicht die tatsächliche Situation wider. Die Pflegeeltern haben kaum etwas für die Ernährung des Kindes ausgegeben. Es handelte sich hauptsächlich um Speisereste und verdorbene Lebensmittel. Christine ging oft hungrig vom Tisch. Der Vorwurf bezüglich der Bekleidung ist eine Beleidigung. Christine erhielt Kleidung von wohlgesinnten Personen kostenlos. Doch das Verdingkind konnte diese Kleidung meist gar nicht tragen, da sie von den eigenen Kindern der Pflegeeltern verwendet wurde. Stattdessen bekam Christine abgetragene Schuhe, Strümpfe, Röcke und Hosen.

Anfang März 1951 sollte Christine aus der Klinik Waldau entlassen werden. Dr. Vetter stellte jedoch Bedingungen dafür. Der Pflegeplatz, an dem Christine aufgenommen werden würde, müsste sorgfältig geprüft und danach überwacht werden.

Verhandlungen wurden mit der zuständigen Stelle in der Verwaltung des Amts Trachselwald aufgenommen. Dort gab es jedoch Widerstand gegen solche Kontrollen. Die Verantwortlichen im Schloss Trachselwald waren nicht bereit, sich von Bern alles vorschreiben zu lassen, wie der Statthalter betonte. In Bern hatte man eine andere Sichtweise. »Der Statthalter ist der Vertreter der Regierung, auch wenn er vom Volk gewählt wird«, hieß es dort.

Schließlich konnte eine Einigung erzielt werden.

Die Abteilung für das Armenwesen muss eine gründliche Überprüfung der zukünftigen Pflegepersonen für Christine durchführen. Dies gilt auch für den Haushalt oder das Heim, in dem sie untergebracht wird. Selbstverständlich werden auch regelmäßige Kontrollen danach durchgeführt.

Christine kam zu dem kinderlosen Ehepaar Henseler im Dorfkern von Sumiswald. Er hatte eine leitende Position in der Verwaltung des Amtsspitals inne, sie war dort als Krankenschwester tätig. Ihr Ruf war tadellos. Sie galten als gläubige Evangelikale, die der Landeskirche angehörten und ihre Religiosität durch zusätzliche Hausgottesdienste vertieften. Manche bezeichneten sie als Stündeler.

In den ersten Monaten gab es seitens der Aufsichtsbehörde keine Beschwerden. Das Essen war regelmäßig, ausgewogen und wurde am Familientisch eingenommen. Vor jeder Mahlzeit sprach der Pflegevater ein Gebet. Danach las er eine Passage aus der Bibel vor, und gemeinsam sang man ein Lied aus dem Psalmenbuch der evangelisch-reformierten Kirche. Für Christine war dieses Ritual neu, und sie musste sich daran gewöhnen.

Nach einer Woche fragte Christine ihren Pflegevater, ob sie auch einmal aus der Bibel vorlesen dürfe. Begeistert stimmte er zu, unter der Bedingung, dass er die Passage auswählen würde. Daraufhin wechselten sich Christine und ihr Pflegevater beim Lesen ab.

Die Kontrollperson der Abteilung für Armenwesen, eine Sekretärin des Schlosses Trachselwald, fragte Christine gelegentlich, ob sie sich wohlfühle. Christine antwortete stets: »Ja, eigentlich schon.« Manchmal wollte die Frau mehr erfahren, beispielsweise ob es etwas im Haushalt gebe, das ihr nicht gefalle. Christine zuckte nach dieser Frage immer nur mit den Schultern.

Das Schulterzucken war eine stille Botschaft, dass bei ihren neuen Pflegeeltern doch nicht alles in Ordnung war.

Christine begann nach ihrem Aufenthalt in der Waldau ein Tagebuch zu führen. Sie hielt es lange Zeit geheim. Wenn sie mit vertrauten Menschen über ihre Sorgen sprach, achtete sie darauf, diese nicht an die große Glocke zu hängen. Zu diesen Personen gehörten Sepp, Jakob Haldemann und Konstantin Kaderli. Sebastian und Sonja Simon fehlten Christine nach ihrem Wegzug.

Sepp hatte einen toten Briefkasten in der Nähe ihrer neuen Pflegeeltern eingerichtet, und Christine konnte bereits in ihrem jungen Alter Mitteilungen schriftlich festhalten. Zugang dazu hatten Sepp, Haldemann und Kaderli. Sepp war der Erste, dem sie etwas anvertraute. Er hatte keine Kontakte zu anderen Leuten und wohnte in ihrer Nähe.

Lieber Sepp, ich muss unbedingt mit dir sprechen. Ich kann das Haus zu folgenden Zeiten verlassen, ohne beobachtet zu werden: Dienstag, Mittwoch und Donnerstag, jeweils um fünf Uhr nachmittags. Wann passt es dir am besten?

Am Dienstag lag die Antwort von Sepp darin.

Am Donnerstag, den 5. Juli, werde ich zur vereinbarten Zeit beim Briefkasten sein. Pass gut auf dich auf, liebe Christine.

Christine erzählte Sepp beim Treffen mit Tränen in den Augen, was ihr widerfahren war. »In den ersten Tagen hat Gregor Henseler mich nur intensiv betrachtet. Sein Blick war seltsam, so habe ich es empfunden. Ab der zweiten Woche hat er begonnen, mich anzufassen. Zuerst hat er meinen Kopf gestreichelt und dabei unheimliche Laute von sich gegeben. Eine Woche später hat er angefangen, meinen ganzen Körper zu berühren – den Kopf, die Arme, die Beine, den Rücken, das Gesäß und manchmal auch zwischen den Oberschenkeln.«

Sepp erkundigte sich nach der Reaktion von Henselers Ehefrau Ruth, ob sie gesehen habe, was ihr Mann mit Christine trieb.

»Ja, das hat sie. Sie hat alles gesehen.«

»Was war dein Eindruck? Hat sie nicht versucht, ihren Mann aufzuhalten?«

»Ganz im Gegenteil, sie hat lächelnd zugeschaut, mit einem komischen Blick, wie es mir schien.«

»Bedeutet das, dass sie damit einverstanden war?«

Christine nickte.

»Noch etwas?«

Christine überlegte einen Moment und zögerte, eine Antwort zu geben. Schließlich entschied sie sich doch dafür. »Ich habe bemerkt, dass manchmal ein Junge die Nacht im Zimmer von Frau Henseler verbringt. Sie und Herr Henseler schlafen nicht im selben Raum.«

»War es immer derselbe Junge?«

»Nein, es waren mehrere, etwa drei oder vier.«

»Kannst du das Alter dieser Jungen schätzen?«

Christine meinte, dass es schwierig sei. Sie schätzte sie auf etwa die achte oder neunte Klasse, vielleicht auch etwas älter.

Sepp sah Christine mitfühlend an. »Darf ich das, was du mir gerade verraten hast, anderen erzählen, zum Beispiel Jakob Haldemann?«

»Haldemann schon, Kaderli lieber nicht, ich möchte vermeiden, dass meine Aussage in der Zeitung erscheint.«

»Es ist unwahrscheinlich, dass Jakob Haldemann das, was du mir gerade geschildert hast, für sich behalten darf. Haldemann ist Polizist und hat die Pflicht, Verstöße gegen das Gesetz der Justiz zu melden. Das, was Henseler dir angetan hat, ist kein gewöhnliches Vergehen, sondern ein Sexualverbrechen.«

»Was ist ein Sexualverbrechen?«

»Dieses Wort kannst du noch nicht verstehen.« Sepp erklärte es ihr.

Christine überlegte lange. »Ich möchte lieber, dass du niemandem erzählst, was du gerade von mir gehört hast.«

Sepp sah traurig aus. Er starrte Christine lange an, bevor er wieder sprach. Vorläufig habe Henseler sie, Christine, lediglich angefasst. Das sei eine Vorstufe von etwas noch viel Schlimmerem. Was er mit dem »Schlimmeren« meine, möchte er ihr jetzt noch nicht erklären. Er hoffe sehr, dass Henseler nicht bis zum Äußersten gehe. »Halte mich bitte auf dem Laufenden. Melde mir unverzüglich, wenn Henseler etwas tut, was er bislang noch nicht gemacht hat.«

Sepp verabschiedete sich von Christine und sagte: »In den nächsten Tagen werde ich immer an dich denken müssen und ein schlechtes Gewissen haben, wenn ich das, was ich gerade gehört habe, für mich behalten muss. Wenn Henseler dir Gewalt antut, nutze die nächste Gelegenheit, um zu flüchten, auch in der Nacht. Du weißt, wo ich wohne.«

Sepp bestieg sein Velo und fuhr gedankenverloren nach Hause.

Durfte er verschweigen, was Christine ihm gebeichtet hatte? Wenn nicht, was sollte er tun, wenn die Behörden im Schloss Trachselwald von den Übergriffen erfuhren und untätig blieben? Vielleicht hörten auch die Henselers davon, dass Sepp derjenige war, der ihre Verbrechen gemeldet hatte.

Sepp hielt weiterhin Kontakt zu Christine und akzeptierte ihren Willen, auch wenn er nicht immer ihrer Meinung war.

Christine war nicht glücklich bei den Henselers. Doch dort hatte sie ein angenehmeres Leben als bei den meisten Pflegefamilien zuvor, dachte sie zumindest.

Das Jahr 1951 ging für Christine zu Ende, ohne nennenswerte Veränderungen. Dass sie immer noch von Gregor Henseler betatscht wurde, steckte sie einfach weg. Die Schule gefiel ihr, sie hatte genügend Freiräume, um sich eigenständig Wissen anzueignen, konnte ausreichend schlafen, aß am Familientisch und das durchaus gut. Im Frühjahr 1959 würde ihre Schulzeit zu Ende sein, und sie könnte sich anschließend auf ihr Berufsleben vorbereiten. Sie hatte den Wunsch, Lehrerin zu werden.

Im Februar 1954, sie war in der vierten Primarklasse, bestand Christine die Aufnahmeprüfung für die Sekundarschule Sumiswald, die nach den Osterferien begann. Sie gehörte von Anfang an zu den Besten in ihrer Klasse. Allerdings hatte sie eine Eigenart, die in ihrem Umfeld schlecht ankam. Sie lernte allein, erledigte ihre Hausaufgaben allein und sprach selten mit ihren Klassenkameraden.

Mit dem Wachsen wurde ihr Körper fraulicher, was zur Folge hatte, dass Henseler zudringlicher wurde. Das erste Mal bat er sie im März 1955, sich auf seinen Schoß zu setzen. Sie widersetzte sich. Auch ihre Pflegemutter war anwesend und reagierte darauf: »Mein Kind, wenn du das ablehnst, tust du unrecht. Es handelt sich hier um ein Zeichen christlicher Nächstenliebe.«

Dann ließ Christine es geschehen. »Was hast du da Hartes in der Hose?«, fragte sie Henseler. Es sei sein Taschenmesser. Die Pflegemutter lachte laut auf.

Christine fragte: »Warum lachst du?« Frau Henseler antwortete, dass sie es noch nicht verstehen würde, und lachte noch lauter.

Gregor Henseler faltete seine Hände und sprach ein Gebet. Christine hinterließ Sepp eine Nachricht im toten Briefkasten. Am nächsten Tag trafen sie sich. Sie erzählte ihm von dem Vorfall. Er war entsetzt und machte ihr erneut das Angebot, das Geschehene entweder bei Haldemann oder bei Kaderli zu melden. Doch wieder lehnte sie ab.

Im Sommer 1957 wurde Gregor Henseler zum stellvertretenden Verwaltungsdirektor des Spitals Sumiswald gewählt. Zur Feier seines Erfolgs veranstaltete er eine Party im großen Saal, zu der auch Christine, Affolter, Küpfer und Krähenbühl eingeladen waren. Christine saß zwischen Affolter und Küpfer. Küpfer wandte sich an Christine und sagte: »Du hast jetzt das große Los gezogen, du ungezogenes Kind.«

Christine antwortete nicht.

An einem nasskalten, nebligen Novembertag im Jahr 1958 fand Christine eine Mitteilung von Konstantin Kaderli im toten Briefkasten.

Liebe Christine, ich muss dir leider eine traurige Nachricht überbringen. Heute Morgen ist Sepp im Spital Sumiswald verstorben. Gestern hatte er einen Velounfall und wurde mit der Ambulanz in die Notaufnahme gebracht. Die Trauerfeier findet am kommenden Montag um zehn Uhr vormittags in der Kirche von Trachselwald statt, anschließend wird Sepp auf dem Friedhof beerdigt.

Während der Zeit, in der Christine im Unterricht war, sollte Sepp beerdigt werden. Christine bat ihren Klassenlehrer darum, Sepp auf seinem letzten Weg die Ehre zu erweisen. Er stimmte zu. Um neun Uhr durfte sie sich vom Schulhaus zur Kirche im Nachbardorf begeben.

Zu Christines Erstaunen waren auch ihre Pflegeeltern beim Abschiedsgottesdienst anwesend. Gregor Henseler hatte sich immer wieder abfällig über Sepp geäußert. Dabei widersprach Christine ihm jedes Mal, bis er dann verkündete: »Über diesen Vagabunden wird in unserer Gegenwart kein Wort mehr geredet.«

Christine saß auf der vordersten Kirchenbank neben Konstantin Kaderli. Als Gregor Henseler sie noch vor Beginn der Predigt bemerkte, eilte er zu ihr und sprach sie leise, aber zischend an: »Christine, geh sofort zurück zur Schule, du hast hier nichts zu suchen.«

Kaderli legte beruhigend seine Hand auf Christines Schulter, blickte Henseler scharf an und sagte laut und deutlich: »Christine bleibt.«

Henselers Gesichtsfarbe veränderte sich. Er begab sich zurück zu seinem Platz. Dieser Zwischenfall zog die Aufmerksamkeit vieler Kirchenbesucher auf sich.

Als sich die Henselers und Christine am Mittagstisch trafen, schlug Gregor Henseler plötzlich auf sie ein. So etwas war bisher noch nie vorgekommen.

Beim Abendessen war er wieder freundlich. Diese Freundlichkeit machte Christine Angst. Zuerst trug er enthusiastisch ein Gebet vor, bei dem die Worte Lust und wohlige Gefühle vorkamen. Christine verstand den Inhalt nicht.

Es gab etwas zu essen und Wein dazu, was neu war. Nach dem ersten Schluck verschmähte Christine das Getränk. Henseler füllte einen Esslöffel mit Zucker und gab ihn ins Glas. »So, jetzt wirst du es sicher gut finden.«

Christine trank es hastig.

Das Essen schmeckte Christine wirklich gut. Henseler füllte ihr Glas erneut und gab Zucker hinein.

Am Ende der Mahlzeit hatte Christine vier Gläser getrunken. Henseler rief ihr zu: »Mädchen, steh jetzt auf und komm zu mir!«

Sie erhob sich vom Stuhl, verlor aber nach dem ersten Schritt das Gleichgewicht und stürzte.

»Ruth, hol doch zwei Wolldecken«, bat Gregor Henseler seine Frau.

Sie ging in ihr Schlafzimmer und kam nach einigen Augenblicken mit den gewünschten Decken zurück. Christine wurde darauf gebettet.

Gregor Henseler sah Ruth fragend an und fragte: »Glaubst du, ich kann es wagen?«

Ruth zog Christine die Höschen herunter, spreizte ihre Beine und tastete ihren Körper ab. »Ich denke, es geht ihr gut«, sagte sie.

»Du darfst zuschauen.«

»Natürlich, ich lasse mir diese Vorstellung nicht entgehen.«

Gregor Henseler zog seine Hose und Unterwäsche aus und legte sich auf Christine. Sie stöhnte und versuchte zu schreien, aber Ruth hielt ihr den Mund zu.

»Oh nein, wie dumm von uns. Wir hätten ein Handtuch auf die Wolldecke legen sollen. Jetzt ist sie voller Blut«, klagte Ruth.

»Wirf sie in den Ofen.«

In den folgenden Tagen wurde Christine in ihrem Zimmer eingesperrt, mit einem Nachttopf, Wasser, Brot, Käse und Äpfeln versorgt. Ihr wurden Fußfesseln angelegt, und die beiden Fenster wurden so verriegelt, dass sie nicht mehr geöffnet werden konnten.

Ruth Henseler informierte die Schule darüber, dass Christine erkrankt sei und vorläufig nicht am Unterricht teilnehmen könne.

Eine Woche nach Sepps Beerdigung eröffnete Gregor Henseler Christine, dass sie sich ab sofort wieder frei bewegen dürfe, jedoch ihn oder seine Frau darüber informieren müsse, wohin sie gehe. Den Schulunterricht dürfe sie jedoch erst nach einer weiteren Woche besuchen.

Christine schrieb eine Mitteilung an Konstantin Kaderli und legte sie in den toten Briefkasten. Sie sagte den Pflegeeltern zuvor, dass sie einen Spaziergang durch das Dorf Sumiswald machen möchte. Sie gab die Straßen an, über die sie gehen würde, darunter auch die Spitalstraße mit dem Briefkasten.

Kurz darauf erhielt Henseler die Nachricht von Christine. Darin bat sie Kaderli, sie am Freitag, den 12. Dezember, um vier Uhr nachmittags am Bahnhof zu treffen.

Christine ging hin und stellte zu ihrer Enttäuschung fest, dass Kaderli nicht dort war. Sie versuchte noch weitere drei Mal, mit Kaderli Kontakt aufzunehmen.

Dann versuchte sie es mit Jakob Haldemann, in der Hoffnung, dass er in den nächsten Tagen einmal nach Sumiswald kommen würde. Am nächsten Tag war der Zettel mit der Nachricht weg, aber keiner mit einer Antwort von Haldemann dort. Das verwirrte sie. Es war doch nicht die Art von Haldemann, ein Anliegen von ihr zu ignorieren.

Hatte Gregor Henseler etwa Wind von diesem geheimen Versteck bekommen? Das war ihr erster Gedanke. Sie überlegte, wie man das herausfinden könnte.

Sie fand eine Lösung, musste jedoch ihren Vorsatz aufgeben, niemandem außer Haldemann und Kaderli zu verraten, wo sich der tote Briefkasten befand. Es war ihre Banknachbarin in der Klasse, der sie sich anvertraute. Sie sollte herausfinden, wer die unbekannte Person war, die den Briefkasten leerte.

Einen Tag später war es klar. Es stellte sich heraus, dass es sich um einen Jungen handelte, der in einem Haus auf der gegenüberliegenden Seite der Spitalstraße wohnte, wo der

Briefkasten versteckt war. Sein Vater war ein Krankenpfleger im Spital und musste Gregor Henseler kennen.

Am nächsten Tag, dem Heiligabend, feierte die Familie Henseler mit großem Pomp Weihnachten. Die Kerzen am reich geschmückten Tannenbaum wurden entzündet. Es gab Kartoffelstock, Braten mit feiner Sauce, mehrere Salate und ein Glas Champagner. Gemeinsam sangen sie Weihnachtslieder, und auch Christine stimmte mit ein, ohne zu verraten, was sie vorhatte. Sie schmiedete einen Plan, um am nächsten Tag, dem Weihnachtstag, zu flüchten, wie sie es bereits vor Jahren getan hatte. Ihr Ziel war dieses Mal das Haus der Haldemanns in Trub.

Sie hatte sich bereits damit abgefunden, dass Henseler sie ein zweites Mal vergewaltigen würde, doch dies geschah nicht. Noch vor Tagesanbruch am 25. Dezember verließ sie das Haus mit ihrem Rucksack, den ihr einst Sepp geschenkt hatte, und nahm den kürzesten Weg über Nebenstraßen und Wege nach Trub. Dort kam sie am frühen Nachmittag an.

Zu Christines großer Enttäuschung waren die Haldemanns nicht zu Hause. Sie klopfte beim Nachbarhaus an und erkundigte sich nach ihnen. Diese verrieten ihr, dass sie nach Lugano gereist waren, um ihre dort verheiratete Tochter zu besuchen.

Ein Fußmarsch ins Tessin war viel zu lang und im tiefen Winter sowieso nicht möglich. Auch mit dem Zug konnte sie nicht dorthin fahren, da sie zu wenig Geld hatte.

Sie ging hinunter nach Langnau, dem großen Dorf. Vielleicht gab es dort eine Möglichkeit, für einige Nächte unterzukommen. Sie versuchte es in Gaststätten, wo sie anbot, Teller und Besteck vom Weihnachtsessen und den nachfolgenden Festtagen abzuwaschen. Das klappte nicht. Angst überkam sie, denn draußen wurde es immer kälter.

Die Rettung kam gerade noch zur richtigen Zeit. Die Dämmerung setzte ein, und Christine erblickte ein beleuchtetes Schild mit der Aufschrift »HEILSARMEE«. Sie läutete an der Tür. Eine Majorin öffnete. »Willkommen, junge Frau, was kann ich für Sie tun?«

»Ich bin unterwegs und suche eine Unterkunft«, erwiderte Christine ein wenig verlegen.
»Wie alt sind Sie oder bist du denn?«
»Ich bin sechzehn Jahre alt.« Dabei errötete Christine, denn sie war es nicht gewohnt, zu lügen.
»Dann sage ich mal Sie. Eine Übernachtung bei uns ist nicht gratis. Das kostet drei Franken. Können Sie bezahlen?«
Christine wartete einen Moment, bevor sie antwortete: »Ich habe noch zehn Franken bei mir, das reicht nicht für lange. Ich könnte Ihnen für die nächsten Tage meine Hilfe anbieten. Ich könnte in der Küche mithelfen, Fenster putzen oder das Treppenhaus reinigen ...«
»Für wie lange?«
»Zwei Wochen.«
Die Majorin lächelte. »Also gut, versuchen wir es mal. Haben Sie einen Ausweis?«
Christine hatte keinen.
»Für die nächsten Tage können Sie für Hausarbeiten als Gegenleistung bleiben. Dann aber müssen wir wissen, wie Sie heißen, woher Sie kommen und gegebenenfalls wohin Sie beabsichtigen weiterzuziehen.«
»Wenn ich ohne Preisgabe meiner Identität ein paar Tage bleiben darf, wäre ich Ihnen dankbar. Ich habe nichts Unrechtes getan. Ich musste von meinem Wohnort fliehen, weil ich Angst vor meinem Pflegevater hatte.«
»Hat er Sie bedroht? Geschlagen?«
»Noch schlimmer, aber ich traue mich nicht, Ihnen das zu sagen.«
Bis zum Tag nach Neujahr ging alles gut. Am 2. Januar 1959 um neun Uhr vormittags erschien die Polizei im Heilsarmee-Heim. Das sei üblich, klärte die Majorin Christine auf. Gäste ohne Ausweis würde die Polizei auf den Posten mitnehmen, um herauszufinden, um wen es sich handle.
Christine wurde zur Hauptwache Langnau gefahren. Der Kommandant, ein Mann in der Uniform eines Feldweibels,

fragte sie nach Namen und Wohnort. Christine blieb nichts anderes übrig, als beides anzugeben. Der Feldweibel rief die Polizeistation Sumiswald an. Es war ein kurzes Telefonat.

»Christine Hauser, ich muss dich festnehmen. Du hast mir gerade angegeben, dass du sechzehn Jahre alt bist, aber tatsächlich bist du erst fünfzehn und einige Monate. Diese Falschinformation ist nicht gravierend. In acht Monaten wirst du sechzehn sein, und damit ist dein Schutzalter beendet. Deine Pflegeeltern haben eine Vermisstenanzeige aufgegeben. Wenn nichts Ernsthaftes vorgefallen ist, müssen wir dich nach Hause zurückbringen. Warum bist du weggelaufen?«

Christine erzählte ihre Geschichte.

Der Polizist überlegte. »Das ist deine Aussage. Ich gehe davon aus, dass dein Pflegevater sie bestreiten wird. Wenn sich herausstellt, dass du mich belogen hast, wirst du wahrscheinlich in eine Heil- und Pflegeanstalt kommen.«

»Und was passiert, wenn sich herausstellt, dass ich die Wahrheit gesagt habe?«

Der Polizeichef pfiff leise. »Das Problem ist, dass wir deine Anschuldigung schwer überprüfen können. Selbst dann wirst du um einen Heimaufenthalt nicht herumkommen. Wir werden dich jetzt zur Untersuchung ins Spital Langnau bringen. Dort wird man entscheiden, ob es für dich zumutbar ist, wieder nach Hause zu gehen.«

Christine wurde nicht gefragt, was sie über diese Maßnahme denke. Sie wurde im Spital Langnau von einem Arzt untersucht. Dieser stellte Christine danach Fragen, die sie beantwortete. Er äußerte sich jedoch nicht über seinen Befund.

Deshalb fragte sie: »Haben Sie Spuren einer Verletzung gefunden?«

Der Arzt sah sie perplex an und wartete einige Sekunden, bevor er antwortete: »Entschuldige, aber ich darf dir dazu keine Aussage machen.«

Christine fand es unangebracht, dass er ihr die Auskunft über eine für sie wichtige Frage verweigerte. Sie war das Opfer und hatte ein berechtigtes Interesse an einer Antwort. Das brachte sie ihm gegenüber zum Ausdruck. Er erwiderte nichts darauf, schüttelte den Kopf und verließ den Raum. Kurz darauf betrat eine Krankenschwester das Zimmer. »Wir haben klare Regeln. Wir dürfen keine Auskünfte über festgestellte Krankheiten oder Verletzungen geben. Das tun wir Schritt für Schritt während der Behandlung. Sollten unsere Befunde auf unheilbare Krankheiten oder lebensgefährliche Verletzungen hinweisen, werden wir sie den Patienten nicht sofort mitteilen. Der Arzt hat sich dir gegenüber völlig korrekt verhalten.«

Christine erwiderte verärgert: »Schwester, das war kein Gespräch, sondern ein Monolog des Arztes. Ich musste nur zuhören, ohne etwas darauf erwidern zu dürfen.«

Die Krankenschwester seufzte. »Du verstehst das alles zu wenig. Uns fehlt die Zeit, mit Leuten wie dir zu diskutieren. Aber hör jetzt noch einmal zu. Ich werde dir erzählen, was als Nächstes mit dir geschieht.«

Christine hob die Hände als unbeholfenes Zeichen, ihr endlich zuzuhören. Stattdessen erklärte die Schwester mit scharfer Stimme: »Halt jetzt endlich den Mund. Du wirst noch einige Tage in der Kinderabteilung unseres Spitals bleiben. Währenddessen werden die Statthalter von Trachselwald und Signau entscheiden, was mit dir geschehen soll. Zur Diskussion stehen dein bisheriger Pflegeplatz, ein neuer Pflegeplatz oder die Einweisung in eine Anstalt für schwer erziehbare, verwahrloste Mädchen.«

»Ich bin weder schwer erziehbar noch verwahrlost«, wehrte sich Christine.

»Wie oft muss ich dich noch darauf hinweisen, dass deine Meinung nicht gefragt ist?« Die Schwester hob drohend die Hand, was Christine als Vorzeichen für eine Ohrfeige deutete, und sie nahm einige Schritte Abstand von ihr.

***

Nach der Vermisstenanzeige am Tag nach Weihnachten erhielt Gregor Henseler einen Anruf von Staatsanwalt Krähenbühl. Er erkundigte sich, was geschehen sei. Jahrelang sei, was Christine betreffe, nichts vorgefallen, nun das.

Christine sei leider undankbar, meinte Gregor Henseler.

Ob es etwa mit der Anmeldung zur Aufnahmeprüfung ins Lehrerinnenseminar von Bern durch ihren Klassenlehrer zusammenhänge, fragte Krähenbühl nach.

»Wie bitte? Davon weiß ich nichts«, erwiderte Henseler empört. »Das ist wieder typisch für gewisse Sekundarlehrer. Sie bekommen einen zu hohen Lohn und kümmern sich nicht um die Staatsfinanzen.«

»Das sehe ich genauso«, bekräftigte Krähenbühl und wies darauf hin, dass letztlich der Statthalter in dieser Sache entscheide. »Überlasse das mir, Gregor. Ich werde Ottokar Küpfer darauf aufmerksam machen. Christine wird nicht ins Lehrerinnenseminar eintreten können, vor allem nicht, da sie jetzt abgehauen ist.«

Am Montag, den 5. Januar 1959, klingelte das Telefon am Schreibtisch von Staatsanwalt Krähenbühl.

»Dein Kollege aus dem Amt Signau ist am Apparat. Es geht um die Vermisstenmeldung von Hauser Christine. Sie konnte nach Neujahr in Gewahrsam genommen werden. Sie ist derzeit noch im Spital Langnau«, sagte die Sekretärin.

Der Signauer Staatsanwalt berichtete Krähenbühl von den Anschuldigungen Christines gegen Gregor Henseler. Er betrachte diese als absurd und hinten und vorne nicht beweisbar. »Oder denkst du anders darüber?«

Krähenbühl räusperte sich. »Für Henseler würde ich nicht meine Hand ins Feuer legen.«

»Heißt das etwa, man sollte Henseler vorladen?«, fragte sein leicht verunsicherter Kollege.

»Das wäre nicht empfehlenswert. Auch wenn Henseler sie sexuell missbraucht hätte, wäre es äußerst schwierig, dies zu beweisen, selbst wenn sie von ihm schwanger werden würde. Aber im Fall Christine wäre es so oder so besser, ihr einen neuen Pflegeplatz zuzuweisen oder sie in einer Anstalt unterzubringen, bevor dieser Kaderli vom ›Emmentaler Boten‹ darüber einen Artikel schreibt.«

Krähenbühl machte seinen Kollegen darauf aufmerksam, dass er einen Vorschlag machen müsse, weil er es ja gewesen sei, der die Beschuldigung Christines entgegengenommen habe.

Der Staatsanwalt von Signau antwortete nach einigen Augenblicken des Nachdenkens: »Ich schlage vor, Christine Hauser in eine Anstalt einzuweisen.«

Krähenbühl versprach ihm, diesen Vorschlag seinem Statthalter weiterzuleiten.

Christine sollte vorübergehend, bis zu ihrem sechzehnten Geburtstag, im Mädchenerziehungsheim Steinhölzli in Köniz untergebracht werden.

Ihr erster Schultag im Steinhölzli war am Montag, dem 12. Januar 1959, in der neunten Klasse der Primarschule. Christine erklärte, dass sie das nicht akzeptiere, da sie eigentlich auf die Sekundarschule gehören würde. Die Lehrerin gab zu, dass sie das nicht gewusst habe, was bedeutete, dass Christine in dieser Klasse bleiben müsste.

Christine bestand jedoch darauf, eine Sekundarschule zu besuchen. Sie weigerte sich, am Unterricht teilzunehmen, und verließ das Klassenzimmer. Die Heimleiterin wurde hinzugezogen und beriet sich mit der Lehrerin, wie sie vorgehen sollten. Man entschied sich dafür, die Erziehungsdirektion in Bern anzurufen. Nachdem dort abgeklärt worden war, dass Christine tatsächlich die Sekundarschule in Sumiswald besucht hatte, war der Beschluss eindeutig. Christine hatte somit das Recht, die Sekundarschule in Köniz zu besuchen, auch wenn dies nur noch wenige Wochen bis zum Schulende dauern würde. Die Schule befand sich im Hessgutschulhaus, ganz in der Nähe.

Am nächsten Tag durfte Christine in das neunte Schuljahr

eintreten, jedoch in einer gemischten Klasse aus Mädchen und Jungen, im Gegensatz zum Steinhölzli, wo es nur Mädchen gab. Nach dem Unterricht bat Christine den Klassenlehrer um eine kurze Besprechung.

Sie informierte ihn, dass ihr Klassenlehrer in Sumiswald sie für die Aufnahmeprüfung am Lehrerinnenseminar in Bern angemeldet hatte. Er war für eine kurze Zeit sprachlos. War das überhaupt möglich, ein Heimkind als Lehrerin auszubilden, schien er sich zu fragen. Dann antwortete er ihr: »Wenn du angemeldet worden bist, dann gehe an die Prüfung. Ich werde veranlassen, dass du an diesem Tag an unserer Schule nicht den Unterricht besuchen musst. Ich werde auch deine Fahrt nach Bern organisieren.«

Der Lehrer in Köniz setzte sich mit dem Lehrerinnenseminar Bern in Verbindung, wo man über Christines Anmeldung informiert war. Alles sei in Ordnung. Ab jetzt sei er als Christines neuer Klassenlehrer ihre Ansprechperson.

Christine kamen die Tränen vor Rührung.

Einen Monat später nahm Christine an den Aufnahmeprüfungen teil.

Es verging eine Woche, bis sie Bescheid von ihrem Klassenlehrer erhielt. Christine hatte die Aufnahmeprüfungen für das Lehrerinnenseminar mit Bestnoten bestanden.

13

Christian konnte seinen neuen Pflegeplatz zum Schulbeginn, am Dienstag, dem 18. April 1950, antreten. In der Zwischenzeit hatte er Unterschlupf bei den Brachers gefunden, wo er für zwei Monate bleiben durfte. Das kam seiner neuen Pflegefamilie, den Rebmanns, gerade recht. Sie hatten Christian sowieso nur aufgenommen, um Küpfer einen Gefallen zu tun. »Junge, wenn du zwischendurch bei den Brachers wohnen möchtest, haben wir nichts dagegen.« So lebte Christian auch fortan die meiste Zeit bei den Brachers. Seine Mutter Emma durfte ihn dort besuchen, wann immer sie wollte.

Im Sommer 1951 verstarb Fritz Bracher unerwartet. Seine Frau Lisbeth war verzweifelt, da sie den Hof alleine nicht weiterführen konnte. Obwohl die Brachers sich gewünscht hatten, Christian zu adoptieren, war dies nicht möglich gewesen. Hätte dies geklappt, hätte Christian die Rolle seines Pflegevaters einnehmen und das kleine Heimetli bewirtschaften können.

Das Heimetli wechselte zu einem niedrigen Preis den Besitzer. Das Geld dafür wurde beiseitegelegt, um Lisbeth Bracher einen Platz im Altersheim zu finanzieren. Es würde nicht mehr lange dauern, da sie bereits sechzig Jahre alt war. Hinzu kam, dass das Volk am 6. Juli 1947 in einer Abstimmung die Alters- und Hinterlassenenversicherung mit einer Zustimmung von achtzig Prozent angenommen hatte und diese auf den 1. Januar 1948 eingeführt worden war. Für Frauen begann die Auszahlung dieser Rente ab dem zweiundsechzigsten Lebensjahr. Lisbeth Bracher wählte ein Heim aus, das gerade das Nötigste anbot. Sie nahm sich vor, von ihrem Vermögen wenig zu verwenden, und hoffte so, dass nach ihrem Tod noch etwas übrig blieb, um es Christian zu vererben.

Anfang April 1953 erhielt Lisbeth Bracher ihre erste Monatsrente der AHV ausbezahlt. Das waren zweihundertfünfzig Franken und reichte fast für die Miete im Altersheim für einen Monat. Sie sagte Christian jedoch nichts davon, da sie ja nicht im Voraus wissen konnte, wie lange sie noch leben würde.

Einige Wochen nach dem Tod von Fritz Bracher zog Christian gezwungenermaßen zu den Rebmanns, die sich sehr bemühten, ihn freundlich zu behandeln. Ihnen fehlte jedoch die Zeit, sich um ihn zu kümmern.

Am 2. September 1953 feierte Christian seinen zwölften Geburtstag. Einen Tag später erlitt Herr Rebmann einen Herzinfarkt und überlebte ihn nicht. Christian hatte somit keinen Pflegevater mehr, und das war in seiner Situation alles andere als vielversprechend. Da das Ehepaar keine eigenen Kinder hatte, beschloss Frau Rebmann, die Firma zu verkaufen. Dadurch wurden auch Christians Zukunftsaussichten zunichtegemacht. Ursprünglich war geplant gewesen, dass er im Herbst 1956 eine Lehre in der Uhrenfabrik seiner Pflegeeltern begonnen hätte.

Christian hatte immer noch einen Vormund, der über seine Zukunft entscheiden durfte. Dieser Vogt war ein Parteikollege von Statthalter Küpfer und ihm treu ergeben. Der Vogt besuchte Frau Rebmann, drückte sein Bedauern über den Tod ihres Mannes aus und teilte ihr mit, dass Christian nun an eine neue Pflegefamilie übergeben werden müsse. Diese Angelegenheit liege beim Statthalter.

Küpfer machte sich daran, für Christian Hachen einen Pflegeplatz zu suchen.

»Da haben wir ihn wieder, den zwielichtigen Christian Hachen«, bemerkte Küpfer mit einem hämischen Lächeln, als er die Akten dieses Verdingbuben in seinem Postfach fand.

Küpfer lud Krähenbühl zu sich ein. Er erinnere sich gut an den Jungen, mit dem er sich als Staatsanwalt beschäftigt hatte. Die Affäre um Christian Hachen wäre unbemerkt geblieben, wenn sich dieser unglückselige Schnüffler Kaderli nicht eingemischt hätte, meinte Küpfer zu Krähenbühl.

»Du sagst es, Ottokar, warum zur Hölle ist es noch nicht gelungen, diesem lästigen Presse-Berserker den Mund zu stopfen?«

Küpfer lachte. »Da müssten wir uns mit dem Verleger seiner Zeitung anlegen. Doch das ist ein äußerst wohlhabender Salonkommunist, der uns seine Anwälte auf den Hals hetzen würde.«

Ob Kaderli sich immer noch für Christian Hachen interessieren würde? Da setze er ein Fragezeichen, meinte Krähenbühl. »Schicke ihn doch zu einer Pflegefamilie, die als integer gilt und keinen schlechten Ruf hat, weil sie die Öffentlichkeit meidet.«

»Es ist bedauerlich, dass diese armen Wesen als Belastung angesehen werden, obwohl sie tatsächlich einen Mehrwert bieten. Die Mittellosen sind ein wichtiger Wirtschaftszweig in unserer Region. Insbesondere in der Landwirtschaft, aber auch in kleineren Unternehmen gibt es zahlreiche Verdingkinder und armengenössige Erwachsene, die als wertvolle Arbeitskräfte unverzichtbar sind. Viele kleinere Bauern wären ohne deren Unterstützung in Schwierigkeiten. Aus diesem Grund setze ich mich für Fälle wie den von Christian Hachen ein«, hielt Küpfer fest.

Krähenbühl nickte etwas gedankenverloren. »Aber was meinst du genau mit kleineren Unternehmen?«

»Diese Frage ist berechtigt. Eine heikle Angelegenheit. Du kennst Balthasar Haller auch. Ihn habe ich dabei vor allem gemeint. Als Inhaber von mehreren Metallfabriken beschäftigt er auch zahlreiche Verurteilte in Halbgefangenschaft. Sie leben noch in den Strafanstalten, wo sie Unterschlupf und Verpflegung erhalten. Sie müssen arbeiten, werden dafür aber nicht entlöhnt, sondern erhalten lediglich ein Taschengeld. Das bedeutet für Haller niedrige Lohnkosten.«

»Das heißt, der Unterhalt von Gefängnissen wird so billiger?«

»Natürlich, aber nicht nur das. Wusstest du, dass das Frauengefängnis in Hindelbank sogar Gewinne erwirtschaftet? Dies ist dank der von Haller beschäftigten Frauen in dieser Anstalt möglich«, klärte Küpfer Krähenbühl auf. Es gebe auch Männergefängnisse, aus denen Haller Arbeitskräfte beziehe. Er hoffe, dass Christian Hachen sich zu einem solchen produktiven Arbeiter entwickeln werde. Diese Tatsache sollte jedoch nicht offen ausgesprochen werden. Im Interesse der Staatsfinanzen dürfe diese Praxis nicht öffentlich diskutiert werden.

Er habe sich Gedanken über die Unterbringung von Christian Hachen gemacht, fuhr Küpfer fort. Der Verdingbub sei jetzt zwölf Jahre alt und besuche die Sekundarschule in Sumiswald. Das Letztere hätte man verhindern müssen. Leider habe die dafür zuständige Pflegefamilie Rebmann diese Situation verschlafen, obwohl es im schriftlichen Vertrag, ausgearbeitet vom Statthalteramt, klar festgelegt sei. *Der Besuch von höheren Schulen ist bezogen auf Pflegekinder zu vermeiden.*

Es liege nun an der künftigen Pflegefamilie, dafür zu sorgen, dass Christians Arbeitspensum groß genug sei, um eine Rückversetzung in die Primarschule zu erzwingen.

Anfang Oktober 1953 wurde Christian von zwei Polizisten aus seiner Klasse, der fünften, in der Sekundarschule Sumiswald abgeholt. Der Lehrer war verwundert und fragte die Uniformierten, wer diesen Unsinn angeordnet habe. Als er erfuhr, dass es der Statthalter war, ließ er seiner Empörung freien Lauf und meinte, nur ein Betrunkener könne so etwas befehlen.

Christian wurde zu den Trauffers, seiner neuen Pflegefamilie, gebracht. Ihr Hof lag an einem Hang nordwestlich des Dorfes Sumiswald. Sie lebten zurückgezogen, man sah sie selten im Zentrum von Sumiswald. Sie hatten aber vier schulpflichtige Kinder, die wegen ihres Gebets vor jeder Mahlzeit, sogar am Anfang der Pausenverpflegung, Aufsehen erregten.

Herr und Frau Trauffer empfingen ihren Pflegesohn kühl und fast abweisend. Er spürte sofort, dass er nicht willkommen war, und stellte sich darauf ein, auf eine familiäre Bindung zu verzichten.

Christian nahm sich zusammen und blieb ausgesprochen freundlich. Er machte seinen Pflegevater darauf aufmerksam, dass er wieder den Unterricht besuchen möchte. Er besuche die Schule, wo man verpflichtet sei zu lernen. Die für ihn unnötig verordnete Abwesenheit komme ihm nicht gelegen. Er sei während einer Prüfung herausgeholt worden.

»Kommt nicht in Frage, du bist nicht zum Studieren bei uns, sondern zum Arbeiten«, sagte Trauffer.

»Ach, so ist das bei euch. Das mache ich aber nicht mit«, wehrte sich Christian.

Er drehte sich um und ging weg. Auch das Polizeifahrzeug fuhr davon.

Trauffer ging Christian nach. Christian begann zu laufen, während Trauffer es nicht schaffte, ihn einzuholen. Er kehrte zum Hof zurück und startete seinen Wagen, um den Flüchtenden besser verfolgen zu können, was jedoch misslang, da Christian die Straße verließ und auf dem offenen Feld weiter Richtung Schulhaus rannte.

Kurz nach Christian kam auch Trauffer beim Schulgebäude an. Christian eilte die Treppe hinauf in sein Schulzimmer, Trauffer folgte ihm. Christian öffnete die Tür zum Zimmer und betrat den Raum. Doch er schloss sie hastig wieder, als er bemerkte, wer hinter ihm war. Dann riss Trauffer die Tür auf und schrie: »Bub, endlich habe ich dich erwischt! Du hast in der Sekundarschule nichts zu suchen. Komm sofort mit mir auf meinen Hof!«

Alle Mitschüler schrien laut und wiederholten immer wieder: »Trauffer raus, Trauffer raus!«

Der Lehrer griff ein und forderte Trauffer unmissverständlich auf, den Raum zu verlassen. Doch dieser widersetzte sich und brüllte: »Ich gehe nicht ohne den Jungen!«

Inzwischen war auch der Hauswart, ein großer, kräftiger Mann, im Zimmer angekommen. Mit schnellen Schritten ging er auf Trauffer zu, stellte ihn vor die Tür und sagte: »Verlassen Sie sofort dieses Haus, sonst werfe ich Sie die Treppe hinunter.«

Das zeigte Wirkung. Trauffer verschwand im Nu. Die ganze Klasse und auch der Lehrer waren gespannt, warum Trauffer sich so verhalten hatte. Christian wurde gebeten, ihnen davon zu berichten.

Christians Erzählung machte seine Mitschüler wütend. Der Lehrer kommentierte: »Das kann doch nicht wahr sein.«

Der Lehrer bot Christian an, ihn zum Hof der Trauffers zu begleiten und dort mit den Pflegeeltern zu sprechen. Christian nahm das Angebot dankend an. Als Trauffer, der gerade dabei war, den Vorplatz zu fegen, bemerkte, dass Christian nicht allein zum Hof kam, stahl er sich davon. An seiner Stelle kam seine Frau mit dem Besen in der Hand und erwartete die beiden.

»Guten Tag, Frau Trauffer, ich bin der Lehrer von Christian. Ich möchte gerne mit Ihnen und Ihrem Mann sprechen.«

Frau Trauffer erwiderte: »Mein Mann hat alles richtig gemacht. Er hat die Anweisungen des Herrn Statthalters befolgt.«

Er sei nicht gekommen, um zu kommentieren, ob Herr Trauffer alles richtig oder etwas falsch gemacht habe. »Ich möchte nichts mehr und nichts weniger, als mit Ihnen und Herrn Trauffer über das zu reden, was heute mit Christian passiert ist«, erwiderte der Lehrer.

»Ich glaube nicht, dass mein Mann dazu bereit ist. Er möchte allein mit Christian sprechen.«

»Genau das möchte ich als Christians Lehrer jetzt verhindern.«

»Lassen Sie bitte Christian Hachen hier und verschwinden Sie.«

»Wenn ich verschwinde, kommt Christian mit mir.«

»Das sollten Sie nicht tun. Ich möchte Sie daran erinnern, dass der Herr Statthalter auf unserer Seite steht. Er hat gestern ausführlich mit meinem Mann gesprochen und ihn von seinen Ansichten überzeugt. Falls Sie das anders sehen, wird die Polizei Christian holen und zu uns bringen.«

Der Lehrer drehte sich um und verließ mit Christian den Hof. Er führte Christian zu einem Freund, der ihn für die nächsten Stunden versteckte. Wie erwartet erhielt der Lehrer am späten Nachmittag Besuch von zwei Polizisten. Er wurde gebeten, ihnen Christian zu übergeben. Der Lehrer erklärte lächelnd, dass er nicht wisse, wo sich Christian aufhalte.

Daraufhin durchsuchten die Polizisten die Wohnung des Lehrers. Währenddessen rief der Lehrer Konstantin Kaderli an und erzählte ihm ausführlich, was Christian Hachen gerade erlebt hatte.

Der Lehrer schloss die Haustür ab. Anschließend bat er die Polizisten, die während der Durchsuchung auf den Boden geworfenen Gegenstände wieder in die Schubladen und Schränke zu räumen. Erst wenn die Polizei wieder Ordnung geschaffen habe, würde er ihnen die Haustür öffnen.

Die beiden Polizisten sahen sich verwundert an. Der ältere sagte, dass er so eine Frechheit noch nie erlebt habe. Der jüngere fand, es wäre wohl vernünftiger, die auf dem Boden liegenden Gegenstände wieder an ihren vorgesehenen Platz zu bringen, anstatt die Haustür aufzubrechen. Sie einigten sich schließlich darauf, die Wohnung aufzuräumen, bevor sie abzogen.

Nachdem die Polizisten gegangen waren, rief der Lehrer den Redaktor erneut an, um ihn auf den neuesten Stand zu bringen. Kaderli stellte in Aussicht, dass die ganze Geschichte morgen im »Emmentaler Boten« erscheinen werde.

Statthalter Küpfer wurde bereits am Nachmittag von Trauffer über die Ereignisse des Tages, die Christian betrafen, informiert. Er setzte sich anschließend mit der Hauptwache Sumiswald in Verbindung und bat sie darum, Christian aufzuspüren und zu den Trauffers zurückzubringen.

Als Küpfer am Abend erneut die Hauptwache anrief und erfuhr, was alles schiefgelaufen war, tobte er und beschimpfte die Polizisten. Doch es wurde für den Statthalter noch schlimmer, als er am nächsten Morgen den »Emmentaler Boten« las.

Er beriet sich mit dem Staatsanwalt, der ihm empfahl abzuwarten, bis Christian wiederaufgetaucht sei. Wahrscheinlich müsste dann ein anderer Pflegeplatz für ihn gefunden werden.

In der Zwischenzeit war Christian nach Burgdorf in ein sicheres Versteck gebracht worden. Dort besuchte ihn Kaderli, der ihm anbot, mit dem Statthalter über seine Zukunft zu verhandeln. Christian nahm das Angebot an.

Kaderli rief im Schloss Trachselwald an und verlangte Küpfer. Nach einigen Rückfragen war er am Apparat.

Kurz angebunden schnauzte Küpfer Kaderli an: »Was Sie in Ihrem Käseblatt wieder geschrieben haben, ist skandalös. So etwas lasse ich mir nicht bieten.«

Kaderli sagte, dass er nur berichtet habe, was geschehen sei. Mit keinem Wort habe er den Statthalter kritisiert.

Küpfer behauptete empört, dass es bereits eine Zumutung sei, über diesen Vorfall zu berichten.

»Ich habe Sie nicht angerufen, um Ihnen Vorwürfe zu machen, dass Sie unrecht gehandelt haben. Ich rufe Sie an, um mit Ihnen über die Zukunft von Christian zu verhandeln.«

»Was mit Christian geschieht, geht Sie nichts an.«

»Herr Statthalter, sind Sie sich eigentlich bewusst, dass wir hierzulande immer noch eine freie Presse haben? Das ist gesetzlich verankert.«

»Was bedeutet freie Presse? Etwa, dass man alles schreiben darf, auch den größten Unsinn?«

Ob etwas Sinn oder Unsinn sei, betrachte er als persönliche Meinung. Ihm gehe es nicht darum, darüber zu diskutieren, sondern eine Lösung für das Schicksal von Christian zu finden, bemerkte Kaderli.

»Gut, machen Sie mir einen Vorschlag.«

»Gerne. Erstens: Die Trauffers sind als Pflegeeltern nicht geeignet. Ihnen muss dieses Mandat entzogen werden. Zweitens: Ich schlage eine vorübergehende Lösung für die Betreuung von Christian vor. Drei Lehrer würden Christian im Turnus von zwei Wochen ein Jahr lang beherbergen. Ich habe bereits mit ihnen gesprochen, und sie sind ohne Weiteres bereit dazu.«

»Ich möchte Sie daran erinnern, Herr Kaderli, dass es nicht Ihre Aufgabe ist, zu entscheiden, ob die Trauffers als Pflegeeltern geeignet sind oder nicht.«

»Ich bestreite nicht, dass die Vergabe eines Pflegeplatzes in Ihren Zuständigkeitsbereich fällt. Allerdings möchte ich mich nicht zur Richtigkeit der Entscheidung äußern.«

Küpfer überlegte eine Weile, bevor er sagte: »Es stimmt, dass sich Trauffer falsch verhalten hat, als er, ohne anzuklopfen, ins Klassenzimmer gestürmt ist. Die Entscheidung, ob Christian in die Sekundarschule gehört, liegt nicht bei ihm. Offensichtlich wurde er nicht ausreichend auf dieses Mandat vorbereitet. Der Vogt des Verdingbubs hat Trauffer übrigens vorgeschlagen. Man kann über diese Angelegenheit denken, was man will, und darf auch darüber diskutieren. Warum führen wir Trauffer nicht in diese professionelle Aufgabe ein? Ich werde das für neue Pflegepersonen und solche, die Probleme machen, neu anordnen.«

Kaderli erwiderte: »Von mir aus.«

Küpfer fuhr fort. »Zu Ihrem Vorschlag: Ich finde ihn akzeptabel und würde ihn gerne auf zwei Jahre erweitern.«

»Das erstaunt mich«, bemerkte Kaderli.

»In zwei Jahren wird Christian Hachen vierzehn Jahre alt sein. Dann wird alles in Bezug auf Arbeit einfacher. Im Alter von vierzehn Jahren können Jugendliche Arbeitsstellen annehmen, so steht es im Gesetz. Bei der Landwirtschaft und möglicherweise auch bei Heimarbeit ist dies jedoch schon früher möglich. Aber oft steht die Schulpflicht dem im Weg.«

»Im Herbst 1955 wäre Christian immer noch in der siebten Klasse und müsste noch anderthalb Jahre die Schule besuchen.«

»Meinetwegen verlängern wir dieses Provisorium auf vier Jahre, bis Herbst 1957. Dann müssen wir jedoch erneut über die Bücher. In diesem Alter ist eine berufliche Tätigkeit zumutbar. Es gibt immer noch Kantone, in denen die Schulpflicht acht statt neun Jahre beträgt.«

»Allerdings schreibt das bernische Schulgesetz neun Jahre vor«, erinnerte Kaderli den Statthalter.

In der schulfreien Zeit sei aber eine berufliche Tätigkeit erlaubt, gab Küpfer zu bedenken.

»Also vier Jahre ist Ihr Angebot?«

»Ja, dann bleibt Hachen anschließend noch ein halbes Jahr, bis er die Schule verlässt«, bekräftigte Küpfer.

»Besser als nichts«, meinte Kaderli. »Ich akzeptiere das.«

Auch Christian war mit diesem Vorschlag zufrieden. Dadurch konnte er die Sekundarschule für die vollen fünf Jahre besuchen. Er ging davon aus, dass für das letzte halbe Jahr noch eine akzeptable Lösung gefunden werden könnte.

Die drei Lehrer, die sich bereit erklärten, Christian abwechselnd aufzunehmen, waren glücklich über Küpfers Angebot. Sie stimmten zu, ihr Mandat auf vier Jahre auszuweiten.

Es folgten schöne und lehrreiche Jahre bis zum Oktober 1957.

Mitte Oktober nahm der Vormund Kontakt mit Christian auf. »Die vier Jahre, in denen du vertraglich bei den Lehrern der Sekundarschule Sumiswald wohnen durftest, sind nun vorbei«, eröffnete er ihm.

»Ich habe mit ihnen darüber gesprochen, dass ich bis zum Ende meiner Schulzeit im März 1958 bei ihnen bleiben darf«, informierte Christian den Vormund.

»Das ist großzügig von den Lehrern. Aber ich habe entschieden, dass du ab nächsten Monat zu einer Pflegefamilie wechseln musst.«

»Das möchte ich nicht, es ergibt auch keinen Sinn.«

Der Vormund drückte seinen Finger auf Christians Brustkorb. »Bub, was Sinn ergibt oder nicht, entscheide ich. Ich habe beschlossen, dass du bis auf Weiteres bei der Pflegefamilie Trauffer untergebracht wirst.«

»Das kommt überhaupt nicht in Frage.«
Der Vormund hob seine Hand und versetzte Christian eine Ohrfeige. »Es scheint mir, dass es an der Zeit ist, dass du endlich begreifst, wer über dich bestimmt. Das bin ich. Und sollte es Probleme geben, werde ich dich in eine Anstalt für schwer erziehbare Jugendliche überweisen.« Der Vormund war vor Wut bleich geworden.

Christian hob drohend den Finger. »Fass mich nicht noch einmal an, sonst werde ich zurückschlagen.«

Verdattert betrachtete der Vormund Christian, der kräftiger und einen Kopf größer war als er. Er trat einen Schritt von Christian zurück und schrie ihm ins Gesicht: »Du hast nicht das Recht, mich zu duzen.«

»Warum denn nicht? Du duzt mich doch auch.«

»Jetzt reicht es. Ich ertrage deine Anwesenheit nicht mehr. Du wirst der Polizei übergeben. Solltest du dagegen Widerstand leisten, werden sie dich nicht nur mit Ohrfeigen bestrafen, sondern auch mit Gummiknüppeln traktieren.«

Mit schweren Schritten entfernte sich der Vogt.

Die Begegnung mit seinem Vormund war ein Schock für Christian. Nun musste er überlegen, was er unternehmen sollte. Da Konstantin Kaderli momentan auf einer Weltreise war und sich eine Auszeit genommen hatte, konnte er ihn nicht um Hilfe bitten. Glücklicherweise hatte er noch seine Lehrer, die ihm beistanden. Er wandte sich an seinen Klassenlehrer.

Der Lehrer schüttelte den Kopf, als er von Christians Treffen mit dem Vormund erfuhr. »Das ist inakzeptabel, was dein Vogt mit dir vorhat. Ich werde mich mit meinen Kollegen treffen, und wir werden besprechen, wie wir gegen diese Zwangsmaßnahme vorgehen können.«

Die drei Lehrer beschlossen, einen Termin mit dem Statthalter zu vereinbaren.

Als der Lehrer den Grund schilderte, kam die Antwort vom Schloss Trachselwald: »Es handelt sich um keine dringende

Angelegenheit, Herr Küpfer wird erst in der kommenden Woche verfügbar sein.« Man solle dann wieder anrufen.

Der Unterricht begann am 16. Oktober 1957 zur üblichen Zeit um sieben Uhr dreißig. Kurz darauf klopfte es an der Tür des Klassenzimmers, in dem Christian Hachen saß. Der Lehrer öffnete und trat einige Schritte zurück. Vor ihm standen drei Polizisten in Kampfuniform.

»Um Himmels willen, was ist passiert?«, fragte der Lehrer besorgt.

»Noch nichts«, antwortete der Gruppenführer. »Wir müssen eine Überstellung vornehmen. Der Schüler Christian Hachen soll mit uns kommen.«

»Was hat er denn verbrochen?«

»Darum geht es nicht. Wir müssen ihn im Auftrag des Statthalters seinen neuen Pflegeeltern, der Familie Trauffer, übergeben.«

»Und das muss während des Unterrichts am Vormittag geschehen?«

»Befehl ist Befehl. Wir diskutieren nicht, sondern handeln.«

»Geht es noch dümmer?«

Der Gruppenführer packte den Lehrer an den Schultern. »Schulmeisterlein, reiß dich zusammen, sonst kommst du auch mit uns.«

Die Polizisten eilten zum Platz, wo Christian saß. »Hachen, steh auf und komm mit!«

»Was denn? Das kommt für mich nicht in Frage.«

Zwei Polizisten fassten Christian an beiden Armen und zerrten ihn von seinem Stuhl. Der dritte gab ihm mit seinen genagelten Schuhen einen Fußtritt in den Hintern.

Die Schülerinnen und Schüler riefen im Chor: »Pfui, pfui, dumme, böse Tschugger«, und wiederholten es mehrmals. Doch das machte den Uniformierten keinen Eindruck. Christian wurde auf den Pausenplatz geschleppt, dort unsanft in den Streifenwagen gestoßen. Dann ging's im flotten Tempo hinauf zu den Trauffers.

Die Trauffers empfingen Christian mit einer martialischen Eskorte auf der Terrasse vor dem Haus unter Applaus, obwohl die Kinder in der Schule hätten sein sollen.

»Endlich ist er da, der Bub, auf den wir vier Jahre gewartet haben«, rief Trauffer triumphierend. »Bringt ihn in sein Zimmer«, sagte er mit bestimmtem Ton zu den Polizisten und meinte damit einen zusammenfallenden Anbau der Scheune, der als Aufenthalts- und Schlafraum für Christian bestimmt war.

Die Christian zugewiesene Bleibe war eher ein Freiluftgefängnis als eine Wohnstube: ein Fenster mit dünnen Scheiben, eine schmutzige Matratze mit zwei Wolldecken, ein Tisch, der kurz davor war auseinanderzufallen, ein Stuhl, dem ein Bein fehlte, und ein alter Holzschrank mit einer herunterhängenden Tür, die nicht mehr geschlossen werden konnte.

Die Polizisten verließen den Schuppen. Zurück blieben Christian und Trauffer. Die beiden Knaben und die beiden Mädchen drückten ihre Nasen an die Scheibe.

Christian schaute sich um und entdeckte einen Gummiknüppel und mehrere Kabelbinder, die in einer Ecke lagen. »Was für eine Zumutung! In so etwas werde ich sicher nicht wohnen«, protestierte er.

Trauffer, aufgebracht und mit Schaum vor dem Mund, verkündete mit schneidender Stimme: »Weißt du überhaupt, du windiger Verdingbub, wie viel Geld uns in den letzten vier Jahren verloren gegangen ist? Monatlich zweihundert Franken, ein Zustupf, mit dem wir gerechnet hatten. Das wirst du mir büßen.«

Trauffer hob den Gummiknüppel vom Boden auf und stürzte sich auf Christian, um auf ihn einzuschlagen. Doch Trauffer hatte nicht damit gerechnet, dass sich Christian wehren würde. Christian war um einiges größer, kräftiger und flinker als er. Ein kräftiger Faustschlag traf Trauffer mitten ins Gesicht, woraufhin er schmerzerfüllt aufschrie und seine Kinder vor dem Fenster noch heftiger brüllten. Kurz darauf gelang es Christian, den Knüppel in seine Hände zu bekommen. Mit gezielten Schlägen deckte er Trauffer am ganzen Körper ein. Frau Trauffer rannte hinzu und versuchte verzweifelt, die Tür zu öffnen. Doch sie war verschlossen. Ihr hysterisches Geschrei drang bis in das hundert Meter tiefer gelegene Dorf. »Hilfe, Hilfe! Der brutale Halunke bringt meinen Ehemann um!«

Christian öffnete die Tür, der Schlüssel steckte noch. Er ließ Frau Trauffer und ihre vier Kinder herein.

»Das wirst du bereuen, du verwahrloster Gauner«, schrie sie.

»Er hat angefangen, mich zu schlagen, aber das lasse ich mir nicht gefallen«, schrie Christian zurück.

»Das ist das Recht meines Mannes, solche verkrachten Existenzen wie dich kann man nur mit Gewalt zur Vernunft bringen.«

»Du solltest deine freche Zunge im Zaum halten und nicht grundlos Mitmenschen beleidigen«, erwiderte Christian streng. Dann zog er den Schlüssel heraus, öffnete die Tür, schob sie wieder zu, schloss ab und entfernte sich.

Frau Trauffer und die Kinder kümmerten sich zunächst um Herrn Trauffer und realisierten nicht, dass sie eingeschlossen waren. Christian sah noch, wie das Polizeiauto die letzte Kurve vor dem Dorfeingang nahm. Zumindest drohte ihm vorerst keine Gefahr von dieser Seite. Rasch ging er zum Schulhaus zurück.

Als er leise die Tür zum Klassenzimmer öffnete und eintrat, wurde es mäuschenstill. Alle sahen verwundert auf ihn. »Was ist denn bei den Trauffers passiert? Du blutest an mehreren Stellen im Gesicht«, sagte der Lehrer besorgt.

Christian schilderte detailliert, was ihm widerfahren war. Der Lehrer hielt erschrocken die Hände vor das Gesicht.

»Komm mit raus, Christian, wir müssen miteinander reden.« Beide begaben sich in ein leer stehendes Zimmer.

»Das hätte niemals passieren dürfen. Aber ich verstehe, dass du dich verteidigt hast. Jetzt könnten jedoch rechtliche Konsequenzen auf dich zukommen. Der Staatsanwalt wird ein

Strafverfahren wegen Körperverletzung gegen dich eröffnen. Dass Trauffer angefangen hat, dich zu prügeln, spielt dabei keine Rolle. Als Erziehungsberechtigtem steht ihm das zu. Wir sind uns einig, dass das nicht richtig ist, aber leider gibt es bei uns kein Gesetz, das Körperstrafen verbietet.«

»Was soll ich jetzt tun?«, fragte Christian.

Der Lehrer dachte lange nach. »Ich habe eine Idee, wie wir dich vor möglichen Racheakten des Statthalters und der Justiz unter Staatsanwalt Meinrad Krähenbühl schützen können. Hör mir genau zu.«

Er zog sein Portemonnaie aus der Tasche, öffnete es und gab Christian zehn Franken. »Das ist für das Bahnbillett von Sumiswald nach Langnau.«

»Das kostet nicht so viel«, sagte Christian.

»Ich weiß. Mit dem Rest kannst du etwas anderes kaufen, zum Beispiel Briefmarken. Packe alle Hefte und Schreibstifte in deine Schultasche. Du wirst in nächster Zeit hin und wieder Nachrichten verfassen müssen und weiterleiten. Dann renne zum Bahnhof. Dein Zug fährt in zwanzig Minuten. In Langnau nimmst du im Wartezimmer Platz. Ein Mann wird kommen und dich ansprechen.«

»Wie sieht dieser Mann aus?«

»Das weiß ich noch nicht, es gibt mehrere, die dafür in Frage kommen.«

In aller Eile packte Christian seine Sachen zusammen und steckte sie in die Schultasche.

»Nun geh, beeile dich, du musst noch das Billett am Bahnschalter kaufen.«

Als Christian das Wartezimmer am Bahnhof Langnau betrat, näherte sich ihm ein grauhaariger, etwas beleibter Mann in einem eleganten schwarzen Anzug und einer roten Krawatte.

»Bist du Christian?«, fragte er.

Christian streckte ihm die Hand entgegen, er nahm sie an und begann zu sprechen: »Ich werde dir meinen Namen nicht nennen. Er muss geheim bleiben. Dein Klassenlehrer hat mir das Wesentliche über dich und diejenigen erzählt, die dir Probleme bereiteten und immer noch bereiten. Bald wirst du zur Fahndung ausgeschrieben und gesucht werden. Dein Bild wird in den Zeitungen zu sehen sein. Das kann ich nicht verhindern, aber vorläufig kann ich verhindern, dass sie dich finden werden. Ich lade dich ins Bahnhofbuffet auf einen Kaffee oder Tee ein.« Er zeigte darauf, der Eingang war kaum zehn Meter entfernt. »Gehen wir hinein.«

Er setzte sich an einen Tisch und wies Christian mit einer Handbewegung an, neben ihm Platz zu nehmen. Der Mann in Schwarz legte die blaue Dokumentenmappe, die er zwischen Arm und Oberkörper geklemmt hatte, auf den Tisch und nahm eine Karte des Oberemmentals heraus. Er breitete sie aus und legte den Finger auf den Bahnhof Langnau. »Da sind wir«, sagte er und schob den Finger entlang einer Straße, zuerst in südlicher, dann in nordöstlicher Richtung. »Dort ist Trub. Zu diesem Dorf werde ich dich mit meinem Jeep fahren, und dann geht es in derselben Richtung weiter, zunehmend bergauf. Jetzt zweigt eine dicke schwarze Linie nach rechts ab, das ist ein unbefestigter Fahrweg. Am Ende dieses Weges steht eine Alphütte.«

»Eine Alphütte?« Christian machte große Augen.

»Ja, eine Alphütte. Das ist unauffällig. Sie ist ein gutes Versteck. Sie hat sich schon einmal bewährt.«

»Gehört diese Hütte Ihnen?«, fragte Christian mit einem Hauch von Neugier.

»Du solltest mich nicht so etwas fragen. Es spielt keine Rolle, wem sie gehört. ... Ja, zufällig gehört sie mir, das wissen nur ganz wenige. Diese Alphütte ist etwas Besonderes. Sie hat anders als die meisten Anschluss an das Stromnetz.«

Der Mann in Schwarz fuhr mit einem Landrover zur Alphütte, was mehr als eine halbe Stunde dauerte. Auf dem Weg dorthin fielen Christian zwei Besonderheiten auf. Nicht weit vor dem Ziel kamen sie an eine Schranke, die der Mann mit einem Schlüssel entriegelte. Danach fuhren sie durch eine gepflegte Gartenlandschaft und passierten ein schlossähnliches Gebäude.

»Wenn man zur Hütte fährt, kommt man zwangsläufig hier vorbei. Das stellt bereits ein Hindernis für Polizeifahrzeuge dar. Polizisten bewegen sich hier ausschließlich mit Autos oder Motorrädern«, kommentierte er. »Hier sind wir jetzt. Von außen sieht die Hütte ganz normal aus. Innen haben wir in den letzten zwei Jahren viel verändert. Die Räume sind geheizt, nicht mit Holz, sondern mit Erdöl. Die Heizung wird vom Haus unten gesteuert. Du wirst mehrere Monate hier wohnen. Wir sorgen dafür, dass du den Unterrichtsstoff bis Ende Schuljahr im März 1958 bekommst. Du musst ihn aus den Büchern selbst erarbeiten.«

Der Mann in Schwarz führte Christian durch alle Zimmer, die Küche und den Keller. »Jeden Tag steht dir eine Flasche Milch zur Verfügung. Du musst sie nur aus dem Milchkasten nehmen. Die Person, die diesen Service leistet, solltest du nicht ansprechen. Der Kühlschrank wird wöchentlich aufgefüllt.«

»Ein Kühlschrank?«, sprach Christian langsam. »Nur einer meiner Lehrer hat einen Kühlschrank.«

»Ich weiß, dass dies derzeit noch nicht in vielen Haushalten üblich ist.«

Das Kochen müsse er selbst übernehmen, ebenso das Bett machen. Die Zimmer würden von einer Reinigungskraft gesäubert. Alle Menschen, denen er während seines Aufenthalts in der Alphütte begegne, seien diskret. Keiner von ihnen kenne seine Identität.

Der Mann in Schwarz führte Christian in die Wohnstube, wo er seine Schularbeiten erledigen, schreiben und lesen könne. Das Schreibzeug befand sich in der Tischschublade. Christian öffnete die Schublade und bemerkte einen Gegenstand, den er noch nie zuvor gesehen hatte.

»Was ist das?«, fragte er.

»Das ist ein Rechenschieber, ein sehr nützliches Gerät«,

antwortete der Mann in Schwarz. Daneben liege eine Gebrauchsanweisung, die er durchlesen sollte.

»Schreibe etwas, zum Beispiel einen Brief an den Statthalter und den Staatsanwalt. Einfach nur aus Spaß.«

Christian zögerte nicht lange. Auf dem Tisch lag ein Stapel Schreibhefte. Er nahm eines mit einem roten Umschlag heraus. Es war blau liniert. Er öffnete die Schublade und holte einen Füllfederhalter heraus. Der Mann reichte ihm ein Schmierblatt mit der Bemerkung, er solle überprüfen, ob er noch funktioniere. Das tat er. Christian schrieb einige Worte. Die Buchstaben waren blau und präzise. Ein wunderbarer Schreibstift.

»Du darfst ihn behalten«, sagte der Mann in Schwarz.

Christian schrieb.

Sehr geehrter Herr Statthalter
Ich habe bemerkt, dass ich polizeilich gesucht werde, und vermute, dass Sie als oberster Vertreter des Amtes Trachselwald diese Maßnahme angeordnet haben. Ich möchte Sie darauf hinweisen, dass Sie möglicherweise nicht umfassend über diesen Sachverhalt informiert wurden. Gemäß dem Gesetz bin ich als Verdingkind einer Pflegefamilie zugewiesen worden. Die Pflegefamilie hat die Aufgabe, ein ihnen anvertrautes Kind zu betreuen, damit es sich geborgen und sicher fühlen kann.

Das hatte ich auch, gut drei Jahre lang, mit kleinen Unterbrechungen, die durch behördliche Störungen verursacht wurden. Diese letzten Jahre waren wunderbar. Drei Familien meiner Lehrpersonen haben mich abwechselnd betreut. Sie hätten das noch ein halbes Jahr länger getan, bis zu meinem Schulaustritt.

Das Statthalteramt ist zuständig für die Vergabe der Pflegeplätze. Warum werden Verdingkinder umplatziert, wenn sie und ihre Betreuer mit dem bisherigen zufrieden sind? In meinem Fall ist genau das passiert. Ich wurde sogar von der Polizei aus dem Klassenzimmer abgeholt und zu meinen neuen Pflegeeltern gebracht, die ich persönlich nie ausgewählt hätte.

Immer wieder haben Sie mich abgeschoben zu gewalttätigen Grobianen, die mich hungrig arbeiten ließen und alleine in einem Stall unterbrachten.

Mein neu zugeteilter Pflegevater sah es als gerechtfertigt an, mich mit einer Tracht Prügel in seine Familie einzuführen. Es ist ein natürlicher Reflex, dass Menschen, die geschlagen werden, sich zur Wehr setzen. Ich habe das getan und bin stolz darauf, dass nicht ich, sondern mein Peiniger die Prügel empfangen hat. Dass er danach im Spital wieder gesund gepflegt werden musste, war nicht meine Absicht. Doch ein klein wenig freut mich das dennoch.

Hochachtungsvoll aus dem Versteck
Ihr Christian Hachen

Nachdem der Mann in Schwarz den Brief gelesen hatte, sagte er: »Donnerwetter, das ist beeindruckend. Christian, du kannst wirklich wie kein anderer in deinem Alter schreiben. Für mich steht fest, dass dieser Brief kein Scherz ist. Er muss dem Statthalter zugestellt werden. Ich werde das erledigen und ihm dabei gleichzeitig eins auswischen. Den Brief werde ich in einen Briefkasten in der Altstadt von Burgdorf legen. Man wird annehmen, dass du ihn dort eingeworfen hast, und die Kantonspolizei wird glauben, dass sie dich dort mit einem Großaufgebot schnappen kann.«

»Hast du noch eine Frage?«

»Darf meine Mutter mich hier besuchen?«

»Nein, das wäre zu gefährlich. Nach deiner Auseinandersetzung mit den Trauffers werden sie deine Mutter überwachen.«

Der Mann in Schwarz wünschte Christian viel Glück und verabschiedete sich.

***

In sämtlichen Zeitungen des Kantons Bern erschien die Meldung, und in den Nachrichten des Radios der Deutschen und Rätoromanischen Schweiz wurde sie verbreitet:

Die Kantonspolizei Bern teilt mit:
Am Mittwoch, dem 16. Oktober 1957, wurde der Pflegevater A. T. von seinem sechzehnjährigen Zögling Christian Hachen spitalreif verprügelt. Hachen flüchtete, nachdem er die ganze Familie T. in einem Schuppen eingeschlossen hatte.
Erst anderthalb Stunden nach der Gewalttat gelang es dem Briefträger, die Familie T., insgesamt sechs Personen, zu befreien. Die Polizei wurde verständigt. Die Ambulanz brachte den erheblich verletzten A. T. ins Spital Sumiswald.
Christian Hachen, unehelich geboren am 2. September 1941, ist zur Fahndung ausgeschrieben. Er ist 187 cm groß, kräftig gebaut und hat blonde Haare. Wer Hachen sieht, hat dies umgehend beim nächsten Polizeiposten zu melden. Es wird gebeten, Hachen nicht anzusprechen oder aufzuhalten, da er unter Umständen gewalttätig werden könnte.
Kantonspolizei Bern

Zwei Tage später wurde die Öffentlichkeit über den neuesten Stand der Fahndung nach Christian Hachen informiert.

Die Kantonspolizei Bern teilt mit: Über die Fahndung nach dem flüchtigen Christian Hachen gibt es erste Informationen. Aufgrund eines von Hachen abgeschickten Briefes an den Statthalter des Amts Trachselwald ist anzunehmen, dass er sich mit großer Wahrscheinlichkeit in der Umgebung von Burgdorf aufhält.
Kantonspolizei Bern

Im »Emmentaler Boten« und in der »Tagwacht« wurde der Brief von Christian Hachen an Statthalter Küpfer abgedruckt. Er kam gut an. Sämtliche in den Kiosken aufgelegte Exemplare wurden verkauft.

Unter dem Beitrag stand in beiden Zeitungen noch ein Kommentar, der darauf hinwies, dass T. in keiner Weise schwer verletzt wurde. Nach einer Behandlung in der Notaufnahme sei er wieder nach Hause entlassen worden.

Da die »Tagwacht« teilweise nicht an den Kiosken erhältlich war, wurden Tausende von Flugblättern mit dem Schreiben von Christian Hachen an den Statthalter Ottokar Küpfer in Briefkästen verteilt. Küpfer war wütend und drohte mit rechtlichen Schritten, musste jedoch davon Abstand nehmen, da es nach geltendem Recht erlaubt ist, Flugblätter mit nachweisbaren und wahrheitsgemäßen Informationen zu verbreiten.

Am Samstag, dem 19. Oktober 1957, wurde ein ausführlicher Artikel über die Flucht von Christian Hachen und den vorläufigen Misserfolg bei seiner Fahndung veröffentlicht.

In der Stadt Burgdorf durchsuchte die Kantonspolizei praktisch alle Wohnungen, da sie vermutete, dass sich Christian Hachen in einer von ihnen aufhielt. Christian Hachen wurde jedoch nicht gefunden. Die Einwohner von Burgdorf waren verärgert, was die Stadtregierung dazu veranlasste, gegenüber dem Justiz- und Polizeidepartement des Kantons zu protestieren.

Christian tauchte bis Ende Jahr nicht auf. Danach gab es für mehrere Monate weder Medienberichte noch Communiqués über diese Angelegenheit.

***

Christian fühlte sich bis Ende des Jahres 1957 und im Januar und Februar 1958 gut in der Alphütte. Doch dann überfiel ihn eine eigenartige Einsamkeit. Zwar erhielt er Zeitungen, konnte Radio hören und Bücher lesen und bekam gutes Essen. Der Mann in Schwarz besuchte ihn mindestens einmal pro Woche und besorgte ihm alle Bücher, Illustrierten und Zeitungen, die er sich wünschte. Doch der Kontakt zu anderen Menschen blieb ihm verwehrt. Mit seiner Mutter konnte er nur schriftlich kommunizieren. Im Gegensatz zu ihm fiel es ihr jedoch schwer, zu schreiben. Gleichaltrige bekam Christian nicht einmal zu Gesicht, geschweige denn konnte er etwas mit ihnen unternehmen. Für ihn war diese Art von Isolation mit der Zeit unerträglich.

Ende Februar sprach Christian mit dem Mann in Schwarz über dieses Problem. Dieser zeigte Verständnis und versuchte, ihn davon zu überzeugen, noch abzuwarten, bis seine obligatorische Schulzeit zu Ende war, was Anfang April 1958 der Fall sein würde. Dann würde es darum gehen, ins Arbeitsleben einzutreten oder eine Ausbildung zu beginnen.

Am ehesten käme für Christian der Besuch einer höheren Mittelschule in Frage. Angesichts von Christians Intelligenz sah der Mann in Schwarz den Besuch eines Gymnasiums als beste Lösung an. Allerdings war vorauszusehen, dass sich die Vormundschaftsbehörde, die dem Einflussbereich des Statthalters unterliegt, mit allen Mitteln dagegen wehren würde.

Der Mann in Schwarz betrachtete den Eintritt in ein Lehrerseminar als zweitbeste Lösung. Er war überzeugt, dass Christian die Aufnahmeprüfung für das staatliche Lehrerseminar Hofwil problemlos bestehen würde. Im Kanton Bern herrschte ein akuter Mangel an Lehrern. Die Kosten für die Ausbildung, Verpflegung und Unterkunft würden vom Staat Bern übernommen. Allerdings würden die Standortgemeinden beziehungsweise Ämter der Studierenden auch zur Kasse gebeten. In Trachselwald könnte es zwar auf Widerstand stoßen, aber dieser wäre nicht unüberwindbar.

Diese Argumente überzeugten Christian. Das Lehrerseminar war für ihn eine Option, auch wenn er sich damit abfinden musste, dass er erst im kommenden Jahr in diesen Unterrichtsgang eintreten konnte. In der Zwischenzeit könnte er eine Arbeitsstelle annehmen, was den Vorteil hätte, dass er etwas verdienen würde.

Mitte März erlitt der Mann in Schwarz einen Schlaganfall, der einen längeren Spitalaufenthalt erforderlich machte. Nach diesem Vorfall war er nicht mehr in der Lage, selbstständig zu handeln. Bevor er ins Koma fiel und sein Leben verlor, bat er seine Frau eindringlich darum, dafür zu sorgen, dass Christian in der Alphütte bleiben durfte.

Ende April 1958 kam. Christian machte einen Spaziergang in der Umgebung der Alphütte. Es war sonnig. Danach schrieb er Tagebuch.

Ich bin hier abgeschnitten von der Umwelt, eigentlich ein Gefangener. Ich halte es nicht mehr aus.

Ich stehe vor der Entscheidung, ein sicheres und komfortables Leben in der Isolation gegen ein risikoreiches Dasein einzutauschen, das von der ständigen Sorge vor möglichen Gefängnisaufenthalten und einer entbehrungsreichen Existenz geprägt ist. Doch ich bin nicht allein. Ich werde Menschen um mich haben, die das gleiche Schicksal teilen. Ich werde sie ermutigen, sich gegen ihre Unterdrücker zur Wehr zu setzen. Deshalb bin ich fest entschlossen, mich dieser Herausforderung zu stellen.

Heute noch werde ich hier aufbrechen und gegen Abend in Sumiswald, im Amt Trachselwald, meiner Heimat, ankommen. Dort werde ich nach langer Zeit wieder meine Mutter in die Arme schließen können. Sie wird mich verstehen und stolz auf mich sein.

Mein nächster Besuch wird der Polizeiwache Sumiswald gelten, wo man mich überrascht aufnehmen und mit Handschellen und Fußfesseln belegen wird. Auf dem Weg in den Kerker des Schlosses Trachselwald werde ich Spott und Beleidigungen ertragen müssen. Doch ich bin darauf vorbereitet, ebenso wie auf das Treffen mit Meinrad Krähenbühl und Ottokar Küpfer.

Die beiden Tyrannen werden mich für ein oder zwei Tage in der dunkelsten und kältesten Zelle festhalten. Sie glauben wohl, dass ich danach gebrochen sein werde. Doch im anstehenden Verhör werden sie eines Besseren belehrt werden. Ich werde ihnen ins Gesicht sagen, was ich von ihnen halte und dass ihre Zeit bald abgelaufen ist.

Am darauffolgenden Tag werden sie, der Statthalter und der Staatsanwalt, mit Entsetzen aus den Medien erfahren, dass ich nicht alleine bin.

Christian hinterließ sein Tagebuch absichtlich offen, in der festen Überzeugung, dass es von der Frau des Mannes in Schwarz gelesen werden würde. Sie war elegant, ebenso wie ihr verstorbener Gatte, und trug wie er immer Schwarz. Für Christian war sie nun die geheimnisvolle Frau in Schwarz. Er war sich sicher, sie würde ihm aus der Distanz Unterstützung bieten.

Er machte sich umgehend zu Fuß nach Sumiswald auf, indem er über Wiesen und Nebenstraßen lief. Dabei musste er mehrere steile Hügel erklimmen, was ihn etwas ermüdete, da er fast ein halbes Jahr kaum draußen gewesen war. Während seines Aufenthalts in der Alphütte hatte er auf längere Spaziergänge verzichtet, um nicht entdeckt zu werden.

Trotzdem war es ihm wichtig, auf dem Marsch zu seiner Mutter unerkannt zu bleiben, da er sonst Gefahr lief, festgenommen zu werden, bevor er sie erreichte.

Das Wiedersehen mit seiner Mutter war herzlich. Als er ihr jedoch offenbarte, sich der Polizei stellen zu wollen, begann sie zu weinen. »Sie werden dich einsperren und quälen. Und das könnte Jahre dauern.«

Er machte ihr unmissverständlich deutlich, dass es keine Alternative gäbe. Er würde zweifellos festgenommen, gründlich verhört und in einer Gefängniszelle eingesperrt werden. Er sei darauf vorbereitet, denn er wisse, dass diese Tortur vorübergehen werde. Er sei eher besorgt über das, was danach kommen könnte. Die Einweisung in ein Heim, der anschließende Prozess, das Urteil und schließlich die Freiheitsstrafe.

»Die Freiheitsstrafe? Aber du hast ja nichts Unrechtes getan.«

»Genau so ist es. Allerdings wird der Staatsanwalt dies wahrscheinlich bestreiten. Er wird nicht leugnen, dass Trauffer derjenige war, der angefangen hat, mich zu schlagen. Aber er wird vermutlich davon ausgehen, dass ihm dies gesetzlich zusteht.«

»Gibt es denn niemanden, der dich verteidigt?«

»Doch, damit rechne ich.«

Christian hatte seiner Mutter von dem Mann in Schwarz und dessen Frau erzählt.

»Die Frau in Schwarz wird für mich einen Anwalt besorgen«, verkündete Christian.

Emma Hachen zuckte bei diesen Worten zusammen. »Aber Anwälte sind doch unverschämt teuer. Das können wir uns nicht leisten.«

»Keine Sorge. Die Frau in Schwarz verfügt über beträchtlichen Reichtum. Sie wartet lediglich darauf, sich mit Krähenbühl und seinem Vorgesetzten, Küpfer, auseinanderzusetzen. Sie ist sich der Bosheit und Verschlagenheit dieser beiden Männer bewusst und weiß, dass sie alles daransetzen, eine unmenschliche Rechtsordnung aufrechtzuerhalten. Ihr Kampf gilt nicht nur mir. Sie setzt sich dafür ein, dass im Amt Trachselwald Gerechtigkeit herrscht. Sie kämpft dafür, dass Kinder nicht mehr gedemütigt und geschlagen werden, nur weil sie arm sind und keinen Vater haben.«

»Du bist ein außergewöhnlich guter und starker Junge, Christian. Ich schätze es sehr, dass du dich für eine bessere Welt einsetzt. Ich glaube fest an dich, du wirst es schaffen.«

Unter Tränen verabschiedete sich Christian von seiner Mutter. »Du musst etwas Geduld aufbringen. Es könnte sein, dass wir uns ein Jahr oder vielleicht sogar länger nicht mehr sehen. Aber wenn alles überstanden ist, wirst du Glück erfahren, das verspreche ich dir.«

Mit gemischten Gefühlen begab sich Christian auf den Weg zur Hauptwache. Die Tatsache, dass er sich der Polizei freiwillig stellte, bedeutete für sie eine weitere Demütigung. Ihre erfolglose Suche nach ihm hatte sie nicht nur im Amt Trachselwald, sondern im gesamten Emmental bloßgestellt. Er bereitete sich darauf vor, dass sie sich möglicherweise rächen und ihn deshalb rücksichtslos behandeln würden.

Christian meldete sich an der Rezeption, hinter der ein junger Gefreiter saß, der gerade dabei war, ein Formular für das Sport-Toto auszufüllen.

»Guten Tag«, grüßte Christian.

Der Gefreite blickte nicht auf und murmelte etwas Unverständliches.

Christian wartete geduldig einige Minuten, bevor er erneut ein »Guten Tag« aussprach.

»Seien Sie nicht so ungeduldig, ich bin gleich bei Ihnen. In wenigen Minuten habe ich diese dringende Angelegenheit erledigt.«

Schließlich hob der Gefreite den Blick und sah Christian fragend an. Er schien ihn nicht zu erkennen, was Christian als positives Zeichen wertete.

»Könnten Sie mir bitte den Grund Ihres Besuchs erläutern?«

»Mein Name ist Christian Hachen, und ich bin hier, um mich bei Ihnen zu melden.«

Der Gefreite zuckte mit den Schultern. »Was für ein merkwürdiger Kerl.«

Aus dem hinteren Teil des Raumes ertönte eine aufgebrachte Stimme. »Bist du dir denn nicht bewusst, wer das ist, du Tölpel?«, tadelte der Mann in der Uniform eines Feldweibels. Es war der Postenchef. »Dieser Halunke ist seit Monaten auf unserer Fahndungsliste, wir haben ihn bislang vergeblich gesucht, und plötzlich taucht er auf. Leg ihm sofort Fesseln an, bevor er erneut die Flucht ergreift.«

Der Gefreite suchte hektisch in einem Schrank nach Handschellen und Fußfesseln. Christian lehnte sich lässig an den Schalter und schenkte ihm ein schelmisches Lächeln. Es wäre ein Kinderspiel für ihn gewesen, einfach zu verschwinden.

Es vergingen einige Minuten, bis der Gefreite endlich fündig wurde. Mit den gesuchten Gegenständen in der Hand öffnete er die Schiebetür, die den Schalterraum von der Rezeption trennte.

»Bitte komm herein, ich werde dich nun fesseln«, forderte er Christian auf.

Christian trat ein und streckte dem Gefreiten ohne Zögern die Hände entgegen. Es dauerte eine Weile, bis die Handschellen sicher an seinen Handgelenken saßen.

Die Anbringung der Fußfesseln erwies sich als noch zeitaufwendiger.

Der Gefreite wies in die rechte Ecke des Raumes. »Dort steht ein bequemer Sessel, in dem du dich entspannen kannst, während wir alles Notwendige vorbereiten, um dich ins Schloss zu überführen.«

Es verging eine nervenaufreibend lange Zeit, bis Christian nach mehreren Stolperern und Stürzen endlich auf dem vorgesehenen Platz saß.

Der Postenchef versuchte, den Staatsanwalt telefonisch zu erreichen. Schließlich hatte er Krähenbühl am Hörer. »Herr Staatsanwalt, ich habe sensationelle Neuigkeiten. Wir haben soeben Christian Hachen festgenommen.«

»Wo haben Sie ihn aufgegriffen?«, fragte Krähenbühl.

»Ganz in der Nähe der Hauptwache.«

»Unglaublich, anscheinend hat sich dieser junge Gauner zu sicher gefühlt. Wo befindet sich Hachen jetzt?«

»Er ist im Schalterraum.«

»Fesseln Sie ihn und bringen Sie ihn unverzüglich ins Schloss. Ich erwarte ihn in meinem Büro.«

Es war bereits halb sechs am Abend, als der Streifenwagen mit Christian Hachen auf dem Vorplatz des Schlosses eintraf. Christian wurde in den Vorhof des Schlosses geführt. Da eine Treppe zum Eingang hinaufführte, wurden ihm die Fußfesseln abgenommen, um ihm das selbstständige Hochsteigen zu ermöglichen.

Das erste Verhör mit dem Staatsanwalt fand um halb sieben Uhr statt. Neben ihm war auch der Statthalter anwesend.

Krähenbühl leitete die Befragung ein: »Soso, Hachen, jetzt bist du endlich in unsere Falle getappt.«

Christian schüttelte nur den Kopf und machte deutlich, dass er sich freiwillig gestellt habe.

Krähenbühl konfrontierte Christian mit der Anklage, die er gegen ihn vorbringen würde. Es waren die zahlreichen Schläge, mit denen er Trauffer eingedeckt hatte.

Christian betonte, dass Trauffer ihn ohne Vorwarnung mit einem Gummiknüppel attackiert hatte. Jeder Mensch würde sich in einer solchen Situation zur Wehr setzen.

»Hachen, du bist kein gewöhnlicher Mensch, sondern ein uneheliches Kind aus dem Sumpf unserer Unterschicht.«

»Herr Staatsanwalt, ich werde mir Ihre Worte genau merken, wortwörtlich. Sie sind menschenverachtend, diskriminierend und einfach unwürdig für einen offiziellen Ankläger.«

Während dieser Auseinandersetzung richtete Christian seine Blicke auf den Statthalter. Krähenbühls Wortmeldung nahm er mit einem überlegenen Grinsen zur Kenntnis.

Nach Christians Antwort erstarrte die Mimik des Staatsanwalts zu einer entsetzten Maske.

»Keine Unverschämtheiten, Hachen. Du wirst nun einige Tage in der schlimmsten Zelle verbringen. Niemand wird sich nach deinem Befinden erkundigen können, niemand außer uns wird wissen, wo du nun untergebracht sein wirst.«

»Ich habe mit einer solchen Maßnahme gerechnet. Was ich in meinem bisherigen Leben gelernt habe, ist, Schmerzen und Entbehrungen zu ertragen. Nur so nebenbei: Ich rate Ihnen, in den nächsten Tagen einen Blick auf den ›Emmentaler Boten‹ und die ›Tagwacht‹ zu werfen.«

Krähenbühl betätigte einen roten Knopf. Nur wenige Minuten später waren die schweren Schritte von zwei Gefängniswärtern zu hören, die Christian abführten.

***

Küpfer bat Krähenbühl zu einem Gespräch in sein Büro. »Der Fall Christian Hachen ist noch lange nicht abgeschlossen. Es scheint mir, als würde er gerade erst richtig beginnen«, äußerte Küpfer gegenüber Krähenbühl.

»Was glaubst du, womit wir als Nächstes konfrontiert werden?«

»Wenn ich das nur wüsste. Aber ist dir aufgefallen, wie dieser Junge gekleidet ist?«, erkundigte sich Küpfer bei Krähenbühl.

»Danke für den Hinweis. Es ist wahr, dieser Hachen präsentiert sich nicht als ein armer Tropf. Er trägt teure Kleidung. Das lässt vermuten, dass mächtige Unterstützer mit finanziellen Mitteln hinter ihm stehen.«

»Es ist jetzt unerlässlich, keine Fehler zu machen. Als Staatsanwalt trägst du die Verantwortung für den Strafvollzug. Wenn du jemanden in eine fragwürdige Zelle einweist, musst du darüber Rechenschaft ablegen.«

Er stehe dazu, sagte Krähenbühl. Die Gefängniszellen in diesem Schloss seien noch Überreste aus dem vergangenen Jahrhundert. Es sei nach den aktuellen Gesetzen nicht zu beanstanden, Hachen in Haft zu nehmen. Wenn der Kanton Bern zögere, die Zellen zu renovieren, stelle das kein Problem für die Staatsanwaltschaft Trachselwald dar.

Küpfers Telefon klingelte. Als er abnahm, bildeten sich sofort tiefe Falten auf seiner Stirn. »Entschuldigung, spreche ich mit Fürsprecher Rohrbach?«

Ja, das sei sein Name, bestätigte der Anrufer und fügte hinzu, dass er ab sofort die Interessen von Christian Hachen vertrete.

Küpfer konnte sich einige Flüche nicht verkneifen. Schließlich erklärte er, dass er für Haftsachen nicht zuständig sei, und verwies den Anrufer an Staatsanwalt Krähenbühl. Ohne zu warten, reichte Küpfer den Hörer an Krähenbühl weiter und stellte auf Lautsprecher.

Wo sich Christian Hachen nun befinde, wollte Rohrbach wissen.

»In einer Zelle im Gefängnistrakt des Schlosses«, antwortete Krähenbühl.

Er möchte beim nächsten Verhör von Christian Hachen dabei sein, verlangte Rohrbach.

»Das erste Verhör findet üblicherweise ohne Anwalt statt«, sagte Krähenbühl.

»Herr Staatsanwalt, Sie wollen mir doch nicht ernsthaft weismachen, dass Sie Hachen ohne eine Anhörung in eine Zelle gesperrt haben.«

Er habe in Anwesenheit des Statthalters kurz mit dem Verhafteten gesprochen, doch dieser sei derart unverschämt gewesen, dass die Befragung abgebrochen werden musste.

»Das erste Verhör ist somit abgeschlossen, und demzufolge habe ich das Recht, beim zweiten anwesend zu sein«, stellte Rohrbach fest. »Teilen Sie mir bitte mit, wann das nächste Verhör geplant ist.«

Krähenbühl konnte noch keinen genauen Zeitpunkt nennen.

Deshalb bestand Rohrbach darauf, umgehend mit Christian in dessen Zelle zu sprechen.

Krähenbühl warf einen Blick auf seine Uhr. Bald sei es Feierabend, und er werde sich nach Hause begeben.

Rohrbach lachte. »Es ist generell nicht üblich, dass der Staatsanwalt anwesend ist, während der Verteidiger mit dem Angeklagten spricht. In einer halben Stunde werde ich beim Schloss Trachselwald eintreffen, und ein Wärter wird mich zu Christian Hachens Zelle führen.«

Küpfer konnte sich nicht zurückhalten und rief laut aus: »Dieser Schweinehund!«

Daraufhin war aus dem Lautsprecher zu hören: »Der Schweinehund hat es mitbekommen.«

Küpfer entriss Krähenbühl abrupt den Hörer und beendete das Gespräch. »Staatsanwalt«, befahl er, »veranlasse sofort zwei Straßensperren zum Zugang des Schlosses.«

Krähenbühl hastete zurück in sein Büro, wählte die Nummer des Postenchefs von Sumiswald und forderte von ihm die Umsetzung der Anordnungen des Statthalters.

※※※

Es war fünf nach halb acht, als Fürsprecher Rohrbach an der Straßensperre nördlich des Areals von Polizisten angehalten wurde. Rohrbach wies sich als Anwalt aus und bat, ihn durchzulassen, weil er dazu als Verteidiger eines Häftlings berechtigt sei.

Niemand werde derzeit durchgelassen, das sei eine Anordnung des Statthalters.

Rohrbach wendete seinen Wagen, entfernte sich etwa fünfzig Meter vom Schloss und hielt am rechten Straßenrand. Zu Fuß überquerte er die Wiese, die zum Schloss führte, ohne dabei aufgehalten zu werden. Schließlich stand er vor der ausladenden Treppe, die zum Haupteingang des Schlosses führte. Er stieg hinauf und befand sich im Innenhof.

Während er umherschlenderte, entdeckte er eine Tafel mit der Bezeichnung »Schlosswart«. Er zog an einer Schnur, an deren Ende ein Griff befestigt war, und vernahm aus dem Inneren des Gebäudes einen Glockenton.

Er hörte Schritte, zuerst leise, dann immer lauter. Da stand ein großer Mann vor ihm, auf dessen Namensschild »Oskar Rämi« zu lesen war.

»Wie kann ich dir behilflich sein?«, fragte Rämi.

Dass ihn Rämi duzte, verwirrte Rohrbach ein wenig. Er stellte sich vor und erläuterte sein Anliegen, das mit der Bitte abschloss, ihn zum Gefangenen Christian Hachen zu bringen.

Zu seiner Überraschung begrüßte Rämi ihn mit den Worten: »Willkommen! Wie lautet dein Vorname?«

»Albert«, antwortete Rohrbach etwas verdattert.

»Ich heiße Oskar … Oskar Rämi. Mit Vergnügen werde ich dich, Albert, zu Hachen führen. Als Hausmeister habe ich die Schlüssel zu allen Räumen.«

Gemeinsam stiegen sie eine lange, steile Treppe hinunter. Ganz unten befanden sich die düsteren Zellen, insgesamt sieben.

Er deutete auf die letzte Tür, die in der dunkelsten Ecke lag. Es knarrte laut, als Rämi den großen Schlüssel einsteckte und umdrehte. Die Tür sprang auf. Überrascht waren beide, Rohrbach und Christian, als sie sich erblickten.

Albert Rohrbach war Christian bekannt. Er hatte ihn zum ersten Mal gesehen, als er bei den Brachers arbeitete, die Rohrbach damals häufig besuchte. Allerdings hatte Rohrbach Christian bei diesen Besuchen offenbar nicht bewusst wahrgenommen. Doch an sein Gesicht erinnerte er sich noch.

»Ach, du bist das? Unglaublich, wie klein unsere Welt ist«, rief Rohrbach aus.

Beide lachten.

»Aber sag mal, Christian, wie hältst du es in diesem Dreckloch aus? Das ist eine Zumutung.«

»Ich gewöhne mich gerade daran. Aber ich bin überzeugt, dass das bald vorbei sein wird.«

Rohrbach warf Rämi einen Blick zu. »Oskar, darf ich diese Zelle fotografieren?«

»Von mir aus gerne. Für mich ist das kein Problem, für Küpfer oder Krähenbühl wohl schon. Was du aber nicht darfst, ist, Christian mit aufzunehmen.«

Rohrbach zeigte dafür Verständnis und äußerte, es wäre nicht vorteilhaft, wenn alle im Emmental wüssten, dass Christian im Schloss Trachselwald einsitze. Rämi hatte diese Bitte jedoch nicht aus diesem Grund vorgetragen. »Wenn Krähenbühl und Küpfer ein Foto von Christian in dieser Zelle sehen würden, wüssten sie sofort, wer dich zu ihm geführt hätte. Die Konsequenzen für mich wären gravierend.«

»Nun, Oskar, es scheint, dass ich ein Problem mit dir habe«, bemerkte Rohrbach. »Ich war mir nicht bewusst, dass ich dich in solch eine Gefahr bringen könnte. Was würde passieren, wenn Küpfer und Krähenbühl plötzlich hier auftauchen würden?«

»Sie werden nicht auftauchen. Ich habe die Tür zum Gefängnistrakt verschlossen und den Schlüssel stecken gelassen. Niemand wird hier reinkommen«, versicherte Rämi.

Beruhigt erklärte Rohrbach: »Jetzt verstehe ich, dass außer uns dreien niemand wissen darf, dass wir uns gerade in dieser Zelle befinden.«

Rämi nickte zustimmend.

Nun war Rohrbach daran interessiert, wie Christian in dieses Gefängnis geraten war. Es entstand eine ausführliche Unterhaltung. Rohrbach notierte gewissenhaft, was Christian ihm schilderte.

Es gab einen geheimen Ausgang vom Kellergeschoss des Schlosses, der nur einem ausgewählten Kreis bekannt war. Rämi führte Rohrbach diskret durch diesen Pfad, sodass seine Anwesenheit von niemandem wahrgenommen wurde.

Die zweite Befragung von Christian wurde von Krähenbühl für Samstagmorgen um acht Uhr angesetzt, wobei Küpfer anwesend sein sollte. Rohrbach war ebenfalls eingeladen, hatte jedoch vergeblich versucht, sich mit Christian zu einer Besprechung in Verbindung zu setzen. Diese Schikane gegen Rohrbach war unrechtmäßig. Dessen waren sich sowohl Küpfer als auch Krähenbühl bewusst.

Am Freitag führten die beiden eine lebhafte Diskussion in Küpfers Büro. »Rohrbach wird morgen Samstag kommen, er konnte aber nicht mit Hachen sprechen. Er ist völlig im Unklaren, wie die Festnahme stattfand oder wo Hachen inhaftiert ist. Ich vermute, Rohrbach möchte einfach mal beobachten, wie sich Hachen während des Verhörs verhält«, merkte Krähenbühl an.

»Wir haben dadurch etwas Zeit gewonnen«, ergänzte Küpfer.

Beim Verhör waren beide dann völlig verblüfft, als sie merkten, dass Rohrbach über Informationen verfügte, von denen sie glaubten, er könne sie nicht kennen.

Die Lage für sie wurde zunehmend prekärer. Rohrbach setzte sie immer weiter unter Druck. Als er dann verkündete, dass das, was mit Christian seit der Ausschreibung der Fahndung im Oktober 1957 passiert war, nicht länger in einem kleinen Kreis geheim gehalten werden dürfe, wurde ihnen klar, dass ihre Strategie gescheitert war. Eine Verurteilung Christians wegen körperlicher Gewalt gegen Trauffer war nun kaum noch möglich.

Krähenbühl, als Leiter der Vernehmung, schlug eine halbe Stunde Pause vor. »In getrennten Räumen können einerseits wir und andererseits Verteidiger Rohrbach und Hachen besprechen, wie es weitergehen soll. Sind Sie einverstanden?«

Rohrbach stimmte zu.

Der Unterbruch dauerte eine halbe Stunde länger, allerdings nicht wegen Rohrbach und Hachen. Um zehn Uhr wurde die Vernehmung weitergeführt.

»Wir sind übereingekommen, die Anklage gegen Christian Hachen fallen zu lassen. Das heißt aber nicht, dass er auf freiem Fuß ist. Er wird weiterhin in Gewahrsam bleiben, wenn auch nicht in einem Gefängnis, sondern in einer Erziehungsanstalt für gefährdete oder verwahrloste Jugendliche.«

Rohrbach protestierte gegen diese Maßnahme, doch es war für ihn äußerst schwierig, eine Heimeinweisung Christians ad hoc zu verhindern. »Welche Anstalt haben Sie, Herr Staatsanwalt, im Auge?«

Auch darüber hätte er mit dem Statthalter gesprochen. Die Wahl sei auf die Erziehungsanstalt Tessenberg im Berner Jura gefallen. Es handle sich dabei um eine staatliche Institution unter der Schirmherrschaft des Kantons Bern.

»Tessenberg?«, seufzte Rohrbach. »Das ist eine Institution mit einem schlechten Ruf. Ich erinnere daran, dass 1949 strafrechtliche Verfahren gegen diese Einrichtung liefen.«

Das sei ihnen ebenfalls bekannt, gab Küpfer zu. Allerdings habe es keine Verurteilungen gegen diese Anstalt gegeben. Die Anschuldigungen seien als das Werk von Verleumdern entlarvt worden. Im Tessenberg habe man aus dieser Kampagne die notwendigen Schlüsse gezogen. Am Prinzip der straffen Führung werde dennoch festgehalten. Für gefährliche Jugendliche, wie Christian Hachen es nun einmal sei, habe man vernünftige und wirksame Besserungstherapien eingeführt.

»Es gab bereits Verurteilungen gegen Tessenberg, leider fielen sie lächerlich mild aus. Es ist jedoch wichtig, zu beachten, dass noch mehrere Verfahren gegen diese Einrichtung laufen«, sagte Rohrbach.

»Tessenberg ist auch aus einem weiteren Grund eine gute Wahl«, betonte Küpfer. »Um 1850 setzte sich die Idee durch, jugendliche und erwachsene Straftäter zu trennen. 1892 entstand die kantonale Zwangserziehungsanstalt für Jugendliche, die zunächst administrativ der Anstalt Thorberg in Trachselwald unterstellt war. 1920 wurde die Jugendanstalt von Trachselwald auf den Tessenberg in das Dorf Prêles verlegt. Die erste kantonale bernische Zwangserziehungsanstalt für Jugendliche hatte also ihren Ursprung in Trachselwald, dem Hauptort unseres Amts.«

Krähenbühl stand auf, was er immer tat, wenn er glaubte, etwas Wichtiges zu sagen. »Der Statthalter ordnet an: Der Zögling Christian Hachen –«

Rohrbach unterbrach ihn. »Zögling? Bitte hören Sie auf, solche überholten Bezeichnungen zu verwenden.«

Er bleibe beim Wort Zögling, erwiderte Krähenbühl. »Auch die kantonale Verwaltung sowie unsere Politiker und Juristen verwenden diesen Ausdruck. Ich beginne erneut. Der Zögling Christian Hachen wird morgen Sonntag in die Erziehungsanstalt Tessenberg überstellt –«

Erneut wurde Krähenbühl von Rohrbach unterbrochen. »Ist Ihnen, Herr Staatsanwalt, denn nicht bewusst, dass die Einweisung von Christian Hachen in einen Jugendknast überhaupt nicht legal ist? Seit 1920 darf nach einem Beschluss des Berner Regierungsrats der Statthalter gar keine Einweisung in eine Anstalt vornehmen. Dazu ist ausschließlich der Jugendanwalt berechtigt.«

Küpfer und Krähenbühl blickten sich ratlos an. Eine Stille von einer Minute entstand.

Dann hatte Küpfer sich wieder im Griff. »Es verhält sich so, Herr Rohrbach: Das Dekret des Regierungsrats existiert tatsächlich. Der Jugendanwalt des Emmentals – es gibt nur einen – hat sich nach Bekanntwerden der Festnahme von Hachen bei uns gemeldet und auf diesen Erlass des Regierungsrats hingewiesen. Für ihn gibt es keine andere Maßnahme als die Einweisung in eine Anstalt. Der Staatsanwalt von Trachselwald hat Hachen nach seiner Flucht fahndungskonform ausgeschrieben, da er im Verdacht stand, eine schwerwiegende Gewalttat begangen zu haben. Die Festnahme Hachens konnte ja nur durch die Polizei vorgenommen werden; dasselbe gilt auch für die ersten Verhöre. Er, der Jugendanwalt, werde die Verfügung, Hachen in die Anstalt Tessenberg einzuweisen, schriftlich nachreichen.«

Rohrbach schüttelte den Kopf. Ob es nun der Statthalter, der Staatsanwalt oder der Jugendanwalt sei, der Entscheidungen treffe, sie kämen alle aus dem gleichen Filz. Man spreche sich ab und entscheide nach eigenem Gutdünken, um seine Macht zu erhalten. Gerechtigkeit und Menschenwürde spielten keine Rolle.

Krähenbühl hielt sich demonstrativ die Ohren zu und fuhr weiter. Eine Patrouille der Kantonspolizei werde diesen Transport nach Tessenberg übernehmen. »Für uns ist das ein gutes Geschäft. Die Kosten für die Unterbringung von Hachen in der Erziehungsanstalt sind niedriger als die, die wir für private Pflegefamilien in unserem Amt ausgeben.«

Küpfer doppelte nach. »Bitte, Herr Rohrbach, nehmen Sie diese Information zur Kenntnis. Die Frage, ob Sie damit einverstanden sind, erübrigt sich. Über die Unterbringung von potenziellen oder aktiven jugendlichen Straftätern entscheiden das Statthalteramt, die Staatsanwaltschaft und der

Jugendanwalt gemeinsam; die Polizei setzt die erforderlichen Maßnahmen durch.«

Küpfer war in Fahrt geraten und erläuterte weiter: »Zu Tessenberg, auch bekannt als ›Montagne de Diesse‹ auf Französisch: Es handelt sich um eine Hochebene, die sich auf etwa achthundert Metern Höhe zwischen dem Bielersee und dem Chasseral erstreckt. Die Hochebene besteht aus mehreren Dörfern, in denen hauptsächlich Französisch gesprochen wird, und gehört zum Amt La Neuveville, zu Deutsch: Neuenstadt. Die Anstalt befindet sich in Prêles, das über eine Standseilbahn von Ligerz am Bielersee aus erreichbar ist.«

Dann reichte Küpfer Krähenbühl ein Papier und bat ihn, dieses noch vorzulesen. Krähenbühl überflog das Schriftstück, bevor er mit dem Lesen begann.

Die Erziehungsanstalt Prêles dient dem richterlichen oder administrativen Maßnahmenvollzug von bis zu zweiundzwanzigjährigen männlichen Jugendlichen. Zu ihren Aufgaben gehört die Nacherziehung, Betreuung, Schulung und berufliche Ausbildung von sozial geschädigten, verwahrlosten und verhaltensauffälligen jungen Menschen. Der zuständige Regierungsrat erinnerte an der Einweihungsfeier in den 1920er Jahren daran, dass die Einweisung in diese Jugendanstalt nie am Anfang einer Betreuung stehe. Der Eintritt erfolge vielmehr erst dann, wenn alle anderen Bemühungen nicht zum Erfolg geführt hätten. Die Aufgabe der Anstalt bestehe darin, dem Jugendlichen zu helfen, nicht, ihn zu bestrafen.

Rohrbach quittierte diesen Text mit einem höhnischen Gelächter. Er erhob sich, umarmte Christian. »Du wirst das durchstehen, aber ob die beiden Herren da vorne am Tisch damit zurechtkommen, bezweifle ich. Ich verabschiede mich jetzt von dir. Wir werden miteinander in Kontakt bleiben. Und vergiss nicht, du bist nicht allein. Es gibt zahlreiche Menschen, die zu dir halten.«

Rohrbach verließ leisen Schrittes den Raum, ohne Küpfer und Krähenbühl auch nur eines Blickes zu würdigen.

***

Christian war auf die Einweisung in eine Anstalt vorbereitet. Lange bevor er den Entschluss fasste, sich den Behörden zu stellen, hatte er sich durch mehrere Zeitungsartikel und Bücher über Heime und die Situation der Heimkinder informiert. Den Ausdruck »Anstalt« fand Christian passender, um der Art dieser Bevormundung gerecht zu werden.

Der Empfang in der Erziehungsanstalt Tessenberg entsprach nicht genau den Vorstellungen von Christian, doch er war sich bewusst, dass dabei unerwartete Ereignisse auftreten konnten. Er wurde in das elegante Büro des Direktors geführt. Dort stand ein riesiger Schreibtisch, der Boden war mit einem offensichtlich teuren Teppich ausgelegt, und an den Wänden hingen Ölbilder mit Porträts von Vertretern der alten, längst vergangenen Stadtrepublik Bern. Es gab mehrere bequeme Polsterstühle, ein Sofa und einen Hocker vor dem Schreibtisch.

»Zögling, stell dich bitte neben den Hocker und schaue mich an! Der Hocker dient lediglich als Sitzgelegenheit für diejenigen, die nicht stehen können oder Gefahr laufen, nach meinen Worten ohnmächtig zu werden.« Hansjakob Lehmann war ein fast weißhaariger Mann mit Bauchansatz, einem massiven Siegelring an einem dicken Finger und einer Zigarre im Mund.

»Herr Direktor, ich bin kein Zögling. Ich habe einen Vor- und Nachnamen«, erklärte Christian ruhig.

Lehmann saß einige Augenblicke mit offenem Mund da, seine Stirn runzelte sich, und seine Miene wurde ernster. Dann wurde sie böser, und schließlich änderte sich seine Gesichtsfarbe von rötlich zu blutrot. »Was sagt er da? Was wagt er sich? Soll ich meine wertvolle Zeit mit diesem Taugenichts vertrödeln?«

Christian lächelte und setzte sich.
»Und jetzt auch noch das? Er setzt sich einfach.« Lehmann drückte mit dem Daumen auf einen Knopf an einem Kabel neben sich. Der Knopf blinkte rot.
»Steh auf, Zögling, und schau mich an!«
Christian blieb sitzen.
Es dauerte nicht einmal eine Minute, bis man das Stampfen schwerer Schuhe hören konnte. Die Tür wurde aufgerissen. Zwei kräftige Männer in hellblauen Uniformen, bewaffnet mit Schlagstöcken, stürmten in den Raum und nahmen eine stramme Haltung ein. »Herr Direktor, zu Befehl.«
»Bringen Sie diesen widerspenstigen Kerl in Zelle 1«, befahl Lehmann.
Die beiden Wärter ergriffen Christian an den Armen, hoben ihn hoch und zerrten ihn aus dem Raum. Gemeinsam gingen sie mit ihm durch einen zwanzig Meter langen dunklen Gang, der an einer vergitterten Tür endete.
Einer der Uniformierten zog einen großen, schweren Schlüssel aus der Tasche und schloss die Tür auf. Es knarrte laut, anscheinend wurde diese Tür nicht oft benutzt. Christian erblickte vor sich Stufen, die in der Dunkelheit verschwanden.
Der andere Wärter versetzte Christian einen heftigen Stoß, offensichtlich mit der Absicht, ihn die Treppe hinunterfallen zu lassen.
Doch Christian war darauf vorbereitet und schaffte es, sich am Geländer festzuklammern. Dann eilte er die steilen Stufen hinunter, gefolgt von den Bewachern, die ihn nicht einholen konnten, bevor er unten ankam.
Dass Christian sich abgefangen hatte und so einen Sturz vermied, schien die Wächter zu verärgern. Sie schlugen mit Schlagstöcken auf ihn ein.
Unten gab es keine Tür, sondern der Raum führte direkt in die Zelle. Christian wurde hineingestoßen. War es ein Raum oder eine kleine Höhle? Es musste einen Schalter geben, denn ein Wärter betätigte ihn, und plötzlich leuchtete eine schwache

Lampe an der Decke auf. Christians Augen suchten nach dem Schalter, der offenbar so angebracht war, dass der Häftling ihn nicht bedienen sollte.

Bei den meisten Gefangenen würde das funktionieren, aber Christian war ein Sonderfall. Er hatte gelernt, immer dann aufmerksam zu sein, wenn äußere Umstände dies zu verhindern drohten, wie zum Beispiel die Brutalitäten der Gefängniswärter oder finstere Räume. Seine Geistesgegenwart schärfte dann seine Wahrnehmung.

So war es Christian nicht entgangen, dass der Wärter seinen Arm in eine waagrechte Öffnung schob und mit einer leichten Drehbewegung einen Umschalter betätigte.

»Schau dir diese Zelle kurz an, Insasse. Was ist wichtig? Das Klo. Es ist nichts weiter als ein Loch im Boden in der Nähe der Wand. Es gibt kein Toilettenpapier. Daneben liegt ein großer Lappen, den du zum Abwischen benutzen kannst. Nicht weit entfernt befindet sich ein Wasserhahn. Aber Wasser fließt nur, wenn wir es von oben einschalten.«

Weiter fiel ihm noch ein Strohsack auf, daneben lagen zwei Wolldecken. Der Boden war nicht etwa aus Holz, sondern ein felsiger Untergrund.

»Wir werden dich jetzt alleine lassen. Es wird fünfzehn Stunden dauern, bis die Nacht vorüber ist. Wir werden das Licht ausschalten, sodass es stockdunkel sein wird, obwohl draußen die Sonne scheint. Außerdem werden wir das Wasser abstellen. Falls du auf die Idee kommst zu fliehen, wird es dir wenig nützen, denn die Tür oben an der Treppe ist verschlossen. Übrigens, wir können uns nicht erinnern, dass einer unserer Gefangenen bereits am ersten Tag in Zelle 1 eingesperrt wurde. Genieße die restliche Zeit.«

Er sah den beiden nach, als sie die Treppe hinaufstiegen. Der eine fragte noch halblaut, aber bewusst so, dass Christian es hören musste: »Was glaubst du, wird er es überleben, ohne verrückt zu werden?«

Der andere war um eine Antwort nicht verlegen. »Das muss

uns nicht stören, in der Nähe gibt es mehrere Irrenhäuser, in denen Kaltwassertherapie angewendet wird.«

In dieser unglücklichen Situation hatte Christian dennoch eine ordentliche Portion Glück. Er steckte noch in seiner Alltagskleidung, in deren Taschen sich ein Notvorrat befand: zwei Taschentücher, eine halbe Tafel Schokolade, eine alte Taschenlampe, eine Uhr, die er klugerweise nicht am Handgelenk trug, sowie ein Notizblock mit einem Bleistift. Außerdem war es Mai und angenehm draußen, selbst bei Nacht.

Jetzt brauchte er Licht. Er suchte mit der Taschenlampe nach dem Lichtschalter und fand das Loch in der Wand, wo einer der Wächter den Arm hineingestreckt hatte. Er konnte Licht machen. Doch er musste auf der Hut sein, das kleinste Geräusch an der Tür wahrnehmen, dann den Schalter augenblicklich betätigen.

Er drehte den Wasserhahn in der Zelle auf. Wie erwartet floss kein Wasser. Er schaltete die Taschenlampe erneut ein und durchsuchte damit das enge Treppenhaus. Fast oben sah er den Hahn. Er stieg die Treppe hinauf und öffnete ihn dort. Er hörte das Wasser unten fließen. Er ging hinab und drehte den Hahn dort zu. Damit war das Problem gelöst.

Nun inspizierte er die Zelle genauer: das Klo und seine Umgebung, die erheblich mit Fäkalien verschmutzt waren. Neben dem Wasserhahn entdeckte er einen Schlauch, der perfekt in das Gewinde des Hahns passte. Er konnte den Bereich um das Klo gründlich abspritzen. Die Luft in der Zelle verbesserte sich sofort.

Christian legte sich auf den Strohsack, schob eine Wolldecke unter den Kopf und deckte sich mit der anderen zu.

Er drehte das Licht ab und konnte sich zur Ruhe legen. Er war sehr müde.

Christian musste viele Stunden geschlafen haben, als er hörte, dass jemand an der Tür den Schlüssel drehte. Das Licht in der Zelle leuchtete. Es gab also auch einen Schalter oben. Ein Wärter stieg schwerfällig die Treppe herunter.

»Tagwache, aufstehen!«, rief er.

Christian streckte sich auf seinem Strohlager und gähnte demonstrativ.

»Meine Güte, wer hat da unten geputzt? Das war nicht geplant. Du hast damit nur die halbe Strafe bekommen. Hoffentlich bemerkt der Direktor das nicht, sonst steckt er dich noch für weitere Nächte hier rein.«

Der Wärter hieß Christian, ihm nach oben zu folgen. »Du trägst ja noch deine Straßenkleider. Vor dem Frühstück darfst du duschen, mit kaltem Wasser. Die meisten, die aus der Zelle 1 kommen, stinken abscheulich nach Kot. Ich wundere mich, dass das bei dir nicht der Fall ist. Trotzdem musst du dich umziehen, deine Anstaltskleider liegen bereit. Wir haben lange gesucht, bis wir deine Größe gefunden haben.«

Christian gelang es im Umkleideraum vor der Dusche, unbeobachtet seinen »Notvorrat« in die Anstaltskleidung zu schmuggeln.

Seine Alltagskleider wurden in einen Sack verstaut und in die Wäscherei gegeben.

Gewaschen und frisch gekleidet begab sich Christian nun in Begleitung eines Wärters in den Frühstücksraum. Mit seiner imposanten Größe und kräftigen Statur zog er die Blicke der anderen Insassen auf sich. Der Wärter stellte ihn vor: »Dieser junge Mann hätte eigentlich gestern schon hier das Abendessen einnehmen sollen. Leider hat er sich beim Direktor schlecht benommen und wurde für eine Nacht in Zelle 1 verwiesen … Und hat er es überlebt?«

»Ich habe wunderbar geschlafen«, rief Christian.

Die anderen Insassen klatschten und stampften auf den Boden. Ein Bursche, der ebenfalls groß und kräftig war, aber nicht an Christian heranreichte, trat auf ihn zu und legte beide Hände auf seine Schultern. »Mein Name ist Jonas. Wir sind alle stolz auf dich. Du stellst dich diesen Sadisten entgegen.«

Der Wärter eilte heran und schlug Jonas mit dem Schlagstock. Christian stellte sich sofort zwischen die beiden. Der

Wärter hielt mit dem Schlagen inne, kehrte um und verließ den Raum. Damit hatte Christian die Herzen aller im Saal gewonnen.

Es war mäuschenstill geworden. Alle erwarteten nun, dass mehrere Wärter hereinstürmen und sich auf Christian stürzen würden.

Als das auch nach einer Viertelstunde nicht geschehen war, löste sich die Spannung.

»Sie haben Respekt vor Christian, sie wagen es nicht, es mit ihm aufzunehmen«, sagten mehrere laut.

Der Wärter, der Christian geweckt, und derjenige, der ihn am Frühstückstisch vorgestellt und danach Jonas mit einem Schlagstock traktiert hatte, gingen zum Direktor und meldeten den Vorfall.

»Rührt Christian Hachen vorläufig nicht an. Beobachtet ihn genau. Wir müssen ihn unter Kontrolle behalten. Sollte er auf einen Wärter einschlagen, haben wir die Rebellion. Das wäre das Schlimmste, was in einem Erziehungsheim passieren kann.«

Der Direktor rief alle Wärter gruppenweise in sein Büro und ordnete an, sich keinesfalls mit Christian Hachen anzulegen. Er werde alles tun, um diesen Zögling so schnell wie möglich loszuwerden.

In den Frühjahrs- und Sommermonaten wurden die Insassen der Erziehungsanstalt hauptsächlich für Feldarbeiten eingesetzt. Christian erhielt Anweisungen, verschiedene Aufgaben zu erledigen, wie beispielsweise das Mähen des Grases, Gartenarbeiten und das Setzen von Kartoffeln auf den Feldern. Er befolgte die Anweisungen, aber nach etwa zwei Stunden sagte er jeweils: »Jetzt brauche ich eine Pause und etwas zu trinken.« Dann legte er sein Werkzeug nieder.

Die Wärter akzeptierten das, zogen jedoch die Lehre daraus und setzten Christian für spezielle Arbeiten ein, um zu vermeiden, dass er Kontakt zu anderen hatte.

Lehmann erkundigte sich regelmäßig bei den Wärtern nach dem Verhalten von Christian, vermied aber jegliche persönliche Begegnung mit ihm. Es war allerdings nicht möglich, Christian von den anderen Insassen zu isolieren. Da es gemeinsame Schlaf-, Aufenthalts- und Essräume gab, war er oft von seinen Kameraden umgeben. Den Wärtern gelang es selten, mitzubekommen, worüber er mit ihnen sprach.
Es gab immer wieder Fluchtversuche von Insassen, dennoch kam es sehr selten vor, dass einer erfolgreich war. Als erfolgreich galt eine Flucht, wenn der ausgerissene Insasse nach einem Monat noch nicht gefasst worden war. Dann tauchte er nicht mehr auf und wurde nach drei Jahren als verschollen erklärt.
Das änderte sich jedoch im Sommer 1958. Anfang Juni verschwand Jonas plötzlich und wurde intensiv gesucht. Nach einem Monat tauchte er immer noch nicht auf. Im Juli schafften es zwei Insassen, zu fliehen, im September waren es bereits drei. Lehmann hatte Christian als möglichen Fluchthelfer in Verdacht, jedoch konnte ihm dies nicht nachgewiesen werden.
Doch nicht nur die geflohenen Heiminsassen machten Lehmann das Leben schwer. Seit Christians Eintritt gab es andere ungewöhnliche Vorfälle. Da war das mit den Abtritten in der Anstalt. Die Zöglinge hatten den Auftrag, in den Dörfern auf dem Tessenberg mit Veloanhängern alte Zeitungen einzusammeln.
Ein Wärter informierte Lehmann darüber, dass die Gruppe unter der Leitung von Christian Hachen gegen seine Anweisungen Zeitungen aussortierte, um daraus Toilettenpapier herzustellen.
Lehmann war verärgert über die Maßnahme von Hachen. Er schrie den Wärter an und betonte, dass so etwas nicht noch einmal passieren dürfe. Hachen solle in Zukunft vom Zeitungensammeln ferngehalten werden.
»In den Toiletten von Tessenberg liegen selbst gemachte Toilettenpapiere bereit«, hielt Lehmann fest. »Um den Be-

nutzern den sparsamen Umgang damit beizubringen, schneidet man nur so viele zu, wie wirklich nötig sind. Da jedoch die meisten Insassen zu viel davon verwenden, kommt es häufig zu Engpässen. Dies hat zwangsläufig zur Folge, dass der Po nach dem Toilettengang nicht richtig gereinigt werden kann. Als erzieherische Maßnahme müssen die Insassen dann ihre Unterwäsche selber säubern. Das zweckentfremdete Verwenden der Zeitungen hat zu einem Überangebot an Toilettenpapier und unbeabsichtigter Papierverschwendung geführt.«

Lehmann stellte auch klar: »Es ist richtig, dass unsere Toiletten häufig durch Fäkalien verunreinigt sind. Das ist störend. Aber genau das sollte dazu führen, dass die Zöglinge ein Bewusstsein dafür entwickeln, ihren Stuhlgang künftig auf eine saubere und hygienische Art und Weise zu vollziehen.«

Christian schlug nun seinen Mitgefangenen vor, die Reinigung der Toiletten nicht dem Anstaltspersonal zu überlassen, sondern selbst Hand anzulegen. An einem Samstagnachmittag wurden alle Toiletten gründlich gereinigt.

Lehmann kritisierte die Reinigung. »Das ist inakzeptabel. Ein Insasse hat nicht das Recht, eigenmächtig Maßnahmen durchzuführen, für die die Anstaltsleitung zuständig ist.«

Lehmann informierte das Personal der Anstalt darüber, dass er im Verhalten von Hachen eine Vorstufe zu einer möglichen Meuterei sehe. Er erklärte: »Es könnte mit einer harmlosen und durchaus sinnvollen Handlung beginnen und im schlimmsten Fall zu einer Besetzung des Anstaltsgeländes führen. Es ist auch nicht auszuschließen, dass Hachen eine Massenflucht organisieren dürfte.«

Im Oktober 1958 verunfallte Christian mit einem Traktor, den er für Feldarbeiten fahren durfte. Der Unfall war nicht seine Schuld. Das rechte große Rad verlor Luft, wodurch das Fahrzeug in den Straßengraben rutschte und umkippte. Christian zog sich dabei ernsthafte Verletzungen zu. Er wurde ins Regionalspital Biel gebracht und musste dort operiert werden.

Er hatte sich den Oberschenkel und die Hüfte gebrochen, was einen mehrwöchigen Spitalaufenthalt erforderlich machte.

Lehmann bedauerte die Abwesenheit von Christian Hachen nicht. Er hoffte, dass die Serie von Fluchten in den nächsten Monaten enden würde. Denn diese wurden in den Medien öffentlich gemacht, und Kommentatoren fragten sich, was mit der Erziehungsanstalt Tessenberg los sei.

Im Oktober gab es keinen einzigen Fluchtversuch. Im November entkam jedoch ein Insasse und konnte nicht gefasst werden. Im Dezember waren es zwei, im Januar und im Februar jeweils drei.

Im Januar 1959 wurde Christian aus dem Spital entlassen und konnte wieder für leichte Arbeiten eingesetzt werden. Trotz seiner unfallbedingten Abwesenheit hatte sein Charisma nicht gelitten. Im Gegenteil, er wurde von den Mitinsassen bewundert. So sehr, dass die Anstaltsleitung es nicht wagte, gegen ihn vorzugehen.

Lehmann war verzweifelt. Er wollte Christian Hachen von der Anstalt weghaben. Deshalb schrieb er einen Brief an Statthalter Küpfer.

Tessenberg, den 1. März 1959
An den Statthalter des Amts Trachselwald O. Küpfer

Lieber Ottokar
Der Zögling Christian Hachen bereitet uns Schwierigkeiten. Bereits kurz nach seiner Überstellung vom Amt Trachselwald ist er durch sein destruktives Verhalten aufgefallen.

Das Problem besteht darin, dass es ihm gelungen ist, seine Mitinsassen gegen die Autorität der Anstaltsleitung und der Wärter aufzuhetzen. Es ist praktisch unmöglich, Hachen zur Verantwortung zu ziehen, da er stets einen anderen Zögling für seine Untaten verantwortlich macht.

Seit Hachens Ankunft in unserer Erziehungsanstalt gab es bereits fünfzehn erfolgreiche Fluchtversuche. Seit der Grün-

dung im Jahr 1892 bis zur Ankunft von Christian Hachen sind insgesamt nur acht Zöglinge entkommen, ohne dass sie wieder gefasst werden konnten.

Mein Vorschlag lautet, Hachen aus der Erziehungsanstalt Tessenberg zu entlassen und in einer Pflegefamilie unterzubringen. Nach der kürzlich verabschiedeten Gesetzesrevision gilt Folgendes: Sobald ein Straftäter das Alter von zwanzig Jahren erreicht, kann er in eine Strafanstalt eingewiesen werden. Sollte Hachen in diesem Alter ein Verbrechen begehen, wäre in unserem Kanton eine Überstellung ins Gefängnis Thorberg möglich.

Zusammenfassend lässt sich sagen, dass der Fall Hachen möglicherweise bald endgültig gelöst werden sollte.

Mit freundlichen Grüßen

Hansjakob Lehmann, Direktor Tessenberg

Küpfer besprach sich mit Krähenbühl. »Als Staatsanwalt kann ich die Bitte des Direktors vom Tessenberg nachvollziehen. Lass uns abwarten, bis Hachen zwanzig geworden ist. Sollte er dann Schwierigkeiten machen, werde ich nicht zögern, einen Haftbefehl gegen ihn auszustellen. Seine Endstation wäre danach entweder die Strafanstalt Witzwil oder das Zuchthaus Thorberg.«

Krähenbühl erinnerte Küpfer daran, dass er die Erlaubnis des Jugendanwalts einholen müsste, um Hachen aus dem Tessenberg freizubekommen, was diesen zum Lachen brachte. »Mit dem Jugendanwalt hatte ich noch nie Probleme, er gehorcht mir aufs Wort.«

Küpfer fand Anfang April 1959 einen Pflegeplatz für Christian Hachen in der Schuhmacherei Ramseyer in Wasen. Es handelte sich um ein gut beleumdetes älteres Ehepaar.

14

Es war Mitte Dezember 1965, und Staatsanwalt Ronald Weber saß in seinem Büro auf Schloss Trachselwald über den Akten des Mordfalls Balthasar Haller. Es klopfte an der Tür. Der Briefträger stand davor und überreichte ihm einen eingeschriebenen Brief vom Eidgenössischen Justiz- und Polizeidepartement, den Weber mit seiner Unterschrift bestätigen musste.

Sehr geehrter Herr Staatsanwalt
Der Bundesrat hat in seiner Sitzung vom Montag, dem 13. Dezember 1965, zu Ihrer Anfrage vom Donnerstag, dem 18. November 1965, Stellung genommen. Ein endgültiger Entscheid konnte von der Landesregierung noch nicht getroffen werden. Es liegt nicht in der Zuständigkeit der Exekutive, verurteilte Straftäter vorzeitig zu entlassen. Dafür ist die Justiz zuständig. Die betreffenden Häftlinge in Witzwil und Hindelbank müssen vom Berner Amtsgericht, das sie verurteilt hat, begnadigt werden.
 Der Bundesrat stellt sich einer Freilassung der Verurteilten jedoch nicht entgegen. Allerdings müsste er noch Garantien erhalten, dass während der Entlassung die Akten dem Emissär der Landesregierung übergeben werden. Er wird die notwendigen Abklärungen in die Wege leiten, wobei dies voraussichtlich erst Mitte Februar 1966 der Fall sein wird.
 Mit freundlichen Grüßen
 A. Hösli (signiert)

Weber versah das Schreiben mit einer handschriftlichen Randnotiz.

Das nimmt verdammt viel Zeit in Anspruch. Wir setzen vorläufig unsere Ermittlungen im Mordfall Haller fort.

Weber hatte drei weitere Dokumente aufgespürt, die möglicherweise auf die Täterschaft hinweisen könnten.

Huttwil, 15. Oktober 1963

Sehr geehrter Herr Haller
Ich schuftete vom 1. März 1943 bis zum 28. Februar 1953 in der Metallfabrik Hindelbank. Während dieser Zeit verbüßte ich eine Strafe im Frauengefängnis Hindelbank. Das Verbrechen, das ich begangen hatte: Aus Furcht vor meinem Pflegevater habe ich mich nicht dagegen gewehrt, als er mich vom vierzehnten Altersjahr an missbrauchte. Als ich sechzehn war, wurde ich von ihm schwanger. Einen Monat nach der Geburt des Kindes, eines Mädchens, erhielt ich das »Privileg«, in Ihrem Unternehmen zu arbeiten. Ohne Lohn, mit einem monatlichen Sackgeld von zwanzig Franken. Es wurde »Privileg« genannt, weil ich damit den Status einer »halbfreien« Gefängnisinsassin erhielt. Das bei nicht zu bezahlender Kost und Logis in der Strafanstalt.
 Mein Pflegevater war höherer Stabsoffizier im Regiment von Ihnen, Herr Oberst Haller. Er war auch ein Geschäftspartner und ein enger Vertrauter von Ihnen. Ich habe Hinweise darauf, dass Sie, Herr Haller, genau wussten, was mir Ihr Kollege angetan hatte.
 Was ich jedoch erst seit Anfang Oktober 1963 weiß, ist, dass Sie der Besitzer der Metallfabrik sind. Seit diesem Zeitpunkt ist mir auch bekannt, dass Sie es waren, der seit 1946 all meine Gesuche auf Haftentlassung hintertrieben hat. Ich kann das gut nachvollziehen. Für Sie war ich eine billige Arbeitskraft.
 Ich bin bei Weitem nicht die einzige Person, die aufgrund Ihres Handelns für viele Jahre ein Leben in Freiheit und Würde verloren hat.
 Mit meinen Leidensgenossinnen habe ich darüber beraten, wie wir Sie zur Verantwortung ziehen könnten.
 Indem wir rechtliche Schritte gegen Sie einleiten?

Davon sind wir abgekommen. Die Justiz in unserem Land ist weder der Gerechtigkeit noch der Menschenwürde verpflichtet. Es gibt kein Gesetz, das Ihnen verbietet, Menschen so zu demütigen und auszubeuten, wie Sie es getan haben. Wir sind gezwungen, einen anderen Weg einzuschlagen, um Sie gerecht zu bestrafen. Was damit gemeint ist, wird die Öffentlichkeit bald erfahren.
  Mit vorzüglicher Hochachtung
Anna Maria

Affoltern, 20. Oktober 1963

Sehr geehrter Herr Haller
Ich habe von dem Brief von Anna Maria gehört, der an Sie adressiert war. Wie Anna Maria war auch ich ein Verdingkind und wurde über Jahre hinweg von den vier Söhnen meiner Pflegeeltern vergewaltigt. Nach einer Schwangerschaft brachte ich einen Jungen im Frauenzuchthaus Hindelbank zur Welt und war anschließend für eine Dekade eine Strafgefangene.
  Neben der Freiheitsstrafe wurde ich für diese Zeit zur Zwangsarbeit in Ihrer Fabrik verpflichtet, ohne Lohn, aber »großzügigerweise« mit Kost und Logis in der Strafanstalt.
  Ich schließe mich Anna Maria an, ebenso wie viele andere auch.
  Hochachtungsvoll
Klara

Amt Trachselwald, den 15. Oktober 1963

Sehr geehrter Herr Haller
Im gesamten Amt bin ich bekannt, aber kaum jemand weiß, dass ich als Verdingbub aufgewachsen bin. Das liegt daran, dass es mir gelungen ist, mir eine neue Identität zuzulegen.

Mit vierzehn Jahren wurde ich in die Knabenstrafanstalt »Tessenberg« geschickt. Nach einem gescheiterten Fluchtversuch internierte man mich mit siebzehn Jahren in der Heil- und Pflegeanstalt Waldau. Kurz nach dem Ende des Zweiten Weltkriegs kam ich als »Halbfreier« ins Gefängnis des Amts Burgdorf. Tagsüber durfte ich in der nahe gelegenen Metallfabrik Hindelbank arbeiten und hatte dann nachts Unterkunft und Verpflegung im Gefängnis. Eine perfide Form der Ausbeutung, die ich nicht länger ertragen wollte.

Mir gelang die Flucht, und schließlich konnte ich mich in der gerade gegründeten Bundesrepublik Deutschland (BRD) niederlassen. Ich legte mir einen neuen Namen zu, den ich bis heute trage.

Nicht nur einen neuen Namen brauchte ich, sondern auch einen Pass. Die Behörden der BRD stellten mir keinen aus, da ich keine glaubhaften Angaben über meine Rolle in der Wehrmacht machen konnte und aufgrund meiner Sprache nicht als ursprünglich Deutscher betrachtet wurde, obwohl ich mir Mühe gab, Hochdeutsch zu sprechen.

Da ich mich in der Nähe Ostdeutschlands bei Bauern verdingte, kam mir die Idee, in das Gebiet der Ostzone umzusiedeln. Obwohl man mir davon abriet, entschloss ich mich dennoch dazu. Zu meiner Überraschung wurde ich freundlich empfangen, am Tag der Ausrufung des neuen Arbeiter- und Bauernstaates am 7. Oktober 1949, genau an diesem Datum, an dem ich die Grenze überquerte.

Ich fand schnell Arbeit in einer Maschinenfabrik. Der Lohn war nicht hoch, aber immer noch besser als das, was ich in Hindelbank erhalten hatte. Ich durfte sogar eine Ausbildung zum Maschinisten absolvieren und bekam kurz darauf meinen Pass der DDR.

Ich kam in Kontakt mit der Stasi, dem Staatssicherheitsdienst. Einer der Funktionäre warb mich an. Es bedurfte nicht viel, mich von der Bedeutung dieser Institution zu überzeugen. Es war allemal besser als das, was ich in meiner Jugend in der Schweiz erlebt hatte. Ich verschwieg auch nicht, dass ich ursprünglich aus der Schweiz stammte.

Im Frühjahr 1955 wurde ich von meinem Kommandanten zu einem Treffen zitiert. Der Kommandant sagte, er habe Pläne mit mir. Da ich ursprünglich Schweizer sei, empfehle er mir, mich wieder in meinem Ursprungsland niederzulassen.

Mir gefalle es aber in der DDR, erwiderte ich. Der Kommandant lachte herzlich. Das wisse er. Ich dürfe selbstverständlich meinen DDR-Pass behalten. Aber noch mehr. Die Stasi sei in der Lage, mir auch einen Schweizer Pass, den ich zuvor nie hatte, auszustellen. Die Stasi habe in der Schweiz bedeutende Aufträge für mich.

»Das würde mich reizen«, erwiderte ich dem Kommandanten.

Er ergriff meine Hand, und wir schlugen ein. Der Kommandant bedankte sich liebenswürdig und sagte dann, man werde mich bereits morgen über die Interzonengrenze nach Westberlin bringen.

Der Kommandant öffnete seine Schreibtischschublade und zog ein kleines, hellbraunes, kartoniertes Büchlein heraus. Es trug die Aufschrift in Schwarz: SCHWEIZER PASS, PASSEPORT SUISSE, PASSAPORTO SVIZZERO. Darunter standen der Name und der Heimatort, der in jedem Schweizer Pass angegeben ist. Mein neuer Heimatort war Altdorf im Kanton Uri.

Wie das zustande gekommen war, konnte ich mir zwar nicht erklären. Aber dieser Name soll in alten Zeiten dort vertreten gewesen sein. Der Kommandant versicherte mir sogar, dass es ein Familienwappen dazu gebe.

Mit diesem Pass könne ich problemlos die Schweizer Grenze überqueren und mich in einer Gemeinde anmelden.

Weshalb schreibe ich Ihnen das alles, Herr Balthasar Haller?

Ich bin jetzt seit 1955 ein angesehener Bürger in unserem Land. Meine Jugendzeit wurde mir jedoch gestohlen. Der Name, den ich damals trug, existiert noch in den Archiven

einer Emmentaler Gemeinde. Diese Person gilt jedoch als verschollen.
Herr Haller, ich habe nicht vergessen, was Sie mir angetan haben.
Der Schweizer mit dem Heimatort Altdorf

Weber ging mit diesen Briefen zum Statthalter. Moser nahm sich Zeit, las alle durch und stellte zwischendurch Fragen. »Was denkst du, Ronald, könnte uns eines dieser Dokumente weiterhelfen?«
»Ja.«
»Welches?«
»Das letzte.«
»Das denke ich auch. Aber wer könnte das sein?«
Es sei wie die Suche nach der Nadel im Heuhaufen. Moser ging davon aus, dass man nicht umhinkommen würde, das Angebot der DDR anzunehmen.
»Doch ich habe einen Verdacht«, verriet Moser, »den möchte ich jedoch nicht preisgeben.«
»Auch ich habe einen Verdacht, den ich vorerst für mich behalten will«, sagte Weber.
Moser ging zu seinem Schreibtisch, holte zwei Couverts aus einer Schublade und beschriftete eines mit »Ronald« und das andere mit »Werner«.
Dann öffnete er eine andere Schublade und nahm zwei leere Karteikarten heraus. Er gab Weber eine sowie den Umschlag mit seinem Namen. Er bat ihn, den Namen der verdächtigen Person in seinem Büro auf die Karteikarte zu schreiben und sie später verschlossen in sein, Mosers, Postfach zu legen. Das Gleiche würde er tun.
Die Umschläge würden dann gemeinsam geöffnet werden.

15

Christine freute sich sehr auf den neuen Lebensabschnitt. Der Unterricht am Lehrerinnenseminar begann nach Ostern 1959. Die ersten Tage waren aufregend. Dann kam der Turnunterricht. Zuständig dafür war eine Sportlehrerin.

Am Ende der Lektion bat sie Christine um ein Gespräch. »Irgendetwas stimmt nicht mit Ihrem Körper. Ich werde einen Termin bei einer Frauenärztin für Sie reservieren und würde Sie gerne begleiten, wenn Sie nichts dagegen haben.«

Der Besuch bei der Ärztin fand am Mittwochvormittag, dem 8. April 1959, statt. Die Lehrerin war ebenfalls anwesend.

Die Untersuchung war für die Ärztin nicht mehr als Routine. Das Ergebnis war nicht eine Krankheit, von der Christine ausging. Die Ärztin stellte vorsichtig Fragen: »Haben Sie, Christine, einen Freund?«

Das hatte sie nicht.

»Wie war es mit Ihrem Pflegevater? Nach meinen Informationen gab es eine Trennung. Warum?«

Damit war die Gelegenheit für Christine erneut gekommen, das zu berichten, was ihr der Pflegevater Ende November angetan hatte. Christine kamen dabei die Tränen. Es war eine lange Erzählung.

Der Ärztin und der Lehrerin fiel es nicht leicht, ihr Entsetzen zu verbergen. Beide sahen einander ratlos an.

Die Ärztin schlug vor, dass sie zunächst ein vertrauliches Gespräch mit der Lehrerin führen möchte.

In der Zwischenzeit verweilte Christine im Wartezimmer. Der Verdacht der Lehrerin bestätigte sich: Christine war Opfer eines Sexualverbrechens geworden, und sie war schlichtweg nicht aufgeklärt. Dass ihre Regelblutung plötzlich aufhörte, konnte sie nicht einordnen. Sie hatte keine Ahnung, dass sie schwanger war.

Der Lehrerin war klar, dass Christine nicht in den Unterricht zurückkehren konnte. Aber wie sollte sie es der jungen Frau beibringen? Christine war noch ein Kind. Und wie sollte ihr Leben weitergehen?

Die beiden Frauen wussten, dass es für die Sozialbehörde, die dem Statthalter unterstand, dazu eine einfache, bereits tausendfach praktizierte Lösung gab. Schwangere Mädchen in Christines Alter mussten das Kind gebären, eine Abtreibung kam nicht in Frage, das wäre illegal gewesen.

Es wurde nicht nachgefragt, wie sie schwanger geworden war, insbesondere nicht im Schloss Trachselwald. Bei Christine kam hinzu, dass sie ein uneheliches Kind war. Uneheliche Kinder galten ohnehin als sittlich gefährdet. Es war daher für diese Herren logisch, dass sie selbst unehelichen Nachwuchs bekommen würden.

In Christines Alter galten sexuelle Kontakte als schwerwiegendes Delikt, das nach allen rechtsstaatlichen Prinzipien geahndet wurde. Eine Alternative zur Freiheitsentziehung gab es nicht. Da eine Unterbringung in einem Jugendheim für schwangere Mädchen nicht möglich war, blieb nur das Gefängnis. Obwohl es eigentlich nicht vorgesehen war, dass dort Minderjährige einsaßen.

Im Kanton Bern wurde für diese Gesetzeslücke eine Lösung gefunden. Man richtete in Hindelbank, dem größten Frauengefängnis in der Schweiz, eine Gebärabteilung ein. Die dort inhaftierten Teenager wurden dann formal nicht als Gefangene, sondern als Verwahrte betrachtet.

Die meisten anderen Kantone lösten dieses Dilemma, indem sie schwangere Mädchen in das Frauengefängnis Hindelbank verlegten.

Für Christine gab es keine andere Lösung als die Verlegung ins Frauengefängnis Hindelbank. Das war der Lehrerin und der Ärztin bewusst. Nun war es ihre Aufgabe, Christine über diese Maßnahme zu informieren.

Schweren Herzens versuchte die Ärztin, einfühlsam und

umsichtig zu sein, als sie Christine ihren Befund und dessen Folgen mitteilte. Die Lehrerin umarmte Christine dabei, doch diese liebevolle Geste konnte das vernichtende Urteil nicht ungeschehen machen. Christine brach zusammen.

Für die Ärztin war dies jedoch ein kleiner Lichtblick. Christines Zustand machte einen Spitalaufenthalt unvermeidlich. Dafür kam nur die Heil- und Pflegeanstalt Waldau in Frage. So war zumindest für die nächsten Wochen eine angemessene medizinische und psychische Betreuung gewährleistet.

Den beiden Frauen war das Schicksal von Christine nicht gleichgültig. Für sie war diese Angelegenheit noch nicht abgeschlossen. Die Ärztin reichte in Bern eine Strafanzeige gegen die ehemaligen Pflegeeltern Gregor und Ruth Henseler ein. Diese wurde in der Hauptwache am Waisenhausplatz ohne Widerstand entgegengenommen.

Der Polizist am Schalter führte die Ärztin in das Besprechungszimmer, wo sie mit dem Kommandanten der Station über diesen heiklen Fall reden wollte.

Nach einer Stunde betrat der Kommandant den Raum, in dem sich die Ärztin mit der Lektüre veralteter Zeitungen die Zeit vertrieben hatte. Der Kommandant war ein Polizeioffizier im Rang eines Majors.

»Gute Frau, wo brennt es denn?«, sprach er sie an.

Diese Begrüßung stieß bei der Ärztin auf Unmut. Sie wies ihn darauf hin, dass sie nicht hier sei, um als Frau angesprochen zu werden, und ob er sie als gut oder schlecht einschätze, spiele keine Rolle. Sie sei hier in ihrer Funktion als Ärztin. Sie erklärte, warum auch gegen den Statthalter und den Staatsanwalt von Trachselwald eine Untersuchung erforderlich sei. Die beiden hochrangigen Beamten hätten ihre Aufsichtspflicht nicht wahrgenommen. Es gebe zahlreiche Fälle von sexuellem Missbrauch gegenüber Heim- und Verdingkindern. Die meisten dieser Fälle würden nicht zur Anzeige gebracht, da die Opfer sich nicht selbst verteidigen könnten oder ihre Angehörigen es nicht wagten, solche Vorfälle zu melden.

Schließlich gab der Polizeioffizier klein bei und akzeptierte eine Weiterleitung der Strafanzeigen gegen Küpfer und Krähenbühl.

Die Ärztin fragte, wie lange es dauern würde, bis die Anzeigen zur Behandlung bei der Justiz und der Polizei eingereicht werden könnten.

Der Major hob seine Hände, blies die Backen auf und ließ die Luft mit einem Pfiff entweichen. »Wie soll ich das wissen?«

Christine wurde noch am selben Tag von der Liste der Seminaristinnen gestrichen. Die Klassenlehrerin informierte Christines Kolleginnen über ihren Abgang von der Schule. Dabei kam jedoch die Wahrheit zu kurz. Es wurde nicht erwähnt, dass sie schwanger sei, stattdessen wurde von einer schweren Krankheit gesprochen.

***

Der Redaktor des »Emmentaler Boten« erfuhr von Christines Einweisung in die Waldau. Er beschloss, dieser Angelegenheit nachzugehen, was aufgrund der ärztlichen Schweigepflicht alles andere als einfach war.

Dennoch gab Kaderli nicht auf. Als Zeitungsmacher wusste er, dass selbst Geheimnisse manchmal in den Nachrichtenkanälen durchsickerten.

Nach einer intensiven Woche der Recherche wusste er praktisch alles. Er verfasste einen Artikel, jedoch nicht über alles, was ihm bekannt war, denn er wollte Christine nicht schutzlos der Öffentlichkeit aussetzen.

Erneut erschüttert ein Pflegeelternskandal das Amt Trachselwald
Über mehrere Jahre hinweg wurde ein Verdingkind in Sumiswald von seinen Pflegeeltern sexuell missbraucht. Ende November 1958 zwang der Pflegevater das Mädchen in An-

wesenheit der Pflegemutter, Alkohol zu trinken, und vergewaltigte es anschließend.
Besonders schockierend war, dass der Täter ein hochrangiger Mitarbeiter des Amtsspitals ist. (...)

Kaderli beschrieb, ohne ihren Namen zu nennen, was Christine seit November 1958 bis zu ihrer Einweisung nach Ostern 1959 in die Waldau durchgemacht hatte.

Der Artikel erzielte die gewünschte Wirkung, Henseler wurde endlich angeklagt, obwohl die zuständigen Behörden der Ämter Trachselwald und Signau bereits im Januar von dem Missbrauchsfall erfahren hatten.

Nach einem längeren Aufenthalt in der Waldau wurde Christine vom zuständigen Jugendanwalt in die Geburtsabteilung der Strafanstalt Hindelbank überwiesen. Ende August 1959 brachte Christine das Mädchen Sarah zur Welt. Vier Monate später, nach dem Ende der Stillzeit, wurde das Baby von der Mutter weggenommen und zur Adoption freigegeben. Christine war zu diesem Zeitpunkt sechzehn Jahre alt und durfte gemäß den Berner Gesetzen eine Arbeitsstelle annehmen. Sie wurde gezwungen, für die Metallfabrik von Hindelbank zu arbeiten.

Christine stand als Verdingkind immer noch unter Vormundschaft und blieb dies auch nach einer entsprechenden Entscheidung des Jugendanwalts. Dies geschah in Absprache mit dem Statthalter des Amts Trachselwald. Zusätzlich wurde eine unbefristete Verwahrung von Christine angeordnet, was ihren Aufenthalt in der Strafanstalt Hindelbank gesetzeskonform machte.

Christine erhielt Unterkunft und Verpflegung in der Strafanstalt, was durch ihr »Gehalt« von der Arbeitsstelle abgegolten wurde. Zusätzlich bekam sie ein monatliches Taschengeld von zwanzig Franken, das der Anstaltsdirektor bei jeder persönlichen Auszahlung als großzügige Geste hervorhob.

Christine war damit nicht allein. Dutzende junger Frauen

in der Strafanstalt Hindelbank teilten dasselbe Schicksal mit ihr. Sie schloss Freundschaft mit ihren Leidensgenossinnen, was ihr half, diese schwere Zeit zu überstehen.

Christine hörte in Hindelbank nie auf, für ihre Entlassung zu kämpfen. Sie akzeptierte es nicht, dass sie wegen ihrer erzwungenen Schwangerschaft bestraft wurde. Ihren Berufswunsch, Lehrerin zu werden, gab sie ebenfalls nicht auf. Aus diesem Grund bewarb sie sich um eine Lehrstelle als Schneiderin, die in der Anstalt angeboten wurde. Um später an einem Sonderkurs für die Lehrerinnenausbildung teilnehmen zu können, war ein Berufsabschluss unerlässlich.

Statt mit Schrauben zu hantieren, musste sie nun in der Näherei Hindelbank Armeeuniformen schneidern. Sie verabscheute diese Arbeit noch mehr.

Nach Abschluss ihrer Ausbildung kehrte sie erneut zur Metallfabrik zurück, unter denselben Bedingungen wie bei ihrem Eintritt in Hindelbank.

Christine wurde erlaubt, ihre Tochter zu besuchen. Dies war möglich, weil Sarahs Adoptiveltern damit einverstanden waren. Beide waren bereits im fortgeschrittenen Alter und sehr freundlich zu Christine. Sie hatten nichts dagegen, dass die kleine Sarah später bei ihrer Mutter leben durfte. Die Zeit dafür würde kommen, wenn Christine auf eigenen Beinen stand.

Christine war sich bewusst, dass sie es ohne fremde Hilfe, ohne Unterstützung von außen, niemals schaffen würde. Diese Hilfe erhielt sie von Konstantin Kaderli, der im »Emmentaler Boten« mehrmals über Christine Hauser geschrieben hatte. Erst danach war es möglich, dass am 21. September 1965 ihre Bevormundung aufgehoben wurde.

16

Das Frühjahr 1959 markierte für Christian Hachen einen Wendepunkt in seinem Leben. Obwohl er immer noch bevormundet war und bei Pflegeeltern lebte, ging es ihm gut, weil diese ihm wohlgesinnt waren. Außerdem befand er sich wieder in seiner Heimat, in der Nähe seiner Mutter.

An seinem achtzehnten Geburtstag Anfang September 1959 feierte er gemeinsam mit ihr und seinen Pflegeeltern im Haus der Schuhmacherei Ramseyer. Am frühen Nachmittag, fast am Ende eines ausgiebigen Mittagessens, klingelte der Briefträger. Er hatte einen eingeschriebenen Brief aus der Erziehungsanstalt Tessenberg dabei.

Der Name Tessenberg war im ganzen Kanton bekannt als der des Jugendgefängnisses für männliche Straftäter unter achtzehn Jahren, auch für solche, die zu Unrecht als Kriminelle bezeichnet wurden. Die Blicke des Pöstlers sprachen Bände.

Ein komisches Gefühl in der Magengrube überkam Christian, als er den Brief öffnete. Was wollen sie jetzt noch von mir?

Erziehungsanstalt Tessenberg, Prêles/BE

Sehr geehrter Herr Christian Hachen
Herzlichen Glückwunsch zu Ihrem Geburtstag. Sie sind nun achtzehn Jahre alt und treten in ein Alter ein, in dem das Leben beginnt. Sie haben die Möglichkeit, zu arbeiten und Geld zu verdienen, was bedeutet, dass Sie auf eigenen Beinen stehen können.

Um Glück zu finden, ist es von Vorteil, den richtigen Beruf zu wählen. Ihnen ist vielleicht gar nicht bewusst, dass Sie eine besondere Begabung haben, die nur wenige Menschen teilen: Sie haben Führungsqualitäten.

Was gibt es Schöneres, als junge Menschen auf den richtigen Weg zu bringen? Diese Aufgabe wäre perfekt für Sie. Daher möchte ich Ihnen ein Angebot machen. In unserer Anstalt fehlt es an geeigneten Betreuern, die schwierige Jugendliche erziehen können.

Ende nächsten Jahres wird der beste Mitarbeiter unseres Teams in den Ruhestand gehen. Es ist nicht einfach, ihn zu ersetzen. Doch ich habe sofort an Sie gedacht. Sie könnten diese Lücke füllen.

Die Ausbildung zum Wärter und Erzieher dauert zwei Jahre, und bereits ab dem ersten Tag wird ein Gehalt gezahlt. Während der Ausbildung findet einmal pro Woche Unterricht in der Gewerbeschule Biel statt, und die Transportkosten dafür werden von der Anstalt übernommen. Der Lehrling erhält Unterkunft und Verpflegung, welche vom Ausbildungsbetrieb getragen werden.

Der Stellenantritt ist für den 1. Januar 1961 geplant. Ein Einstieg ist auch möglich, wenn die Ausbildung noch nicht abgeschlossen ist. Das Gehalt richtet sich nach dem kantonalen Personalreglement und hängt somit vom Alter und der Ausbildung ab. In Ihrem Fall reicht es problemlos für den Lebensunterhalt aus.

Ich möchte Sie, Christian Hachen, mit diesem Angebot nicht überrumpeln. Nehmen Sie sich bitte Zeit für Ihre Entscheidung. Sie sollten mir jedoch spätestens bis zu Ihrem neunzehnten Geburtstag eine Antwort geben.

Für Sie hätte eine Zusage noch einen weiteren Vorteil. Als Verdingkind stehen Sie derzeit noch unter Vormundschaft. Bei Annahme unseres Angebots hätten Sie ab dem 2. September 1960 keinen Vormund mehr.

Hochachtungsvoll
Hansjakob Lehmann, Direktor Tessenberg (signiert)

Statt seinen Nachtisch zu genießen, las Christian aufmerksam den Brief. Seine Mutter und die Ramseyers beobachteten ihn dabei.

Nachdem er mit der Lektüre zu Ende war, legte er die zwei

maschinengeschriebenen Blätter neben seinen Teller, nahm den kleinen Löffel und steckte ihn in die Dessertschale.

»Dürfen wir erfahren, was die vom Tessenberg geschrieben haben?«, fragte Andreas Ramseyer.

»Natürlich, ich möchte es sowieso nicht für mich behalten. Ich brauche nur noch etwas Zeit, um dieses Schreiben zu verarbeiten. Es ist ein netter Brief ... Am besten lese ich ihn euch vor.«

Alle am Tisch hingen an Christians Lippen.

»Gratuliere, mein Sohn. Es freut mich sehr, dass der Direktor dir ein solches Angebot macht. Das bedeutet für mich, dass du ein äußerst talentierter Junge bist«, sagte seine Mutter erfreut.

Andreas Ramseyer teilte die Begeisterung von Emma Hachen nicht in diesem Ausmaß. Er fragte: »Würde dir dieser Job überhaupt gefallen?«

Christian zuckte mit den Schultern. »Nachdem ich gesehen habe, wie die Wärter auf dem Tessenberg gehandelt haben, bin ich alles andere als begeistert von diesem Angebot. Aber die Entscheidung kann mir niemand abnehmen. Diese Arbeit hätte Vor- und Nachteile. Ich werde mich von Experten beraten lassen.«

Andreas Ramseyer runzelte die Stirn. »Was meinst du mit Experten?«

»Ich meine jemanden, der viel über den Tessenberg weiß. Auch ich habe einiges erfahren, aber aus einer anderen Perspektive. Als Insasse hatte ich Einblick in das Innere dieser Anstalt. Ich muss den Rat von jemandem einholen, der einen umfassenden Überblick über diese Institution hat. Was sind ihre Leitlinien? Wie wird die Führung kontrolliert? Warum werden die Missbrauchsfälle nicht öffentlich gemacht? Was ist aus den Insassen geworden? Und vieles mehr möchte ich wissen. Außerdem interessiert mich, warum Lehmann ausgerechnet mich ausgewählt hat. Soweit ich weiß, wollten sie mich auf dem Tessenberg loswerden.«

»Kennst du einen solchen Experten?«

»Ja, Konstantin Kaderli wäre einer. Bestimmt gibt es noch andere. Kaderli kann mir einige nennen. Er ist mit vielen Menschen vernetzt, die Bescheid wissen. Ich werde mich an ihn wenden.«

Christian rief Kaderli an. Er las ihm den Brief vor.

»Das ist wirklich unglaublich«, sagte Kaderli. »Wir müssen unbedingt über diesen Brief sprechen. Am Mittwochnachmittag hätte ich Zeit.«

Christian warf einen Blick auf Ramseyer, und dieser nickte.

Am nächsten Tag fuhr Christian nach Burgdorf und besuchte die Redaktion des »Emmentaler Boten«. Kaderli war gut vorbereitet, als Christian sein Büro betrat. Auf dem Schreibtisch lagen Stapel von A4-Blättern und Kopien.

Kaderli lehnte sich zurück, die Hände am Hinterkopf verschränkt. »Um es vorwegzunehmen: Was dir der Direktor von Tessenberg in seinem Brief schreibt, ist das Ergebnis eines lang überlegten Plans. Er steht mit dem Rücken zur Wand. Nach meinen Recherchen gab es in den letzten Monaten übermäßig viele Fluchtversuche aus dem Tessenberg. So viele, dass die französischsprachigen Medien begonnen haben, darüber zu berichten. Die Deutschschweizer halten sich noch zurück, aber das dürfte sich bald ändern.«

»Warum hat das Angebot von Lehmann etwas mit den Fluchtversuchen zu tun?«, fragte Christian.

Kaderli lächelte. »Machst du Witze? Die erfolgreichen Fluchtversuche begannen, als du nach Tessenberg gebracht wurdest. Lehmann hat offensichtlich immer noch nicht herausgefunden, wie die Insassen es schaffen, so erfolgreich zu entkommen. Er vermutet, dass du ihnen das beigebracht hast.«

Christian ließ das mal offen, hakte dann aber nach. »Was ist eigentlich mit den Wärtern auf dem Tessenberg? Woher kommen sie? Welche Ausbildung haben sie?«

»Obwohl der Tessenberg im überwiegend französischsprachigen Berner Jura liegt, sprechen die meisten von ihnen Deutsch. Alle haben ihre Ausbildung in der Erziehungsanstalt absolviert. Soweit ich weiß, wärst du als ehemaliger Sekundarschüler eine Ausnahme. Die Wärter sind lediglich Erzieher, was Disziplin und Gehorsam betrifft. Sie stammen hauptsächlich aus Familien von Dienstboten und Hilfsarbeitern und haben daher von Haus aus eine geringe formale Bildung.«

Christian sinnierte darüber, warum der Kanton Bern immer wieder Jugendliche finde, die sich für diesen Beruf entschieden.

»Nun ja, als Wärter in einer Erziehungsanstalt hast du garantiert eine sichere Arbeitsstelle. Auch der Lohn reicht aus, um eine Familie über die Runden zu bringen.«

»Man könnte daraus fast schließen, dass diejenigen, die diesen Beruf ausüben, am Ende ihres Wissensstands sind, während ihre Schützlinge intelligenter sind als sie.«

Kaderli sah Christian schmunzelnd an. »Wie scheinheilig von dir, das weißt du doch als ehemaliger Insasse nur zu gut.«

Was für Karrieremöglichkeiten Kaderli sehe, wenn man diesen Beruf ergreife, fragte Christian.

Am nächsten liege eine Umschulung als Gefängniswärter, erwiderte Kaderli lachend. »Oder noch besser, du könnest die Aufnahmeprüfung in die Polizeischule machen.«

»Also, das einzig Positive am Vorschlag von Lehmann ist, dass ich mit neunzehn keinen Vormund mehr hätte«, bemerkte Christian.

»Es ist bedauerlich, dass junge Menschen immer noch aufgrund ihrer unehelichen Geburt bevormundet werden. Das Angebot von Lehmann hat auch eine gewisse erpresserische Komponente.«

Christian erklärte, dass er keine berufliche »Laufbahn« als Gefangenenwärter in einer Erziehungsanstalt für Jungen einschlagen wolle. Kaderli sagte, dass er nichts anderes von ihm erwartet habe. Doch was die Absage betreffe, müsse er vorsichtig sein. »Mein Vorschlag: Teile Lehmann mit, dass du dich noch nicht entscheiden kannst.«

Christian kehrte nach Wasen zurück und schrieb Lehmann einen freundlichen Brief. Darin bedankte er sich für das Angebot und bat, wie ihm Kaderli empfohlen hatte, um etwas Bedenkzeit.

Lehmann antwortete schriftlich. Er akzeptiere, dass Christian mit seiner Entscheidung noch warten wolle, gehe jedoch davon aus, dass er letztlich zusagen werde.

Christian war erleichtert, als er Anfang Februar 1960 das Communiqué der Berner Kantonsregierung in der Zeitung las:

Der Direktor der Erziehungsanstalt Tessenberg tritt zurück. Hansjakob Lehmann geht Ende April 1960 vorzeitig in den Ruhestand. Nach dem vierten erfolgreichen Fluchtversuch eines Insassen aus der Anstalt im Januar habe er nicht mehr die Kraft, dieses Amt weiter auszuüben.

Um zu verhindern, dass der noch unbestimmte Nachfolger von Lehmann in Versuchung geriet, auf Lehmanns Angebot an Christian Hachen zurückzukommen, verfasste Konstantin Kaderli einen kritischen Artikel über die Missstände in der Erziehungsanstalt Tessenberg und veröffentlichte ihn im »Emmentaler Boten«.

Christian Hachen war nun entschlossen, eine Berufslehre zu beginnen. Da sein derzeitiger Pflegevater Schuhmachermeister war, entschied er sich für diesen Beruf. Ramseyer freute sich darüber, denn er hatte bereits den Gedanken im Hinterkopf, sein Geschäft eines Tages an Christian zu übergeben.

Andreas Ramseyer konnte aber nicht eigenmächtig über Christian verfügen, weil dieser nicht sein leiblicher Sohn war. Ramseyer musste ein Gesuch an Statthalter Küpfer richten, ob er Christian als Lehrling einstellen dürfe.

Die schriftliche Antwort Küpfers war verwirrend. Es sei nicht üblich, dass Verdingkinder eine Lehre machen würden. Der Staat zahle für die Pflegeverantwortlichen dieser Jugendlichen bis zu zweihundert Franken monatlich, solange sie das Alter von siebzehn Jahren nicht erreicht hätten. Nach dem siebzehnten Geburtstag müssten die Verdingkinder für sich selbst aufkommen, dazu reichten die spärlichen Einnahmen der Lehrstelle nicht.

Wortwörtlich schrieb der Statthalter:

Zudem benötigt Christian die Zustimmung seines Vormunds, um eine Ausbildung beginnen zu können. Leider ist der Vormund von Christian derzeit erkrankt und nicht in der Lage, Entscheidungen zu treffen. Daher ist es Christian in diesem Jahr noch nicht möglich, mit einer Lehre anzufangen.

Andreas Ramseyer akzeptierte den Entscheid des Statthalters nicht und suchte Unterstützung bei Konstantin Kaderli. Kaderli reagierte prompt und verfasste einen Artikel im »Emmentaler Boten«, in dem er scharfe Kritik an Küpfer übte. Es sei inakzeptabel, die Ausbildung eines Jugendlichen zu verhindern, nur weil er als uneheliches Verdingkind bevormundet sei. Die Bevormundung von Christian Hachen müsse aufgehoben werden, da es keinen Grund mehr dafür gebe.

Dieser Beitrag von Kaderli hatte die gewünschte Wirkung. Als Folge davon ergoss sich eine Flut von Leserbriefen, in denen der Statthalter mehrheitlich zum Rücktritt aufgefordert wurde.

Kaderli war sich bewusst, dass Küpfer den Ratschlag der Leser des »Emmentaler Boten« nicht befolgen würde. Damit Christian dennoch nach Ostern 1960 seine Lehre beginnen konnte, konsultierte Kaderli einen Fürsprecher. Nach dessen Rechtsverständnis gebe es keinen Gesetzesparagrafen, der Christian daran hindern würde, eine Lehre anzutreten. Kaderli empfahl Ramseyer, Christian in der Gewerbeschule Burgdorf als Lehrling anzumelden, was dieser tat.

Kaderli verfasste einen Beitrag mit der Überschrift: *Trotz des Verbots des Statthalters trat heute ein Verdingbub seine Lehre an.*

Küpfer war vor Wut außer sich, als er las, was Kaderli geschrieben hatte. Er sendete Ramseyer einen eingeschriebenen Brief, in dem er ihn aufforderte, das Lehrverhältnis mit Christian

Hachen unverzüglich aufzulösen. Eine Kopie davon wurde auch an das Rektorat der Gewerbeschule Burgdorf geschickt.

Kaderli ließ es sich nicht nehmen, auch diesen Brief im »Emmentaler Boten« abzudrucken.

Dadurch erfuhren die meisten Zeitungen der deutschen Schweiz von diesem Konflikt im Emmental. Einhellig wurde Küpfers Haltung verurteilt, und zwar zum Teil mit deutlichen Worten. *Der Statthalter von Trachselwald scheint nicht mehr ganz bei Verstand zu sein.*

Nun sahen sich die Departemente für Justiz und Erziehung in der Berner Regierung gezwungen, dazu Stellung zu nehmen.

Der Regierungsrat des Kantons Bern legt Wert darauf, dass alle jungen Menschen entsprechend ihren Fähigkeiten eine Ausbildung absolvieren dürfen. Auch wenn möglicherweise noch einige Gesetze angepasst werden müssen, gilt das in der Verfassung festgelegte Recht auf Bildung.

Das war ein harter Schlag für Statthalter Küpfer. Durch die Stellungnahme des Regierungsrates wurde er öffentlich bloßgestellt. Es fanden danach auch hinter den Kulissen Diskussionen statt, von denen nur Eingeweihte erfuhren. Küpfer hatte keine andere Wahl mehr und reichte seinen Rücktritt ein.

Und für Staatsanwalt Krähenbühl, Küpfers besten Freund, war es nach dieser Entwicklung klar, dass auch seine Zeit abgelaufen war. Einen Tag nach Küpfers Demission nahm er seinen Hut.

Kaderli haute noch mal in dieselbe Kerbe mit einem Kommentar.

Ende gut, alles gut? Ganz und gar nicht. Es bleibt nach wie vor bestehen, dass ein Statthalter in unserem Kanton nach Belieben handeln kann. Im Notfall hält er sich an nicht angepasste Gesetze, die unserer Verfassung widersprechen. Und sollte ihm ein Gesetz nicht zusagen, tut er so, als ob es nicht existierte.

Auch der Jugendanwalt hat eine bedenkliche Machtfülle, die sich verheerend auswirken kann, wenn er seine Vernunft ausschaltet.

Es gibt in unserem Staat Regeln, die jeglichem Anstand, jeglichem Gerechtigkeitsempfinden und jeglicher Fairness ins Gesicht schlagen. Zum Beispiel kann ein Amtsvormund ein Verdingkind daran hindern, die Sekundarschule zu besuchen oder eine Berufslehre zu beginnen.

Kaderlis Beitrag läutete die Volkswahl des neuen Statthalters ein. Im Juni 1960 gewann Werner Moser, der versprach, sich an die Verfassung und die entsprechenden Gesetze zu halten. Allerdings hatte dieses Versprechen wenig Bedeutung, da auch seine Gegenkandidaten dasselbe sagten. Moser war Jurist und arbeitete als Anwalt. In Bern war sein offizieller Berufstitel Fürsprecher.

Kaderli unterstützte Moser, der sich als Anwalt für benachteiligte Menschen in Gerichtsfällen einsetzte.

Als einer der Ersten realisierte Christian Hachen, dass sich der Wind im Amt des Statthalters gedreht hatte.

Kurz nach den Wahlen erhielten alle Jugendlichen, die unter Vormundschaft standen, ein Schreiben, in dem angekündigt wurde, dass sie mit Erreichen der Volljährigkeit, dem zwanzigsten Geburtstag, als mündig erklärt würden. Allerdings galt dies nur für Personen, die im Amt Trachselwald registriert waren. Für Jugendliche, die schwere Straftaten begangen hatten, sowie geistig behinderte Personen galt dies nicht. Jeder Fall musste aber gerichtlich geprüft werden, wenn Einspruch gegen die Beibehaltung der Vormundschaft eingelegt werden sollte.

Die Ankündigung von Moser stieß auf Widerstand. Einige Pflegeeltern aus der Landwirtschaft und insbesondere der Fabrikbesitzer Balthasar Haller waren dagegen. Haller reichte sogar eine Klage ein, die jedoch bei der Überprüfung durch die zuständige Behörde scheiterte. Der Grund für sein Engagement lag darin, dass er im gesamten Emmental Unternehmen betrieb, die Frauen und Männer weit über das Erwachsenenalter hinaus zu Tiefstlöhnen beschäftigten. Er fürchtete, dass das, was im Amt Trachselwald eingeführt wurde, auch in anderen Ämtern zur Realität werden könnte.

Am 2. September 1961 erreichte Christian Hachen die Volljährigkeit, und seine Vormundschaft wurde aufgehoben. Gegen diese Entscheidung wurde eine Klage von dem ehemaligen Statthalter Küpfer eingereicht. Er begründete seinen Einspruch damit, dass Hachen aufgrund seiner Flucht von den Pflegeeltern Trauffer im Oktober 1957 gerichtlich gesucht wurde und somit vorbestraft sei. Diese Begründung wurde von der Justiz nicht anerkannt.

Für Christian hatte der Einspruch zur Folge, dass seine Mündigkeit um drei Monate verschoben wurde. Dadurch konnte er nicht wie geplant im Frühjahr 1962 die Rekrutenschule antreten, sondern musste bis zum Herbst desselben Jahres warten, weil die Armee keine bevormundeten Personen aufnahm.

Die Lehre bei Schuhmacher Ramseyer verlief harmonisch, obwohl Christian nicht der begabteste Handwerker war. Aber er setzte sich ein und war in der Lage, zuverlässige Reparaturen durchzuführen und auch neue, solide und bequem zu tragende Schuhe herzustellen. In der Berufsschule waren seine Leistungen in den allgemeinbildenden Fächern hervorragend.

Die Abschlussprüfung im März 1963 schloss er mit Bestnoten ab. Sein Lehrmeister, Andreas Ramseyer, war für Christian wie ein guter leiblicher Vater. Das hatte er schon einmal in den frühen Jahren als junges Schulkind mit Fritz Bracher erlebt, wenn auch nur für eine kurze Zeit.

In sein Tagebuch schrieb Christian nach der Lehrabschlussprüfung:

Mittwoch, 15. März 1963. Heute bin ich sehr glücklich. Ich habe nicht vergessen, dass der größere Teil meiner Jugendjahre eine schwere Zeit war. Verbittert bin ich nicht mehr. Und Rachegefühle? Die hatte ich gelegentlich schon.
Die verschiedenen Pflegeeltern und Respektspersonen, die

mich gequält und gedemütigt haben? Sich an ihnen zu rächen bringt wenig oder nichts. Eigentlich sind es allesamt Versager. Ihre Namen tilge ich aus meinem Gedächtnis.

Nach erfolgreich bestandener Lehrabschlussprüfung rief Kaderli Christian an, um ihm zu gratulieren, aber auch, um ein anderes Anliegen zu besprechen. Kaderli hatte einen Plan: In einer Artikelserie wollte er das Leben des Verdingkindes Christian Hachen aus dem Emmental erzählen.

Die Beiträge dieser Serie erstreckten sich über drei Wochen und fanden großen Anklang.

Nachdem er seine Lehrabschlussprüfung abgelegt hatte, wurde Christian Hachen Angestellter in der Schuhmacherei Ramseyer. Er wohnte in der Wohnung der Ramseyers und fühlte sich dort nicht eingeengt.

Dann kam der 14. September 1965, der Tag, an dem Balthasar Haller am frühen Morgen mit aufgeschnittener Kehle auf dem Schlosshof von Trachselwald aufgefunden und Christian als Verdächtiger verhaftet wurde. Doch dieser Irrtum klärte sich schnell auf.

Christian rätselte noch tagelang darüber, warum er einige Stunden nach dem Mord an Haller verhaftet worden war. Dabei wurden Erinnerungen an seine Jugendzeit wach, und das Trauma machte sich wieder bemerkbar. War er nur festgenommen worden, weil er ein Heimkind war? Das wäre schlimm, denn er müsste damit rechnen, immer wieder zur Rechenschaft gezogen zu werden, wenn in seiner Umgebung ein Verbrechen begangen würde.

Die Erleichterung kam für ihn, als er die bei seiner Verhaftung beschlagnahmten Gegenstände zurückerhielt. Darunter war sein Tagebuch und der Text vom 15. März 1963, daraus mit einer Randbemerkung rot eingerahmt:

Ich hege gegen Küpfer und Krähenbühl, gegen den nun verstorbenen Jugendanwalt des Emmentals und gegen den Fabrik-

*und Großgrundbesitzer Balthasar Haller eine tiefe Abneigung.
Küpfer und Krähenbühl sind nicht mehr gefährlich, Haller leider
immer noch. Ich werde mithelfen, wenn es darum geht, ihm das
Handwerk zu legen. Er ist ein Verbrecher, der unzählige Leben
auf dem Gewissen hat.*

Die Randbemerkung stammte von Landjäger Konrad Krummenacher, der die Durchsuchung der Mansarde Christian Hachens angeordnet hatte und verlautbarte: »Jetzt haben wir den Mörder. Die Bemerkung ›ihm das Handwerk zu legen‹ ist die Ankündigung des Mordes an Haller.«

Dass dann einen Tag später, am Mittwoch, dem 15. September 1965, alles ganz anders kam, war für Krummenacher ein harter Schlag.

Christian konnte nun ungestört seine Arbeit als Schuhmacher bei den Ramseyers wiederaufnehmen. In seiner Freizeit bereitete er sich mit dem Fernkurs AKAD auf die Maturitätsprüfung vor.

Im Frühjahr 1966 bestand Christian die Maturitätsprüfung. Anschließend begann er sein Studium der Rechtswissenschaften an der Universität Bern. Er erhielt weiterhin Verpflegung und Unterkunft von den Ramseyers in Wasen. Als Gegenleistung half er in seiner Freizeit in der Schuhmacherei und im Laden mit. Für den Weg von zu Hause zum Studienplatz und zurück nutzte er den Zug.

Die Ramseyers hatten nichts dagegen, dass Christian an die Universität ging, obwohl sie es gerne gesehen hätten, wenn er Schuster geblieben wäre. Allerdings erkannten sie, dass Christians Begabung weniger im handwerklichen Bereich lag, sondern vielmehr in geistigen Disziplinen.

17

Mitte Dezember 1965 schrieb Ronald Weber, der Staatsanwalt des Gerichtskreises Trachselwald, einen Brief an den Sprecher des Eidgenössischen Justizdepartements im Bundeshaus von Bern.

Leider ist es uns bisher nicht gelungen, den Mörder von Balthasar Haller zu fassen. Wir haben jedoch mehrere vielversprechende Hinweise, die wir verfolgen. Und wir hätten eine Möglichkeit, das Verfahren zu beschleunigen. Wenn wir die Unterlagen aus der DDR erhielten, könnten wir dieses Verbrechen wahrscheinlich noch in diesem Jahr aufklären. Im Gegenzug müssten wir jedoch zwei überführte DDR-Spione freilassen.

Was bringen uns diese gefassten Spione noch, außer hohen Kosten und der möglichen Vergeltung für den Übergriff der Polizei eines totalitären Staates auf unser Land? Rein gar nichts. Ich schlage Ihnen vor, das Angebot der DDR anzunehmen und den Vertrag mit dem Polizeipräsidenten von Ostberlin zu unterzeichnen.

Zu Webers Überraschung kam drei Tage später die Antwort. Der Bundesrat habe in seiner letzten Sitzung die Empfehlung des Chefs des Eidgenössischen Justizdepartements angenommen, die beiden in der Schweiz inhaftierten Spione gegen die versprochenen Akten der Stasi über den Mordfall Haller in die DDR abzuschieben.

Der Bundesrat bittet Sie, Herr Staatsanwalt Weber, die Formalitäten dieses Austauschs mit den verantwortlichen Personen in Ostberlin abzustimmen und ihm darüber so bald wie möglich Bericht zu erstatten.

Ronald Weber war hocherfreut und machte sich sofort an die Arbeit. Als Erstes telefonierte er mit Benz Horlacher. »Ich habe es doch gedacht, dass ihr in Bern vernünftig seid«, sagte Horlacher.

Die Übergabe der beiden DDR-Spione und der Akten über Haller sollte am Brandenburger Tor stattfinden, auf dem Gebiet der DDR. Im Westen trennte eine Mauer die DDR von der BRD. Sie war fünfzig Meter vom Tor entfernt.

Es wurde vereinbart, auf beiden Seiten eine Leiter aufzustellen. Für die westliche Seite sollte die BRD verantwortlich sein, für die östliche Seite die DDR. Die Mauer war fünf Meter breit, sodass mehrere Personen zwischen Ost und West oben nebeneinanderstehen konnten.

Den Termin für die Aktion legte man auf Montag, den 27. Dezember 1965, um Punkt drei Uhr nachmittags fest.

Die Polizei von Westberlin erklärte, dass sie gerne bei diesem Handel behilflich sein und alles tun werde, um sicherzustellen, dass das Ehepaar aus der DDR die Mauer überwinden könne.

Von Schweizer Seite wurde Interesse bekundet, dass dieser Austausch diskret und ohne Informationen an die Medien stattfinden solle. Weber informierte die Behörden der DDR und der BRD darüber. Beide Seiten antworteten, dass sie diesem Wunsch entsprechen werden.

***

Oskar Rämi meldete sich am 22. Dezember 1965 beim Statthalter mit einem ärztlichen Attest im Büro. Er brauche eine Auszeit, da er seit einigen Wochen mit psychischen Problemen zu kämpfen habe.

Moser rollte überrascht mit den Augen. »Oskar, das überrascht mich jetzt. Du bist der Fels in der Brandung auf Schloss Trachselwald, der den schlimmsten Stürmen standhält.« Er überlegte einen Moment. »Also gut. Nimm dir die Auszeit.

Wie lange, denkst du, dauert es, bis du wieder einsatzbereit sein wirst?«

»Es ist schwer zu sagen. Voraussichtlich werde ich in zwei Monaten wieder verfügbar sein.«

»Hast du jemanden, der dich vertreten kann?«

»Ja, ich habe alles vorbereitet. Es sind die beiden Frauen in meinem Team. Die eine ist die Chefin und meine Stellvertreterin, die andere die Helferin. Die Zimmerreinigung sollte wie gewohnt weiterlaufen, und die Pflege der Umgebung ist zu dieser Jahreszeit sowieso reduziert. Die Gemeinde übernimmt die Schneeräumung der Wege, Straßen und des Vorplatzes. Und falls es Probleme gibt, bin ich erreichbar.« Rämi reichte Moser einen Zettel. »Das ist die Telefonnummer des Hotels in Poschiavo im bündnerischen Puschlav. Morgens und abends bin ich dort immer erreichbar. Tagsüber mache ich Ausflüge.«

Rämi verabschiedete sich äußerst freundlich. Moser begab sich ins Büro von Staatsanwalt Weber. »Ronald, weißt du schon, was es Neues gibt?«

Weber wusste es noch nicht.

Moser erzählte ihm von Rämis Besuch. »Und weißt du, welchen Eindruck Rämi auf mich gemacht hat?«

»Erzähl es mir.«

»Oskar wirkte sehr ruhig und gefasst. Ich hatte nicht den Eindruck, dass etwas mit seiner Psyche nicht stimmt. Aber das bedeutet noch nichts, ich bin kein Psychologe.«

»Meinst du, dass ich mit Oskar sprechen sollte?«

Moser hob den Finger. »Das kann ich dir nicht ausreden. Aber pass auf, dass die Aktion am Brandenburger Tor nicht ins Wasser fällt.«

Weber bewegte seinen Kopf hin und her. »Interessant, dass du jetzt ebenfalls einen Zusammenhang mit der Aktion am Brandenburger Tor siehst. Das denke ich nämlich auch. Ich bin sehr gespannt auf die Akten, die uns am 27. Dezember übergeben werden sollen. Und … ich werde Rämi ziehen lassen, ohne mit ihm zu sprechen.«

»Ich bin beruhigt«, erwiderte Moser.

Während Moser und Weber sich unterhielten, war Rämi mit einem Koffer zu Fuß unterwegs auf dem Weg zum Bahnhof Sumiswald, was etwa eine halbe Stunde dauerte.

Weber konnte jedoch nicht widerstehen, nach Rämi zu suchen. Gegen Abend rief er im Hotel in Poschiavo an und fragte nach ihm. Die Rezeption teilte ihm mit, dass Rämi derzeit nicht erreichbar sei, aber für die kommenden Nächte ein Zimmer reserviert habe. Weber erkundigte sich, wie lange Rämi bleiben würde. Die Frau am Telefon antwortete, dass sie diese Frage nicht beantworten dürfe, und legte auf.

***

Am Tag der geplanten Übergabe traf Ronald Weber am Flughafen Kloten die Delegation aus Bern. Diese bestand aus drei Kantonspolizisten, zwei Gefängniswärtern, einem Sicherheitsbeamten des Eidgenössischen Politischen Departementes und dem Spionagepaar, das ausgetauscht werden sollte. Es war acht Uhr morgens, und der Swissair-Flug nach Berlin sollte um halb elf abheben.

Der Flug startete pünktlich und landete um zwölf Uhr in Berlin. Dort wurde die neunköpfige Reisegruppe aus Bern bereits auf dem Flugfeld von der Westberliner Polizei empfangen, was die übrigen Passagiere mit ungläubigem Staunen zur Kenntnis nahmen.

Die üblichen Kontrollen der Reisedokumente und des Zolls wurden umgangen.

Vor dem Flughafen wartete ein Bus der Westberliner Polizei, der die Leute aus Bern zu einem Restaurant in der Nähe des Brandenburger Tores brachte.

In einem separaten Raum wurde das Mittagessen eingenommen, das mit dem Nachtisch bis halb drei dauerte. In Begleitung einer Eskorte der deutschen Bundeswehr ging man zu Fuß zum Brandenburger Tor.

Vor der Stelle, wo die Übergabe stattfinden sollte, fiel ein großes Schild auf.

ACHTUNG!
Sie verlassen jetzt
WEST-BERLIN

Direkt dahinter stand die Leiter, die eher eine Treppe mit Geländer war.

Oben auf der Mauer warteten bereits die DDR-Leute unter Führung des Volkspolizei-Offiziers Horlacher in schmucker Ausgangsuniform. Auch Horst Ende, der Ostberliner Polizeipräsident und Generalmajor der Volkspolizei, war anwesend. Ende trat ebenfalls in Uniform auf.

Dass noch zwei Ehrendamen, die je einen großen Blumenstrauß in den Händen hielten, mit von der Partie waren, verlieh dem Ganzen eine Art Schwingerfeststimmung.

Zuerst bestieg Ronald Weber die Leiter, dicht gefolgt von dem aus Witzwil freigelassenen Spion. Oben angekommen, wurde Weber der erste Teil der Dokumente ausgehändigt. Erst dann durfte der Häftling aus Witzwil die Terrasse auf der Mauer betreten.

Ende umarmte den Mann, eine der Ehrendamen gab ihm einen Kuss auf die Wange und überreichte ihm ihren Blumenstrauß.

Der Hoffotograf der Stasi machte mehrere Bilder von dieser Szene.

Als die Fotos gemacht worden waren, reichte der Volkspolizist Weber ein Dokument.

Weber las es und gab ein Handzeichen. Danach kletterte die Frau die Leiter hinauf. Der Empfang der Spionin glich dem des Spions aufs Haar.

Das Prozedere war damit vorüber. Weber schüttelte Horlacher und Ende die Hände und stieg hinab, die beiden Klarsichtmappen mit den Dokumenten fest an seinen Körper gepresst.

Sie fuhren zurück ins Hotel, der Rückflug war erst für den nächsten Tag geplant.

Während sich die anderen im Restaurant einem Umtrunk hingaben, der in ein Saufgelage ausartete, zog sich Weber in sein Zimmer zurück und las die Akten durch.

Ganz oben auf dem Stapel befand sich eine Zusammenfassung.

ÜBERSICHT DER AKTE OSKAR RÄMI TEIL I
Lebenslauf von Oskar Rämi
Oskar Rämi stammt aus der Schweiz. Er war ein Verdingkind, also ein Kind, das unehelich geboren wurde oder dessen Eltern kein Heiratszertifikat vorweisen konnten beziehungsweise dessen Vater nicht bekannt war. Solche Kinder wurden oft von ihren Eltern oder alleinerziehenden Müttern weggenommen und in Heimen oder bei Pflegeeltern untergebracht.

Rämi hieß ursprünglich Felix Locher. Locher war der Nachname seines Vaters. Nachdem die junge Frau ihre Schwangerschaft bemerkte, wurde sie als achtzehnjährige Jugendliche in die Heil- und Pflegeanstalt Münsingen aufgenommen.

Felix Locher wurde am 1. März 1927 geboren, seine Mutter überlebte die Geburt nicht. Der Vater nahm sich danach das Leben. Im Juni 1927 wurde Felix in ein Kinderheim im Oberemmental gebracht. Dort herrschten katastrophale hygienische Bedingungen, und viele Kleinkinder starben in den ersten Lebensjahren an Infektionskrankheiten. Auch Felix überlebte knapp eine solche Infektion nach einem längeren Spitalaufenthalt.

Zu allem Überfluss wurden die Kinder dort körperlich und seelisch gequält. Es kam zu Knochenbrüchen, Verletzungen an den Augen und Ohren. Das rechte Auge von Felix beziehungsweise des späteren Oskar hat heute nur noch eine Sehschärfe von vierzig Prozent. Dies ist eine Folge brutaler Schläge einer Betreuerin.

Nach dieser Verletzung beschloss der Statthalter aufgrund

eines Antrags des zuständigen Jugendanwalts, das Kind Pflegeeltern zuzuweisen. Doch dort geriet Felix Locher vom Regen in die Traufe. Er wurde nicht nur misshandelt, sondern litt auch ständig unter Hunger, nicht zuletzt aufgrund verdorbener Lebensmittel.

Felix wurde wiederum ins Spital eingeliefert, was schließlich zu einer erneuten Unterbringung in einer Pflegefamilie führte. Mit acht Jahren musste er bereits zwischen vier und fünf Uhr morgens aufstehen, um Stall- und Feldarbeiten zu erledigen. Oft arbeitete er sogar bis spät in die Nacht hinein, wodurch er die Schule vernachlässigte, da er keine Zeit mehr fand, um seine Hausaufgaben zu machen.

Er war vierzehn Jahre alt, als er in eine Strafanstalt für Jugendliche eingewiesen wurde. Drei Jahre später unternahm Felix einen Fluchtversuch, der misslang. Nun kam er in eine psychiatrische Klinik, die in der Schweiz als Heil- und Pflegeanstalt bezeichnet wird.

Ein Jahr später wurde er dort entlassen, ohne dass sich jemand um ihn kümmerte. Er hatte keine Unterkunft und nichts zu essen. Nach einem Ladendiebstahl wurde er als verwahrloster Herumtreiber in ein Amtsgefängnis im Emmental gesteckt. Tagsüber musste er von dort aus in einer nahe gelegenen Fabrik arbeiten. Der sehr bescheidene Lohn wurde Felix nicht ausgezahlt, sondern dem Gefängnis als Abgeltung für seine Unterkunft und sein Essen überwiesen.

1949 gelang ihm die Flucht über die Bundesrepublik Deutschland in die DDR. Damals war er zweiundzwanzig Jahre alt und nannte sich Oskar Rämi, da er in der Schweiz unter seinem ursprünglichen Namen gesucht wurde.

Die DDR gewährte Oskar Rämi Asyl und ermöglichte ihm eine Ausbildung zum Maschinisten. Anschließend wurde er vom Staatssicherheitsdienst angeworben. 1955 erhielt er den Auftrag, in der Schweiz tätig zu sein. Um diesen Auftrag ausführen zu können, erhielt Oskar einen perfekt gefälschten Schweizer Pass, der in der Schweiz als echt angesehen wurde.

Rämi fand eine Anstellung als Hauswart im Schloss Trachselwald, wo die Verwaltung des gleichnamigen Amts untergebracht ist. Diese Position ermöglichte ihm, verschiedene Aufträge im Auftrag der Stasi durchzuführen. Über die genauen Details dieser Aufträge werden hier keine Angaben gemacht.

ÜBERSICHT DER AKTE OSKAR RÄMI, TEIL II
<u>Balthasar Hallers Tod</u>
Die Stasi legt Wert darauf, dass sie Oskar Rämi nicht den Auftrag gegeben hat, Balthasar Haller umzubringen. Es scheint sich um eine persönliche Abrechnung von Rämi mit Haller zu handeln.

Unsere Ermittler haben den Tathergang untersucht und sind zu folgendem Ergebnis gekommen:

Um sechs Uhr fünfundvierzig befand sich Balthasar Haller im Schlosshof in der Nähe der Eingangstür des Schlosswarts, der auch als Portier fungierte. Rämi beobachtete Haller bereits seit dem frühen Morgen durch ein Fenster seiner Wohnung. Nun war Haller allein und niemand in seiner Umgebung. Das war für Rämi die Gelegenheit, zuzuschlagen. Er nahm sein Militärmesser aus einer Schublade des Küchentischs und ging die Treppe hinunter. Durch den Türspion sah er, dass Haller etwa zwei Meter entfernt mit dem Rücken zum Eingang stand. Rämi öffnete die Tür sehr leise und schlich sich an Haller heran. Er schlug ihm mit einem Brett auf den Kopf. Haller ging in die Knie, verlor das Bewusstsein und fiel auf den Rücken. In dieser Position war es für Rämi ein Leichtes, ihm die Kehle aufzuschneiden.

Rämi beging den Mord mit Handschuhen. Das Messer hatte er zuvor gründlich gereinigt, sodass keine Fingerabdrücke mehr vorhanden waren.

Die restlichen Akten enthielten viele Einzelheiten, darunter zahlreiche Fotos und Skizzen.

Das Treffen um sechs Uhr morgens zwischen Haller, dem

Statthalter und dem Staatsanwalt des benachbarten Amts Signau war detailliert protokolliert. Die Ermittler der Stasi berichteten, dass Rämi aufgrund traumatischer Erlebnisse in seiner Jugend einen tiefen Hass auf Haller entwickelt hatte, der ihn seitdem nicht mehr in Ruhe ließ.

Weber rief Moser aus seinem Hotelzimmer an und informierte ihn über den Inhalt der Akten. Er fragte Moser, was als Erstes zu tun sei.

»Du musst sofort einen Haftbefehl gegen Oskar Rämi ausstellen.«

Weber antwortete: »Wie soll ich das denn von einem Hotelzimmer in Westberlin aus machen?«

Moser erwiderte, dass er diese Aufgabe für ihn übernehmen könne, und erwähnte, dass die Unterschrift später nachgereicht werden könne.

»Glaubst du, dass es noch möglich ist, Rämi aufzuspüren?«

Er glaube nicht daran, aber man müsse es trotzdem versuchen. Der Haftbefehl werde vorerst an alle Polizeistationen in der Schweiz gesendet. Es sei jedoch unwahrscheinlich, dass Rämi sich noch in der Schweiz aufhalte, schloss Moser.

Weber war derselben Meinung. »Wenn etwas einen minimalen Erfolg verspricht, dann ist es ein internationaler Haftbefehl. Und um diesen aufzugeben, ist meine Anwesenheit als Staatsanwalt auf Schloss Trachselwald unerlässlich.«

»Das lässt sich nicht umgehen.«

»Leider müssen wir die Suche nach Rämi auf morgen verschieben, bis ich zurück bin. In diesem Zusammenhang stellt sich jedoch eine entscheidende Frage: Wissen die Stasi-Leute, wo sich Rämi aufhält? Was denkst du?«

Moser lachte. »Du könntest sie direkt fragen, aber sie würden sich über dich lustig machen.«

Damit liege Moser wohl richtig. »Machen wir uns nichts vor. Die Stasi hat Rämi nicht befohlen, Haller umzubringen. Das hätte aus ihrer Sicht auch keinen Sinn ergeben. Denn nach diesem Mordanschlag ist Rämi für sie in Trachselwald wertlos geworden. Nun musste sie das Beste daraus machen. Es existierten noch zwei in der Schweiz inhaftierte Spione. Durch Rämis Kurzschlusshandlung ergab sich die Gelegenheit, diese aus der Schweiz herauszuholen. Rämi wurde angewiesen, die Schweiz zu verlassen, und die Stasi war ihm dabei behilflich.«

Und warum sollte die Stasi Rämi behilflich sein, fragte Weber und beantwortete diese Frage gleich selbst. »Sie will verhindern, dass Rämi, der im Auftrag der Stasi über Jahre hinweg in der Schweiz spioniert hat, von uns gefasst und verhört wird. Rämi würde, um seine Strafe möglichst gering zu halten, über seine Tätigkeit als Stasi-Agent auspacken. Nach dem Verrat seines Auftraggebers würde er sich nicht mehr an ihn gebunden fühlen.«

»Das sehe ich leider genauso«, erwiderte Moser. »Du hast jedoch keine andere Wahl, als zu versuchen, Rämi zu fassen, auch wenn die Chance, ihn zu schnappen, gegen null tendiert. In deiner Abwesenheit werde ich noch einmal bei der Nummer, die mir Oskar vom Hotel in Poschiavo gegeben hat, nachfragen.«

Die Rückfrage in Poschiavo bestätigte, dass Oskar Rämi dort für mehrere Tage ein Zimmer reserviert hatte. Am 23. und 24. Dezember übernachtete er im Hotel. Am Morgen des 25. Dezember checkte er aus. Moser erkundigte sich, wohin er weitergereist sei. Das wisse sie nicht, antwortete die Hotelbetreiberin.

Das Abreisedatum war für Moser ein Hinweis darauf, dass Rämi von der Übergabe am Brandenburger Tor wusste. Wenn Rämi klar war, dass Weber am 27. über Hallers Mörder informiert werden würde, musste er das Hotel rechtzeitig verlassen, um einer Festnahme zu entgehen.

Moser überlegte, wohin Rämi nun reisen könnte. Es musste ein Ort in Oberitalien sein, der vom Puschlav aus in wenigen Stunden erreichbar war. Ein internationaler Haftbefehl könnte dort problemlos vollstreckt werden, jedoch nur unter der Voraussetzung, dass Rämi bei einer Polizeikontrolle einen Pass mit seinem richtigen Namen vorzeigen würde. Das schien jedoch unwahrscheinlich. Moser musste vielmehr davon ausgehen, dass Rämi sich mit einem Pass ausweisen würde, in dem ein anderer Name stand. Und diesen Pass konnte niemand anders ausgestellt haben als die Stasi.

Um Rämi zu fassen, blieb Moser nur noch eine Möglichkeit: Entweder er oder Weber müssten persönlich bei der Kontrolle anwesend sein, da beide den Gesuchten kannten. Ein Pass wäre nicht mehr erforderlich.

Moser fragte sich weiter, ob Rämi in einem Land Zuflucht finden könnte, ohne an die Schweiz ausgeliefert zu werden.

Moser konnte Rämi recht gut einschätzen, da er sein direkter Vorgesetzter war. Er war sich bewusst, dass Rämi ein ausgeprägtes Risikobewusstsein hatte. Für seine Flucht würde Rämi ein Land wählen, das politisch der DDR nahestand. Im Westen gab es eigentlich nur eines: die Volksrepublik Kuba. Um dorthin zu gelangen, musste er jedoch die DDR über sein Vorhaben informieren und ihre Zustimmung einholen. Dass er vor dem Austausch am Brandenburger Tor benachrichtigt worden war, konnte Moser als Zustimmung zu Rämis Plänen interpretieren.

Moser fand einen Weg, um herauszufinden, wie man möglichst rasch nach Kuba gelangen konnte. Da Rämi das Puschlav als Zwischenstation gewählt hatte, war die Annahme naheliegend, dass er in Oberitalien ein Flugzeug nach Kuba besteigen würde.

Wann und wo flog ein Passagierjet von Oberitalien auf diese Insel in der Karibik? Es gab dafür nur einen Ort: den internationalen Flughafen Mailand-Malpensa.

Moser erkundigte sich, wann der nächste Flug nach Kuba stattfinde. Die Antwort des Reisebüros in Mailand-Malpensa lautete, dass es keine Direktflüge nach Kuba gebe, aber Anschlussflüge möglich seien. Die schnellste Verbindung sei die mit der Air France über Lissabon. Von dort aus fliege eine viermotorige Maschine der Cubana nach Havanna.

Das war am Abend des 28. Dezember. Das sollte reichen, damit er ihn zusammen mit dem Staatsanwalt festnehmen konnte. Moser müsste den Flughafen Lissabon zwei Stunden vor dem Abflug erreichen, um herauszufinden, ob Rämi die Passagiermaschine nach Havanna besteigen würde. Er stellte fest, dass der Check-in-Bereich übersichtlich war.

Moser rief nun Weber an, der immer noch in seinem Hotelzimmer in Berlin weilte. Weber erfuhr Mosers Plan und musste unverzüglich handeln. Er suchte nach einem Flug von Westberlin nach Lissabon. Es gab einen Flug um zwölf Uhr am 28. Dezember, mit dem er voraussichtlich um drei Uhr nachmittags am Zielort sein würde.

Moser hatte das gleiche Problem bereits gelöst. Wenn er morgens um sieben einen Flug nach Paris nehmen würde, könnte er von dort aus um Viertel vor drei am Flughafen von Lissabon ankommen.

Am Dienstag, den 28. Dezember, tobten Stürme über der Schweiz und Frankreich. Der Flug von Berlin aus musste daher einen großen Umweg machen, und der Flug von Paris aus konnte erst eine Stunde später starten. Dadurch wurde es knapp, das Flugzeug nach Havanna noch rechtzeitig vor seinem Abflug zu erreichen.

Moser und Weber trafen sich erst um halb fünf am Nachmittag auf dem Flughafen in Lissabon. Wenn Rämi sich für den Flug nach Kuba entschieden hatte, musste er sich bereits im Warteraum vor dem Abflug befinden. Diesen durften Moser und Weber jedoch ohne Flugticket nicht betreten.

Weber sah noch eine andere Möglichkeit, Rämi vor dem Abflug abzufangen. Als Staatsanwalt war er berechtigt, Kontakt mit der Flughafenpolizei aufzunehmen. »Das könnten wir doch versuchen«, schlug er vor, was Moser wärmstens empfahl.

Den Empfang der Flughafenpolizei zu finden war bereits eine Herausforderung.

Moser stellte sich und Weber mit seinem rudimentären Portugiesisch vor, was gut ankam. Nach kurzer Zeit befanden sie sich im Büro des Kommandanten Guterres. Dieser zeigte großes Verständnis für ihr Anliegen, da er als Nationalist und Faschist die Kommunisten in Kuba sowieso verabscheue. Weber schluckte leer nach dieser Aussage, enthielt sich jedoch eines Kommentars.

Guterres warf einen Blick auf die Uhr und stellte fest, dass die Passagiere bereits an Bord gegangen waren. Eilig ging er zum Schreibtisch und wählte die Nummer der Flugleitung. Als er mit dem Lotsen verbunden wurde, der das kubanische Flugzeug beim Start auf die Piste einweisen musste, äußerte dieser seine Bedenken, die Startvorbereitungen abzubrechen.

»Befehl ist Befehl«, polterte Guterres. »Es befindet sich eine Person an Bord, die ein Verbrechen begangen hat und auf der internationalen Fahndungsliste steht.«

»Wie heißt diese Person?«, erkundigte sich der Lotse.

»Oskar Rämi«, sagte Moser vorschnell, um sich danach den Mund zuzuhalten, da ihm gerade einfiel, dass der Gesuchte mit großer Wahrscheinlichkeit unter falschem Namen auf dieser Liste war.

»Moment mal«, bemerkte der Lotse. »Ein Rämi ist nicht auf dieser Liste.«

Moser erklärte dann, er nehme an, dass diese Person sich nicht mit dem richtigen Namen registriert habe. Er kenne aber ihr Gesicht.

Guterres befahl dem Lotsen, den Start jetzt abzubrechen. Er werde mit seinem Wagen zur stehenden Maschine am Pistenrand fahren.

Guterres öffnete die Tür eines Wagens, auf dem »Polícia do aeroporto« stand, und rief zu Weber und Moser: »Schnell, einsteigen und die Türen schließen!« Mit einem energischen Start raste er auf die Startbahn zu.

Doch es war zu spät, das Flugzeug setzte sich in Bewegung, wurde immer schneller und hob ab.

Guterres führte Weber und Moser zurück zum Hauptgebäude des Flughafens und verabschiedete sich mit ernster Miene, ohne auch nur ein Wort der Entschuldigung für das misslungene Unterfangen der Startverhinderung auszusprechen.

Moser sagte zu Weber: »Du hast alles unternommen, was möglich war, um Oskar Rämi zu fangen. Es sollte nicht sein. Und ehrlich gesagt bin ich nicht traurig über diesen Verlauf. Das Opfer Balthasar Haller hatte das Leben von Hunderten von Verdingkindern zur Hölle gemacht und nun die Strafe für seine Verbrechen bekommen.«

Weber nickte mit einem freundlichen Gesicht. »Danke für diese Meinung. Sie ist auch meine, aber laut sagen dürfen wir das nicht.«

Die beiden beschlossen, noch zwei weitere Tage in Lissabon zu verbringen und dann mit dem Nachtzug ins Emmental zurückzukehren.

Am Dienstag, dem 4. Januar 1966, hielt Ronald Weber eine Pressekonferenz zum Mordfall Balthasar Haller ab. »Dieses Verbrechen ist aufgeklärt, der Mörder ist identifiziert, auch wenn sein derzeitiger Aufenthaltsort unbekannt ist. Die Mordkommission kann aufgelöst werden«, waren die einleitenden Worte des Staatsanwalts.

Es herrschte absolute Stille im Saal des Schlosses Trachselwald. Man hätte eine Stecknadel fallen hören können. Dies lag daran, dass von der Akten- und Dokumentenübergabe am Brandenburger Tor bis zu dieser Orientierung nichts an die Öffentlichkeit gedrungen war.

Weber schilderte den Mord und die Ermittlungen bis zur letzten Phase am Flughafen von Lissabon. Nachdem er sein Referat abgeschlossen hatte, erntete er frenetischen Beifall. Allerdings wurde dieser durch laute Unmutsäußerungen durchkreuzt.

»Vielen Dank für den Beifall, doch ich nehme auch zur Kenntnis, dass es einige in diesem Raum gibt, die über den Ablauf unserer Untersuchungen empört sind«, sagte Weber.

Die Medienvertreter durften Fragen stellen. Es gingen ein Dutzend Hände hoch. Der Protokollführer, der neben Weber saß, notierte die Namen.

Weber wählte zuerst diejenigen, deren Meinung er kritisch einschätzte, dann die weniger kritischen und schließlich diejenigen, von denen er Zustimmung erwartete.

»Warum wurde gegen den Täter erst am Schluss ermittelt? Das Opfer war ein bemerkenswert profiliertes und verantwortungsvolles Mitglied unserer Gesellschaft. Sie, Herr Staatsanwalt, haben seine Verdienste mit keinem Wort gewürdigt.«

Viele reagierten mit Buhrufen, bis Weber antwortete: »Die Frage ist durchaus berechtigt. Ich und alle anderen Mitglieder des Ermittlungsteams kannten den Täter als zuverlässigen, arbeitsamen und netten Menschen. Niemand hätte ihm dieses Verbrechen zugetraut. Aber niemand wusste von den Traumata seiner Jugend. Er war ein gedemütigtes, gequältes, diskriminiertes und verachtetes Verdingkind. Kein Mensch in unserem Amt wird ohne Sicherheitsüberprüfung eingestellt. Diese Sicherheitsüberprüfung versagte bei Oskar Rämi, weil seine Akten genial gefälscht wurden. Dass ich die Verdienste Hallers nicht gewürdigt habe, hat seine Gründe. Über Tote sollte man nicht schlecht reden.«

Die Bemerkung wurde mit Applaus bedacht.

Weber unterbrach die Wortmeldung, zog einen Zettel aus seiner Tasche. »Was Oskar Rämi betrifft, möchte ich Folgendes aus seinem Tagebuch zitieren.« Er räusperte sich.

Ich wuchs als Kind ohne Vater und ohne Mutter auf. Mein Vater, der ebenfalls unehelich geboren wurde, liebte meine Mutter sehr. Die Eltern meiner Mutter waren gegen die Beziehung ihrer Tochter mit meinem Vater. Als sie von ihm schwanger wurde, verstieß die Familie sie und brachte sie in der Heil- und Pflegeanstalt Münsingen unter. Mein Vater wurde als arbeitsscheu und verwahrlost erklärt und daraufhin in eine Arbeitserziehungsanstalt eingewiesen. Bei meiner Geburt verlor meine

Mutter ihr Leben. Mein Vater war so verzweifelt darüber, dass er sich umbrachte.

Ich wurde in ein Heim für Kinder verwahrloster Eltern gesteckt. Bis ich erwachsen war, hat mich niemand umarmt, liebkost oder mir über die Haare gestrichelt. Stattdessen wurde ich geschlagen und gedemütigt. Oft bekam ich zu wenig zu essen, und manchmal machte mich das Gegessene krank, da es verdorben war. Ich war meistens müde, da ich vor und nach der Schule hart arbeiten musste.

Im Alter von vierzehn Jahren wurde ich in das Jugendstrafvollzugshaus Tessenberg eingewiesen. Mein Vergehen bestand darin, dass ich aufgrund wochenlanger Hungersnot ein Pfund Brot aus einer Bäckerei gestohlen hatte. Fast hätte ich es geschafft, aus dem Tessenberg zu fliehen. Doch leider wurde ich von einer Person verraten, der ich vertraute – dem evangelisch-reformierten Pfarrer der Kirchgemeinde, bei dem ich als Pflegekind vor meinem Aufenthalt im Tessenberg gewohnt hatte. Daraufhin wurde ich als geistig beeinträchtigter und lernunfähiger Jugendlicher in die psychiatrische Klinik Waldau eingewiesen. Dort verbrachte ich fast ein Jahr. Es war bis dahin die angenehmste Zeit für mich, da ich dort ausreichend Nahrung, ein sauberes und bequemes Bett sowie anständige Kleidung hatte, in der ich im Winter nicht fror und im Sommer nicht schwitzte.

Dann erklärte ein Arzt dem Statthalter, der mich in die Klinik für psychisch Kranke geschickt hatte, dass ich psychisch gesund sei. Daraufhin wies der Statthalter den Jugendanwalt an, mich als Halbfreien im Amtsgefängnis Burgdorf zu verwahren. Unter Halbfreiheit versteht man einen Gefängnisaufenthalt außerhalb der Arbeitszeit. An Werktagen durfte ich nach dem Frühstück als freie Hilfskraft in der Metallfabrik Hindelbank arbeiten und wurde vor dem Abendessen wieder ins Gefängnis zurückgebracht. Der Lohn, den ich in der Fabrik verdiente, wurde dem Amtsgefängnis als Entgelt für Aufenthalt und Verpflegung überwiesen.

Erst Jahre später erfuhr ich, dass der Besitzer der Metallfabrik Hindelbank der Vater meiner verstoßenen Mutter war. Sein Name war Balthasar Haller.
Felix Locher alias Oskar Rämi

Und Weber endete: »Das Dokument wurde bei der Durchsuchung der ehemaligen Wohnung von Oskar Rämi am vergangenen Samstag gefunden.«
Es herrschte absolute Stille im Saal.

18

Konstantin Kaderli besaß einen umfassenden Überblick über die gesellschaftlichen Verhältnisse im Emmental. Die Entwicklungen bezüglich des Verdingwesens machten ihn zuversichtlich. Doch er machte sich keine Illusionen. Es war noch längst nicht alles in Ordnung. Es gab immer noch Pflegekinder, die unter unwürdigen Bedingungen aufwuchsen. Viele von ihnen wurden zu Arbeiten gezwungen, die eigentlich für Erwachsene gedacht waren. Oft mussten sie diese Tätigkeiten am frühen Morgen vor und am Abend nach dem Unterricht erledigen, wodurch ihnen kaum Zeit für die Hausaufgaben blieb.

Christine und Christian waren Beispiele dafür, dass es Möglichkeiten gab, das Schicksal von Heim- und Verdingkindern erträglicher zu gestalten.

Kaderli suchte nach Lösungen, um endlich die Missstände bezüglich der fremdplatzierten Kinder und Jugendlichen zu beseitigen. Er konnte dies jedoch nicht alleine bewerkstelligen und benötigte die Unterstützung engagierter Mitmenschen.

Im September 1966 lud er zu einer Veranstaltung zu diesem Thema in den Besprechungsraum des »Emmentaler Boten« ein. Es meldeten sich: Christine Hauser, Christian Hachen, die seltsame Magd und berühmte Solojodlerin Annemarie, Lisbeth Bracher, der evangelisch-reformierte Pfarrer Isaak Brechbühler, Emma Hachen, Jakob Haldemann, Andreas und Erna Ramseyer, der Fürsprecher Rohrbach, Sebastian und Sonja Simon.

Sie hatten sich mehrere Stunden lang unterhalten und waren zu einem Schluss gekommen, der auf den ersten Blick unspektakulär erschien, aber als vielversprechender Anfang betrachtet werden konnte. Falls einem etwas Positives oder Negatives zu diesem Thema in der Umgebung auffiel, sollte

Kaderli darüber informiert werden, der dies dann sammeln und an die anderen weiterleiten sollte.

Zwei Monate später kam es zu einem zweiten Treffen. Der Grund dafür war die Abwahl eines Sekundarlehrers durch die zuständige Schulkommission in einer Oberemmentaler Gemeinde. Dem Lehrer wurde vorgeworfen, zwei Pflegeelternpaare, die ihre Mündel wiederholt misshandelt hatten, bei einer Polizeistation angezeigt zu haben. Das Problem bestand jedoch darin, dass der Ehemann des einen Paares und die Ehefrau des anderen Paares Mitglieder der Schulkommission in dem Ort waren, in dem diese Kinder zur Schule gingen.

Kaderli leitete für beide Fälle ein Verfahren ein, das beim kantonalen Erziehungsdepartement behandelt wurde. Das Verfahren endete damit, dass die Entlassung dieser Lehrperson rückgängig gemacht werden musste. Zudem verloren die Pflegeeltern die Berechtigung, Verdingkinder aufzunehmen.

***

Christians Studien an der juristischen Fakultät der Universität verliefen ausgezeichnet. Er bestand alle Prüfungen mit guten bis sehr guten Noten. Somit zeichnete sich ab, dass er im Herbst 1970 das Lizenziatsexamen als Jurist erfolgreich abschließen würde.

Seine akademische Ausbildung fiel in die Hochschulunruhen von 1968, von denen auch die Universität Bern betroffen war. Christian schloss sich der linken Studentenbewegung Forum Politicum an. Er nahm auch an zahlreichen Demonstrationen teil, behielt jedoch stets die Kontrolle über sein Studium. Es war ihm ein Anliegen, weder Vorlesungen noch andere Lehrveranstaltungen ausfallen zu lassen.

Das Forum Politicum beschäftigte sich auch mit Missständen und besonderen Ereignissen innerhalb und außerhalb der Universität. Zu diesem Zweck wurden Diskussionszirkel gegründet, insbesondere in der philosophisch-historischen und der juristischen Fakultät. Die angehenden Naturwissenschaftler und Mediziner engagierten sich hingegen weniger im Forum Politicum, betroffen hätte es sie zwar ebenso.

Die Veranstaltungen über die Unruhen von 1968, sowohl in der Schweiz als auch weltweit, waren gut besucht. Auch eine Arbeitsgemeinschaft, die sich mit dem Vietnamkrieg befasste, stieß auf reges Interesse.

Christian hatte die Absicht, eine Gruppe für Verding- und Heimkinder in der Schweiz zu gründen. Es meldeten sich nur zwei Studentinnen dafür an, was für ihn eine große Enttäuschung war. Er musste einsehen, dass das Thema der Verding- und Heimkinder noch immer wenig Interesse bei den Studierenden an der Universität weckte. Die meisten von ihnen stammten aus der Mittel- und Oberklasse, wo es nur wenige Kinder und Jugendliche aus benachteiligten Bevölkerungsschichten oder aus der Minderheit der Jenischen gab.

Für Christian war dieses Desinteresse kein Grund, die Problematik nicht weiterzuverfolgen. Er musste sich in anderer Form engagieren. Außerdem nahm er sich vor, nach dem Studium als Anwalt für diejenigen Menschen einzutreten, die verstoßen, ausgebeutet und verachtet wurden.

Seine Herkunft und seine bitteren Erfahrungen mit vielen Menschen bewogen ihn lange, Abstand zu Frauen zu halten. Er hatte Bedenken, eine Familie zu gründen. Bis er an der Universität eine Mitstudentin aus gutem Hause kennenlernte. Nach einigen Jahren konnte sie Christian überzeugen, sein Leben nicht weiter alleine zu verbringen. Nach seinem Studienabschluss 1970 gingen die beiden eine Ehe ein. Sie wollten mit dem Kinderkriegen warten, bis sowohl Christian als auch seine Frau ihre beruflichen Perspektiven hatten.

Christian wollte das Anwaltspatent als bernischer Fürsprecher erlangen. Um dieses zu erwerben, musste er noch zwei Jahre einplanen. Das bedeutete auch, dass er als Gehilfe oder Assistent in einer Anwaltskanzlei arbeiten musste, um praktische Erfahrung zu sammeln, wofür er allerdings einen Lohn erhielt.

***

Als Christine mit zweiundzwanzig Jahren nicht mehr bevormundet war, fühlte sie eine große Erleichterung.

Ihre sechsjährige Tochter Sarah durfte wieder zu ihr zurückkehren, weil Christine von nun an auf eigenen Füßen stand und in der Lage war, für sich und ihre Tochter zu sorgen. Dazu kam, dass ihr die Mitgift, die ihr der Großvater vermacht hatte, ausbezahlt wurde. Das war weit mehr, als sie erwartet hatte, gegen zwanzigtausend Franken. Sie erhielt den Großteil des Geldes zurück, das seinerzeit unrechtmäßig den Pflegeberechtigten ausbezahlt worden war. Dies hatte sie Konstantin Kaderli zu verdanken, der, als sich Christines Entlassung aus Hindelbank abzeichnete, ein Gerichtsverfahren gegen die Ämter im Oberemmental anstrengte und vom bernischen Verwaltungsgericht recht bekam.

Christine fand einen guten Platz für Sarah während ihrer Arbeitsstunden, die sie in einer Näherei in Wasen verbrachte. Und sie sah sich nach einem Partner um. Dabei kam ihr zugute, dass sie intelligent war und ein ansprechendes Äußeres hatte. So lernte sie einen verwitweten Volksschullehrer kennen, der zehn Jahre älter war und bereits zwei Kinder hatte.

1966 heirateten die beiden. Trotzdem gab Christine ihren Traum, in den Lehrerberuf einzusteigen, nicht auf. Ihr Ehemann unterstützte sie dabei. Christine bestand das Aufnahmeverfahren für einen der Quereinsteigerkurse, die aufgrund des Lehrpersonenmangels an den Seminaren des Kantons angeboten wurden. 1970 bestand sie die Diplomprüfung als Primarlehrerin und fand eine Stelle an der Schule in Sumiswald.

Christine litt immer noch an den Traumata ihrer Kindheit und Jugend und reagierte heftig, wenn Kinder misshandelt wurden. Sie hatte Missstände in der Pflegekinderbetreuung im Oberemmental beobachtet und ihre Freunde Konstantin Kaderli, Christian Hachen, Jakob Haldemann und das Ehepaar Ramseyer darüber informiert. Gemeinsam gingen sie gegen diese Missstände vor. Besonders erfolgreich war Christine im Amt Trachselwald, wo sie Unterstützung durch Statthalter Moser und Staatsanwalt Weber gefunden hatte.

19

Am 16. September 1975 erhielt Ronald Weber einen Brief mit einer mexikanischen Briefmarke. Der Absender war Cuauhtémoc, eine Stadt in Mexiko.

Der Absender des Schreibens war Oskar Rämi, jedoch war in Cuauhtémoc niemand unter diesem Namen registriert. Das hatte Weber bereits abgeklärt. Er erinnerte sich aber sofort an *den* Oskar Rämi, der im Emmental 1965, einige Wochen nachdem Balthasar Haller ermordet worden war, in aller Munde war. Laut dem Ermittlungsteam, dem auch er angehörte, galt Rämi als der Mörder Hallers. Er konnte jedoch nicht mehr zur Rechenschaft gezogen werden, da er, als der Verdacht auf ihn fiel, offenbar nach Kuba geflüchtet war.

Dass sich nun eine Person mit diesem Namen aus Mexiko meldete, erstaunte Weber doch etwas.

Sehr geehrter Herr Statthalter, lieber Werner
Ich habe erfahren, dass du immer noch die Leitung der Verwaltung des Amtes Trachselwald innehast. Es mag dir noch in Erinnerung sein, dass du im Dezember 1965 deinen Staatsanwalt Ronald Weber beauftragt hast, einen Haftbefehl gegen mich wegen des Mordes an Balthasar Haller auszustellen.

Der Haftbefehl konnte nicht vollstreckt werden, da ich zum Zeitpunkt der Suche weder im Schloss Trachselwald noch in einem Hotel in Poschiavo unter dem Namen Oskar Rämi aufzufinden war. Das waren die einzigen Orte, wo ich unter diesem Namen registriert war. Natürlich habe ich an diesen Tagen in verschiedenen Hotels übernachtet, jedoch unter einem anderen Namen und mit einem anderen Pass, den mir ein Staat aus dem Ostblock ausgestellt hatte.

Du musstest dich schließlich damit abfinden, dass ich dir entwischt war. Übrigens war deine Vermutung richtig, dass ich mich nach Kuba abgesetzt habe und dass mir die DDR die Flucht arrangiert hatte.

Dein Problem war, dass du über meine Vergangenheit vor meiner Anstellung als Schlosswart auf Trachselwald keine Kenntnis hattest. Das konnte man dir jedoch nicht vorwerfen, da du zu diesem Zeitpunkt noch nicht in dieser Position warst.

Du hast erst im Dezember 1965 meine Lebensgeschichte erfahren, und zwar aus Akten der DDR-Stasi. Das muss dich wohl sehr überrascht haben. Ein Freund, mit dem du per Du bist, als Agent eines berüchtigten Geheimdienstes aus dem kommunistischen Machtbereich!

Moser unterbrach seine Lektüre und rief Weber an. »Fass dich, Oskar Rämi hat mir aus Mexiko geschrieben. Könntest du in einer Viertelstunde zu mir kommen, damit wir diese Nachricht besprechen können?«

Wenn ich dich richtig einschätze, hast du dich auch mit meinem Schicksal in meinen Kinder- und Jugendjahren auseinandergesetzt. Ich musste einen Weg finden, um aus diesem Elend auszubrechen, und ich habe diese Entscheidung nie bereut. Zu dieser Zeit schien es kaum eine andere Möglichkeit zu geben. Natürlich war mir bewusst, dass die DDR kein demokratischer Staat war. Aber ich habe vor allem die Schattenseiten einer Demokratie nach schweizerischer Art erlebt und darunter gelitten.

Nach einigen Jahren wurde es mir in Kuba zu eng. Mein Freiheitsdrang überwog das Risiko, mich in ein anderes Land abzusetzen. Ich entschied mich bewusst gegen die USA, die ich bis heute als kapitalistische Hölle empfinde, und stattdessen für das Schwellenland Mexiko, dessen Regierung mit einer sozialistischen Gesellschaftsordnung liebäugelt. Meine Flucht war erfolgreich.

In Mexiko wählte ich eine Provinz mit einer deutschsprachigen Minderheit, nämlich die evangelikalen Mennoniten. Normalerweise habe ich nichts mit religiösen Enthusiasten am

Hut, aber in diesem Fall wählte ich das kleinere Übel. Die Mennoniten sind freiheitsliebend und lehnen Kriege, Waffen und Gewalt generell ab. Daher habe ich mich entschieden, dieser Glaubensgemeinschaft beizutreten, obwohl ich ihre Religion nicht vollständig teile. Die Schöpfungsgeschichte der Bibel, die in allen christlichen Religionen verankert ist, betrachte ich eher als eine Fabel. Bei den Mennoniten wird sie jedoch wortwörtlich geglaubt, aber sie akzeptieren es, wenn jemand eine andere Sichtweise hat, und schließen ihn deshalb nicht aus.

Warum musste ich Balthasar Haller hinrichten? Für mich war das eine Hinrichtung, kein Mord. Es geschah nicht aus persönlicher Rache, sonst hätten noch verschiedene andere daran glauben müssen, die mich in meiner Kindheit und Jugend drangsaliert hatten, wie zum Beispiel der damalige Jugendanwalt des Emmentals, der mich auf Anweisung des zuständigen Statthalters in die Knabenstrafanstalt Tessenberg einwies, oder der Statthalter des Amtes Burgdorf, der für meine Inhaftierung in seinem Amtsgefängnis verantwortlich war.

Haller hatte zahllose Verding- und Heimkinder zu seelischen und körperlichen Wracks gemacht. Einige von ihnen sollen sogar Selbstmord begangen haben. Es war wichtig, das Handeln dieses Mannes zu stoppen. Auf legalem Weg, durch gerichtliche Klagen war das jedoch nicht möglich. Er hätte die Rechtsverfahren über Jahre hinweg verzögert. Außerdem hätte ich mir keinen Anwalt leisten können und hätte wahrscheinlich auch meinen Job als Hausmeister des Schlosses Trachselwald verloren.

Nun bin ich endlich frei. Die Menschen um mich herum stellen keine Bedrohung mehr dar, im Gegenteil, sie zeigen mir Bewunderung und Respekt. Obwohl ich die schrecklichen Folgen meiner Vergangenheit noch nicht vollständig hinter mir gelassen habe, versuche ich sie abzustreifen. Oft werde ich nachts von Alpträumen aus dem Schlaf gerissen. Plötzlich fühle ich die Schläge meines Pflegevaters oder eines Gefängniswärters des Tessenbergs und fange an zu schreien.

Werner, ich habe dich als meinen Vorgesetzten geschätzt und bin mir bewusst, dass du nur deine Pflicht getan hast, als du versucht hast, mich festzunehmen. Ich trage dir nichts nach und bitte dich jetzt, Jahre später, darum, Verständnis für mein Handeln zu haben.

Staatsanwalt Weber klopfte am Büro seines Freundes und Vorgesetzten. Moser reichte ihm den Brief von Oskar Rämi. Als Weber ihn gelesen hatte, sagte er: »Ich habe Achtung vor Oskar Rämi und bin im Nachhinein froh, dass er uns entwischt ist.«

So dachte ebenfalls Moser, gab aber zu bedenken, dass Rämi auch zum Vorteil eines fremden, diktatorisch regierten Staates die Verwaltung des Amtes Trachselwald ausspioniert habe.

Weber konnte ein Lachen nicht unterdrücken. »Was kann jemand in unserem Amt ausspionieren? Nur Verfehlungen und Missstände. Wenn er diese Handlungen nach Ostberlin weitergemeldet hat, ist das nicht als Bedrohung für unser Land einzustufen, sondern als willkommene Information für die Menschen im Osten, dass auch bei uns einiges im Argen liegt.«

Moser nickte. »Ich hätte Lust, Oskar Rämi in Mexiko einen Besuch abzustatten. Wärst du bereit mitzukommen?«

Weber überlegte einige Augenblicke. »Eigentlich schon, ja. Aber wir sollten vermeiden, dass Rämi plötzlich Angst bekommt und befürchtet, wegen Mordes an die Schweiz ausgeliefert zu werden.«

Moser schüttelte den Kopf. »Rämi würde das nicht befürchten. Er weiß ganz genau, dass Mexiko ihn niemals an die Schweiz ausliefern dürfte. Erstens existiert kein Abkommen zwischen den beiden Ländern, um Kriminelle auszutauschen, und zweitens würde Mexiko allfällige Beweise nicht anerkennen. Ronald«, wandte er ein, »aber du kennst weder den aktuellen Namen noch die Adresse Rämis.«

»Das stimmt, aber diese Hürde ist nicht unüberwindbar. Wir können einfach hingehen, und ich werde nachfragen. Mir fällt schon etwas dazu ein.«

»Auf Staatskosten?«
»Bestimmt nicht. Das würde bedeuten, dass wir offiziell nach Mexiko reisen, um Rämi festzunehmen.«
»Das bedeutet, dass wir dafür Ferien nehmen müssten?«
»Ja, das ist richtig. Ohne Urlaub wäre eine solche Reise nicht möglich.«
Sie einigten sich auf die erste Novemberwoche 1975.

Am 2. November, einem Sonntag, startete um zehn Uhr morgens die American Airways am Flughafen Zürich-Kloten. Nach zwei Zwischenstopps in Philadelphia und Dallas landete das Flugzeug einen Tag später um elf Uhr abends in Chihuahua, der Hauptstadt der Provinz, in der Cuauhtémoc liegt.

Nach einer Übernachtung in einem Hotel am Flughafen ging es mit dem Zug von Chihuahua nach Cuauhtémoc, eine Fahrt von zweieinhalb Stunden.

Moser und Weber hatten in der Nähe des Bahnhofs ein Hotel für vier Tage gebucht. Um die Mittagszeit am 4. November trafen sie dort ein. Nach den Strapazen der umständlichen Reise legten sie eine Pause bis zum nächsten Morgen ein.

Moser hatte Anfang Oktober bereits Kontakt mit der Stadtverwaltung aufgenommen, indem er sich als Präfekt des Amts Trachselwald in der Provinz Bern ausgab.

Jetzt vor Ort meldete sich Moser im Stadthaus persönlich. Das Anliegen, nach einer Person zu suchen, die ihren Namen geändert hatte, der unbekannt war, wurde nicht richtig verstanden. Stattdessen wurde Moser angeboten, sich mit dem Leiter der Einwohnerkontrolle zu treffen.

Der Chef der Einwohnerkontrolle, ein freundlicher Herr, hatte eigentlich erwartet, dass Moser alleine zu ihm kommen würde. Als er dann Weber sah, bat er ihn, sich vorzustellen. Als er sich als Staatsanwalt vorstellte, wurde der Beamte misstrauisch. Ein Präfekt wäre unverdächtig gewesen, aber ein Staatsanwalt? Staatsanwälte waren Ankläger und nicht gerade beliebt.

Der hochrangige Beamte kombinierte scharfsinnig. »Sind

Sie, Herr Staatsanwalt, etwa hier, um in unserem Land zu ermitteln? Das ist nicht erlaubt. Ermittlungen werden hier ausschließlich von mexikanischen Staatsanwälten durchgeführt.«

Weber befand sich in einer schwierigen Situation. Moser, der über rudimentäre Spanischkenntnisse verfügte, sprang ihm zu Hilfe und korrigierte, dass von Ermittlungen gar keine Rede sein könne. »Es ist ein wenig kompliziert. Der Gesuchte besaß sowohl die schweizerische als auch die Staatsbürgerschaft der DDR. Er war mein Untergebener als Schlosswart, verließ jedoch die Amtsverwaltung, um sich im Ausland niederzulassen. Ich weiß nur, dass er bei Grenzübertritten unter dem Namen Rämi immer Probleme hatte. Vor Kurzem hat er uns einen Brief geschrieben, in dem er für seinen abrupten Abgang um Verzeihung bat. Dabei erwähnte er, dass er jetzt einen anderen Namen trage. Offenbar haben die Behörden eines anderen europäischen Staates den Namen in seinem Pass geändert. Wir möchten ihn privat aufsuchen.«

Der Chef der Einwohnerkontrolle dachte nach und lachte dann. »Die Schweizer und die Deutschen scheinen komplizierte Menschen zu sein. Doch ich muss mich trotzdem absichern. Herr Staatsanwalt, ich werde Ihnen ein Formular aushändigen, in dem festgehalten ist, dass Sie nicht hier sind, um zu ermitteln. Es wird vermerkt, dass bei Zuwiderhandlung Ihre Festnahme und Verurteilung erfolgen wird.«

»Natürlich«, versprach Weber.

»Einen Moment, ich bin gleich wieder zurück«, bemerkte der Chefbeamte und verließ sein Büro. Nach einer Viertelstunde kehrte er mit einem Papier zurück, reichte es Weber und bat ihn, es zu unterzeichnen.

»Alles in Ordnung?«, fragte der Chef der Einwohnerkontrolle.

Nun trug Moser sein Anliegen vor. »Es handelt sich um eine Person, die sich vor drei bis fünf Jahren in Ihrer Stadt niedergelassen hat. Er ist ein Mennonit und gibt vor, Schweizer oder Deutscher zu sein. Offensichtlich genießt er in dieser Glaubensgemeinschaft einen guten Ruf.«

»Wenn der Mann in Cuauhtémoc arbeitet, ein angemessenes Einkommen erzielt und Steuern zahlt, kann er die mexikanische Staatsbürgerschaft ohne komplizierte Verfahren erhalten. Er muss nicht mehrere Jahre warten.«

Der Chefbeamte griff zum Telefon. Nachdem er die Nummer gewählt hatte, führte er ein Gespräch in einer Sprache, die Moser nur teilweise verstand. Es waren deutsche Worte eingestreut, die er aufschnappen konnte. Es war eine längere Unterhaltung, während der Chefbeamte Notizen machte. Als das Gespräch beendet war, sah er Moser und Weber mit einem zufriedenen Lächeln an. »Es kann sich bei diesem Mann nur um Señor Ramirez handeln.«

Weber und Moser sahen den Chefbeamten erstaunt an.

»Wenn jemand die mexikanische Staatsbürgerschaft annimmt, legen wir Wert darauf, dass er sich für einen ortsüblichen Nachnamen entscheidet«, erklärte er. Dann schrieb er auf einem Blatt die Adresse des Gesuchten auf und reichte es Moser.

Mariano Escobedo 322
Cuauhtémoc

»Vielen Dank, ich bin mir absolut sicher, dass das unser Mann ist«, sagte Moser auf Spanisch.

Gleich anschließend klingelten sie an der Mariano Escobedo 322. Ramirez öffnete die Tür und war angenehm überrascht. »Das ist ja unglaublich, ihr habt mich tatsächlich gefunden. Der Chef der Einwohnerkontrolle, auch ein Mennonit, hat mir euren Besuch bereits angekündigt. Wie ihr sehen könnt, habe ich hier in der Stadt gute Kontakte. Es freut mich, dass ihr trotz allem, was geschehen ist, gekommen seid.«

Moser und Weber sahen sich an, beide schwiegen. Schließlich musste Moser etwas sagen. »Wir freuen uns ebenfalls, dich besuchen zu können.«

»Willkommen in meinem Heim. Wie ihr feststellen dürft, ist es ein großes und schönes Haus mit Platz für viele Menschen. Ich möchte es euch gerne zeigen. Zuerst machen wir einen Besuch in der Küche.«

Weber und Moser folgten Ramirez und betraten den Raum, in dem die Speisen zubereitet wurden. Er steuerte auf eine junge, gut aussehende Rothaarige mit einem langen Rock zu, die einen Säugling in den Armen hielt und den drei Frauen am Holzherd und dem Rüsttisch Anweisungen gab. »Das ist Undine, meine bessere Hälfte, mit unserem gemeinsamen Sohn Abraham. Beide Vornamen klingen nicht mexikanisch, obwohl Undine bereits hier geboren wurde. Sie ist eine Mennonitin deutscher Abstammung. Jetzt wird gerade unser Mittagessen vorbereitet. Das muss organisiert werden. Wir verpflegen noch die fünfzehn Arbeiter und Arbeiterinnen in unserer Weberei, das ist das Gebäude nebenan.«

Ramirez blickte seine Frau an, zeigte auf Moser und sagte: »Das ist Werner, der Statthalter des Amts Trachselwald und mein Arbeitgeber bis 1965.«

Er sprach deutsch mit ihr und erklärte Moser und Weber, dass Undines Großeltern in den zwanziger Jahren nach Mexiko eingewandert waren und die Sprache an ihre Nachkommen weitergegeben hatten. Allerdings unterhielten sich viele Mennoniten in ihrer Gegend auf Althochdeutsch, was von den heutigen Deutschsprachigen nicht verstanden werde.

Moser sagte zu Weber: »Jetzt ist mir klar, warum wir den Chef der Einwohnerkontrolle nicht gut verstanden haben, als er telefonierte.«

Ramirez stellte Undine nun auch Weber mit seinem Vornamen Ronald vor.

Danach zeigte Ramirez alle Zimmer des Hauses, es waren mindestens zehn. »Die Mennoniten sind sehr gesellige Menschen und laden sich oft gegenseitig ein.«

Die Sauberkeit und Einrichtung der Räume beeindruckten Moser und Weber, obwohl sie im Vergleich zum europäischen Standard nicht besonders modern waren.

Anschließend begaben sie sich in die große Wohnstube, wo bereits die Mahlzeit aufgetragen war. Es roch verführerisch nach Gebratenem und Gewürzen. Der große Tisch war für vier Personen gedeckt, am oberen Ende stand ein Hochstuhl für den kleinen Abraham.

Ramirez eröffnete die Runde mit einem Gebet, wie es weltweit bei Evangelikalen üblich ist. Für Weber und Moser kam das jedoch etwas unerwartet. Im Gegensatz zu Undine falteten sie ihre Hände nicht.

Die Art und Weise, wie Ramirez betete, ließ jedoch erkennen, dass ihm diese Zeremonie nicht besonders naheging.

Moser und Weber warfen sich bedeutungsvolle Blicke zu. Die Gedanken dahinter waren leicht zu erraten. Was für eine Veränderung des ehemaligen Stasi-Agenten.

»Während wir diese köstlichen Speisen genießen, sollten wir nicht über meine Zeit in Trachselwald sprechen. Das können wir später im Studierzimmer tun, wenn Undine nicht dabei ist. Sie möchte nicht mit dieser Geschichte belastet werden«, erklärte Ramirez.

Moser verstand dies nicht als Verbot, überhaupt zu sprechen. Er sagte: »Oskar, ich bin überrascht, wie gut du dich hier eingelebt hast. Wie hast du das alles in so kurzer Zeit geschafft?«

Ramirez legte die Hände übereinander und setzte eine unglaublich scheinheilige Miene auf. »Gott wollte es so.«

Weber flüsterte leise zu Moser: »Eins zu null für Oskar.«

Weber stellte anschließend Fragen zum Wetter in der Provinz Chihuahua, auf die Undine ausführlich antwortete. Aber Moser wollte sich nicht auf allzu Banales beschränken und lenkte das Gespräch auf die Sprache der Mennoniten und ihre Beziehung zur Landessprache Spanisch.

Auch darauf antwortete Undine. Im Alltag sei die plautdietsche Sprache üblich, die dem alten ostpreußisch-niederdeutschen Dialekt ähnle. In der Schule und im Gottesdienst werde Hochdeutsch gesprochen.

»In der Schule«, fragte Weber nach, »wird denn dort nicht in der offiziellen Landessprache Spanisch unterrichtet?«

Undine erwiderte: »In allen größeren Städten der Provinz Chihuahua gibt es deutschsprachige Schulen. Natürlich ist auch Spanisch ein zentrales Unterrichtsfach. Aber dass man eine Sprache, die von einem Teil der Bevölkerung gesprochen wird, einfach aus den Schulen verbannen würde, wie es beispielsweise im Elsass mit Deutsch der Fall ist, gibt es im Land Mexiko nicht.«

Ramirez schmunzelte. »Undine weiß wirklich Bescheid, was Schulen angeht. Sie ist Lehrerin.«

Dann fragte Moser: »Haben sich die Mennoniten während der Herrschaft der Nazis mit Deutschland solidarisiert?«

»Um Gottes willen, nein«, antwortete Undine. »Wir sind seit jeher Pazifisten und verabscheuen Kriegstreiber wie die Nazis. Viele Mennoniten sind nach der Machtergreifung Hitlers aus Deutschland nach Mexiko geflohen.«

Weber und Moser erfuhren noch viel über Mexiko und die Mennoniten, von denen sie zuvor keine Ahnung hatten.

Es vergingen gut zwei Stunden, bis Weber und Moser endlich die Fragen stellen konnten, für die sie nach Mexiko gekommen waren.

Das Studierzimmer von Ramirez verdiente diese Bezeichnung wirklich. Es war voller Bücher – deutsche, spanische, englische und sogar russische. Darunter befanden sich auch Sachbücher über Mathematik, Naturwissenschaften und Geschichte. Das überraschte Weber und Moser, denn sie hatten den damaligen Oskar Rämi ganz anders in Erinnerung. Nach ihrem Eindruck war er ein Mensch, der eher mit den Händen als mit dem Kopf arbeitete.

Ramirez beobachtete Moser und Weber genau, als sie sich in seinem Arbeitszimmer umsahen. Er fragte nach, ob ihnen dieser Raum gefalle.

Weber wunderte sich und wollte dann wissen, ob er denn Russisch könne.

»Während meines Aufenthalts in der DDR war Russisch eine Pflichtsprache. Das Erlernen von Russisch ist nur schwierig aufgrund der kyrillischen Schrift. Die Sprache an sich unterscheidet sich nicht mehr von Deutsch als Französisch«, erklärte Oskar. »Hat einer von euch überhaupt schon einmal meine Wohnung im Schloss Trachselwald besucht?«

Weber und Moser sahen sich etwas verwirrt an und schüttelten dann beide den Kopf.

»Ich kann es nicht fassen. Nachdem der Haftbefehl gegen mich erlassen wurde, wurde meine Wohnung gründlich durchsucht, oder? Ich nehme an, dass dabei alle meine Bücher umgedreht wurden, um zu sehen, ob etwas Belastendes für mich herausfällt«, sagte Ramirez und musterte Weber. »Das wäre doch deine Aufgabe gewesen, oder nicht?«

Weber murmelte kleinlaut: »Ich ordne Hausdurchsuchungen an, nehme jedoch selbstverständlich nicht persönlich daran teil. Ich vertraue den Polizisten, die sie durchführen.«

»Ich möchte dir nun etwas verraten, du neunmalkluger Ermittler. Als Stasimann war ich mehrmals bei einer Wohnungsdurchsuchung oder Durchsuchung eines Büros dabei. Immer waren auch mein Vorgesetzter und ein Staatsanwalt anwesend. Die beiden wollten sich einen Überblick verschaffen. Welche Bücher liest die Person, deren Räumlichkeiten wir durchsuchen? – Ihr beiden hattet keine Ahnung von meinen Interessen. Für euch war ich einfach der Obergärtner, der Wege und Gebäude instand hält. Ihr konntet nicht einmal erahnen, was ich neben meiner Tätigkeit im Schloss und seiner Umgebung so trieb.«

»Oskar, ich muss zugeben, dass wir in Bezug auf deine Person völlig versagt haben«, erwiderte Weber. »Das war wahrscheinlich auch der Grund, warum wir nach deiner Flucht keine Chance hatten, dich zu fassen. Das wird uns eine Lehre sein.«

Ramirez lächelte, weniger triumphierend, eher verständnisvoll. »Nun ja, ich war euch sympathisch, und das galt auch umgekehrt. Doch jemandem, der eine Kindheit und Jugend wie ich durchgemacht hat, ist das Vertrauen zu seinen Mitmenschen verloren gegangen. Selbst den Menschen, die er mag, traut er nicht. Das belastet oft das Zusammenleben, kann aber auch manchmal Vorteile haben.«

Weber und Moser standen da wie Idioten. Damit hatten sie nicht gerechnet.

Ramirez rettete die Situation. Er öffnete die Schublade seines Schreibtisches und holte eine hölzerne Schachtel heraus, deren Deckel er anhob.

In der Schachtel befanden sich Zigarren, hergestellt in Kuba. Ramirez bot Moser und Weber eine Zigarre an. Das Ritual des Anzündens beherrschten alle drei.

»Seid ihr nicht extra den weiten Weg von Trachselwald nach Cuauhtémoc gereist, um herauszufinden, was ich alles mit dem Mord an Haller zu tun hatte?«

Moser und Weber nickten.

»Es ist mir ein Anliegen, euch das alles zu erzählen. Beginnen wir mit dem Brief, den ich an Balthasar Haller am 15. Oktober 1963 geschrieben habe. Eine Kopie dieses Briefes habe ich an das Eidgenössische Justizdepartement geschickt, auch an den Polizeiposten Sumiswald.«

Ramirez sah Weber an. »Hast du diesen Brief damals zu Gesicht bekommen?«

Weber dachte nach. »Ich kann mich nicht mehr genau erinnern. Eigentlich hätte der Chef der Polizeiwache mir dieses Schreiben zustellen sollen. Vom Eidgenössischen Justizdepartement habe ich es jedenfalls nicht erhalten. Erst im Dezember 1965 wurde ich bei der Durchsicht unserer Akten zum Fall Haller auf diesen Brief aufmerksam. Das war nach dem Mord an Haller, aber noch vor der Übergabe der Stasi-Akten über dich am 27. Dezember 1965 beim Brandenburger Tor. Ich besprach das Schreiben mit Werner, und wir fanden es plötzlich interessant. Werner schlug mir darauf ein Ratespiel vor. Wer hat diesen Brief geschrieben? Werner schrieb den Namen der Person, die er im Verdacht hatte, auf einen Zettel, legte ihn in ein Couvert, verschloss es und adressierte der Brief an mich. Ich tat dasselbe. Dann machten wir aus, ihn erst zu öffnen, wenn wir wussten, wer der Täter war. Als ich den Brief von Werner öffnete, las ich den Namen Oskar Rämi.«

»Als ich das Couvert von Ronald öffnete, las ich den Namen Oskar Rämi«, erwiderte Moser.

»Interessant, damals hattet ihr beide mich als Autor im Verdacht, aber keiner von euch ist auf die Idee gekommen, dass ich der Mörder sein könnte.«

»Ja, das ist richtig. Aber was hätten wir tun können? Dich in Untersuchungshaft nehmen? Aufgrund fehlender Beweise wärst du nach zwei Tagen wieder freigekommen. Du warst ein kantonaler Beamter und hattest die Unterstützung der Gewerkschaft, die dir sofort einen Anwalt zur Seite gestellt hätte. Der Staatsanwalt wäre in Schwierigkeiten geraten«, sagte Moser.

Ramirez bewegte den Kopf hin und her. »Ich hatte sowieso nicht erwartet, dass ich verhaftet würde, obwohl ich nicht wusste, dass ihr beide den Brief vom 15. Oktober 1963 gefunden hattet. Danach wären auch meine Stasi-Akten für euch verloren gewesen, und der Mord bliebe bis heute unaufgeklärt.«

Weber wollte wissen, ob er als Rämi damals Kontakt zur Stasi hatte. Ramirez schüttelte ungläubig den Kopf. »Was soll diese Frage denn bedeuten? Wie hätte ich es gewagt, ohne fremde Hilfe auf meinem Posten im Schloss Trachselwald zu bleiben?«

Ramirez beschrieb nun seine Flucht nach dem Treffen von Weber mit der Stasi am Brandenburger Tor. Er sei im Voraus über die Aktenübergabe informiert worden, was bedeutete, dass er zu diesem Zeitpunkt bereits unauffindbar sein musste.

»Am frühen Morgen des 25. Dezember 1965 habe ich das Hotel in Poschiavo verlassen und bin mit der Bahn über die

Grenze nach Tirano gefahren. Am Zoll habe ich einen gefälschten Schweizer Pass mit einem anderen Namen vorgezeigt, da ich etwas unsicher war, ob ich möglicherweise unter dem Namen Oskar Rämi gesucht werde. Am Bahnhof Tirano erwartete mich ein Agent der Stasi und fuhr mich mit seinem Auto nach Genua.«

Weber hob die Augenbrauen. »Nicht über den Flughafen Mailand-Malpensa via Lissabon nach Havanna?«

»Das wäre zu offensichtlich gewesen. Immerhin besaßen diejenigen, die möglicherweise international nach mir suchten, mehrere Fotos von mir. Daher wären Grenzübertritte oder Flughafenkontrollen nach der Übergabe meiner Akten durch die Stasi mit Risiken verbunden gewesen. Denjenigen, die meine Flucht organisierten, war das ebenfalls bewusst, und sie hatten meine Verfolger in eine Falle gelockt.«

Moser und Weber warfen sich anerkennende Blicke zu.

»Oskar, wir haben dich und deine Fluchthelfer unterschätzt«, bemerkte Moser.

In Genua habe er sich auf einem kubanischen Frachter eingeschifft, der über mehrere Zwischenhäfen nach Havanna gefahren sei, erzählte Ramirez weiter.

»Sollen wir das dem Eidgenössischen Justizdepartement weiterleiten?«, erkundigte sich Moser.

»Lieber Werner, du scheinst naiv zu sein. Ich kann dir doch nicht vorschreiben, wie du mit den Erkenntnissen aus deiner Mexikoreise verfahren sollst. In der Schweiz könnte ich festgenommen werden, solange der Mord an Haller nicht verjährt ist. Gemäß eurem Strafgesetz wäre das der 14. September 1985. Nachdem dieses Datum abgelaufen ist, werde ich darüber nachdenken, ob ich eine Reise nach Trachselwald unternehme und möglicherweise eine Medienkonferenz abhalte.«

»Noch eine Frage hätten wir«, bemerkte Moser.

»Wir haben uns immer gewundert, weshalb du in Trachselwald keine Freundin hattest. Nun stellen wir fest, dass du eine Frau und ein Kind hast. Warum erst jetzt?«

Das erste Mal während des Besuchs von Weber und Moser verlor Ramirez die Kontrolle über sich. Er starrte an die Decke, und einige Tränen liefen über seine Wangen.

»Das ist eine traurige Geschichte. Im Alter von acht Jahren wurde ich zum Bettnässer. Warum wohl? Die unmenschliche Behandlung durch meine Pflegebefohlenen, denen ich schutzlos ausgeliefert war. Als ich am Morgen mit durchnässten Bettlaken aufwachte, musste ich Hosen, Pullover und eine Jacke darüber anziehen und so zum Unterricht gehen. Dadurch roch ich entsprechend unangenehm. In der Schule wurde ich allein an einen Tisch gesetzt. Das war furchtbar. Im Winter fror ich auf dem Schulweg entsetzlich, im Sommer mieden mich die andern wegen meines Geruchs. Ich blieb weiterhin ein Bettnässer. In der DDR stieß ich deswegen auf Verständnis. Man stellte mich als Opfer einer kapitalistischen Erziehung dar. Ich erhielt ein extra Bett, das nach jeder Nacht gereinigt wurde. In Trachselwald richtete ich mir ebenfalls ein entsprechendes Bett ein. Aber eben, an eine Freundin war so nicht zu denken. Erst bei den Mennoniten fand ich eine Frau, der ich vertrauen kann und die viel Verständnis für mich aufbringt.«

Danach betrachtete Ramirez Weber und Moser einen Moment. »Übrigens, seit meiner Zeit in Tessenberg ist mir bewusst geworden, dass ich dieses Schicksal mit vielen Verdingkindern teile. Dort wurden wir als ›Nestseicher‹ gedemütigt und misshandelt.«

Statthalter Werner Moser und Staatsanwalt Ronald Weber verabschiedeten sich von Oscar Ramirez und machten sich auf den Heimweg nach Trachselwald.

Personenverzeichnis

Die mit (*) bezeichneten Namen betreffen reale, bei den anderen handelt es sich um fiktive Personen.

Affolter, Priska – Gattin von Rudolf

Affolter, Rudolf – Großbauer und Gemeindepräsident von Trachselwald, Ende der 1940er Jahre bis Anfang 1950; Pflegevater von Christian und Christine

Annemarie – Magd auf dem Hof der Affolters

Bärtschi, Roland – Statthalter des Amts Signau um 1965

Bieri – Pflegefamilie von Christine

Blaser, Albert – Gemeinderat von Langnau, Ressort Armenwesen und Heime

Bohnenblust, Karl – Meisterknecht bei den Affolters

Bolliger, Heinrich – Vizedirektor der Metallfabrik Wasen und Hindelbank

Bracher, Fritz – Kleinbauer, hoch über dem Dorf Wasen i. E.

Bracher, Lisbeth – Gattin von Fritz

Brechbühler, Isaak – evangelisch-reformierter Pfarrer von Wasen i. E.

Conradi, Moritz (*) – 1923 erschoss Moritz Conradi in Lausanne einen sowjetischen Gesandten. Der Russlandschweizer betrachtete sich selbst als neuen Wilhelm Tell, der die Welt vom Bolschewismus befreien wollte – und er wurde freigesprochen.

Dummermuth – Bauernfamilie mit vier eigenen Kindern und Pflegeeltern von Christian

Eggimann, Josef – Staatsanwalt des Amts Signau um 1965

Ende, Horst (*) – * 30. Dezember 1926 in Dresden; † September 1996 in Berlin, war ein deutscher Offizier der Volkspolizei. Er war Generalmajor und von 1964 bis 1975 Polizeipräsident von Ostberlin.

Feller – Dr. med., Notfallarzt im Spital Sumiswald

Gfeller, Simon (*) – * 1868 in Trachselwald; † 1943 in Sumiswald, war ein Emmentaler Lehrer und Mundartschriftsteller

Gosteli, Richard Fürchtegott – Pfarrer von Dürrenroth

Guterres – Kommandant der Flughafenpolizei in Lissabon

Hachen, Christian – Heimkind

Hachen, Emma – Magd, ledige Mutter von Christian

Haldemann, Jakob – Landjäger von Trub 1940er bis 1960er Jahre

Haller, Balthasar – Fabrik- und Gutsbesitzer in Wasen i. E.

Hauser, Christine – Heimkind

Haussener, Reinhard – Schweinemäster in Sumiswald, Vormund von Christian ab Juli 1949 bis Ende 1951

Heidy – Tante von Christine

Helene – Magd auf dem Hof der Affolters

Henseler, Gregor – Pflegevater von Christine von 1951 bis 1958

Henseler, Ruth – Gattin von Gregor

Horlacher, Benz – Offizier der Stasi in der DDR

Jonas – Insasse des Erziehungsheims Tessenberg

Kaderli, Konstantin – Redaktor des »Emmentaler Boten«

Krähenbühl, Meinrad – Staatsanwalt von Trachselwald um 1944 bis 1960

Krummenacher, Konrad – Landjäger in Wasen i. E.

Küpfer, Ottokar – Statthalter von Trachselwald um 1944 bis 1960

Lehmann, Hansjakob – Direktor der Erziehungsanstalt Tessenberg

Leuenberger, Niklaus (*) – * 1615 in Rüderswil; † 1653 in Bern, Führer des Schweizer Bauernkrieges

Locher, Felix – Name des nachmaligen Oskar Rämi

Minder, Sabine – Krankenschwester, stellvertretende Leiterin des Kinderheims Bärau

Moser, Werner – Statthalter des Amts Trachselwald von 1960 bis in die 1970er Jahre

Neuhaus, Hedwig – Leiterin der Arme-Leute-Kinderanstalt in Sumiswald 1935 bis 1945

Rämi, Oskar – Abwart des Schlosses Trachselwald

Ramirez, Oscar – Rämis geänderter Name nach seiner Einwanderung in Mexiko

Ramirez, Undine – Gattin von Oscar

Ramseyer, Andreas – Schuhmacher in Wasen i. E.

Ramseyer, Erna – Gattin von Andreas

Rebmann, Herr und Frau – Besitzer einer kleinen Uhrenfabrik, Pflegeeltern von Christian Hachen

Reist, Joseph – Dr. med., Psychiater

Renfer, Markus – Polizeisoldat in Wasen i. E.

Rieder, Hermine – Primarlehrerin, Leiterin des Kinderheims Bärau

Rindlisbacher, Edwin – Großbauer in Sumiswald

Rohrbach, Albert – Fürsprecher (Anwalt) von Christian Hachen

Sepp – Bewohner in Trachselwald

Simon, Sebastian – Lehrer in der Schule der Talschaft Dürrgraben

Simon, Sonja – Gattin von Sebastian

Trauffer, Herr und Frau – Pflegefamilie von Christian

Tscharner, Magnus – evangelisch-reformierter Pfarrer, Direktor der Anstalten Hindelbank

Vetter, Walter – Dr. med., Psychiater in der Waldau Bern

von Erlach, Hieronymus (*) – * 1667 in Bern; † 1748 in Hindelbank, Besitzer des Schlosses Hindelbank

von Sumiswald, Burkhard (*) – Besitzer des Schlosses und der Herrschaft Trachselwald

Walser, Gabriel – Generalstaatsanwalt des Kantons Bern um 1965

Weber, Ronald – Staatsanwalt des Gerichtskreises Trachselwald 1960 bis 1970er Jahre

Glossar

Administrativ Verwahrte – Bis in die 1970er Jahre wurden Verdingkinder als gefährlich und nicht therapierbar eingestuft, sie wurden kriminalisiert und Schwerverbrechern gleichgesetzt. Den Begriff »administrativ Versorgte« benutzt man erst, seit ihre Geschichte aufgearbeitet wird.

Amtsbezirk, auch Amt – War bis 2009 die Verwaltungseinheit zwischen Kanton und Gemeinden. Seither ist es lediglich noch ein Wahlbezirk.

Berolina – Das Hotel Berolina war in der Berliner Karl-Marx-Allee, wo ausländische Besucher der DDR einquartiert wurden. Es existierte von 1963 bis 1996.

Burgergemeinde Bern – Sie ist eine öffentlich-rechtliche Körperschaft, die durch die Bundesverfassung und die Verfassung des Kantons Bern garantiert wird. Als Personengemeinde besteht sie aus etwa 19'000 Mitgliedern der 13 Gesellschaften und Zünfte. Diese Personen bezeichnet man als *Burgerinnen* und *Burger* der Stadt Bern, im Unterschied zu den wesentlich zahlreicheren *Bürgerinnen* und *Bürgern* der Stadt. Die Burgergemeinde ist die Nachfolgerin der einst herrschenden Klasse in der Stadtrepublik Bern, die von 1191 bis 1798 bestand.

Cubana – Cubana de Aviación S.A., kurz Cubana, ist eine staatliche Fluggesellschaft Kubas mit Sitz in Havanna und Basis auf dem Aeropuerto Internacional José Martí.

Eidgenössisches Politisches Departement – Außenministerium der Schweizerischen Eidgenossenschaft

Erziehungsdepartement – Bis in die 1910er Jahre wurden die Bildungseinrichtungen in den kantonalen Verwaltungen der deutschen Schweiz als Erziehungsdepartemente bezeichnet. Dann wurden sie in Bildungsdepartemente umbenannt. Ihnen steht jeweils eine Bildungsdirektorin oder ein Bildungsdirektor vor. Die Bildungsdirektorin beziehungsweise der Bildungsdirektor ist Mitglied der Kantonsregierung.

Forum Politicum – 1968er-Bewegung an der Universität Bern

Fürsprecher (schweizerisch) – Anwalt. Mit den Begriffen Fürsprecher/Fürsprecherin, Fürsprech, Rechtsanwalt/Rechtsanwältin und Advokat/Advokatin ist dasselbe gemeint. Da es sich um ein kantonales Patent handelt, sind die Ausdrücke mehr lokal bedingt.

Göppel (umgangssprachlich) – abwertende Bezeichnung für ein Zweirad

Heimetli (schweizerisch) – Kleines Bauerngut. Historisch oft auch als Wohnrecht für die Altbauern als sogenanntes Elternheimet.

Kranzschwinger – Die besten Schwinger eines Schwingfestes erhalten einen »Kranz« und dürfen sich fortan »Kranzschwinger« nennen.

Lehrerinnenseminar, Lehrerseminar – 1832 wurde mit dem Lehrerseminar in Küsnacht, Kanton Zürich, das erste staatliche Lehrerseminar der Schweiz eröffnet. Der Lehrgang dauerte im Anschluss an die Sekundarschule zunächst zwei Jahre, dann drei Jahre, schließlich wurde er auf vier bis fünf Jahre verlängert. Die Ausbildung wurde mit einem Lehrerinnen- oder Lehrerpatent abgeschlossen, welches zum Unterricht an der Volksschule (im Kanton Bern zum Beispiel von der 1. bis zur 9. Klasse) berechtigte. Die letzten Patente, welche man an einem Lehrerinnen- beziehungsweise Lehrerseminar erwerben konnte, wurden 2007 in Luzern ausgestellt. Seither erfolgt die Ausbildung an einer Pädagogischen Hochschule.

Mündel – Eine Minderjährige/ein Minderjähriger, die/der

nicht unter elterlicher Sorge und damit unter Vormundschaft steht, wird im Gesetz Mündel genannt.

Nestseiker (umgangssprachlich) – abwertende Bezeichnung für Bettnässer

Ovomaltine – Instantpulver zur Herstellung eines Malzgetränks, das von der Wander AG in Neuenegg, BE, in der Schweiz hergestellt wird

Plautdietsch – Sprache der Russlandmennoniten, in den USA und in Mexiko als *Mennonite Low German* bekannt. Das Plautdietsch hat sich im 16. und 17. Jahrhundert im Weichseldelta herausgebildet.

Regierungsrätin/-rat – Mitglied der Kantonsregierung

Regierungsstatthalter, auch Statthalter – Im Kanton Bern stehen die Regierungsstatthalterinnen beziehungsweise Regierungsstatthalter der kantonalen Verwaltung in den Amtsbezirken (Ämtern) vor. Sie stehen unter der Aufsicht des Berner Regierungsrats. Das Amt der Regierungsstatthalter wurde im Zuge der liberalen Revolution von 1831 eingerichtet. Die Regierungsstatthalter wurden zunächst von der Kantonsregierung ernannt. Nach der Einführung der Neuen Berner Kantonsverfassung von 1893 wurden die Regierungsstatthalter durch Volkswahl bestimmt. Das Gesetz von 1939 erweiterte den Kompetenzbereich der Statthalter zusätzlich und verstärkte die Dezentralisierung der Verwaltungsaufgaben. Erst seit 1971, mit der Einführung des Frauenstimmrechts im Kanton, gibt es auch Statthalterinnen. Die Statthalterinnen beziehungsweise Statthalter haben umfangreiche Kompetenzen, besonders was die Aufsichtsbehörden betrifft: Strafvollzug, Fürsorge, Vormundschaft, Krisenmanagement.

Rekrutenschule – Grundausbildung der Schweizer Milizarmee. Die Rekrutenschule dauert heute 18 Wochen (23 Wochen für Spezialkräfte) und umfasst vier Ausbildungsschwerpunkte: die allgemeine Grundausbildung, die erweiterte Grundausbildung, die Funktionsgrundausbildung und Verbandsausbildung. Angehende Kader absolvieren – wie die künftigen Mannschaftsgrade – die gesamte Rekrutenschule.

Sekundarschule – Eher selten wird heute noch ein Lehrgang der Sekundarstufe I so genannt. Bis in die 1990er Jahre war es im Kanton Bern anders. Die Sekundarschule war in eigenen Schulgebäuden platziert. Sie dauerte von der 5. bis zur 9. Schulklasse der neunjährigen obligatorischen Schulzeit, die von 70 bis 90 Prozent der Kinder vollständig in der Primarschule absolviert wurde. Da der Schulbeginn damals in Bern im Frühjahr angesetzt war, konnten bereits im Dezember geborene Kinder mit sechs Jahren und drei Monaten in die erste Klasse der Primarschule eintreten. Mit etwas mehr als zehn Jahren begann für einige von ihnen die Sekundarschule. Heute treten sie mit frühestens zwölfeinhalb Lebensjahren jeweils im Spätsommer oder im Herbst in die Sekundarstufe I über.

Stündeler (schweizerisch) – Stundist, Anhänger einer Freikirche

Teletype – mechanischer Fernschreiber, ein Telegrafie-Gerät zur Übermittlung von Nachrichten in Schriftform mittels elektrischer Signale. Das Teletype wurde Ende der 1980er Jahre durch Faxgeräte, Mailboxsysteme und Internet abgelöst.

Tschugger (umgangssprachlich) – abwertende Bezeichnung für einen Polizisten

Orte der Handlungen im Roman

Hauptschauplätze
Trachselwald war ein Amt beziehungsweise Amtsbezirk im Kanton Bern. Bis 2010 gab es insgesamt 26 Amtsbezirke. Seitdem wurden die Amtsbezirke durch fünf Verwaltungsregionen ersetzt. Drei dieser Verwaltungsregionen sind wiederum in Verwaltungskreise unterteilt.

Das Emmental ist heute ein Verwaltungskreis der Region Emmental-Seeland. Vor 1910 war es in die Ämter (Amtsbezirke) **Trachselwald, Signau und Burgdorf** aufgeteilt. Heute leben dort rund 100'000 Einwohner. Zwischen 1940 und 1970 waren es einige tausend mehr.

Zum Amt Trachselwald gehört der gleichnamige Hauptort. Die Gemeinde Trachselwald hatte damals und auch heute knapp 1'000 Einwohner. Ebenfalls zum Amt Trachselwald gehören Sumiswald, die Kleinstadt Huttwil und Lützelflüh, in welchen jeweils mehr als 4'000 Menschen leben.

Sumiswald besteht aus den drei Dörfern Wasen und Grünen als Industriestandorte und dem Marktflecken Sumiswald.

Das benachbarte Amt Signau wird von der Marktgemeinde **Langnau** dominiert mit gegen 10'000 Einwohnern, die heute ein Industrie-, Wirtschafts- und Kulturstandort ist. Seit 2010 ist Langnau Hauptort des Verwaltungskreises Emmental.

Im Amt Burgdorf ist neben der gleichnamigen Hauptstadt auch die Gemeinde **Hindelbank**, die bekannt ist durch die Justizvollzugsanstalt für Frauen.

Das Emmental ist eine hügelige Landschaft im Kanton Bern, die an das Mittelland und die Voralpen angrenzt. Politisch war es schon immer eine konservative Region, im Gegensatz zum rot-grünen Wirtschafts- und Bildungszentrum der **Stadt Burgdorf**.

Nebenschauplätze

Brandenburger Tor – Das Bauwerk in Berlin ist ein frühklassizistischer Triumphbogen, der sich an der Westseite des Pariser Platzes im Berliner Ortsteil Mitte befindet.

Cuauhtémoc – Stadt mit – 1965 – rund 100'000 Einwohnern im mexikanischen Bundesstaat Chihuahua. Die Stadt wurde nach dem letzten Aztekenherrscher Cuauhtémoc benannt. Ursprünglich war der Ort lediglich eine Bahnstation mit einigen Häusern. Durch die Ansiedlung von Mennoniten, einer evangelikalen Freikirche, entwickelte sich der Ort zu einem Zentrum mit etwa 50'000 Einwohnern. Die ersten dieser Glaubensbrüder waren aus Russland geflohen, danach folgten ihnen Deutsche und Schweizer in den späten 1920er und frühen 1930er Jahren.

Dürrgraben – Talschaft in der Gemeinde Trachselwald. Am 1. Januar 1968 bekam die Talgemeinschaft des Dürrgrabens den Namen »Heimisbach«. Das ist der Titel des ersten Buches von Simon Gfeller, in dem Volk und Landschaft des Dürrgrabens in die Schweizer Literatur eingegangen sind.

Hitzkirch – Gemeinde im Luzerner Seetal. Sie liegt zwischen Hallwiler- und Baldeggersee, rund 20 Kilometer nördlich von Luzern und 25 Kilometer südwestlich von Zürich. Sitz des kantonalen Lehrerseminars von 1868 bis 2001.

Poschiavo – Gemeinde im Puschlav, ein ans Veltlin angrenzendes Südtal des Kantons Graubünden

Prêles – War eine Gemeinde im ehemaligen Amt La Neuveville. Am 1. Januar 2014 fusionierte Prêles mit den zwei Gemeinden Diesse und Lamboing zur neuen Gemeinde Plateau de Diesse. Sie ist eine der drei Gemeinden auf dem Tessenberg. In Prêles befand sich die ehemalige Erziehungsanstalt Tessenberg.

Schleitheim – politische Gemeinde im Kanton Schaffhausen

Tessenberg – 1945 erfolgt die Umbenennung in »Erziehungsanstalt«. 1970 formiert sich politischer Widerstand. Eine »Heimkampagne« prangert der Zwangscharakter der Erziehungsanstalten an. Sie wird in Jugendheim umbenannt. 2010 bis 2012 wird das Jugendheim umfassend saniert und ausgebaut. Da das Jugendheim seit längerer Zeit unterbesetzt und somit defizitär war, wurde es per 31. Oktober 2016 geschlossen.

Thal – Dorf im Dürrgraben, später Heimisbach, gehört zur Gemeinde Trachselwald

Tirano – Stadt in der italienischen Provinz Sondrio, Endstation der Berninabahn

Trub – Gemeinde im ehemaligen Amt Signau

Nachwort

Verdingkinder

Bis weit ins 20. Jahrhundert ließen Schweizer Behörden Heranwachsende auf Dorfplätzen versteigern. Wer für deren Versorgung am wenigsten vom Staat forderte, bekam den Zuschlag. Und nicht nur Kinder wurden Opfer von Zwangsarbeit, Vergewaltigungen und Essensentzug, der Staat griff auch tief ins Leben angeblich überforderter Familien ein: Mütter wurden zwangssterilisiert, Ungeborene zwangsabgetrieben, Kleinkinder zwangsadoptiert. Selbst Jugendliche landeten in geschlossenen Anstalten – ohne Gerichtsurteil, bis 1981.
Der Spiegel, Peter Maxwill, 29. September 2016

»Versorgt und vergessen«
Mit diesen Worten sind nicht etwa Gegenstände gemeint, die – aus Unachtsamkeit oder bewusst – irgendwo verlegt worden sind, sondern es geht um Individuen. Menschen, die vielleicht, ohne dass wir es wissen, in unmittelbarer Nachbarschaft oder in der eigenen Familie zu finden sind. Ihr persönliches Schicksal sieht man ihnen nicht an, obwohl es – bedingt durch eine schweizerische Besonderheit – Hunderttausende von Betroffenen gibt, die in der Schweizer Geschichte bedauerlicherweise von diesem Schicksal heimgesucht wurden.
Leuenberger, Marco; Seglias, Loretta: Versorgt und vergessen, Rotpunktverlag, 2013

In den 2010er Jahren geriet die Schweiz weltweit aufgrund dieses über anderthalb Jahrhunderte staatlich legitimierten Unrechts in die Schlagzeilen.
    Im 19. Jahrhundert gab es nur wenige schriftlich überlieferte Berichte darüber, allerdings waren diese sehr bedeutend.

Von Verdingkindern sprach man erst von 1800 an. Zuvor herrschten andere gesellschaftliche Verhältnisse. Im 18. Jahrhundert gab es noch kaum Kleinfamilien, wie sie heute üblich sind.

Wenn ein Elternteil wegfiel, meistens durch Tod und seltener durch Scheidung, wurden die Kinder zu Halbwaisen. Es war auch möglich, dass beide Eltern nicht mehr lebten. In solchen Fällen wurden die Kinder in der Regel verdingt.

Die Verdingkinder wurden weggegeben oder von den Behörden der Gemeinde beziehungsweise des Bezirks weggenommen und öffentlich an Interessierte angeboten. Bis ins 20. Jahrhundert wurden sie häufig auf einem Verdingmarkt versteigert. Derjenige, der das geringste Kostgeld verlangte, erhielt den Zuschlag. Auf solchen Märkten wurden diese Kinder »wie Vieh« betastet. Manchmal wurden sie durch Losentscheid zahlungsfähigen Familien zugeteilt, die gezwungen waren, solche Kinder aufzunehmen, selbst wenn sie eigentlich keine wollten.

Diese Kinder kamen meistens auf Bauernhöfe. Dort wurden sie oft ohne Lohn und Taschengeld zum Arbeiten gezwungen. Diese Praxis wurde von Schriftstellern schon früh literarisch angeprangert, so von Jeremias Gotthelf in seinem Roman »Bauernspiegel« oder von Jonas Breitenstein in der Erzählung »Das arme Annegreteli und sein Kind«. Breitenstein war wie Jeremias Gotthelf ein evangelischer Pfarrer.

Quellenverzeichnis

Literarische Werke und Sachliteratur
Begert, Roland M.: Lange Jahre fremd. Biografischer Roman. Edition Liebefeld, Liebefeld 2008, ISBN 978-3-9523510-1-7.
Bobst, Hanspeter: Mich kann man mitnehmen. Ein Verdingkind erzählt. Mächler Media, Schwaderloch 2019, ISBN 978-3-905837-48-3.
Brönnimann, Lisa: Niemandskinder – verdingt und verachtet. Meine Kindheit in der Schweiz. Bastei Lübbe, Köln 2017, ISBN 978-3-404-60951-2.
Freisler-Mühlemann, Daniela: Verdingkinder – ein Leben auf der Suche nach Normalität. Hep, Bern 2011, ISBN 978-3-03905-735-1.
Hostetter, Otto; Strebel, Dominique: Man nahm ihnen sogar das Sparbüchlein. In: Der Schweizerische Beobachter. Nr. 21, Zürich 14. Oktober 2011, ISSN 1661-7444, S. 28–36.
Leuenberger, Marco; Mani, Lea; Rudin, Simone; Seglias, Loretta: »Die Behörde beschließt« – zum Wohl des Kindes? Fremdplatzierte Kinder im Kanton Bern 1912–1978. Hier und Jetzt, Verlag für Kultur und Geschichte, Baden 2011, ISBN 978-3-03919-203-8.
Leuenberger, Marco; Seglias, Loretta (Hrsg.): Versorgt und vergessen. Ehemalige Verdingkinder erzählen. Rotpunkt, Zürich 2020, ISBN 978-3-85869-382-2.
Renninger, Suzann-Viola: Dossier: Weggegeben, weggenommen: Verdingkinder. In: Schweizer Monatshefte Nr. 968, Zürich März/April 2009, ISSN 0036-7400, S. 18–40.
Schibli, Josef-Martin: In: Historisches Lexikon der Schweiz. Karnevalskind. Schwaderloch 2013–2014.
Schlachter, Franz Eugen: Resli, der Güterbub. Geschichte eines Bernerjungen. Eigenverlag Freie Brüdergemeinde,

Albstadt 2004 (PDF, 1 MB, 50 Seiten) / Verlag der Brosamen, Biel 1891), St.-Johannis-Druckerei, Lahr 1936 (2. Auflage 1949).

Seglias, Loretta; Leuenberger, Marco; Huonker, Thomas; Vereinigung »Verdingkinder suchen ihre Spur« (Hrsg.): Bericht zur Tagung ehemaliger Verdingkinder, Heimkinder und Pflegekinder am 28. November 2004 in Glattbrugg bei Zürich, Wildgans, Zürich 2005, ISBN 978-3-9523118-0-6.

Stettler, Dora: Im Stillen klagte ich die Welt an. Als »Pflegekind« im Emmental. Mit einem Nachwort von Jacqueline Fehr. Limmat, Zürich 2004, ISBN 978-3-85791-467-6.

Wenger, Rosalia: Rosalia G.: Ein Leben. 15. Auflage, Zytglogge, Gümligen 1989 (Erstausgabe 1978), ISBN 3-7296-0081-8.

Wohlwend, Lotty; Honegger, Arthur: Gestohlene Seelen. Verdingkinder in der Schweiz. Huber, Frauenfeld 2006 (Erstausgabe 2004), ISBN 978-3-7193-1365-4. (ebenfalls im Weltbild-Verlag erschienen.)

Zatti, Kathrin Barbara: Das Pflegekinderwesen in der Schweiz – Analyse, Qualitätsentwicklung und Professionalisierung. (PDF; 1 MB; 70 Seiten) Expertenbericht im Auftrag des Bundesamtes für Justiz, Juni 2005.

Internetadressen
Beobachter. Verdingkinder, alle Stichwörter
https://www.beobachter.ch/stichworte/v/verdingkinder

Der Spiegel. Kindersklaven in der Schweiz »Du bist nichts«
https://www.spiegel.de/panorama/gesellschaft/verdingkinder-in-der-schweiz-wir-kindersklaven-a-1111341.html

»Die Erziehungsanstalt macht uns erst recht zu Verbrechern«
https://www.netzwerk-verdingt.ch/pdf/reportagen/1970_4_blick_19700812.pdf

Historisches Lexikon der Schweiz. Verdingung Version vom: 04.03.2013
https://hls-dhs-dss.ch/de/articles/016581/2013-03-04/

Honegger, Arthur: Schwerstarbeit von früh bis spät und als Lohn eine Tracht Prügel: Für das erlittene Unrecht fordern jetzt ehemalige Verdingkinder wie Arthur Honegger eine offizielle Wiedergutmachung. 20. Februar 2004
https://www.swissinfo.ch/ger/verdingung--amtlich-verfuegtes-leid-an-kinderseelen/3779172

Maturitätsarbeit
https://maturitaetsarbeiten.ch/cms/images/2021/Sara_Thomma_final/Maturitatsarbeit_SaraThomma_G5a2021_2.pdf

Ries, Markus; Beck, Valentin (Hrsg.): Hinter Mauern. Fürsorge und Gewalt in kirchlich geführten Erziehungsanstalten im Kanton Luzern
https://www.pklk.ch/wp-content/uploads/2015/10/buch_hinter-mauern.pdf

Alle Titel von Erfolgsautor Peter Beutler
Auch als eBook erhältlich

Weissenau
ISBN 978-3-89705-971-9

Hohle Gasse
ISBN 978-3-95451-058-0

Kanderschlucht
ISBN 978-3-95451-136-5

Morgarten
ISBN 978-3-95451-246-1

Kristallhöhle
ISBN 978-3-95451-389-5

Berner Münstersturz
ISBN 978-3-95451-711-4

Kehrsatz
ISBN 978-3-95451-967-5

Hauptwache Urania
ISBN 978-3-7408-0164-9

Der Lucens-GAU
ISBN 978-3-7408-0432-9

www.emons-verlag.de

Der Bunker von Gstaad
ISBN 978-3-7408-0608-8

Langnauer Gift
ISBN 978-3-7408-0950-8

Die Geldwäscher
ISBN 978-3-7408-1316-1

Der Bundesbrief
ISBN 978-3-7408-1616-2

Der Blausee-Skandal
ISBN 978-3-7408-1948-4

www.emons-verlag.de